O fogo

O fogo
Diário de um pelotão
HENRI BARBUSSE

TRADUÇÃO
Lívia Bueloni Gonçalves

*mundaréu

© Editora Madalena, 2015

TÍTULO ORIGINAL
Le Feu

COORDENAÇÃO EDITORIAL – COLEÇÃO LINHA DO TEMPO
Silvia Naschenveng

PROJETO GRÁFICO
Claudia Warrak e Raul Loureiro

CAPA
Claudia Warrak

DIAGRAMAÇÃO
Priscylla Cabral

REVISÃO
Bianca Galafassi e Isabela Norberto

Edição conforme o Acordo Ortográfico da
Língua Portuguesa (1990).

Dados Internacionais de Catalogação na Publicação (CIP)
(Câmara Brasileira do Livro, SP, Brasil)

Barbusse, Henri, 1873-1935
   O fogo : diário de um pelotão / Henri Barbusse
   tradução Lívia Bueloni Gonçalves. – São Paulo : Editora
Madalena, 2015. – (Coleção Linha do Tempo)

   Título original: Le feu
   ISBN 978-85-68259-04-7

   1. Guerra Mundial, 1914-1918 - Ficção 2. Romance francês
I. Título. II. Série.

15-08213   CDD-843
Índice para catálogo sistemático:
1. Romances : Literatura francesa 843

2015
Todos os direitos desta edição reservados à
EDITORA MADALENA LTDA. EPP
São Paulo – SP
www.editoramundareu.com.br
vendas@editoramundareu.com.br

SUMÁRIO

APRESENTAÇÃO 7

NOTA DA TRADUÇÃO 11

Crítica histórica e crítica do testemunho / Marc Bloch 15

O FOGO 29

1. A visão 31
2. Na terra 37
3. A descida 81
4. Volpatte e Fouillade 87
5. O asilo 97
6. Hábitos 123
7. Embarque 129
8. A licença 139
9. A grande cólera 149
10. Argoval 169
11. O cachorro 173
12. O pórtico 187
13. Os palavrões 211
14. A bagagem 213
15. O ovo 231
16. Idílio 235
17. A sapa 241
18. Os fósforos 245
19. Bombardeio 251
20. O fogo 269
21. O posto de assistência 327
22. O passeio 347
23. A corveia 357
24. A aurora 377

Henri Barbusse, 1933 (Akg-Images/Latinstock).

APRESENTAÇÃO

Henri Barbusse nasceu em 1873, na França. Era um escritor reconhecido quando, aos 41 anos, apesar de suas tendências pacifistas e de problemas de saúde, alistou-se voluntariamente no exército de seu país por ver razões humanitárias na guerra. Uma vez no *front*, Barbusse registrou minuciosamente suas experiências, e particularmente o linguajar dos soldados rasos, os *poilus*. Esse material serviria de base para *O fogo*, escrito enquanto convalescia de ferimentos, com a guerra ainda em andamento. O reconhecimento não demorou a chegar: o livro recebeu o Goncourt – mais prestigioso prêmio literário francês – em 1916. Hoje, passado um século, continua a ser literatura de referência na França.

O fogo retrata um pelotão de homens simples, vindos de diversas partes da França, que esperam apenas sobreviver à guerra e voltar à sua vida normal. A incompreensão das razões e propósitos da guerra justamente por quem costuma perder a vida nela, o desalento pelo descaso dos superiores, a generosidade no convívio entre os soldados, a angústia da espera e a paradoxal monotonia do quotidiano da guerra – negada no clímax do livro, centrado no capítulo

"O fogo" – são mostrados de maneira exemplar e comovente por Barbusse. Sua abertura onírica e sombria, que evoca o sanatório em que Thomas Mann ambienta sua representação da Europa do pré-guerra em *A montanha mágica*[1], dá a tônica do ponto de vista de Barbusse sobre a guerra.

Além da força de seu relato, há um interesse particular em *O fogo*. A obra foi escrita e publicada no calor da guerra, bem antes que seu fim e suas consequências pudessem ser ainda que remotamente antevistos. Naquele momento, embora se soubesse que a guerra não seria curta a ponto de os soldados estarem de volta para o Natal – promessa muitas vezes repetida no começo da guerra –, não se sabia quão devastadora ela seria do ponto de vista político e humano. E quão frustrante ela haveria de ser, se pensarmos que começou sendo chamada de "a guerra para acabar com todas as guerras".

Barbusse, com seu estilo naturalista cru e seu compromisso em retratar a realidade das trincheiras do ponto de vista dos *poilus*, chegou a ser conhecido na França como "Zola das trincheiras". A simpatia de Barbusse pelos soldados rasos é clara, e às vezes beira a idealização. O narrador aparece como mero observador de situações e casos fragmentados protagonizados pelos *poilus*. Ao contrário de autores como Ernst Jünger[2], que glorifica e confere aspectos míticos à guerra, sem dar muita importância aos soldados individualmente, Barbusse, assim como o italiano Emilio Lussu[3], busca o homem atrás das engrenagens históricas.

Marcada pelo uso da tecnologia para ferimentos em massa, com inovações como gás, lança-chamas, tanques, aviões, o desenvolvimento de granadas de mão, metralhadoras, bombas e rifles, a Primeira Guerra envolveu um contingente de soldados com um nível de escolaridade inédito.

---

1 Editora Nova Fronteira, Rio de Janeiro, 2005.
2 Ver seu *Tempestades de aço*, Cosac Naify, São Paulo, 2013.
3 Ver *Um ano sobre o altiplano*, publicado pela Mundaréu em 2014, também na Coleção Linha do Tempo.

Hoje podemos ter acesso a cartas, diários, relatos, romances e poemas escritos por pessoas que vivenciaram a guerra, testemunhos em número e diversidade inexistentes em guerras anteriores.

Para alguns críticos[4], que reconhecem os testemunhos como efetivos e valiosos documentos históricos e buscam a representação exata dos acontecimentos, tendo a veracidade por critério absoluto, os textos literários produzidos por ex-combatentes deveriam ser rejeitados. Não haveria perdão para Henri Barbusse, Erich Maria Remarque[5] e outros, que transformaram seu testemunho em ficção. Sem negar os atritos entre liberdade criativa e acuidade histórica, é possível pensar que recursos literários, por meio do equilíbrio complexo e variável que mantêm com a realidade fática, podem realçar uma vivência histórica.

Assim, escolhemos incluir nesta edição um texto em que Marc Bloch[6], ao expor a importância do testemunho no trabalho historiográfico, oferece um belo exemplo da literatura como registro de mentalidades de uma época. Henri Barbusse, que não era historiador, relata batalhas a que assistiu e homens que conheceu – espelho necessariamente imperfeito de acontecimentos, ele traduz com grande força sentimentos e crenças da época.

Barbusse morreu em 1935, de pneumonia, na União Soviética. Está enterrado no Cemitério Père Lachaise, em Paris.

---

4 Ver Jean Norton Cru, em sua análise *Du Témoignage* (1930), Éditions Allia, Paris, 2008.
5 Autor de *Nada de novo no front*, LP&M Editores, Porto Alegre, 2008.
6 Historiador francês (1886-1944), um dos fundadores da Escola dos Annales e grande influência para a chamada história das mentalidades. Foi combatente da Primeira Guerra e resistente na Segunda Guerra – foi fuzilado pela polícia secreta nazista, a Gestapo.

NOTA DA TRADUÇÃO

Vencedor do Prêmio *Goncourt* em 1916, *Le Feu* atingiu notoriedade por ser um dos primeiros romances a tratar da guerra de forma mais crua. No entanto, este também foi um dos motivos pelos quais Henri Barbusse viria a ser posteriormente criticado na França, acusado de exagerar os "horrores da guerra".

O projeto da obra teve origem na própria experiência do autor como soldado durante a Primeira Guerra Mundial (1914-1918). Barbusse alistou-se voluntariamente e de fato lutou por seu país no *front*. Tornar o campo de batalha vivo ao leitor foi sua principal ambição. Podemos ver o narrador da obra como uma configuração do próprio autor, revelando em detalhes a vida nas trincheiras, os bombardeios, a espera de um ataque, a carnificina, os sofrimentos e desejos dos companheiros. Durante a guerra, Barbusse preencheu seus cadernos com uma série de anotações que, mais tarde, comporiam a obra.

Além disso, o projeto ainda previa um tratamento especial da linguagem e este também é um dos motivos pelos quais o livro ficou conhecido. Barbusse buscou reproduzir, nos diálogos entre os soldados, dialetos e sonoridades de diversas regiões da França, além do próprio linguajar típico das trincheiras, recheado de gírias, palavrões e coloquialismos. O objetivo seria não apenas dar voz aos soldados vindos de diversas partes do país como também uma homenagem aos mesmos. Tal projeto é explicitado e discutido na própria obra. No capítulo treze, intitulado "Os palavrões", o soldado Barque questiona o narrador sobre seus escritos: "... se os recrutas falarem no seu livro, vai deixar que falem como falam, ou vai amenizar? É por causa dos palavrões que dizemos" ao que o narrador responde: "Eu vou colocar os palavrões no lugar deles, meu amigo, porque essa é a verdade". Barque ainda duvida do propósito buscado por considerar o narrador um homem "muito educado".

O livro, portanto, apresenta diversos registros de linguagem. A narração mais formal se alterna com as falas dos soldados sendo que cada um deles tem seu modo próprio de expressão, às vezes mais coloquial, às vezes menos, às vezes rude, às vezes marcado por um registro específico. Em relação ao último caso, merecem destaque as passagens referentes ao personagem Bécuwe, nas quais Barbusse buscou reproduzir uma sonoridade típica do norte da França: *"Laissez-mi bric' ler cha. Ch' n'est point n' n' affouaire. Arrangez cheul' ment ilà in ch' tiot foyer et ine grille avec d' fourreaux d' baïonnettes. J' sais où c' qu' y a d' bau. J' allau en fouaire de copeaux avec min couteau assez pour cauffer l' marmite. V's allez vir..."* (Referente a: *Laisse-moi bricoler ça. Ce n'est point une affaire. Arrangez seulement un petit foyer et une grille avec des fourreaux de baïonnettes. Je sais où il y a du bois. Je vais faire assez de copeaux avec mon couteau pour chauffer la marmite. Vous allez voir...*).

Trechos como o citado acima representaram os maiores desafios para a tradução. Em casos assim, optamos por tornar o texto acessível e palatável em português privilegiando a compreensão e sem forçar uma sonoridade que não faria sentido a um leitor brasileiro: "Me deixe dar um jeito nisso. Não é nada. É só arranjar uma lareira pequena e fazer uma grelha com as bainhas das baionetas. Sei onde tem madeira. Vou fazer umas lascas com minha faca pra esquentar a panela. Você vai ver."

 Diversas propostas de tradução seriam possíveis para trabalhar com as especificidades do linguajar dos soldados. A proposta aqui apresentada valorizou o entendimento do texto esperando abrir outros caminhos para o trabalho com *Le Feu*.

CRÍTICA HISTÓRICA E CRÍTICA DO TESTEMUNHO[1]

Marc Bloch

Meus caros amigos, como vocês sabem, sou professor de História. O passado é a matéria de meu ensino. Eu relato batalhas que nunca assisti, descrevo monumentos desaparecidos muito antes de meu nascimento, falo de homens que nunca vi. E este é o caso de todos os historiadores. Não temos um conhecimento imediato e pessoal dos eventos de antigamente, comparável, por exemplo, àquele que seu professor de física tem da eletricidade. Sobre eles, não sabemos nada a não ser pelos relatos dos homens que viram esses eventos realizarem-se. Na ausência de tais relatos, nossa ignorância é total e irremediável. Nós, historiadores, tanto os maiores quanto os mais humildes, somos todos parecidos com um pobre físico cego e incapacitado que será informado de suas experiências apenas pelos relatórios de um funcionário do laboratório. Nós somos os juízes de instrução, encarregados de uma grande pesquisa sobre o

[1] Dircurso feito por ocasião da entrega de premiação em julho de 1914, quando Marc Bloch era professor do Liceu de Amiens. In: *Annales. Économies, Sociétés, Civilizations.* 5e année, N. 1, 1950, pp. 1-8.

passado. Como nossos colegas do Palácio da Justiça, recolhemos os testemunhos, com a ajuda dos quais procuramos reconstruir a realidade.

Mas será suficiente reunir esses testemunhos e depois costurá-los de uma ponta a outra? Certamente não. A tarefa do juiz de instrução não se confunde com a de seu escrivão. As testemunhas não são completamente sinceras, nem sua memória sempre fiel: de modo que não poderíamos aceitar seus depoimentos sem qualquer controle. Como fazem os historiadores para retirar um pouco de verdade dos enganos e mentiras e separar o joio do trigo? A arte de discernir entre o verdadeiro, o falso e o verossimilhante nesses relatos chama-se crítica histórica. Ela tem suas regras e é bom conhecê-las, espero mostrá-las a vocês. Eis as principais.

***

Comecemos pela mais elementar, a mais modesta das regras. Provavelmente alguns de vocês já tiveram livros acadêmicos nas mãos. Vocês já se perguntaram por que tais livros possuem notas de rodapé? Ah! Essas notas! Essas pobres notas! Vocês não poderiam imaginar como falam mal delas. Elas fazem leitores sensíveis aborrecerem-se com uma obra, mesmo que seja boa – olhos distraídos que não podem mais seguir o texto principal porque são constantemente atraídos para o final da página. Antes de acusar, seria bom tentar entender. Para que servem as notas? Para fornecer o que chamamos de referências. Um físico descreve uma experiência: ele mesmo a faz; ele é sua própria testemunha; ele não precisa citar a si mesmo; sua assinatura na capa de seu livro ou no final de seu artigo é suficiente. Um historiador relata um acontecimento passado; ele não o viu; ele fala a partir de testemunhas; é preciso nomear essas testemunhas, primeiro por prudência, para mostrar que há garantias, e sobretudo por honestidade, para permitir que verifiquemos, quando quisermos, o uso que ele fez de seus relatos. Citar suas testemunhas ou, como dizemos algumas vezes, "citar suas fontes" (a expressão, que não é muito boa, está consagrada) é o primeiro dever do historiador. Somente do historiador? Veremos. Um colega lhe diz que um de seus amigos em comum fez alguma besteira. Antes de acreditar, peça que ele cite suas fontes. Talvez você descubra que sua única fonte é sua própria imaginação. Ou, se ele possui as fontes, não são dignas de confiança. Ou ainda, ele as interpretou de maneira errada. Você irá, por sua vez, ecoar uma fofoca qualquer. Antes de falar, pergunte-se se poderia citar suas fontes. Acredito que não falará nada.

Coloquemos o historiador diante dos documentos que ele reuniu e que citará com cuidado. E vamos observá-lo trabalhar. A menos que um longo hábito de erudição tenha moldado sua mente e substituído o instinto vulgar por uma segunda natureza, seu primeiro movimento será o de aceitar e reproduzir literalmente, sem tocá-lo, o relato fornecido por seus textos. Pois, sendo um homem, ele é naturalmente preguiçoso. "A maioria dos homens, mais que buscar a verdade, que lhe é indiferente, prefere adotar as opiniões que lhe chegam prontas". Faz mais de dois mil anos que Tucídides escreveu essa frase desiludida, que nunca deixou de ser verdade. É preciso um esforço para averiguar, mas não para acreditar. Os historiadores trabalham há muito tempo sem um método que se possa aplicar ainda hoje, que não seja exercer uma disciplina constante sobre si mesmo. Ao espírito crítico, diante de uma inércia satisfeita consigo mesma, só restou o esforço, o cansaço, a incerteza quanto ao resultado, e apenas por isso já mereceria nossa admiração e respeito.

Algumas vezes, os próprios documentos exigem a dúvida e a busca pela verdade. Isso ocorre quando eles se contradizem. No dia 23 de fevereiro de 1848, a multidão parisiense se manifestava no *Boulevard des Capucines*, sob as janelas de Guizot, que acabava de deixar o poder. Uma tropa da infantaria barrava o *boulevard*. Enquanto os oficiais negociavam, um tiro provocou um tiroteio; e o tiroteio, por sua vez, desencadeou a insurreição na qual a monarquia de julho afundaria. Quem atirou? Algumas testemunhas dizem: um soldado. Outras: um manifestante. Não é possível que todos tenham razão. Eis o historiador forçado a decidir. Entretanto, há por toda parte estudiosos benevolentes. Eles não conseguem suportar que algum de seus documentos esteja errado e, num caso desses, suporiam voluntariamente que, no mesmo instante, cada um de seu lado, um soldado e um manifestante tenham atirado. Não imitemos esse espírito muito conciliador. Quando duas informações se contradizem, o mais seguro, até que se prove o contrário, é supor que um dos dois, ao menos, esteja errado. Se o seu vizinho da esquerda lhe diz que dois mais dois são quatro, e seu vizinho da direita que dois mais dois são cinco, não conclua que dois mais dois são quatro e meio.

***

Duas testemunhas diferentes dão a mesma versão para um mesmo acontecimento. O estudioso novato aclama uma concordância tão feliz. O historiador experiente desconfia e se pergunta se, por acaso, uma das duas testemunhas não teria simplesmente repetido a outra. Em uma página célebre de suas memórias, o general Marbot conta como, na noite do dia 7 para o dia 8 de maio de 1809, ele cruzou em um barco as águas furiosas do Danúbio, então em plena cheia, aproximou-se da margem esquerda ocupada pelo inimigo, fez alguns prisioneiros nos bivaques austríacos e retornou com eles são e salvo. Por excelentes razões, pensávamos que essa bela estória, como tantas outras, saíra inteiramente da imaginação de seu herói. Entretanto, uma dúvida persistia: se realmente a famosa travessia do Danúbio era um romance que ele inventou para seu próprio prazer, um romance que ninguém menos que Marbot poderia ter concebido. Somente ele teria interesse em uma mentira em nome de sua glória. No entanto dois autores, o general Pelet e M. de Ségur, tinham um relato semelhante à façanha de Marbot. São mais duas testemunhas. Vejamos o valor desses depoimentos. M. de Ségur será rapidamente descartado: escrevendo após o general Pelet, ele apenas o copiou. O general Pelet compôs suas memórias antes que Marbot tivesse redigido as suas. Mas ele era um dos familiares de Marbot. Não há dúvida de que Marbot tenha ouvido com frequência suas proezas ao vivo, pois o velho guerreiro gostava de evocar o passado que detalhava com arte, e se preparou, enganando seus contemporâneos, para mistificar a posteridade. Por trás de M. de Ségur, fizemos aparecer o general Pelet. Por trás do general Pelet está o próprio Marbot, que se escondia e que descobrimos. Acreditávamos ter três testemunhos e, na verdade, temos apenas um. Para impedir dois acusados de se falarem, o juiz os prende em cárceres diferentes. Menos feliz que ele, o historiador não poderia impedir a comunicação e tenta decifrá-la. Como ele consegue? É o que vamos ver.

Dois carros batem na rua. Um dos motoristas se machuca. Há um tumulto. Um policial cuida do caso. Três de vocês estavam presentes. Na multidão, não se encontram. Vocês observam, vão embora e, cada um, na sua casa, redige uma descrição do acidente. Eu recolho esses três textos e os comparo. Certamente, eles não serão rigorosamente parecidos. Vocês não viram exatamente a mesma coisa, pois não estavam exatamente nos mesmos lugares. Cada memória terá suas falhas, mas não sobre os mesmos pontos. Concordando em relação aos fatos essenciais, vocês se diferenciarão nos detalhes. Quando o pano de fundo for o mesmo, a expressão irá variar. Suponham agora que um dos relatos caia nas mãos de uma pessoa pouco escrupulosa que o copia, assina seu nome e o envia a um jornal. Quando for publicado, vendo todos os pontos semelhantes ao seu relato, você não terá dúvidas de que seja precisamente o seu. Dois testemunhos serão perfeitamente idênticos, sem que sejam suspeitos, apenas quando se reportam a um acontecimento muito simples e muito breve. Só há uma maneira de dizer: "É meio-dia". Mas há muitas maneiras diferentes de se contar a batalha de Waterloo. Se dois relatos da batalha de Waterloo se repetem palavra por palavra, ou se são muito parecidos, concluiremos que um deles foi a fonte do outro. Como diferenciar a cópia do original? Os plagiadores são traídos por seus descuidos. Quando eles não entendem seus modelos, seus contrassensos denunciam-nos. Quando tentam disfarçar seus empréstimos, a inaptidão de suas estratégias faz com que se percam. Como o candidato que transcreve do avesso as frases que leu na composição de seu vizinho, mudando o sujeito e transformando a voz ativa em passiva. Seu estilo basta para que seja descoberto.

Voltemos aos nossos três relatos de um mesmo acidente e vamos compará-los como historiadores. Dois deles afirmam um fato que o terceiro nega. Vamos ordená-los sem pensar, apenas considerando que são dois contra um? Não. A crítica histórica não deve fazer constatações aritméticas. Dez pessoas me garantem que no Polo Norte o mar se estende livre de gelo, o almirante Peary diz que o mar está constantemente congelado. Eu acreditarei em Peary, e ainda acreditarei se suas contradições forem cem ou mil; pois só ele entre todos os homens viu o Polo. Um velho axioma latino diz: *Non numerantur, sed ponderantum*. "Os testemunhos se pesam, não se contam".

No portal de nossa catedral, vemos o arcanjo com a balança na mão separar com um gesto os eleitos e os reprovados. O historiador não coloca as testemunhas boas à direita, as ruins à esquerda. Aos seus olhos, não há boa testemunha a quem ele se entregue de uma vez, abdicando de todo controle. Para ser exato, em certos aspectos, um depoimento nunca está totalmente livre de qualquer engano. Há poucas testemunhas ruins. Um relato bastante imperfeito pode conter informações úteis. Vejam, por exemplo, a descrição de uma batalha feita por um dos oficiais que dela participaram. Estejam certos de que, mesmo nos casos menos favoráveis, ela não será falsa por inteiro. Há fatos que ninguém pode ignorar ou dissimular. O menos sincero dos austríacos não negará que, em Austerlitz, a França foi vitoriosa. Por outro lado, por mais próximo da verdade que seja nosso autor, por mais fiel que seja sua memória, haverá pontos fracos. Ele não terá visto tudo com seus próprios olhos. Ele conhecerá alguns episódios apenas de segunda mão, através de relatos possivelmente suspeitos de um irmão de armas ou de um auxiliar do campo. Sua atenção durante o combate não se manterá sempre igual, e suas recordações, geralmente exatas, não ficarão sem lacunas. Um testemunho não forma um todo indivisível que precise ser declarado verdadeiro ou falso. Para fazer sua crítica, é recomendável decompô-lo em seus elementos, que serão testados um após o outro. O poeta da canção de Roland está certo quando diz que Roland foi morto em Roncevaux, e errado quando conta que o herói caiu sob os tiros dos sarracenos.

***

Em 1493, Cristóvão Colombo, ao desembarcar em Palos, anunciou que havia se aproximado da costa da Ásia. Em 1909, o doutor Cook, desembarcando em algum porto da Europa ou da América, anunciou que havia descoberto o Polo Norte. Nenhum dos dois dizia a verdade. Mas Cook mentia e Colombo enganava-se. Um testemunho pode pecar pela falta de sinceridade ou falta de exatidão. Os historiadores, como os juízes, diante de cada testemunho, colocam-se duas questões: Eles buscam dissimular a verdade? Se eles se esforçam para reproduzi-la, são capazes de atingir esse objetivo?

Amor ao lucro ou à glória, rancores ou amizades, ou simplesmente desejo de aparecer, é fácil conceber as diversas paixões que levam os homens a imaginar relatos mentirosos ou forjarem documentos. Alguns falsários, por sua maneira de escrever ou paciência, conquistaram a admiração dos estudiosos. Os mentirosos engenhosos como Marbot sabem, pela aparente precisão dos detalhes, dar um ar de autenticidade a um relato no qual nada é verdadeiro. O leitor diz: "não se inventam coisas assim" e, satisfeito com esse aforismo absurdo, abandona toda desconfiança. O erudito alemão que inventou a história fenícia de Sanconiaton, escrita por ele, do começo ao fim, em bom grego, poderia, aplicando suas raras faculdades a outros objetos, obter uma reputação mais lisonjeira com menos esforço. Se vocês procurarem a razão de uma mentira, irão frequentemente encontrá-la em uma mentira anterior. Engana-se uma segunda vez para evitar a confissão de uma primeira enganação. Um dia Vrain-Lucas forjou uma carta na qual Galileu, escrevendo a Pascal, reclamava que sua vista estava mais fraca a cada dia. Alguém se espantou. Documentos seguros não provavam que Galileu ficou completamente cego alguns anos antes do nascimento de Pascal? Vocês acham que Vrain-Lucas se envergonhou por tão pouco? Ele sentou em sua escrivaninha, ou melhor, em sua bancada, e alguns dias depois produziu um novo documento autógrafo, no qual destacava que Galileu, sendo perseguido, fez-se passar por cego sem sê-lo. O falso engendra o falso.

Talvez as mentiras sejam mais fáceis de descobrir do que as imprecisões, porque suas causas são mais aparentes e geralmente mais conhecidas. A maioria dos homens não se dá conta de quão raros são os testemunhos rigorosamente exatos em todas as suas partes. Devemos nos preocupar com dois tipos de falhas: as das recordações e as de atenção. Nossa memória é um instrumento frágil e imperfeito. É um espelho manchado com placas opacas, um espelho desigual que deforma as imagens que reflete. Para cada testemunha (o juiz deve se esforçar) é preciso determinar não apenas o valor, mas também a forma particular de sua memória. A mesma pessoa que descreve sem erros uma paisagem ou um monumento que ela viu duas ou três vezes, não consegue citar um número corretamente. Para o historiador, assim como para o magistrado, nada é mais importante que as datas. Infelizmente! Há poucas coisas que o comum dos mortais retém tão mal. Nossa mente, como um cesto esburacado, não apenas perde pelo caminho uma parte das recordações que armazenou; no próprio local, diante dos próprios fatos, ela só apreende uma pequena porção desses fatos. Algumas vezes acreditamos que um depoimento é mais seguro quando trata dos objetos que a testemunha teve a oportunidade de ver com mais frequência. É estimar demais nossa capacidade de observação. Não notamos as coisas usuais. Só prestamos atenção nas coisas que nos marcam. Quase todos nós circulamos meio cegos e meio surdos no seio de um mundo exterior que vemos e ouvimos apenas através de uma espécie de névoa. Se eu pedisse a vocês, que foram meus alunos este ano, para descrever a sala na qual nos reunimos várias horas por semana, estou convencido de que a maioria de suas respostas conteria enganos surpreendentes. A experiência já foi feita em outros lugares: em Paris nas escolas primárias, em Genebra, na Universidade. Ela foi conclusiva. Eis outra experiência que vocês mesmos podem tentar, e que lhes transmito para que se divirtam, durante as férias, nos dias chuvosos. Perguntem a uma pessoa de seu círculo, que possua um relógio masculino, como o número 6 aparece em seu relógio: se está em caracteres árabes ou romanos, se a ponta do V está virada para cima ou para baixo, se a curva do 6 é aberta ou fechada etc. Frequentemente a pessoa interrogada responderá com precisão e sem hesitar. Mas na maioria dos relógios masculinos o 6 não existe e seu lugar é ocupado pelo quadrante dos segundos. Nós lemos o número ausente, sem notar sua ausência. Antes de aceitar um testemunho, tentemos determinar quais são os fatos que realmente chamaram a atenção da testemunha e, ao contrário, aqueles que poderiam ter-lhe escapado. Um médico trata de um ferido. Eu o interrogo simultaneamente sobre a ferida que ele examina todos os dias e sobre o quarto do doente que ele também vê todos os dias, mas sobre o qual, sem dúvida, lança apenas olhares distraídos. Eu acreditarei mais no primeiro ponto do que no segundo.

Naturalmente, é pela comparação de testemunhos que conseguimos depreender a verdade. Eu falei agora mesmo sobre o relato que Marbot forneceu de sua travessia do Danúbio. Conhecendo Marbot, desconfiamos, e buscamos averiguar o que lemos. Documentos fidedignos fazem com que conheçamos, dia após dia, a marcha dos exércitos na primavera de 1809. Eles nos dizem que, no ponto da margem esquerda ao qual Marbot diz ter chegado, não havia tropas austríacas na noite de 7 a 8 de maio. Nós sabemos, de outro modo, que o Danúbio ainda não estava em cheia no dia 8 de maio. Marbot se vangloriou de ter enfrentando a fúria de um rio que tinha suas águas tranquilas, feito prisioneiros em um local onde estariam os austríacos que, naquela noite, estavam em outro lugar. Para piorar, ele mesmo revelou, antecipadamente, essa contradição. Foi descoberto um pedido que, no dia 30 de junho de 1809, ele enviou ao marechal Berthier para obter uma promoção. Neste papel, enumerando com cuidado seus serviços, como lhe convinha, ele não mencionou em nenhuma parte a prodigiosa façanha que, realizada algumas semanas antes, teria lhe dado, se fosse verdade, o mais brilhante dos títulos. Contradito pelos outros e por ele mesmo, eis Marbot convencido de ter alterado a verdade.

***

Falou-se muito mal da crítica histórica. Ela foi acusada de destruir a poesia do passado. Os estudiosos foram vistos como mentes secas e planas e, porque não aceitavam de olhos fechados os discursos que as gerações passadas transmitiam através do tempo, acusaram-nos de insultar a memória dos homens de antigamente. Se o espírito crítico tem tantos detratores, isso ocorre, sem dúvida, porque é muito mais fácil acusá-lo ou ridicularizá-lo do que seguir uma disciplina severa. Acreditou-se por muito tempo que as epopeias da Idade Média continham o discurso mais ou menos deformado, mas exato em seus traços essenciais, dos acontecimentos históricos. Sabemos hoje que isso não é verdade. Nas grandes florestas das Ardenas, o cavalo Bayal nunca carregou o filho Aymon. Um saltimbanco inventou a amizade de Ami e Amile. Aymerillot nunca tomou Narbonne. Esses velhos poemas são apenas ficção, não há mais dúvida. Por esse motivo deixamos de nos emocionar? Outrora debruçávamo-nos sobre eles, buscando em seu espelho enevoado o vago reflexo de acontecimentos incertos. Nós os tratávamos como crônicas ruins. E eis que são apenas belos contos! Agora que sabemos lê-los, eles oferecem-nos uma clara imagem: a da alma heroica e pueril, ávida por mistério e agitação, do século que os viu nascer. O que torna as lendas belas e com uma verdade própria é sua capacidade de traduzir fielmente os sentimentos e crenças do passado. Ao conhecê-las como lendas, as apreciamos melhor. E agora direi o que penso, se é verdade, enfim, que a crítica algumas vezes dissipou algumas miragens sedutoras, paciência! O espírito crítico é a higiene da inteligência. O primeiro dever é se lavar.

Elaboradas, sobretudo, pelos historiadores e filólogos, as regras da crítica do testemunho não são um jogo de estudiosos. Elas se aplicam tanto ao presente como ao passado. Talvez alguns de vocês se encontrem, mais tarde, vestidos com os temíveis poderes de um juiz de instrução. Outros serão chamados, pela nossa lei democrática, para as funções de júri. E mesmo aqueles que nunca passarem pelo Palácio da Justiça para qualquer função ou veredito deverão e já devem, a cada instante, na vida cotidiana, recolher, comparar, pesar os testemunhos. Lembrem-se então dos princípios do método crítico. Contra o espírito da maledicência, eles serão a mais segura das armas. Contra o espírito da desconfiança também. O infeliz que vive duvidando de tudo e de todos nada mais é que um ingênuo já muitas vezes enganado. O homem precavido que sabe da raridade dos testemunhos exatos está menos propenso que o ignorante a acusar de mentiroso o amigo que se engana. E no dia em que, na praça pública, vocês tomarem parte em algum grande debate, seja submeter a um novo exame uma causa julgada muito rapidamente, seja votar por um homem ou por uma ideia, não se esqueçam do método crítico. Ele é um dos caminhos que conduzem à verdade.

Tradução: Lívia Bueloni Gonçalves

*À memória dos companheiros que tombaram
a meu lado em Crouy e na colina 119.*

H. B.

O fogo

1. A visão

O Dent du Midi, a Aiguille Vert e o Mont-Blanc fazem frente às figuras exangues emergindo dos cobertores alinhados na galeria do sanatório.

No primeiro andar do hospital-palácio, este balcão esculpido em madeira, que forma uma varanda, está isolado no espaço e domina o mundo.

Os cobertores de lã fina – vermelhos, verdes, marrons ou brancos –, dos quais saem os rostos afinados de olhos radiantes, estão tranquilos. O silêncio reina sobre as espreguiçadeiras. Alguém tossiu. Depois, não se ouve mais do que, de tempos em tempos, o barulho das páginas de um livro, viradas em intervalos regulares, ou o murmúrio de uma pergunta e de uma resposta discreta, de vizinho em vizinho ou, às vezes, sobre a balaustrada, o alvoroço de um corvo audacioso, que escapa de seu bando que avança na imensidão transparente, rosários de pérolas negras.

O silêncio é a lei. De resto, aqueles que, ricos, independentes, vieram para cá de todas as partes do mundo, tocados pelo mesmo infortúnio, perderam o costume de falar. Estão voltados sobre si mesmos e pensam em sua vida e em sua morte.

Uma funcionária aparece na galeria; anda suavemente e está vestida de branco. Ela traz jornais e os distribui.

– Já está feito – diz aquele que abriu primeiro seu jornal – a guerra está declarada.

Ainda que fosse esperada, a notícia causa uma espécie de atordoamento, porque este público pressente os atos desmedidos que virão com ela.

Esses homens inteligentes e instruídos, cultivados pelo sofrimento e pela reflexão, desligados das coisas e quase da vida, tão distantes do resto do gênero humano como se já estivessem na posteridade, olham ao longe, diante deles, o país incompreensível dos vivos e dos loucos.

– É um crime que a Áustria comete – diz o austríaco.

– É preciso que a França seja vitoriosa – diz o inglês.

– Eu espero que a Alemanha seja vencida – diz o alemão.

*

Eles se reinstalam sob as cobertas, sobre o travesseiro, em frente aos cimos e ao céu. Mas, apesar da pureza do espaço, o silêncio está pleno da revelação recém-chegada.

– A guerra!

Alguns daqueles que estão ali deitados rompem o silêncio, repetem à meia-voz essas palavras, e refletem sobre o que pode ser o maior acontecimento dos tempos modernos e talvez de todos os tempos.

E mesmo assim, essa anunciação cria sobre a paisagem límpida que eles contemplam como que uma confusa e tenebrosa miragem.

As superfícies calmas do pequeno vale decorado por vilas róseas como as rosas e pastos aveludados, as manchas magníficas das montanhas, a renda negra dos abetos e a renda branca das neves eternas povoam-se de uma agitação humana.

Multidões formigam em massas distintas. Sobre os campos, os ataques, em ondas, propagam-se, depois se imobili-

zam; casas são retalhadas assim como os homens, e as cidades, como as casas; vilas mostram-se em uma brancura esmigalhada, como se tivessem caído do céu sobre a terra, terríveis carregamentos de mortos e feridos mudam a forma das planícies.

Vemos cada nação cuja borda está roída pelos massacres, que se vale, sem cessar, do coração dos novos soldados cheios de força e cheios de sangue; seguimos com os olhos esses afluentes vivos de um rio de mortos.

A norte, a sul, a oeste, há batalhas por todos os lados, em toda a extensão. Podemos nos voltar para um sentido ou outro da superfície: não há um sequer ao fim do qual não haja guerra.

Um dos visionários pálidos, suspendendo-se sobre seu cotovelo, enumera e conta os beligerantes atuais e futuros: trinta milhões de soldados. Outro balbucia, os olhos cheios de morte:

– Dois exércitos em luta são um grande exército que se suicida.

– Não deveria ser – diz a voz profunda e cavernosa do primeiro da fileira.

Mas outro diz:

– É a Revolução Francesa que recomeça.

– Cuidado com os tronos! – anuncia o murmúrio de outro ainda.

O terceiro acrescenta:

– Talvez seja a guerra suprema.

Há um silêncio, depois alguns rostos agitam-se, ainda pálidos pela insípida tragédia da noite em que transpira a insônia.

– Parar as guerras! Será possível?! Parar as guerras! A praga do mundo é incurável.

Alguém tosse. Em seguida, a imensa calma dos suntuosos prados sob o sol, onde brilham suavemente as vacas lustrosas, e os bosques negros, e os campos verdes, e as distâncias azuis submergem essa visão, apagam o reflexo do fogo no qual se acende e rui o velho mundo. O silêncio infinito apaga *o rumor de ódio e sofrimento do negro enxame universal. Os oradores retornam, um a um, ensimesmados, preocupados com o mistério de seus pulmões, a saúde de seus corpos.*

Mas quando a noite se prepara para chegar ao vale, uma tempestade estoura sobre o maciço Mont-Blanc.

É proibido sair nessa noite perigosa em que se sentem chegar até a vasta varanda – até o porto onde eles estão refugiados – as últimas ondas de vento.

Os olhos desses grandes feridos que carregam uma chaga interior abarcam essa agitação dos elementos: eles olham os trovões que suspendem as nuvens horizontais como um mar estourarem nas montanhas, onde cada um, em sua vez, joga no crepúsculo uma coluna de fogo e uma coluna de espessas nuvens, e movimentam seus rostos pálidos de bochechas marcadas para seguirem as águias que fazem círculos no céu e que olham a terra de cima, através dos circos de bruma.

– Parar a guerra! – eles dizem. – Parar as tempestades!

Mas os contempladores colocados no limiar do mundo, limpos de paixões partidárias, livres de noções adquiridas, de cegueiras, da influência das tradições, experimentam vagamente a simplicidade das coisas e as possibilidades abertas...

Aquele que está no fim da fileira grita:

– Vemos, embaixo, coisas que rastejam!

– Sim... como coisas vivas.

– Espécies de plantas...

– Espécies de homens.

Ali nas luzes sinistras da tempestade, sob as nuvens negras desordenadas, esticadas e abertas sobre a terra como anjos maus, parece-lhes que se estende uma grande planície lívida. Na visão deles, as formas saem da planície, que é feita de lama e água, e se agarram à superfície do solo, cegadas e esmagadas pelo lodo, como náufragos monstruosos. E lhes parece que são soldados. A planície, inundada, marcada por longos canais paralelos, cavada por buracos de água, é imensa, e esses náufragos que tentam sair da terra são uma multidão... Mas os trinta milhões de escravos jogados uns sobre os outros, pelo crime e pelo engano, na guerra da lama levantam seus rostos humanos, em que germina, enfim, uma vontade. O futuro está na mão dos escravos e vemos bem que o velho mundo será modificado pela aliança construída, um dia, por aqueles entre os quais o número e a miséria são infinitos.

2. Na terra

O grande céu pálido enche-se de trovoadas: cada explosão mostra, com um relâmpago vermelho, uma coluna de fogo no resto da noite e uma coluna de névoa no que já é dia.

Lá em cima, bem alto, muito longe, um voo de aves terríveis, de respiração poderosa e irregular, que ouvimos sem ver, sobe em círculo para olhar a terra.

A terra! O descampado começa a aparecer, imenso e cheio de água, na longa desolação da aurora. As poças, os canais, cuja brisa aguda da extrema manhã incomoda e faz a água tremer; as pistas traçadas pelas tropas e comboios noturnos nesses campos de esterilidade marcados por caminhos brilhantes como trilhos de aço na pobre claridade; blocos de lama onde se levantam aqui e ali alguns piquetes quebrados, tripés em X, deslocados, pacotes de arame enrolados, torcidos, em forma de arbustos. Esses bancos de lama e seus charcos são como uma lona cinza desproporcional que flutua sobre o mar, imersa em algumas partes. Não chove, mas tudo está molhado, úmido, lavado, naufragado e a luz pálida parece fluir.

Distinguimos as longas valas em labirinto onde o resíduo da noite se acumula. É a trincheira. Seu fundo está forrado por uma camada viscosa na qual o pé descola-se a cada passo com barulho, e que, ao redor de cada abrigo, cheira mal por causa da urina da noite. Os próprios buracos, se nos inclinarmos ao passar, também fedem, assim como as bocas.

Vejo sombras emergirem desses buracos laterais, e se moverem, massas enormes e disformes: espécies de ursos que chafurdam e grunhem. Somos nós.

Estamos embrulhados à moda das populações árticas. Lãs, cobertores, sacos de pano empacotam-nos, pesam-nos, rodeiam-nos estranhamente. Alguns se esticam, vomitam bocejos. Vemos os rostos, corados ou lívidos, com sujeiras que os marcam como cicatrizes, perfurados por olhos perturbados e fixos como lâmpadas, com as enormes barbas por fazer ou encardidos com pelos por raspar.

Pá! Pá! Bum! Os tiros de fuzil, o bombardeio. Acima de nós, por todos os lados, crepitando ou rolando, em longos estouros ou tiros espaçados. A sombria e flamejante tempestade não cessa nunca, jamais. Após mais de quinze meses, há quinhentos dias, neste lugar do mundo onde estamos, o tiroteio e o bombardeio não pararam do dia à noite e da noite ao dia. Estamos enterrados no fundo de um eterno campo de batalha; mas assim como o tique-taque dos relógios de nossas casas nos tempos de outrora, no passado quase lendário, só ouvimos quando queremos ouvir.

Um rosto de bebê, de pálpebras inchadas, com bochechas tão avermelhadas que se diria que alguém colou ali pequenos losangos de papel vermelho, sai da terra, abre um olho, os dois; é Paradis. A pele de suas bochechas gordas está marcada pelo traço das dobras da lona da barraca que ele usou para cobrir a cabeça enquanto dormia.

Ele olha ao redor com seus pequenos olhos, me vê, faz sinal e me diz:

– Passamos por mais uma noite, velhinho.

– Sim, filho, por quantas iguais ainda vamos passar?

Ele levanta seus braços roliços aos céus. Desvia raspando da escada do abrigo e está ao meu lado. Após ter tropeçado no monte obscuro de um companheiro sentado no chão, na penumbra, e que se coça energicamente com suspiros roucos, Paradis se afasta, com seu passo ruidoso, assim-assim, como um pinguim, no cenário diluviano.

*

Pouco a pouco, os homens saem das profundezas. Nos cantos, vemos a sombra densa se formar, depois essas nuvens humanas agitam-se, fragmentam-se... Reconhecemos um a um.

Eis aqui um que se mostra, com seu cobertor formando um capuz. Parece um selvagem, ou ainda, a barraca de um selvagem, que se balança de um lado para outro e caminha. De perto, descobrimos, no meio de uma espessa borda de lã tricotada, um jovem rosto quadrado, iodado, pintado com placas escuras, o nariz quebrado, os olhos puxados, chineses, envoltos num tom rosa, e um pequeno bigode áspero e úmido como uma escova de engraxate.

– É Volpatte. Como vai indo, Firmin?

– Bem, indo e vindo – diz Volpatte.

Ele tem um sotaque pesado e arrastado, agravado por uma rouquidão. Ele tosse.

– Peguei um resfriado desta vez. E aí, ouviu o ataque essa noite? Meu velho, eles começaram um senhor bombardeio. Armado como uma boa infusão!

Ele funga, passa a manga sob seu nariz côncavo. Enfia a mão dentro de seu capote e de sua roupa, procurando sua pele e se coça.

– À luz de velas, matei trinta! – ele murmura. – No grande abrigo, do lado da passagem subterrânea, meu velho, me fala se tem coisa pior que piolho! Dá pra ver os piolhos correndo na palha como eu estou te vendo.

– Quem atacou, os boches[1]?

---

[1] Termo usado, especialmente na Primeira Guerra, para designar alemães. Diz-se que seria derivado do francês *caboche* (repolho). (N.E.)

– Os boches e nós também. Foi do lado de Vimy. Um contra-ataque. Você não ouviu?

– Não – responde por mim o gordo Lamuse, o homem-boi. – Eu estava roncando. Preciso dizer que trabalhei de noite, na outra noite.

– Eu ouvi – declara o pequeno bretão Biquet. – Mal dormi, ou melhor, nem dormi. E tenho um abrigo individual. Bom, olha lá o maldito.

Ele mostra uma fossa que se alonga no nível do solo e onde, sobre uma fina camada de fumaça, há lugar exatamente para um corpo.

– Falo de uma instalação nojenta, – ele constata sacudindo sua pequena cabeça áspera e pedregosa que tem um ar inacabado – eu não cochilei nada: tinha saído pra isso, mas fui acordado pelo revezamento do 129º Batalhão que passou por aqui. Não pelo barulho, mas pelo cheiro. Ah! Todos esses sujeitos com os pés na altura da minha goela. Isso me acordou, me fez mal.

Conheço isso. Já fui muitas vezes acordado na trincheira pelo rastro do cheiro forte que uma tropa arrasta com ela ao andar.

– Se isso pelo menos matasse os piolhos – diz Tirette.

– Ao contrário, excita – observa Lamuse. – Quanto mais nojento você está, mais fedido, mais piolhos!

– E foi bom – prossegue Biquet – que eles me acordassem pelo cheiro. Como eu contava agora mesmo pra esse grande peso de papel, abri os olhos bem a tempo de me agarrar à lona da barraca que fechava meu buraco, enquanto um daqueles nojentos falava em pegar.

– São os canalhas desse 129º.

Distinguíamos, no fundo, a nossos pés, uma forma humana que a manhã não clareava e que, agachada, segurando com as mãos cheias a carapaça de sua vestimenta, se agitava; era o pai Blaire.

Seus pequenos olhos piscavam no rosto em que a poeira vegetava amplamente. Acima do buraco de sua boca desdentada seu bigode formava uma grande massa amarelada. Suas mãos eram terrivelmente escuras: a parte de cima tão suja que parecia peluda, a palma revestida com um cinza áspero. Sua pessoa, curvada e aveludada de terra, exalava um cheiro de panela velha.

Ocupado em se coçar, ele falava, entretanto, com o grande Barque, que, um pouco distante, inclinava-se na direção dele:

– Como civil não sou assim sujo – ele dizia.

– Bem, velhinho, essa sujeira com certeza vai te mudar! – disse Barque.

– Felizmente – acrescenta Tirette – porque agora, quando fizer filhos, só pretinho vai nascer!

Blaire enfezou-se. Suas sobrancelhas franziram-se no semblante em que se acumulava sujeira.

– Por que você me enche? Tem mais depois? É a guerra. E você, cara de feijão, acha que isso não muda sua cara e seus modos, a guerra? Ah, olha pra você, bico de macaco, cara de cu! Um homem precisa ser uma besta para dizer essas coisas que você diz!

Ele passou a mão sobre a camada tenebrosa que cobria seu rosto e que, após as chuvas daqueles dias, revelava-se realmente indelével, e acrescentou:

– E também, se estou assim, é porque quero. Pra começar, sou banguela. O major me disse há um tempão: "Não te sobrou nem um dente. Não serve. No próximo descanso", ele me disse, "vá dar uma volta no carro estomagológico".

– O carro tomatológico – corrigiu Barque.

– Estomagológico – retificou Bertrand.

– Não fui lá por que não quis – continuou Blaire – porque é de graça.

– Então por que não foi?

– Por nada, por causa da mudança – ele responde.

– Você tem tudo de cozinheiro – diz Barque. – Deveria ser.

– Também penso isso – retruca Blaire ingenuamente.

Eles riem. O homem negro ofendeu-se. Ele se levantou.

– Vocês me dão dor de barriga – ele articulou com desprezo. – Vou até as latrinas.

Quando sua silhueta tão escura havia desaparecido, os outros repetiram mais uma vez essa verdade de que aqui embaixo os cozinheiros são os mais sujos dos homens.

– Se você vir um homem sujo, com a pele manchada e aos trapos, que você não seria capaz de tocar com as mãos, pode acreditar: provavelmente é um cozinheiro! E quanto mais sujo, mais cozinheiro ele é.

– É verdade e verdadeiro, assim mesmo – diz Marthereau.

– Olha lá, é Tirloir! Ei, Tirloir!

Ele se aproxima ocupado, farejando daqui e dali; sua cabeça magra, pálida como cloro, dança no meio do colarinho de seu capote, muito maior e espesso. Ele tem o queixo pontudo, os dentes de cima proeminentes; uma ruga ao redor da boca, profundamente suja, tem o aspecto de um focinho. Ele está, como de costume, furioso e, como sempre, vocifera:

– Destruíram minha bolsa de comida esta noite!

– É o revezamento do 129º. Onde ela estava?

Ele mostra uma baioneta presa ao muro, perto de uma entrada do abrigo.

– Ali, pendurada na baioneta fincada lá.

– Imbecil! – grita o coro. – Ao alcance da mão dos soldados que passam! Você é louco, não?

– É uma desgraça mesmo assim – geme Tirloir.

Depois, de repente, ele é tomado por uma crise de raiva; seu rosto enruga-se, furioso, seus pequenos punhos cerram-se, cerram-se como os nós de uma corda. Ele os brande.

– O que foi? Ah! Se eu soubesse quem me fez isso! Quebraria sua cara, o partiria em dois, eu... Lá dentro tinha um *camembert* fechado. Ainda vou procurar.

Ele fricciona a barriga com o punho, com pequenos golpes secos, como um guitarrista e se mete na manhã cinzenta, desta vez digno e careteiro com seu jeito de doente em seu roupão. Nós o ouvimos resmungando até ele desaparecer.

– Esse imbecil – diz Pépin.

Os outros zombam.

– Ele é louco e maluco – declara Marthereau, que tem o costume de reforçar a expressão de seu pensamento com o emprego simultâneo de dois sinônimos.

*

– Ei, paizinho – diz Tulacque, quando chega – dá uma olhada nisso pra mim?

Tulacque está magnífico. Veste um casaco amarelo-limão feito a partir de um saco de dormir oleado. Ele fez um buraco no meio para passar a cabeça e colocou, por cima dessa carapaça, seus suspensórios e seu cinturão. É grande, ossudo. Leva adiante, enquanto caminha, um rosto enérgico de olhos escusos. Leva algo na mão.

– Achei isso cavando, essa noite, no fim do Corredor Novo, quando trocamos as ripas apodrecidas. Gostei de cara desse utensílio. É um modelo antigo de machado.

É um belo modelo antigo: uma pedra pontuda montada com um osso polido. Tem ar de utensílio pré-histórico.

– É fácil de usar – diz Tulacque manejando o objeto. – Foi bem pensado. Mais equilibrado que o machado regular. É elegante. Veja, tente ver... Hein? Me dá aqui. Eu guardo. Isso vai me servir bem, você vai ver...

Ele brande seu machado de homem quaternário e parece um *Pithecanthropus* enfeitado com suas velhas vestimentas, emboscado nas entranhas da terra.

*

Somos, um a um, agrupados, os homens do pelotão de Bertrand e da meia-seção[2], em uma curva da trincheira. Neste ponto, ela é um pouco mais larga que em sua parte

---

[2] Unidade militar francesa (*demi-section*). (N.E.)

reta, na qual, quando nos cruzamos, é preciso, para passar, jogar-se contra o muro e raspar as costas na terra e a barriga na barriga de seu companheiro.

Nossa companhia ocupa, na reserva, um paralelo da segunda linha. Aqui, não há serviço de vigias. À noite, fazemos os trabalhos de terraplenagem na frente, mas durante todo o dia não temos nada a fazer. Amontoados uns contra os outros e encadeados lado a lado, só nos resta esperar pela noite como pudermos.

A luz do dia acaba por se infiltrar nas fendas sem fim que sulcam essa parte da terra; ela aflora nos limiares de nossos buracos. Triste luz do norte, céu estreito e lamacento, também ele carregado, diríamos, de uma fumaça e um cheiro de fábrica. Nessa claridade pálida, os modos heterogêneos dos habitantes do submundo aparecem em sua crueza, na pobreza imensa e desesperada que os criou. Mas é como o tique-taque monótono dos tiros de fuzil e o barulho dos tiros de canhão: dura há muito tempo esse drama que vivemos e não nos surpreende mais a feição que adquirimos e a vestimenta ridícula que inventamos para nos defender da chuva que vem de cima, da lama que vem de baixo, do frio, essa espécie de infinito que está por toda parte.

Peles de animais, pacotes de cobertores, panos, balaclavas, gorros de lã, de pele, cachecóis aumentados ou transformados em turbantes, enchimentos de tricô, revestimentos e coberturas de capuzes com piche, gomados, emborrachados, negros ou de todas as cores do arco-íris, recobrem os homens, apagam seus uniformes tanto quanto sua pele e os engrandecem.

Um deles pendurou nas costas um quadrado de linóleo com grandes quadriculados em preto e branco, encontrado no meio da sala de jantar de algum abrigo de passagem: é Pépin, e o reconhecemos de longe, muito mais por este cartaz de arlequim, do que pela sua pálida figura de apache. Aqui se abaula a couraça de Barque, talhada a partir de uma colcha cortada, que foi rosa, mas que a poeira e a noite descoloriram e deformaram irregularmente. Ali, o enorme Lamuse parece uma torre em ruínas com o resto de seus destroços. O tecido de moleskine, usado como armadura, faz do pequeno Eudore um besouro polido; e, entre todos, Tulacque brilha, com seu tórax laranja de Grande Chefe.

O capacete dá certa uniformidade aos topos dos seres que estão ali, ainda! O costume de alguns de usá-lo sobre o quepe, como Biquet, sobre a balaclava, como Cadilhac, sobre o gorro de lã, como Barque, produz complicações e variações de aspecto.

E nossas pernas! Agora mesmo eu desci, curvado, por nosso abrigo, pequeno porão baixo, sentindo o mofo e a umidade, onde tropeçamos nas caixas de conserva vazias e tecidos sujos, onde dois longos pacotes dormiam, enquanto no canto, à luz de velas, uma forma ajoelhada mexia em uma mochila... Subindo novamente, percebo as pernas, pelo retângulo da abertura. Horizontais, verticais ou oblíquas, à mostra, dobradas, misturadas – obstruindo a passagem e amaldiçoadas pelos passantes – elas oferecem uma coleção multicor e multiforme: polainas, caneleiras negras e amarelas, altas e baixas, de couro, tela curtida, de um tecido impermeável qualquer: grevas azul-escuras, azul-claras, pretas, esverdeadas, cáqui, bege... Único de sua espécie, Volpatte manteve suas pequenas caneleiras da convocação. Mesnil André exibe há quinze dias um par de meias de lã grossa, verde nas laterais, e sempre reconhecemos Tirette por suas faixas de pano cinza com listras brancas, sobre uma calça de civil que estava não se sabe onde no começo da guerra... As grevas de Marthereau não são do mesmo tom, pois ele não encontrou, para cortar em tiras, dois pedaços de casaco igualmente usados e sujos. E há pernas embaladas em panos, jornais, presas por barbantes ou – pelo que é mais prático – fios telefônicos. Pépin fascina os companheiros e os passantes com um par de polainas amareladas, emprestadas de um morto... Barque, que tem a pretensão (e Deus sabe como ele se torna, às vezes, irritante, o irmão!)

de ser um sujeito inventivo, rico em ideias, tem as panturrilhas brancas: ele colocou faixas de curativo em volta das proteções para preservá-las; essa branquidão forma, na parte de baixo de sua pessoa, um lembrete de seu gorro de algodão, que ultrapassa o capacete e de onde sai sua mecha vermelha de palhaço. Poterloo anda há um mês com botas da infantaria alemã, belas botas quase novas com suas ferraduras nos saltos. Caron as havia dado quando foi removido por causa de seu braço. O próprio Caron tomou-as de um artilheiro bávaro morto perto da estrada de Pylônes. Ainda o ouço contar a história:

– Meu velho, o sujeito estava ali, o último em um buraco, quebrado: escancarado pro céu, as pernas pro ar. As botas se mostravam de um jeito que valia a pena. "Vai ser dureza!", eu disse. E foi difícil pra conseguir: trabalhei em cima, puxando, virando, sacudindo, durante meia hora, sem mentira; com seus pés rijos, o idiota não me ajudava. Depois, finalmente, de tanto puxar, as pernas do cadáver se descolaram dos joelhos, sua calça rasgou e veio tudo junto, vrumm! Eu me vi, de repente, com uma bota cheia em cada mão. Foi preciso esvaziar as pernas e os pés de dentro.

– Você exagera!...

– Pergunte ao ciclista Euterpe se não é verdade. Eu te digo que ele fez isso comigo: enfiamos as mãos na bota e tiramos osso, pedaços de meia e de pé. Mas olha se elas não valeram a pena!

E esperando o retorno de Caron, Poterloo usa, em seu lugar, as botas que o artilheiro bávaro não usava mais.

E assim se inventa, de acordo com a inteligência, a atividade, os recursos e a audácia, lutando contra o desconforto assustador. Cada um parece, ao se mostrar, confessar: "Aí está tudo que soube, que pude, que ousei fazer, na grande miséria em que caí".

Mesnil Joseph cochila, Blaire boceja, Marthereau fuma, com o olho fixo. Lamuse coça-se como um gorila e Eudore, como um sagui. Volpatte tosse e diz: "Vou morrer". Mesnil

André pega espelho e pente e cultiva sua bela barba castanha como uma planta. A calma monótona é interrompida, daqui e dali, pelos acessos de agitação feroz que a presença endêmica, crônica e contagiosa dos parasitas provoca.

Barque, que é observador, olha ao redor, tira o cachimbo da boca, cospe, dá uma olhada e diz:

– A gente não se parece em nada mesmo!
– Por que nos pareceríamos? – pergunta Lamuse. – Seria um milagre.

*

Nossas idades? Temos todas as idades. Nosso regimento é um regimento de reserva que reforços sucessivos renovaram em parte com homens da ativa, em parte com um exército de territoriais[3]. Na meia-seção, há os R.A.T.[4], os novos recrutas e os *demi-poils*[5]. Fouillade tem quarenta anos. Blaire podia ser o pai de Biquet, um novato da classe 13. Os cabos chamam Marthereau de "avô" ou "lixo velho", em tom de brincadeira ou a sério. Mesnil Joseph estaria no quartel não fosse a guerra. É um pouco cômico quando somos conduzidos por nosso sargento Virgile, um rapaz gentil com um bigode ralo pintado sobre o lábio e que, outro dia, no alojamento, pulava corda com as crianças. Em nosso grupo desigual, nessa família sem família, nessa casa sem casa que nos reúne, existem, lado a lado, três gerações, vivendo, esperando, imobilizados, como estátuas disformes, como postes.

---

3 Os franceses mobilizados eram classificados conforme a idade – o exército da ativa era composto por combatentes com, em regra, entre 21 e 23 anos; o exército da reserva, entre 24 e 33 anos; o exército territorial, entre 34 e 39; por fim, a reserva do exército territorial, entre 40 e 45 anos e, depois, até 49 anos. Inicialmente, os *territoriaux*, mais velhos, eram destinados a funções na retaguarda, mas, com a evolução do conflito, acabaram tendo papel importante na Primeira Guerra. (N.E.)
4 *Réserve de l'armée territoriale*. (N. E.)
5 Expressão provavelmente relacionada a *poilu* (peludo), termo popularmente usado à época para designar soldado de infantaria. (N.E.)

Nossas raças? Somos de todas as raças. Viemos de todas as partes. Olho para os dois homens que me tocam: Poterloo, o mineiro da fossa Calonne, é rosa, suas sobrancelhas são amarelo-palha, seus olhos, azuis de linho, para sua grande cabeça dourada foi preciso procurar por muito tempo nas lojas a grande sopeira azul que lhe serve de capacete; Fouillade, o barqueiro de Cette, tem olhos de diabo em um rosto longo e magro de mosqueteiro, fundo nas bochechas e cor de violino. Meus dois vizinhos diferem, na verdade, como o dia e a noite.

E também Cocon, personagem magro e seco, de óculos, o tom quimicamente corroído pelos miasmas das grandes cidades, contrasta com Biquet, o bruto bretão, de pele cinza, mandíbula de pedra; e André Mesnil, o tranquilo farmacêutico de uma subprefeitura normanda, com sua bela barba fina, que fala tanto e tão bem, não tem muita ligação com Lamuse, o grande camponês de Poitou, de bochechas e nuca de rosbife. O sotaque suburbano de Barque, cujas grandes pernas bateram as ruas de Paris em todos os sentidos, cruza-se com o sotaque quase belga e cantado daqueles do "'sh' norte" vindos do oitavo territorial, com o falar sonoro, rolando sobre as sílabas como sobre as pedras que os do 144º derramam, com o dialeto que exala dos grupos que formam entre eles, obstinadamente, no meio dos outros, como formigas que se atraem, o pessoal da Auvérnia do 124º... Lembro-me da primeira frase desse gaiato do Tirette, quando se apresentou: "Eu, minhas crianças, sou de Clichy-la-Garenne! Quem dá mais?", e da primeira queixa que me aproximou de Paradis: "Vão gozar de mim porque sou de Morvan...".

Nossos trabalhos? Um pouco de tudo, ao todo. Nas épocas abolidas quando tínhamos uma condição social, antes de virmos enterrar nosso destino nessas galerias que a chuva e a metralha esmagam, e que é sempre preciso refazer, o que éramos? Lavradores e trabalhadores na maior parte. Lamuse foi agricultor; Paradis, carroceiro; Cadilhac, cujo capacete de criança dança no crânio pontudo – como o domo sobre o campanário, diz Tirette – possui terras. O pai Blaire era um arrendatário em Brie. Com seu triciclo, Barque, entregador, fazia acrobacias entre os bondes e os táxis parisienses, xingando magistralmente, segundo diz, pelas avenidas e lugares, fazendo os pedestres pularem assustados como galinhas no poleiro. O cabo Bertrand, que sempre se mantém à distância, taciturno e correto, um belo rosto masculino, bem reto, o olhar horizontal, era contramestre em uma fábrica de bainhas. Tirloir rebocava carros sem rosnar, afirmam. Tulacque era *barman* na região do Trône, e Eudore, com sua figura doce e pálida, tinha na beira da estrada, não muito longe do *front* atual, uma taverna; o estabelecimento foi maltratado pelos explosivos – naturalmente, porque Eudore não tem sorte, isso é fato. Mesnil André, homem ainda vagamente distinto e penteado, vendia bicarbonato e especialidades infalíveis em uma grande loja; seu irmão Joseph vendia jornais e romances ilustrados em uma estação da rede do Estado, enquanto, longe dali, em Lion, Cocon, de óculos, o homem-número, apressava-se, vestido com uma blusa escura, as mãos plúmbeas e brilhantes, atrás dos balcões de uma loja de ferragens, e Bécuwe, Adolphe e Poterloo, desde a aurora, arrastando a pobre estrela de suas lamparinas, assombravam as minas de carvão do norte.

E há outros cuja profissão nunca lembramos e que confundimos uns com os outros, e os trabalhadores manuais do campo que carregavam dez trabalhos ao mesmo tempo em suas sacolas, sem contar o equivocado Pépin que não devia ter nenhuma (dizem que há três meses, durante a licença, após sua convalescência, ele se casou... para usufruir do subsídio das mulheres dos convocados)...

Nenhuma profissão liberal entre aqueles que me rodeiam. Os professores são suboficiais na companhia ou enfermeiros. No regimento, um irmão marista é sargento no serviço de saúde; um tenor, ciclista do major; um advogado, secretário do coronel; um homem que vivia de rendas, cabo na *Compagnie Hors Rang*[6]. Aqui não há nada disso. Nós somos soldados combatentes e quase não há intelectuais, artistas ou ricos que, durante essa guerra, tenham arriscado seus rostos nos postos de observação, a não ser de passagem, ou sob os quepes agaloados.

Sim, é verdade, diferimos profundamente.

Mas, no entanto, parecemo-nos.

Apesar da diversidade de idades, de origem, de cultura, de situação e de tudo que passou, apesar dos abismos que nos separaram outrora, somos, em linhas gerais, os mesmos. Com a mesma silhueta grosseira, escondemos e mostramos os mesmos humores, os mesmos hábitos, o mesmo caráter simplificado de homens de volta ao estado primitivo.

O mesmo falar, feito de uma mistura de gírias de ateliê e quartel e de dialetos, temperado com alguns neologismos, amalgama-nos, como um molho, à multiplicidade compacta dos homens que, há várias estações, esvaziam a França para se acumularem no nordeste[7].

E depois, aqui, ligados por um destino irremediável, trazidos contra a vontade para a mesma fileira, para a imensa aventura, somos forçados, ao longo das semanas e das noites, a nos parecermos. A estreiteza terrível da vida comum nos une, nos adapta, nos apaga uns nos outros. É uma espécie de contágio fatal, de modo que um soldado parece-se com outro sem que seja necessário – para ver essa semelhança – olhá-los de longe, à distância em que somos apenas grãos da poeira que rolam na planície.

*

---

6 A *Compagnie Hors Rang* (*C.H.R*) é a seção composta por todos aqueles que não vão à linha de frente, não combatem, ou seja, os responsáveis por outras funções na guerra – telefonistas, enfermeiros etc. (N.T.)
7 Localização do *front* Ocidental na França. (N.E.)

Esperamos. Cansamos de ficar sentados: levantamos. As articulações esticam-se com um rangido de madeira que empena e velhas dobradiças: a umidade enferruja os homens como os fuzis, mas mais lentamente, mais profundamente. E recomeçamos, de outra forma, a esperar.

Esperamos sempre, em situação de guerra. Tornamo-nos máquinas de espera.

Neste momento, é a comida que esperamos. Depois, serão as cartas. Mas cada coisa a seu tempo: quando terminarmos de esperar pela comida, pensaremos nas cartas. Em seguida, começaremos a esperar outra coisa.

A fome e a sede são sensações intensas que agitam poderosamente o espírito de meus companheiros. Como a comida demora, eles começam a reclamar e a se irritar. A necessidade de alimento e bebida sai de suas bocas em grunhidos:

– Oito horas. Mesmo assim, nada. Por que essa comida não chega?

– Exatamente, eu não como nada desde ontem à tarde – resmunga Lamuse, cujos olhos estão úmidos de desejo e cujas bochechas apresentam grandes marcas cor de vinho.

O descontentamento agrava-se de minuto a minuto:

– Plumet deve ter tomado a cota de bebida que tinha que me trazer com os outros, e está caído por aí.

– É seguro e certo – apoia Marthereau.

– Ah! Que bandidos, que vermes, esses homens da corveia! – Berra Tirloir. – Que raça nojenta! Todos porcos e preguiçosos! Passam o dia na retaguarda e não são capazes de vir na hora. Ah! Se eu fosse o mestre, mandava eles pras trincheiras no nosso lugar, e iam ter que trabalhar! Pra começar, eu diria: cada um da seção carregará gordura e comida em turnos. Os que quiserem, claro... e então...

– Eu tenho certeza – grita Cocon – de que é o porco do Pépère que atrasa os outros! Ele faz de propósito, no começo do dia e agora também; ele não consegue se levantar de manhã, o pobrezinho! Ele leva dez horas pra sair da cama, como uma criança! Quando não enrola, o cavalheiro tem preguiça o dia inteiro.

– Não estou acreditando em você! – ralha Lamuse. – Eu faria ele pular da cama se estivesse lá, acordava com chutes na cabeça, puxava pelo braço, fazia picadinho dele...

– Outro dia – continua Cocon – eu contei: ele levou sete horas e quarenta e sete minutos para vir do abrigo 31. Leva cinco horas cheias, não mais que isso.

Cocon é o homem-número. Ele tem amor, apego pela informação precisa. Fuça a respeito de tudo para achar estatísticas, que levanta com uma paciência de inseto e serve a quem quiser ouvi-lo. Por ora, enquanto maneja os números como as armas, sua figura franzina, de secas arestas, de triângulos e ângulos sobre os quais estão os óculos redondos, está tensa de rancor.

Ele sobe no banco de tiro, feito no tempo em que a linha de frente era aqui, levanta a cabeça, raivosamente, por cima do parapeito. Na luz frisante de um pequeno raio frio que se arrasta sobre a terra, vemos brilhar as lentes de seu binóculo e também a gota que cai de seu nariz como um diamante.

– É Pépère, falo também de um mão-furada! É incrível a quantidade de coisas que ele deixa cair no espaço de um só dia.

O pai Blaire "fuma" em seu canto. Vemos seu grande bigode tremer, esbranquiçado e pendendo como um pente de osso:

– Vê o que digo? Os homens da comida são tipos sujos. É! Que se dane! Não estou nem aí. Senhor Canalha e Companhia.

– Eles são todos desprezíveis – suspira com convicção Eudore que, esparramado no chão, a boca entreaberta, tem o ar de um mártir e segue com um olho preguiçoso Pépin, que vai e vem como uma hiena.

A irritação raivosa contra os retardatários cresce, cresce.

O resmungão Tirloir apressa-se e multiplica-se, está em

casa. Ele aguça a cólera ambiente com seus pequenos gestos pontudos:

– Se a gente dissesse: "Vai ser bom!", mas vai ser uma droga que teremos que empurrar goela abaixo.

– Ah! Que camaradas, hein, o churrasco que nos trouxeram ontem, como pedra! Bife de boi aquilo? Bife de bicicleta, isso sim. Disse pros caras: "Atenção, vocês! Não mastiguem muito depressa: quebrariam os dentes, o borracheiro pode ter se esquecido de tirar todos os pregos!".

A piada, lançada por Tirette – ex-diretor de excursões cinematográficas, parece – em outros momentos nos teria feito rir; mas os espíritos estão excitados e essa declaração tem como eco um rugido circular.

– Numa outra vez, pra você não reclamar que está duro, eles te mandam qualquer coisa que passe por uma carne macia: uma esponja sem gosto, uma papa. Quando você morder, vai ser como beber um pouco de água, nem mais nem menos.

– Tudo isso – diz Lamuse – é sem consistência, não enche barriga. Você acredita estar cheio, mas no fundo está vazio. Assim, pouco a pouco, você desmaia, envenenado pela falta de comida.

– Na próxima vez – clama Biquet exasperado – vou pedir pra falar com o velho, direi: "Meu capitão...".

– Eu – diz Barque – vou me mostrar pálido. Eu direi: "Senhor major...".

– Se você vai comer alguma coisa ou nada, dá tudo na mesma. Todos eles concordam na hora de explorar o recruta.

– Eu digo que eles querem nossa pele!

– É como a bebida. Temos direito que nos distribuam nas trincheiras – vi que isso foi votado em algum lugar, não sei quando nem onde, mas sei – e faz três dias aqui, são três dias que não servem quase nada.

– Ah, desgraça!

*

– Chegou o rango! Anuncia um *poilu*[8] que vigiava na esquina.

– Já estava na hora!

E a tempestade de recriminações violentas cai por terra, como que por encanto. E vemos a fúria transformar-se, subitamente, em satisfação.

Três homens da corveia, sem fôlego, a face lacrimosa de suor, colocam os latões no chão, um latão de combustível, dois baldes de pano e uma porção de pães atravessados por uma vara. Apoiados no muro da trincheira, eles se limpam com seus lenços ou suas mangas. E vejo Cocon se aproximar de Pépère, com um sorriso e, esquecido dos ultrajes com os quais manchou sua reputação, estende a mão, cordialmente, em direção a uma das latas da coleção que inflam Pépère circularmente como um colete salva-vidas.

– O que tem pra comer?

– Está aí – responde evasivamente o segundo serviçal.

A experiência o ensinou que o anúncio do cardápio sempre provoca desilusões ácidas...

E ele começa a discursar, ainda ofegante, sobre a distância e as dificuldades do trajeto que acaba de completar:

"Há gente por toda parte! A maior dificuldade pra atravessar. Em alguns momentos, é preciso se disfarçar com folhas de papel de cigarro..." "Ah! E dizem que na cozinha somos emboscados!" Bem, ele preferiria cem mil vezes estar com a companhia nas trincheiras para a guarda e os trabalhos do que se meter em um negócio desses duas vezes por noite!

Paradis levantou as tampas dos latões e inspecionou os recipientes:

– Feijões no óleo, carne de quinta, mingau e café. É tudo.

– Por Deus! E o vinho? – grita Tulacque.

Ele agita os companheiros:

---

[8] *Poilu* é o nome popular atribuído aos soldados franceses durante a Primeira Guerra Mundial. Significa, literalmente, "peludo". A quantidade de pelos estaria, neste contexto, associada à virilidade e à coragem. (N.T.)

– Venham ver aqui, ei, vocês! Isso ultrapassa tudo! Tiraram nosso vinho!

Os sedentos correm ameaçando.

– Ah! Merda! – exclamam os homens desiludidos do fundo de suas entranhas.

– E ali, o que tem dentro daquele balde? – pergunta o responsável, sempre vermelho e suando, mostrando um balde com o pé.

– Sim – diz Paradis. – Eu me enganei. Tem vinho.

– Esse imbecil! – diz o serviçal levantando os ombros e lançando a ele um olhar de indizível desprezo. – Ponha os óculos se você não vê direito!

Ele acrescenta:

– Um quarto por homem... Talvez um pouco menos, porque um idiota trombou comigo passando pelo Corredor do Bosque e derramou um pouco... Ah! – Ele se apressa em acrescentar elevando o tom – se eu não estivesse carregado, ele teria levado um tiro no traseiro! Mas ele fugiu a toda velocidade, o animal!

E apesar desta forte declaração, ele mesmo se esquiva, inibido pelas reclamações – plenas de alusões depreciativas por sua sinceridade e temperança – que nascem dessa confissão sobre a ração diminuída.

Apesar de tudo, eles se jogam sobre a comida e comem, de pé, agachados, de joelhos, sentados sobre um latão ou uma mochila tirada dos buracos onde dormimos, ou caídos no chão, as costas enfiadas na terra, incomodados com os passantes, xingados e xingando. Fora essas injúrias ou piadas frequentes, eles não se dizem nada, totalmente ocupados em engolir, a boca e seu entorno gordurosos como as culatras.

Eles estão contentes.

Na primeira parada das mandíbulas, fazemos gracinhas obscenas. Eles todos se acotovelam e chiam para ver quem ganha a palavra. Vemos Farfadet sorrir, o frágil empregado da prefeitura que, nos primeiros tempos, se mantinha no meio de nós, tão discreto e tão distinto que passava por um estrangeiro ou um convalescente. Vemos dilatar-se e dividir-se, sob o nariz, a boca em forma de tomate de Lamuse, cuja bochecha se infiltra de lágrimas, vemos florescer e reflorescer a peônia rosa de Poterloo, tremerem de alegria as rugas do pai Blaire, que se levantou, colocou a cabeça para frente e fez gesticular o curto corpo fino que serve de cabo para o seu enorme bigode caído, e até percebemos tornar-se lívida a pequena face enrugada e pobre de Cocon.

*

– Seu café – pergunta Bécuwe – a gente não vai esquentar?
– Com o quê, bufando em cima?
Bécuwe, que gosta de café quente, diz:
– Me deixe dar um jeito nisso. Não é nada. É só arranjar uma lareira pequena e fazer uma grelha com as bainhas das baionetas. Sei onde tem madeira. Vou fazer umas lascas com minha faca pra esquentar a panela. Você vai ver.

Ele vai procurar madeira.

Enquanto esperamos o café, enrolamos o cigarro, enchemos o cachimbo.

Pegamos as bolsas de tabaco. Alguns têm essas bolsas de couro ou de borracha compradas no mercado. É a minoria. Biquet tira seu tabaco de uma meia, estrangulada na parte de cima por uma corda. A maioria dos outros usa uma espécie de sachê antiasfixiante, feito de um tecido impermeável, excelente para a conservação do tabaco ou da bituca. Mas há os que simplesmente varrem o fundo de seus bolsos para procurá-lo.

Os fumantes cospem em círculos, bem na entrada do abrigo onde se aloja a maioria da meia-seção, e inundam com uma saliva amarelada pela nicotina o lugar onde colocamos as mãos e os joelhos quando rastejamos para entrar ou sair.

Mas quem percebe esse detalhe?

*

Falamos de alimentos, por causa de uma carta da mulher de Marthereau.

– A mãe Marthereau me escreveu – diz Marthereau. – Um porco gordo, vivo, sabe quanto está valendo lá em casa agora?

... a questão econômica subitamente transformou-se em uma violenta disputa entre Pépin e Tulacque.

Os vocábulos mais definitivos foram trocados em seguida:

– Estou me lixando pro que você diz ou não diz. Cala a boca!

– Calo se quiser, seu imundo!

– Um murro cala rapidinho!

– Ah, é, de quem?

– Vem ver de quem, vem!

Eles espumam, grunhem e avançam um no outro. Tulacque agarra seu machado pré-histórico e seus olhos escusos lançam dois clarões. O outro, pálido, os olhos esverdeados, o rosto de um criminoso, pensa visivelmente na sua faca.

Lamuse interpõe sua pacífica mão gorda como uma cabeça de criança e seu rosto forrado de sangue entre esses dois homens que se impõem com o olhar e se rasgam com palavras.

– Vamos lá, o que é isso, vocês não querem se machucar. Seria uma pena!

Os outros também intervêm e separam os adversários. Eles continuam a lançar, em meio aos companheiros, olhares ferozes.

Pépin mastiga o resto das injúrias com um sotaque rancoroso e trêmulo:

– Marginal, te pego, crápula! Espera só, vai ter troco!

– Esse verme! Você viu! Sabe, não tem o que dizer: aqui a gente convive com uma pilha de indivíduos que não sabe quem é. A gente se conhece e, no entanto, não se conhece. Mas aquele lá, se quis dar uma de bom comigo, se deu mal. Questão de tempo: eu vou acabar com ele qualquer dia desses, você vai ver.

Enquanto as conversas são retomadas e cobrem os últimos ecos duplos da altercação:

– Todo dia agora! – Paradis me diz. – Ontem era Plaisance que queria de qualquer jeito pular no pescoço de Fumex nem sei por quê; um negócio de pílulas de ópio, acho. Cada hora é um que fala em matar o outro. Viramos animais por parecermos com eles?

– Não é nada sério; esses homens aí – constata Lamuse – são crianças.

– Claro, já que são homens.

*

O dia avança. Um pouco mais de luz filtrou as brumas que cercam a terra. Mas o tempo permaneceu encoberto e agora se dissolve em água. O vapor da água se dissolve e desce. Garoa. O vento nos traz seu grande vazio molhado com uma lentidão desesperadora. A névoa e as gotas empastam e embaçam tudo: da vermelhidão das bochechas de Lamuse, à casca laranja que cobre Tulacque, a água tira de nós a densa alegria com a qual a refeição nos preencheu. O espaço se encolheu. Sobre a terra, campo de morte, justapõe-se estreitamente o campo de tristeza do céu.

Estamos ali, plantados, ociosos. Hoje será difícil terminar o dia, livrar-se da tarde. Trememos, sentimo-nos mal; mudamos de um lugar para outro, como gado cercado.

Cocon explica a seu vizinho a disposição intrincada de nossas trincheiras. Ele viu um plano diretor e fez os cálculos. Há no setor do regimento quinze linhas de trincheiras francesas, umas abandonadas, invadidas pela grama e quase niveladas, outras mantidas vivas e eriçadas com homens. As paralelas unem-se por inúmeros corredores que se rodeiam e se engancham como velhas ruas. A rede é ainda mais compacta do que acreditamos nós, que vivemos dentro dela. Sobre os vinte e cinco quilômetros de largura que formam a frente do exército, é preciso contar mil quilômetros de linhas cavadas: trincheiras, corredores, minas. E o exército francês tem dez exércitos. Há, então, do lado francês, em torno de dez mil quilômetros de trincheiras assim como do lado alemão... E o *front* francês não é muito mais que a oitava parte do *front* da guerra sobre a superfície do mundo.

Assim fala Cocon, que conclui dirigindo-se a seu vizinho:
– Em tudo isso, veja o que nós somos...

O pobre Barque – rosto anêmico de criança de subúrbio sublinhado por um cavanhaque de pelos vermelhos e que pontua, como um apóstrofo, sua mecha de cabelo – abaixa a cabeça:

– É verdade, quando pensamos que um soldado, ou mesmo muitos soldados, não são nada, são menos que nada na multidão, ficamos todos perdidos, afogados, como algumas gotas de sangue que somos no meio desse dilúvio de homens e coisas.

Barque suspira e se cala – e, em favor do fim desse colóquio, ouvimos ressoar um pedaço de história contada à meia-voz:

– Ele veio com dois cavalos. Psss... um obus. Só ficou com um cavalo...

– Estamos cheios disso – diz Volpatte.
– Suportamos! – resmunga Barque.
– Não temos outra opção – diz Paradis.
– Por quê? – interroga Marthereau, sem convicção.
– Não tem razão, é o que temos que fazer.
– Não tem razão – afirma Lamuse.
– Sim, tem – diz Cocon. – É... Ou melhor, tem um monte.
– Cala a boca! É melhor que não tenha, já que precisamos suportar.

– Tanto faz – diz Blaire silenciosamente, que nunca perde a chance de dizer essa frase – tanto faz, eles querem nossa pele!

– No começo – diz Tirette – eu pensava um monte de coisas, refletia, calculava; agora, não penso mais.

– Nem eu.

– Nem eu.

– Eu nunca tentei.

– Você não é tão besta quanto parece, pulguento – diz Mesnil André com sua voz aguda e insolente.

O outro, obscuramente lisonjeado, completa sua ideia:

– No começo, você não sabe de nada.

– Temos que saber uma coisa, e essa única coisa é que os boches estão entre nós, enraizados, e que eles não podem passar e que realmente precisamos colocá-los pra fora, mais cedo ou mais tarde, o mais cedo possível – diz o cabo Bertrand.

– Sim, claro, eles têm que se mandar; sem erro. Senão, o quê? Não vale a pena se cansar pensando em outra coisa. Só isso já leva tempo.

– Ah! Que droga! – exclama Fouillade – e que tempo!

– Eu – diz Barque – não reclamo mais. No começo, reclamava de todo mundo, dos que ficam na retaguarda, dos civis, dos habitantes, dos emboscados. Sim, reclamava, mas era no começo da guerra, eu era jovem. Agora, levo as coisas de uma forma melhor.

– Só tem um jeito de levar as coisas: do jeito que elas vêm!

– É claro! Senão você fica louco. Já estamos ficando assim, hein, Firmin?

Volpatte faz que sim com a cabeça, profundamente convencido, cospe, depois contempla seu cuspe com um olhar fixo e absorvido.

– Diz aí – apoia Barque.

– Aqui não se deve buscar nada longe de você. É preciso viver o dia a dia, hora a hora, o melhor que puder.

– Certamente, cara de noz. É preciso fazer o que mandam a gente fazer, esperando que digam pra gente ir embora.

– É isso aí – boceja Mesnil Joseph.

Os rostos queimados, manchados, incrustados de poeira opinam, calam-se. Obviamente, é o pensamento desses homens que abandonaram, há um ano e meio, todos os cantos do país para se amontoarem na fronteira: a renúncia a compreender e a renúncia a ser você mesmo; a esperança de não morrer e a luta para viver da melhor forma possível.

– É preciso fazer o que devemos, sim, mas é preciso saber se virar – diz Barque que, lentamente, pra lá e pra cá, tritura a lama.

*

– É preciso mesmo – sublinha Tulacque. – Se você não se virar, não vamos fazer isso por você, não se preocupe!
– Ainda tem quem se preocupe com os outros.
– Cada um por si na guerra!
– Evidentemente, evidentemente.
Silêncio. Depois, do fundo de sua miséria, esses homens evocam imagens saborosas.
– Tudo isso – retoma Barque – não vale a vida boa que tivemos, uma vez, em Soissons.
– Ah! Merda!
Um reflexo de paraíso perdido ilumina os olhos e parece excitar os rostos já frios.
– Você fala de uma festa – suspira Tirloir, que para, pensativamente, de se coçar e olha ao longe, para além da borda da trincheira.
– Ah! Por Deus, toda aquela cidade quase evacuada e que, em suma, era nossa! As casas com as camas...
– Os armários!
– Os porões!
Lamuse tem os olhos molhados, o rosto inchado e o coração pesado.
– Vocês ficaram muito tempo lá? – pergunta Cadilhac, que chegou depois com o reforço da Auvérnia.
– Vários meses...
A conversa, quase apagada, reanima-se em chamas vivas, na evocação da época de abundância.
– A gente via – diz Paradis – como se estivesse sonhan-

do, os *poilu* passando pelos quartos ao voltarem para o acantonamento, carregando os frangos e, para cada frango, um coelho emprestado de um homem ou uma mulher que nunca tínhamos visto e que nunca mais vamos ver.

E pensamos no gosto longínquo do frango e do coelho.

– A gente pagava por algumas coisas. O dinheiro também "dançava" assim. Ainda tínhamos grana nesse tempo.

– Foram cem mil francos nas lojas.

– Sim, milhões. Você não faz ideia do desperdício que era todo dia, uma espécie de festa sobrenatural.

– Acredite em mim ou não – diz Blaire a Cadilhac – mas no meio de tudo isso, como aqui ou em qualquer parte que passamos, o que menos tínhamos era fogo. Era preciso correr atrás, encontrá-lo, ganhá-lo, o que fosse. Ah, meu velho, como corremos atrás do fogo!...

– Nós, nós estávamos no acantonamento da *C.H.R.*[9] Lá o cozinheiro era o grande Martin César. Ele era o melhor com a madeira.

– Ah! Sim, ele era um ás. Não precisava se esforçar muito, ele conhecia o negócio!

– Sempre tinha fogo na sua cozinha, sempre, meu velho. Você via cozinheiros caçando por todos os lados nas ruas, chorando porque não tinham nem madeira, nem carvão; ele, ele tinha fogo. Quando não tinha nada, ele dizia: "Não se preocupe, não, vou tirar fogo daqui". E não demorava muito.

– Ele abusava mesmo, podemos dizer. Na primeira vez que o vi na sua cozinha, sabe com o que ele aquecia o rango? Com um violino que ele tinha achado na casa.

– É uma porcaria mesmo – diz Mesnil André. – Sei bem que um violino não tem muita utilidade, mas, de qualquer jeito...

– Outra vez ele usou tacos de bilhar. Zizi tinha acabado

---

9 Compagnie Hors Rang, que não fazia parte da classificação militar usual. O autor faz diversas referências a siglas de unidades do exército francês da época, muitas vezes sem correspondências. Nesses casos, optou-se por manter as siglas originais. (N.E.)

de pegar um para fazer uma bengala. O resto foi pro fogo. Depois, os sofás da sala, que eram de mogno e passaram na surdina. Ele destruía e serrava durante a noite, caso algum superior aparecesse.

– Ele trabalhava duro – diz Pépin... – Quanto a nós, usamos um móvel velho que durou quinze dias.

– Por que não temos absolutamente nada? É preciso fazer a comida, zero de madeira, zero de carvão. Depois da distribuição, você fica lá com a boca vazia na frente de uma porção de carne no meio dos companheiros que não estão nem aí pra você, esperando que te ofendam. E então?

– O negócio é assim. Não é culpa nossa.

– Os oficiais não diziam nada quando roubavam?

– Eles comiam muito, e como! Você se lembra, Desmaisons, do golpe do tenente Virvin destruindo a porta de um porão com um machado? Quando um *poilu* viu, ele lhe deu a porta pra queimar, para que o companheiro não espalhasse o caso.

– E o pobre Saladin, oficial responsável pelo abastecimento, parecia um cão ou um lobo, saindo de um porão com duas garrafas de vinho branco em cada braço, o irmão. Como foi visto, foi obrigado a descer novamente à mina de garrafas e distribuir a bebida para todos. Ainda que o cabo Bertrand, que tem princípios, não quisesse beber. Ah! Você lembra, pé de salsicha?!

– Onde ele está agora, o cozinheiro que sempre achava fogo? – perguntou Cadilhac.

– Ele morreu. Uma bomba caiu na sua panela. Ele não foi atingido, mas morreu mesmo assim, pelo choque ao ver seu macarrão com as pernas pro ar; um espasmo do coração, foi o que disse o médico. Ele tinha o coração fraco; só era forte pra achar madeira. Nós o enterramos devidamente. Fizemos um caixão com o piso de um quarto; pregamos as tábuas com os pregos dos quadros da casa e usamos tijolos para empurrá-los. Enquanto o transportávamos, eu me dizia: "Felizmente, para ele, que está morto. Se visse isso, não poderia jamais se consolar por não ter pensado nas tábuas do piso para seu fogo". Ah! Que figura esse filho de porco!

– O soldado se dá bem nas costas do companheiro. Quando você passa por uma corveia ou pega um bom pedaço ou o melhor lugar, são os outros que penam – filosofou Volpatte.

– Eu – diz Lamuse – sempre me virei pra não vir pras trincheiras e nem conto as vezes em que escapei. Isso eu confesso. Mas quando os companheiros estão em perigo, não procuro mais vantagem, não quero me dar bem. Esqueço meu uniforme, esqueço tudo. Vejo os homens e vou. Mas, de outra forma, meu velho, eu penso em mim.

As afirmações de Lamuse não são palavras vãs. Ele é um especialista em se esquivar, na verdade; entretanto, salvou a vida de feridos indo procurá-los embaixo de tiroteio.

Ele explica o fato sem afetação:

– Estávamos todos deitados na grama. Bombardeavam. Pan! Pan! Zum, zum... Quando os vi atingidos, me levantei – ainda que me gritassem: "Abaixa!" Não podia deixá-los assim. Não tenho mérito, era o que tinha que fazer...

Quase todos os homens do pelotão possuem algum feito militar superior em seu grupo e, sucessivamente, as cruzes de guerra se alinham em seus peitos.

– Eu – diz Biquet – não salvei franceses, mas prendi os boches.

Nos ataques de maio, ele partiu na frente, nós o vimos desaparecer como um ponto, e ele voltou com quatro rapagões de boné.

– Eu os matei – diz Tulacque.

Há dois meses, ele alinhou nove, com grande vaidade diante da trincheira tomada.

– Mas – ele acrescenta – é sobretudo atrás do oficial boche que estou.

– Ah! Os desgraçados!

Eles gritaram isso diversas vezes, do fundo deles mesmos.

– Ah, meu velho – diz Tirloir – falamos da suja raça

boche. Os homens da tropa... não sei se é verdade ou se nos enganam sobre isso também e se, no fundo, não são homens parecidos com a gente.

– Provavelmente são homens como nós – diz Eudore.

– Vai saber!... – exclama Cocon.

– Em todo caso, não estamos obcecados pelos homens – retoma Tirloir – mas os oficiais alemães, não, não, não: não são homens, são monstros. Meu velho, são realmente um tipo especial de vermes imundos. Você pode dizer que são os micróbios da guerra. É preciso ver de perto, sua grande e terrível rigidez, magros como pregos com suas cabeças de bezerro.

– Ou mesmo com suas bocas de serpente.

Tirloir prossegue:

– Eu vi um, uma vez, um prisioneiro, voltando da ligação. Carne nojenta! Um coronel prussiano que tinha uma coroa de príncipe, me disseram, e um brasão de ouro sobre a roupa. Ele dava uma de bom, enquanto era conduzido pelo corredor só porque ousaram tocá-lo durante a passagem! E ele olhava todo mundo de cima! Eu me disse: "Espera, meu velho, vou te fazer sofrer!" Esperei a chance, me posicionei atrás dele e dei com toda força um golpe com o pé em seu pescoço. Meu velho, ele caiu no chão, quase estrangulado.

– Estrangulado?

– Sim, pela fúria, quando ele entendeu o que acontecia, sabendo que seu nobre traseiro de oficial tinha sido arrebentado pela bota militar de um simples *poilu*. Ele começou a gritar como uma mulher e a gesticular como um epilético...

– Eu não sou mau – diz Blaire. – Tenho filhos e isso me incomoda, em casa, quando preciso matar um porco que conheço, mas esses aí eu acertaria bem com uma espada – dzing – no meio do peito.

– Eu também!

– Sem contar – diz Pépin – que eles têm tampas de prata e de pistola que você pode revender por cem francos quando quiser e binóculos prismáticos que não têm preço! Ah!

Desgraça, durante a primeira parte da campanha o que deixei de oportunidades passarem! Eu estava todo equipado naquele momento! Bem feito pra mim. Mas não se preocupe: um capacete de prata eu terei! Escute bem, eu te juro que terei. Não me basta só a pele, mas também os trapos de um agaloado de Guilherme[10]. Não se preocupe: vou arranjar isso antes que a guerra termine.

– Você acredita no fim da guerra? – pergunta alguém.
– Não se preocupe – responde o outro.

*

Entrementes, produz-se um tumulto à nossa direita e subitamente vemos surgir um grupo sonoro e em movimento no qual as formas escuras se misturam às formas coloridas.

– O que é isso?

Biquet se aventurou para fazer o reconhecimento: ele volta e aponta com o polegar por cima do ombro a massa variada:

– Ei! O povo; venham ver isso. Pessoas.
– Pessoas?
– Sim, senhores. Civis com os oficiais de estado-maior.
– Civis! Contanto que aguentem[11]!

É a frase sacramental. Ela faz rir, ainda que a tenhamos ouvido cem vezes, certa ou errada, o soldado distorce seu sentido original e a considera um chamado irônico à sua vida de privações e perigos.

Dois personagens avançam: dois personagens de casacos e bengalas; um outro vestido de caçador, adornado com um chapéu aveludado e um binóculo.

---

10 Referência a Guilherme II, imperador da Alemanha. (N.E.)
11 Referência à charge de Jean-Louis Forain publicada no *Le Figaro* em 1915. Na França, o desenho tornou-se um dos mais célebres sobre a Primeira Guerra Mundial. Sob o título de "Inquietação", traz a imagem de dois soldados e o seguinte diálogo: "Contanto que aguentem / Quem? / Os civis". A charge chamava a atenção para a preocupação dos franceses em torno da duração da guerra. (N.T.)

Túnicas azuis suaves sobre as quais reluzem couros vermelhos ou negros seguem e pilotam os civis.

Com o braço, no qual faísca um brasão de seda rodeado de dourado e bordado com raios dourados, um capitão mostra o banco de tiro diante de um velho nicho de observação e incentiva os visitantes a subir para olhá-lo. Um senhor em trajes de viagem sobe com a ajuda de seu guarda-chuva.

Barque diz:

– Você mirou o chefe de estação endomingado que indica um compartimento de primeira classe, na Gare du Nord[12], para um rico caçador no dia da abertura: "Suba, senhor proprietário". Você percebe quando os tipos da alta são todos atiradores com novos equipamentos, couros e quinquilharia, e fazem suas maldades com sua parafernália de assassinos de pequenos animais!

Três ou quatro *poilus* que estavam sem equipamentos desapareceram sob a terra. Os outros não se movem, paralisados, e até mesmo os cachimbos se apagam, e só ouvimos o tumulto dos comentários trocados entre os oficiais e seus convidados.

– São turistas das trincheiras – diz Barque à meia-voz.

Depois, mais alto: "Por aqui, damas e cavalheiros!", dirigindo-se a eles.

– Pare! – sussurra Farfadet, temeroso de que, com sua "bocarra", Barque chame a atenção de personagens poderosos.

Do grupo, cabeças se viram para nós. Um senhor se destaca vindo em nossa direção, com um chapéu mole e uma gravata flutuante. Ele tem uma barbicha branca e parece um artista. Um outro o segue, de casaco preto; este tem um chapéu preto, uma barba negra, uma gravata branca e um pincenê.

– Ah! Ah! – diz o primeiro senhor – Vejam os *poilus*... São verdadeiros *poilus*, realmente!

---

12 Uma das principais estações de trem de Paris. (N.E.)

Ele se aproxima um pouco do nosso grupo, timidamente, como se estivesse no jardim zoológico, e estende a mão para aquele que está mais perto dele, não sem embaraço, como se mostrasse um pedaço de pão a um elefante:

– Olha lá, eles bebem café – ele nota.

– Chamam o café de "suco" – retifica o tagarela.

– Está bom, meus amigos?

O soldado, também intimidado por esse encontro estranho e exótico, resmunga, ri e fica vermelho, e o senhor diz: "Re! Re!"

Depois ele faz um pequeno gesto com a cabeça e se afasta recuando.

– Muito bem, muito bem, meus amigos. Vocês são corajosos!

O grupo, formado por tons neutros de roupas civis semeados por tons militares vivos – como gerânios e hortênsias no solo escuro de um jardim – oscila, depois passa e se afasta pelo lado oposto àquele de onde veio. Ouvimos um oficial dizer: "Ainda temos muito pra ver, senhores jornalistas".

Quando o brilhante conjunto se apagou, nós nos olhamos. Os que estavam eclipsados nos buracos reaparecem gradualmente no alto. Os homens se recuperam e levantam os ombros.

– São jornalistas – diz Tirette.

– Jornalistas?

– Sim, os homens que fazem jornais. Você não parece captar, china: os jornais precisam de gente para escrevê-los.

– Então são eles que vivem enchendo nossa cabeça? – pergunta Marthereau.

Barque faz uma voz em falsete e recita fingindo ter um papel diante do nariz:

– "O príncipe está louco, após ter sido morto no começo da campanha e, enquanto isso, tem todas as doenças que quisermos. Guillherme vai morrer essa noite e morrerá de novo amanhã. Os alemães não têm mais munição, mastigam madeiras; não aguentam, segundo os mais autorizados cálculos, mais que até o fim da semana. Nós os teremos quando quisermos, com a arma no coldre. Se ainda esperamos alguns dias é porque não temos vontade de abandonar a vida das trincheiras; estamos muito bem aqui, com água, gás, duchas em todos os andares. O único inconveniente é que está um pouco quente este inverno... Quanto aos austríacos, há muito tempo não aguentam mais: eles fingem..." É assim há quinze meses e o diretor diz aos seus escreventes: "Ei, vocês, vamos com isso, encontrem uma forma de depurar pra mim em cinco segundos e discorrer ao longo dessas quatro folhas brancas sagradas que temos que sujar".

– É isso mesmo! – diz Fouillade.

– Por que, cabo, você ri, não é verdade o que dizem?

– Tem um pouco de verdade, mas vocês criticam os sujeitinhos, e tenho certeza de que seriam os primeiros a fazer um cofrinho se tivessem que passar sem jornais... E, quando o vendedor de jornal passa, por que ficam todos gritando: "Eu! Eu!"?

– E depois, o que de bom tudo isso pode te trazer?! – exclama o pai Blaire. Use o jornal como penico e faça como eu: não pense no que lê!

– Sim, sim, já cansou! Vira a página, nariz de burro!

A conversa é cortada, a atenção fragmenta-se, dispersa-se. Quatro homens jogam uma manilha que durará até que a noite apague as cartas. Volpatte se esforça para capturar uma folha de papel de cigarro que escapou de seus dedos e que saltita ziguezagueando ao vento contra o muro da trincheira como uma borboleta fugaz.

Cocon e Tirette evocam as lembranças do quartel. Os anos de serviço militar deixaram uma impressão indelével; é um fundo de lembranças ricas, imutáveis e sempre prontas, do qual – temos o hábito, após dez, quinze, vinte anos – tiramos temas para conversas... E assim continuamos, mesmo tendo, durante um ano e meio, feito guerra em todas as suas formas.

Ouço parte do colóquio, adivinho o resto. É, ainda, eternamente o mesmo gênero de anedotas que os ex-soldados de cavalaria contam de seu passado militar: o narrador calou a boca de um suboficial mal-intencionado com palavras cheias de propósito e bravata. Ele ousou, falou em alto e bom tom, ele! Os fragmentos chegam aos meus ouvidos:

– Então... Você acha que eu recuei quando Nenoeil fez isso? De jeito nenhum, meu velho. Todos os companheiros calaram a boca, mas eu, eu disse bem alto: "Meu ajudante, como eu disse, é possível, mas..." (segue uma frase que não consegui pegar)... Ah, você sabe, assim mesmo, disse a ele. Ele não deu um pio. "Está bem, está bem", foi o que ele disse saindo do acampamento, e depois, foi gentil como nunca comigo.

– É como eu com Dodore, o ajudante do 13º, quando eu estava de folga. Um cretino. Agora ele está no Panteão, como guarda. Ele não me aturava. Então...

E cada um desfaz sua bagagem pessoal de palavras históricas.

Cada um é como os outros: não há um que não diga "eu, eu não sou como os outros".

*

– O vagomestre!

É um homem alto e largo com panturrilhas fortes, de aparência tranquila e bem apessoado como um policial.

Ele está de mau humor. Recebeu novas ordens e agora precisa ir, a cada dia, até o posto de comando do coronel para levar o correio. Ele se enfurece com essa medida como se ela fosse exclusivamente dirigida contra ele.

No entanto, em sua fúria, ele fala com um, com outro, de passagem, segundo seu costume, enquanto chama os cabos para as cartas. E, apesar de seu rancor, não guarda para ele todas as informações com as quais chegou. Ao mesmo tempo em que tira as cordas dos pacotes de cartas, distribui sua provisão de notícias verbais.

Ele diz a princípio que, segundo o informativo, há em todas as cartas a proibição de usar capuzes.

– Está ouvindo isso? – pergunta Tirette a Tirloir. – Você está obrigado a lançar seu belo capuz pelos ares.

– Não mesmo! Não vou. Isso não tem nada a ver comigo – diz o encapuzado, cujo orgulho, não menos que o conforto, está em jogo.

– Ordem do general comandante do exército.

– É preciso então que o general encarregado dê ordem pra que não chova mais. Não quero saber de nada disso.

A maioria das ordens, mesmo as menos extraordinárias que essa, são sempre recebidas assim... antes de serem executadas.

– O informativo também ordena, diz o homem das cartas, que cortem as barbas. E os cabelos, raspados!

– É você quem diz, meu grande! – diz Barque, cujo topete está diretamente ameaçado por essa ordem. Você não me viu. Pode fechar as cortinas.

– Você fala isso pra mim. Faça ou não faça. Não estou nem aí.

Ao lado das notícias positivas, escritas, há outras mais amplas, mas também mais incertas e mais fantasiosas: a divisão será liberada para repousar, mas repousar de verdade, durante seis semanas – no Marrocos e talvez no Egito.

– Ah!... Oh!... Ah!...

Eles ouvem. Eles se deixam tentar pelo prestígio do novo, do maravilhoso.

Entretanto, alguém pergunta ao vagomestre:

– Quem te disse isso?

Ele indica suas fontes:

– O comandante ajudante do destacamento territorial que faz a corveia no Q.G.

– Onde?

– No Quartel General do Corpo do Exército... E não foi o único que disse. Tem também, você bem sabe, o trouxa cujo nome não sei mais: aquele que parece com o Galle e que não é o Galle. Tem não sei mais quem na sua família que é não sei mais o quê. Dessa forma, ele tem informações.

– E então?

Eles estão lá, em círculo, o olhar faminto, ao redor do contador de histórias.

– Ao Egito, você diz, a gente iria? Não conheço. Sei que existiam faraós do tempo em que eu era criança e ia à escola. Mas desde então!...

– Ao Egito.

A ideia se ancora aos poucos nos cérebros.

– Ah, não – diz Blaire – porque enjoo no mar... E, depois de tudo, não dura, o enjoo... Sim, mas o que a patroa vai dizer?

– O que quer? Ela vai se acostumar! Veremos negros e grandes pássaros enchendo as ruas, como vemos pardais em nossas casas.

– Mas não devemos ir para a Alsácia?

– Sim – diz o vagomestre. – Há quem acredite no Tesouro.

– Seria suficiente pra mim...

... Mas o bom senso e a experiência adquirida sobressaem-se e caçam o sonho. Afirmamos tanto que partiríamos para longe, e acreditamos tanto, e nos desencantamos tanto! É como se, a um momento dado, despertássemos.

– Tudo isso são histórias. Mentiram muito pra gente. Espere antes de acreditar – e não se preocupe nem um pouco.

Eles ganham novamente seu canto, aqui e ali, alguns têm na mão o fardo leve e importante de uma carta.

– Ah! – diz Tirloir – preciso escrever, não posso ficar oito dias sem escrever. Não tem jeito.

– Eu também – diz Eudore – preciso escrever pro meu amorzinho.

– Ela está bem, a Mariette?

– Sim, sim. Não se preocupe com a Mariette.

Alguns já estão instalados para a correspondência. Barque de pé, seu papel esticado sobre um caderno em uma fenda do muro, parece atormentado por uma inspiração. Ele escreve, escreve, inclinado, o olhar fascinado, o ar absorvido de um cavaleiro a galope.

Lamuse está sem inspiração, mas já que se sentou, colocou sua bolsa de papéis sobre a parte acolchoada de seus joelhos e molhou sua caneta-tinteiro, passa o tempo a reler as últimas cartas recebidas, a não saber o que dizer além do que já disse, e a persistir querendo dizer algo novo.

Uma doçura sentimental parece se espalhar sobre o pequeno Eudore, que se acomodou em uma espécie de nicho na terra. Ele rememora, o lápis nos dedos, os olhos no papel; sonhador, ele olha, perscruta, vê, e vemos o outro céu que se ilumina. Seu olhar vai até lá. Ele cresce até sua casa...

O momento das cartas é aquele em que somos maiores e melhores do que fomos. Muitos homens se abandonam ao passado e falam novamente das antigas refeições com a família.

Sob a casca das formas grosseiras e obscurecidas, corações deixam uma recordação murmurar bem alto e evocam luzes antigas: a manhã de verão, quando o verde fresco do jardim se desbota na brancura toda do quarto provinciano, ou quando, nas planícies, o vento provoca movimentos lentos e fortes no campo de trigo e, ao lado, agita o campo de aveia com pequenos tremores vivos e femininos. Ou ainda, o sol do inverno, a mesa ao redor da qual estão as mulheres e sua doçura e sobre a qual está a lâmpada que acaricia com o brilho terno de sua luz e o tecido de seu abajur.

No entanto, o pai Blaire retoma o anel que havia começado a fazer. Ele enfiou a rodela de alumínio ainda sem forma em um pedaço de madeira redondo e a esfrega com uma lima. Ele se dedica a esse trabalho, refletindo com todas as suas forças, duas rugas esculpidas em sua testa. Às vezes ele para, ajeita-se, e olha para a pequena coisa, ternamente, como se ela também o olhasse.

– Você entende – ele me disse uma vez a propósito de um outro anel – não se trata de ficar bom ou não. O importante é que eu tenha feito para minha mulher, entende? – Quando estava sem nada pra fazer, na preguiça, eu olhava essa foto (ele exibia a fotografia de uma mulher gorda e bochechuda), e começava facilmente a fazer esse anel sagrado. Podemos dizer que fizemos juntos, entende? A prova é que ele me fez companhia e disse adeus a ele quando o enviei à mãe Blaire.

No momento, ele faz um outro e também usará cobre. Ele trabalha com ardor. É o seu coração que quer se exprimir da melhor forma possível e se esforça com esse tipo de caligrafia.

Nesses buracos desnudados da terra, esses homens inclinados com respeito sobre essas leves bijuterias, elementares, tão pequenas que a grande mão endurecida as segura com dificuldade e as deixa escapar, têm o ar ainda mais selvagem, mais primitivo e mais humano que sob qualquer outro aspecto.

Pensamos no primeiro inventor, pai dos artistas, que tentou dar a essas coisas duráveis a forma daquilo que via e a alma do que sentia.

*

– Olha lá quem vai passar – anuncia Biquet, da guarda móvel, que fica na entrada de nosso setor da trincheira. – Um monte de gente.

Nesse momento, um ajudante, com a barriga e o queixo protegidos por cintas, chega brandindo a bainha de sua espada:

– Deem passagem, vocês aí! Saiam, estou dizendo! Vocês ficam aí sem fazer nada... Vamos, fora! Não quero mais ver ninguém na passagem, ah!

Nós nos alinhamos vagarosamente. Alguns com lentidão, pelas laterais, entram aos poucos no solo.

É uma companhia de territoriais encarregados dos trabalhos de terraplenagem da segunda linha e manutenção dos corredores de trás. Eles surgem, munidos de seus utensílios, miseravelmente vestidos e quase se arrastando.

Nós os vemos, um a um, aproximarem-se, passarem, apagarem-se. São velhinhos esqueléticos, com as bochechas borrifadas de cinzas ou muito ofegantes, envoltos em seus casacos velhos e manchados, dos quais faltam botões e cujo tecido boceja, desdentado...

Tirette e Barque, os dois gaiatos, apertados contra o muro, ficam espiando, a princípio, em silêncio. Depois se põem a sorrir.

– O desfile dos varredores – diz Tirette.
– Vamos rir muito – anuncia Barque.

Alguns dos velhos trabalhadores são cômicos. Esse aqui, que chega na fila, tem os ombros caídos como garrafas, o tórax extremamente fino e as pernas magras e, no entanto, é barrigudo.

Barque não se aguenta mais:
– Ei, Sr. Barril!
– Paletó fino – nota Tirette diante de um casaco que passa, incontavelmente reformado com tudo que é pedaço azul.

Ele interpela o veterano:
– Ei! Papai-retalhos... Ei, você aí... – ele insiste.

O outro se vira, olha-o, a boca aberta.

– Me diz, papai, se quiser ser bem gentil, vai me dar o endereço de seu alfaiate em Londres.

A figura ultrapassada e riscada de rugas ri – depois o camarada, que parou um instante por imposição de Barque, é empurrado pelo fluxo que o segue e é levado.

Depois de alguns figurantes menos notáveis, uma nova vítima apresenta-se para os gracejos. Sobre sua nuca vermelha e áspera vegeta uma espécie de lã suja de carneiro. Com os joelhos dobrados, o corpo para frente e as costas arqueadas, esse territorial mal se aguenta em pé.

– Aqui – grita Tirette apontando-o com o dedo – o célebre homem-acordeão! Na feira, pagaríamos pra ver. Aqui não custa nada!

Enquanto o interpelado balbucia injúrias, homens riem aqui e ali.

Para excitar os dois cúmplices não é preciso mais que o desejo de dizer uma palavra considerada engraçada por esse público nada difícil, que os incita a satirizar esses velhos irmãos de armas penando noite e dia, à beira da grande guerra, para preparar e reparar os campos de batalha.

E os outros espectadores também se manifestam. Miseráveis, eles zombam de outros mais miseráveis ainda.

– Olha esse aqui. E aquele lá, então!

– Nossa, tire a fotografia desse baixinho de pernas curtas. Ei, longe do céu, hein?

– E aquele que não tem fim? Falo de um arranha-céu! Olha lá, ele vale a pena. Sim, você vale a pena, meu velho!

O homem em questão anda a pequenos passos, carregando na frente sua picareta como uma vela, a figura tensa e o corpo todo curvado, atravessado pelo lumbago.

– Ei, vovô, quer dois soldos? – pergunta Barque batendo em seu ombro quando o homem passa por ele.

O *poilu* acabado, perturbado, resmunga: "patife".

Então Barque grita com uma voz estridente:

– Ei, você podia ser educado, cara de peido, velho molde de bosta!

O ancião, voltando-se de uma vez, balbucia, furioso.

– Ah! – grita Barque rindo – Como protesta, esse escombro. Ele é belicoso, veja só, ele seria perigoso se tivesse apenas sessenta anos a menos.

– E se não estivesse bêbado – acrescenta gratuitamente Pépin, que procura outros com os olhos no fluxo dos que chegam.

O peito afundado do último homem aparece, depois suas costas deformadas desaparecem.

O desfile desses veteranos gastos, sujos pelas trincheiras, termina em meio aos rostos sarcásticos e quase maliciosos desses troglodites sinistros emergindo pela metade de suas cavernas de lama.

No entanto as horas passam e a noite começa a inebriar o céu e a escurecer as coisas; ela vem se misturar ao destino cego, assim como à alma obscura e ignorante da multidão que está aqui, sepultada.

No crepúsculo, ouvimos passos fortes, um rumor; depois outra tropa força a passagem.
– O exército africano.
Eles desfilam com seus rostos morenos, amarelados ou amarronzados, suas barbas escassas, ou duras e crespas, seus capotes verdes-amarelo, seus capacetes sujos de lama que mostram uma meia-lua no lugar de nossa granada. Em suas figuras largas ou, ao contrário, angulosas e fortes, brilhantes como moedas, parece que os olhos são esferas de marfim e ônix. Às vezes, na fila, balança, mais alta que as outras, a máscara de carvão de um atirador senegalês. Atrás da companhia, há uma bandeira vermelha com uma mão verde no centro.

Nós os olhamos e nos calamos. Esses, nós não interpelamos. Eles se impõem e causam até um pouco de medo.

No entanto, esses africanos parecem alegres e preparados para algo. Eles vão, certamente, para a linha de frente. É seu lugar e sua passagem é o indício de um ataque muito próximo. Eles existem para o ataque.

– Para esses e o canhão 75 podemos tirar o chapéu! Nós mandamos a Divisão Marroquina para toda parte antes dos grandes momentos!

– Eles não podem se ajustar a nós. Vão muito rápido. Não há meio de pará-los...

Entre esses diabos de madeira clara, bronze e ébano, uns são sérios; seus rostos são inquietos, mudos, como as armadilhas que encontramos. Os outros riem; sua risada soa como o som de bizarros instrumentos de música exótica, e mostra os dentes.

E lembramo-nos dos traços dos negros: sua fúria no ataque, seu desejo de usar a baioneta, o gosto por não dar trégua. Repetimos as histórias que eles mesmos contam voluntariamente, todos usando mais ou menos os mesmos termos e com os mesmos gestos: eles levantam os braços: *"Kam'rad, Kam'rad!"*[13], "Não, nada de *kam'rad!*" e fazem a mímica da

---

13 Referência a "camarada", em alemão. (N.E.)

baioneta que se coloca na frente de si, na altura da barriga, trazendo-a de volta depois, por baixo, com a ajuda do pé.

Um dos atiradores ouve, de passagem, o que falamos. Ele nos olha, ri largamente em seu capacete de turbante e repete, fazendo que não, com a cabeça: "Nada de *kam'rad*, não, nada de *kam'rad*, nunca! Cortar cabeças!"

– Eles são realmente uma outra raça com sua pele como lona de barraca, confessa Biquet que, no entanto, é destemido. O descanso os incomoda, dizemos; eles vivem apenas pelo momento em que o oficial devolve seu relógio ao bolso e diz: "Vamos partir!"

– No fundo, são verdadeiros soldados.

– Não somos soldados, nós, nós somos homens – diz o gordo Lamuse.

Escurece e, no entanto, essa palavra exata e clara traz uma espécie de brilho àqueles que estão aqui, a esperar, desde esta manhã e há meses.

Eles são homens, companheiros quaisquer arrancados bruscamente da vida. Como homens quaisquer tomados da massa, eles são ignorantes, pouco entusiasmados, com a visão limitada, cheios de um forte senso comum que, às vezes, descarrila; inclinados a se deixar levar e fazer o que lhes mandam fazer, resistentes à dor, capazes de sofrer por muito tempo.

São homens simples que simplificamos ainda mais e cujos instintos primordiais, por força da situação, acentuam-se: instinto de preservação, egoísmo, esperança tenaz de sobreviver sempre, o prazer de comer, de beber, de dormir.

Intermitentemente, os gritos de humanidade, os tremores profundos saem do escuro e do silêncio de suas grandes almas humanas.

Quando começamos a não enxergar muito bem, ouvimos, ao longe um murmurar, que depois aproxima-se, mais sonoro, uma ordem:

– Segunda meia-seção! Reunir!

Nós nos alinhamos. O chamado acontece.

– Ei! – diz o cabo.

Nós nos movemos. Diante do depósito de ferramentas, paramos, ficamos no lugar. Cada um se encarrega de uma pá ou picareta. Um oficial segura as ferramentas no escuro:

– Você, uma pá. Aqui, vamos. Você, também uma pá; você, uma picareta. Vamos, apressem-se e saiam.

Nós vamos pelo corredor perpendicular à trincheira, direto para a frente, para a fronteira móvel, viva e terrível de agora.

No céu cinzento, em grandes órbitas descendentes, o arfar brusco e poderoso de um avião que não vemos mais gira preenchendo o espaço. Adiante, à direita, à esquerda, por toda parte, relâmpagos espalham no céu azul-escuro enormes brilhos fugazes.

3. A descida

A aurora cinzenta alivia com grande dificuldade a disforme paisagem ainda escura. Entre o caminho inclinado que, à direita, desce das trevas, e a nuvem negra do bosque Alleux – de onde ouvimos sem ver as atrelagens do trem de combate prepararem-se para partir – estende-se um campo. Nós chegamos ali, os do Sexto Batalhão, no fim da noite. Apoiamos as armas e, agora, no meio desse circo de brilho vago, os pés na bruma e na lama, em grupos escuros quase azulados ou como espectros solitários, estacionamos, todas as nossas cabeças voltadas para o caminho que desce de lá. Esperamos o resto do regimento: o Quinto Batalhão, que estava na primeira linha e abandonou as trincheiras depois de nós...

Um rumor...

– Aí estão eles!

Uma longa massa confusa aparece a oeste como se descesse da noite sobre o crepúsculo do caminho.

Enfim! Terminou esse revezamento maldito que começou ontem às seis da tarde e durou toda a noite; e agora, o último homem pôs o pé para fora do último corredor da trincheira.

O período nas trincheiras foi, dessa vez, terrível. A 18ª Companhia estava na frente. Foi dizimada: dezoito mortos e cinquenta feridos em quatro dias; um homem a menos a cada três e isso sem ataque, apenas pelo bombardeio.

Sabemos disso e, na medida em que o batalhão mutilado se aproxima, vindo de lá, quando nos cruzamos pisando no campo de lama e nos reconhecemos inclinando-se uns sobre os outros:

– Ei, a 18ª!...

Dizendo isso, pensamos: "Se isso continuar assim, o que será de nós todos? O que será de mim?..."

A 17ª, a 19ª e a 20ª chegam sucessivamente e apoiam as armas.

– Aí está a 18ª!

Ela vem depois de todas as outras: estando na primeira trincheira, seu revezamento foi o último.

A luz do dia está um tanto lavada e empalidece as coisas. Distinguimos, descendo o caminho, solitário na frente de seus homens, o capitão da companhia. Ele anda com dificuldade, com a ajuda de uma bengala, por conta de seu antigo ferimento em Marne, que os reumatismos ressuscitam e, também, por causa de uma outra dor. Encapuzado, ele abaixa a cabeça; parece seguir um enterro; e vemos que pensa nisso e que, na verdade, segue um.

E então vem a companhia. Ela chega com muita desordem. Sentimos de imediato um aperto no coração. É visivelmente menor que as três outras no desfile do batalhão.

Eu ganho a estrada e vou à frente dos homens da 18ª que descem. Os uniformes desses sobreviventes são igualmente amarelados pela terra; parece que estão vestidos de cáqui. O tecido está todo endurecido pela lama ocre que secou por cima; as abas dos casacos são como pedaços de placas que balançam sobre a casca amarela cobrindo os joelhos. As cabeças são pálidas, sujas de carvão, os olhos grandes e febris.

A poeira e a sujeira acrescentam rugas aos rostos.

Em meio desses soldados que voltam de arredores de horror há um barulho ensurdecedor. Eles falam todos de uma vez, bem alto, gesticulando, rindo e cantando.

E acreditaríamos, vendo-os, que são uma multidão em festa que se espalha pela estrada!

Eis a segunda seção, com seu grande subtenente cujo casaco está apertado e amarrado ao redor do corpo rijo como um guarda-chuva enrolado. Abro caminho com os cotovelos até o pelotão de Marchal, o mais testado: dos onze companheiros que eram e que nunca se abandonaram durante um ano e meio, só restam três homens com o cabo Marchal.

Ele me vê. Faz uma exclamação alegre, tem um sorriso florescente; solta sua bandoleira e me estende as mãos, em uma das quais pende sua bengala das trincheiras.

– Ei, mano velho, como vai? O que aconteceu com você?

Desvio a cabeça e, quase em voz baixa:

– Então, meu velho, as coisas não vão bem.

Ele fica sério de repente, assume um ar grave.

– Ah, sim, meu velho, pois é, foi terrível desta vez... Barbier foi morto.

– Me disseram... Barbier!

– Foi sábado, às onze horas da noite. Ele teve a parte de cima das costas levantada por um obus – diz Marchal – como se tivesse sido cortado por uma lâmina. Besse teve a barriga e o estômago atravessados por pedaços do obus. Barthélemy e Baubeux foram atingidos na cabeça e no pescoço. Nós passamos a noite correndo pela trincheira, de um lado pro outro, para evitar as explosões. O pequeno Godefroy, você conhece? Metade do corpo se foi; ele se esvaziou de sangue no lugar, em um minuto, como um balde que se vira: pequeno como era, era extraordinária a quantidade de sangue que tinha; fez um riacho de ao menos cinquenta metros na trincheira. Gognard teve as pernas cortadas pelas explosões. Nós o recolhemos ainda vivo. Isso foi no posto de escuta.

Eu estava de guarda com eles. Mas quando esse obus caiu eu tinha ido até a trincheira perguntar a hora. Encontrei meu fuzil, que tinha deixado no meu lugar, dobrado em dois como se alguém tivesse dobrado com a mão, com o cano retorcido e metade da caixa da culatra aos pedaços. O cheiro de sangue fresco acelerava o coração.

– E Mondain, ele também, não?

– Com ele foi na manhã seguinte – ontem, portanto –, no abrigo onde uma bomba caiu. Ele estava deitado e seu peito foi destruído. Te falaram do Franco que estava do lado de Mondain? O desmoronamento quebrou sua coluna vertebral. Ele falou depois que o ajudamos e o colocamos sentado; ele disse, inclinando a cabeça para o lado: "Vou morrer", e morreu. Vigile também estava com eles; com seu corpo não aconteceu nada, mas sua cabeça foi completamente achatada, achatada como uma torta enorme: grande assim. Ao vê-lo estendido no solo, negro e disforme, poderíamos dizer que era sua sombra, a sombra que temos algumas vezes no chão quando andamos à noite com uma lanterna.

– Vigile, que era da classe treze, uma criança! E Mondain e Franco eram bons sujeitos apesar de seus galões! Bons e velhos amigos a menos, meu velho Marchal.

– Sim – diz Marchal.

Mas ele é monopolizado por uma horda de companheiros que o interpelam e criticam. Ele discute, responde aos seus sarcasmos, e todos se agitam, rindo.

Meu olhar vai de rosto em rosto; eles estão alegres e, apesar das contrações do cansaço e do escuro da terra, parecem triunfantes.

Então, o que dizer? Se, durante o período na linha de frente, tivessem podido beber vinho, eu diria: "Estão todos bêbados".

Reparo em um dos sobreviventes que cantarola ritmando o passo com um ar irreverente, como os hussardos da canção: é Vanderborn, o baterista.

– Olha só, Vanderborn, como você parece contente!

Vanderborn, que normalmente é calmo, grita pra mim:

– Ainda não é por essa vez, você sabe: estou aqui!

E com um grande gesto de louco, ele me dá uma palmada no ombro.

Eu entendo...

Se, apesar de tudo, esses homens estão felizes ao saírem do inferno, é exatamente porque conseguiram sair. Eles retornam, estão salvos. Mais uma vez, a morte, que estava ali, poupou-os. O rodízio no serviço faz que cada companhia esteja na frente por seis semanas inteiras! Seis semanas! Os soldados da guerra têm, para as grandes e pequenas coisas, uma filosofia de criança: eles nunca olham nem para longe, nem ao seu redor, nem à sua frente. Eles pensam em um dia por vez. Hoje, cada um desses homens está certo de ainda viver por um bom tempo.

É por isso que, apesar do cansaço que os esmaga, e da carnificina ainda fresca que neles respinga, e dos irmãos que foram arrancados ao redor de cada um deles, apesar de tudo, apesar deles, eles estão na festa da sobrevivência, desfrutando da glória infinita de estarem em pé.

4. Volpatte e Fouillade

Chegando ao acantonamento gritamos:
– Mas onde está Volpatte?
– E Fouillade, onde ele está?

Eles tinham sido requisitados e conduzidos para a linha de frente pelo Quinto Batalhão. Deveríamos reencontrá-los no acantonamento. Nada. Dois homens do pelotão perdidos!
– Inferno! É o que dá emprestar homens! – berrou o sargento.

O capitão, quando soube, jurou, sacramentou e disse:
– Preciso desses homens. Preciso achá-los agora. Vamos!

Farfadet e eu fomos chamados pelo cabo Bertrand no celeiro onde, deitados, já nos imobilizávamos e adormecíamos.
– É preciso procurar Volpatte e Fouillade.

Ficamos em pé rapidamente e partimos com arrepios de inquietação. Nossos dois companheiros, tomados pelo Quinto Batalhão, foram levados durante esse revezamento infernal. Vai saber onde eles estão ou o que são agora!

... Subimos novamente a costa. Recomeçamos a fazer, em sentido inverso, o longo caminho percorrido durante a aurora e a noite. Mesmo sem bagagens, somente com o fuzil e o equipamento, nos sentimos fracos, sonolentos, paralisados no campo entristecido, sob o céu turvo de bruma. Farfadet logo suspira. Ele falou um pouco, no começo, depois o cansaço o calou à força. É um homem corajoso, porém frágil; e, durante toda sua vida anterior, não aprendeu muito a usar as pernas, no escritório da prefeitura onde, desde sua primeira comunhão, rabiscava entre um aquecedor e velhos gabinetes de arquivos cinzentos.

No momento em que saímos do bosque para entrar, escorregando e chafurdando, na região dos corredores, duas sombras finas se desenham em nossa frente. Dois soldados que chegam: vemos a circunferência de sua bagagem e a linha de seus fuzis. A dupla forma oscilante fica precisa.

– São eles!

Uma das sombras tem uma grande cabeça branca enrolada.

– Tem um ferido! É Volpatte!

Nós corremos em direção aos que retornavam. Nossos sapatos fazem um barulho de descolamento e de afundamento esponjoso e nossos cartuchos, sacudindo, soam em nossas cartucheiras.

Eles param e nos esperam enquanto nos aproximamos.

– Já estava na hora! – exclama Volpatte.

– Você está machucado, meu velho?

– O quê? – ele diz.

A espessura das bandagens que envolvem sua cabeça deixam-no surdo. É preciso gritar para chegar ao seu ouvido. Aproximamo-nos dele, gritamos, e então ele responde:

– Isso não é nada... Voltamos do buraco onde o Quinto Batalhão nos colocou na quinta-feira.

– Vocês ficaram lá desde quinta? – grita Farfadet, cuja voz aguda, quase feminina, penetra bem pelo invólucro que protege as orelhas de Volpatte...

– Sim, claro, ficamos lá – diz Fouillade – droga, por Deus, caramba! Você não imaginou que a gente ia voar com nossas asas ou sair andando sem ordem?

Mas os dois caem sentados no chão. A cabeça de Volpatte, envolta pelas bandagens, com um grande nó em cima, e que mostra a mancha amarelada e escurecida de seu rosto, parece um pacote de roupa suja.

– Esqueceram vocês, meus velhos!

– Esqueceram mesmo! – exclama Fouillade. – Quatro dias e quatro noites embaixo de uma chuva de balas em um buraco de obus que, ainda por cima, cheirava a merda!

– Isso mesmo – diz Volpatte. – Não era um buraco de escuta comum, onde se vai e vem em um serviço regular. Era um buraco de obus que parecia qualquer outro buraco de obus, nem mais nem menos. Disseram na quinta: "Instalem-se lá e atirem sem parar", foi o que disseram. Já era outro dia quando um tipo da ligação do Quinto Batalhão veio mostrar a cara: "O que é que estão fazendo aí?!" "Bom, atiramos, disseram pra gente atirar; atiramos, como disseram. Já que nos disseram, deve ter uma razão pra isso; esperamos que nos digam para fazer outra coisa além de atirar". O tipo se mandou; ele estava inquieto e abalado com o bombardeio alemão. "É perigoso", ele dizia.

– Tínhamos – diz Fouillade – para nós dois, farelos de cereais e um balde de vinho que os da 18ª nos deram quando nos instalamos, e toda uma cartela de cartuchos, meu velho. Queimamos os cartuchos e bebemos o vinho. Poupamos por prudência alguns cartuchos e um pedaço grande de pão, mas não poupamos o vinho.

– Fizemos mal – diz Volpatte – porque o trabalho dava sede. Me digam, rapazes, vocês não tem nada pra molhar a garganta?

– Ainda tenho um pequeno quarto do vinho – responde Farfadet.

– Dê pra ele – diz Fouillade apontando para Volpatte. – Ele perdeu sangue. Eu só tenho sede.

Volpatte tremia e, no meio da imensa quantidade de tecido que ele colocou sobre os ombros, seus pequenos olhos rasgados chamejavam de febre.

– Que bom... – ele diz ao beber.

– Ah! E também – ele acrescentou enquanto entornava, como a educação exige, a gota de vinho que restava no fundo do caneco de Farfadet –, nós detivemos dois boches. Eles rastejavam pela planície, caíram em nosso buraco, às cegas, como toupeiras em uma armadilha, aqueles idiotas. Nós os amarramos. E ali estávamos. Depois de atirarmos durante trinta e seis horas, não tínhamos mais munição. Então carregamos as armas com os últimos cartuchos e esperamos, diante dos boches amarrados. O cara da ligação esqueceu de dizer pro pessoal dele que estávamos ali. Vocês, da Sexta, se esqueceram de nos pedir, a 18ª também nos esqueceu, e, como não estávamos em um posto de escuta comum, onde o revezamento se faz regularmente como na administração, já estava vendo que íamos ficar lá até a volta do regimento. Foram, finalmente, os lerdos do 204.º que vieram para fuçar pela planície em busca dos feridos que nos viram. Então, veio a ordem para sairmos imediatamente, disseram. Vestimos o equipamento rindo desse "imediatamente". Soltamos as pernas dos boches, os conduzimos e devolvemos ao 204.º e aqui estamos. Quando passamos, até mesmo ajudamos um sargento que estava enfiado em um buraco e que não ousava sair, porque estava traumatizado. Gritamos com ele; isso o refez um pouco e ele nos agradeceu; chamava-se sargento Sacerdote.

– Mas e seu ferimento, mano velho?

– É nas orelhas. Uma bomba e outra ainda maior, meu velho, que explodiram. Minha cabeça passou, posso dizer, entre os estouros, mas muito perto, rente, e pegou nas orelhas.

– Se você visse isso – diz Fouillade –, é repugnante, duas orelhas penduradas. Tínhamos nossos dois pacotes de bandagens e os padioleiros ainda nos arrumaram um. Ele enrolou três bandagens em volta da cabeça.

– Deem suas coisas, vamos entrar.

Farfadet e eu dividimos o equipamento de Volpatte.

Fouillade, maltratado pela sede, torturado pela secura, resmunga e insiste em ficar com suas coisas e pacotes.

E nós caminhamos lentamente. É sempre divertido andar sem estar em linha; é tão raro que surpreende e faz bem. Um sopro de liberdade alegra os quatro brevemente. Vamos pelo campo como se fosse por prazer.

– Somos caminhantes! – diz orgulhosamente Volpatte.

Quando chegamos à curva do alto da costa, ele se deixa levar por devaneios.

– Meu velho, é uma grande ferida, afinal, serei evacuado, sem erro.

Seus olhos piscam e cintilam na enorme bola branca, que oscila sobre seus ombros – avermelhada em cada lado, no lugar das orelhas.

Ouvimos, do fundo onde se encontra a vila, soar dez horas.

– Estou me lixando pras horas – diz Volpatte. – O tempo que passa não importa mais pra mim.

Ele se torna volúvel. Um pouco de febre conduz e força seus discursos no ritmo do passo lento ao qual ele já se abandona.

– Vão colar uma etiqueta vermelha em meu casaco, sem erro, e me levar para a retaguarda. Serei conduzido, então, por um tipo bem-educado que me dirá: "É por aqui, depois vire pra lá... Ah!... meu velho". Depois a ambulância, depois o trem sanitário com as frescuras das damas da Cruz Vermelha ao longo de todo o caminho como elas fizeram com o Crapelet Jules, depois o hospital interno. As camas com os lençóis brancos, um aquecedor que ronca no meio dos homens, as pessoas responsáveis por cuidar de nós, cujo serviço observamos, os chinelos obrigatórios, meu velho, e um criado-mudo: móveis! E nos grandes hospitais, é lá que estamos bem alojados quanto à comida! Vou comer bem, vou tomar banhos; vou ter tudo o que quiser. E agrados, sem que seja obrigado a lutar com os outros e se debater até o sangue para aproveitá-los. Terei sobre o lençol minhas duas mãos, que não farão nada, como artigos de luxo – como brinquedos, é! – e embaixo do lençol, as pernas de branco aquecidas de cima a baixo e os pés expandidos em buquês de violetas...

Volpatte para, procura e pega em seu bolso, além de seu célebre par de tesouras de Soisson, alguma coisa que me mostra:

– Aqui, viu isso?

É a fotografia de sua mulher e seus dois filhos. Ele já tinha me mostrado muitas vezes. Eu olho, aprovo.

– Vou para a convalescência – diz Volpatte – e enquanto minhas orelhas se colam novamente, a mulher e os pequenos vão me observar e eu os observarei. E durante esse tempo em que elas vão crescer de novo como vegetais, meus amigos, a guerra, ela avançará... os russos... Não sabemos ainda!...

Ele se ninava com o ronronar de suas previsões felizes, pensava muito alto, já isolado de nós, em sua festa particular.

– Bandido! – gritou a ele Fouillade. – Você tem muita sorte, seu maldito!

Como não invejá-lo? Ele partiria por um, ou dois, ou três meses e durante essa temporada, em vez de estar exposto e miserável, será transformado em um rentista!

– No começo – diz Farfadet – eu achava engraçado quando ouvia o desejo pela "boa ferida". Mas ainda assim, o que podemos dizer, ainda assim, eu entendo agora, que é a única coisa que um pobre soldado pode esperar que não seja loucura.

*

Nós nos aproximávamos da vila. Contornávamos o bosque.

Na esquina do bosque, uma forma de mulher subitamente surgiu na contraluz. O jogo dos raios a delimitavam de luz. Ela se levantava na extremidade das árvores, que formavam um fundo de traços violetas – esbelta, a cabeça de um loiro iluminado; e víamos, em seu rosto pálido, as manchas noturnas de dois olhos imensos. Essa criatura brilhante nos espiava tremendo sobre as pernas, depois bruscamente adentrou o mato como uma tocha.

Essa aparição e essa desaparição impressionaram Volpatte, que perdeu o fio de seu discurso:

– É como uma gazela aquela mulher ali!

– Não – diz Fouillade que tinha ouvido mal. – Ela se chama Eudoxie. Eu conheço porque já a vi. Uma refugiada. Não sei de onde ela vem, mas ela está em Gamblin, com uma família.

– Ela é magra e bela – constatou Volpatte. – Como um docinho... Que delícia, um verdadeiro passarinho... Que olhos!

– Ela é bizarra – diz Fouillade. – Nunca está no mesmo lugar. Você a vê por aqui, por ali, com seus cabelos loiros na cabeça. Depois, sumiu! Ninguém mais. E, sabe, ela não conhece o perigo. Às vezes, anda quase na linha de frente. Já a viram andar pela planície na frente das trincheiras. Ela é bizarra.

– Ali, olha lá, essa aparição! Não perde a gente de vista. Será que a interessamos?

A silhueta, desenhada com linhas de claridade, embelezava nesse minuto a outra extremidade.

– Eu não estou nem aí para as mulheres – declarou Volpatte, totalmente tomado pela ideia de sua evacuação.

– Tem um, em todo caso, no pelotão, que morre de amores por ela. Ali: falando do lobo...

– Vemos a cauda...

– Ainda não, mas quase... Olha!

Vimos apontar e sair da mata, à nossa direita, o focinho de Lamuse como um javali vermelho...

Ele seguia a mulher. Ele a viu, preparou o bote, e, atraído, tomou impulso. Mas ao se jogar na direção dela, caiu sobre nós.

Reconhecendo Volpatte e Fouillade, o gordo Lamuse gritou de alegria. Ele não pensou em mais nada nesse momento, além de pegar as sacolas, os fuzis, as mochilas.

– Deem tudo isso! Estou descansado. Vamos, deem isso!

Ele quis carregar tudo. Farfadet e eu nos livramos voluntariamente das coisas de Volpatte, e Fouillade, no limite de suas forças, consentiu em abandonar suas mochilas e seu fuzil.

Lamuse transformou-se em uma pilha ambulante. Sob o fardo enorme e pesado, ele desaparecia, curvado, e só avançava a pequenos passos.

Mas sentíamos que ele estava sob o império de uma ideia fixa e ele olhava para os lados. Procurava a mulher sobre a qual havia se lançado.

A cada vez que ele parava para arrumar melhor a bagagem, para suspirar e limpar a água gordurosa de sua transpiração, examinava furtivamente todos os cantos do horizonte e esquadrinhava a extremidade do bosque. Ele não a reviu.

Eu, eu a revi... E tive bem a impressão, desta vez, de que ela estava atrás de um de nós.

Ela surgia pela metade, ao longe, à esquerda, da sombra verde do mato. Segurando-se com uma mão em um galho, inclinava-se e mostrava seus olhos de noite e seu rosto pálido que, vivamente iluminado por todo um lado, parecia uma lua crescente. Eu vi que ela sorria.

E seguindo a direção de seu olhar que assim se oferecia, percebi que, um pouco atrás de nós, Farfadet sorria do mesmo modo.

Depois ela se esquivou na sombra das folhagens, carregando visivelmente esse duplo sorriso...

Foi assim que tive a revelação do acordo entre essa boêmia flexível e delicada, que não parecia ninguém, e Farfadet, que, entre nós todos, se destacava, fino, flexível e excitado como um lilás. Evidentemente...

... Lamuse não viu nada, cego e carregado pelos fardos que tomou de Farfadet e de mim, atento ao equilíbrio de sua carga e ao lugar onde coloca seus pés terrivelmente pesados.

Ele tem o ar infeliz, contudo. Lamenta; reprime uma espessa preocupação triste. No arfar rouco de seu peito, parece que sinto bater e rugir seu coração. Considerando

Volpatte encapuzado de bandagens, e o homem gordo poderoso e cheio de sangue que arrasta a eterna dor aguda cuja intensidade só ele pode medir, penso que o mais ferido não é quem achamos.

Descemos, enfim, à vila.

– Vamos beber – diz Fouillade.

– Vou ser evacuado – diz Volpatte.

Lamuse faz:

– Miau... Miau...

Os companheiros gritam, correm, juntam-se em um pequeno lugar onde fica a igreja com sua torre dupla, tão mutilada por uma bomba que não podemos mais olhá-la de frente.

5. O asilo

A estrada pálida que sobe em meio ao bosque noturno está fechada, estranhamente obstruída por sombras. Parece que, por encantamento, a floresta transborda e a circula, na grossa escuridão. É o regimento que caminha, em busca de um novo abrigo.

Às cegas, as pesadas filas de sombras, altas e largamente carregadas, encontram-se: cada fluxo, empurrado por aquele que o segue, toca aquele que o precede. Nas laterais, evoluem, separados, os fantasmas mais esbeltos dos suboficiais. Um rumor surdo, feito de uma mistura de exclamações, trechos de conversas, de ordens, acessos de tosse e cantos, sobe desta densa multidão represada pela ladeira. Esse tumulto de vozes é acompanhado pelo barulho dos pés, o tilintar das proteções das baionetas, dos canecos e recipientes metálicos, o estrondo e martelamento de sessenta carros do trem de combate e do trem regimental que seguem os dois batalhões. E é tal a massa que caminha e se estende pela subida da estrada que, apesar do domo infinito da noite, nadamos em um odor de jaula de leões.

Na fileira, não vemos nada: às vezes, quando temos o nariz bem em cima de uma massa, somos forçados a discernir o estanho de uma tigela, o aço azulado de um capacete, o aço escuro de um fuzil. Outras vezes, ao jato de faíscas ofuscantes que saem de um isqueiro, ou à chama vermelha que se desdobra sobre a lixa liliputiana de um fósforo, percebemos, para além dos relevos próximos e brilhantes de mãos e rostos, a silhueta de conjuntos irregulares de ombros com capacetes que ondulam como ondas que atacam a obscuridade maciça. Depois tudo apaga-se e, enquanto as pernas encontram o passo, o olho de cada um fixa interminavelmente o suposto lugar das costas que vão na frente.

Depois de algumas paradas nas quais nos deixamos cair sobre nossas bolsas, aos pés das armas apoiadas, ao soar do apito, com uma pressa febril e uma lentidão desesperadora por conta da escuridão, na atmosfera de nanquim – a aurora sinaliza, atrasa-se, conquista o espaço. Os muros de sombra, confusamente, desmoronam. Mais uma vez suportamos o grandioso espetáculo da abertura do dia sobre a horda eternamente errante que somos.

Saímos, enfim, dessa noite de caminhada, de ciclos concêntricos de sombra menos intensa, depois de penumbra, depois de luz triste. As pernas têm uma rigidez de madeira, as costas estão anestesiadas, e os ombros, moídos. Os rostos ficaram cinza e escuros: diria que saímos mal da noite; realmente não conseguimos mais, agora, nos desfazer dela.

É para um novo acantonamento que a grande tropa regular vai, desta vez, para descansar. Que país será esse no qual viveremos por oito dias? Ele se chama, acreditamos (mas ninguém tem certeza de nada), Gauchin-l'Abbé. Disseram maravilhas:

– Parece que é um bom abrigo!

Nas fileiras de companheiros dos quais começamos a adivinhar as formas e os traços, a definir as cabeças baixas e as bocas abertas, no fundo do crepúsculo da manhã, sobem vozes elogiosas:

– Jamais teríamos um acantonamento igual. Tem a brigada. Tem o Conselho de Guerra. Você encontra de tudo nos mercados.

– Se tem a brigada, dá pé.

– Você acha que vamos encontrar uma mesa para o pelotão comer?

– Tudo que a gente quiser, estou falando!

Um profeta da infelicidade balança a cabeça:

– O que será esse acantonamento onde nunca estivemos, não sei – ele diz. – O que sei é que será como os outros.

Mas não acreditamos nele e, saindo da febre tumultuosa da noite, parece a todos que nos aproximamos de uma espécie de terra prometida na medida em que andamos do lado do oriente, no ar congelado, para a nova vila que vai trazer a luz.

*

Chegamos, de madrugada, na parte inferior de uma costa, a casas que ainda dormem, envoltas em um cinza espesso.

– É aqui!

Ufa! Fizemos vinte e oito quilômetros na noite...

Mas o quê?... Não paramos. Ultrapassamos as casas, que gradualmente se escondem em sua bruma disforme e na mortalha de seus mistérios.

– Parece que ainda falta andar muito. É lá, lá!

Andamos mecanicamente, os membros são invadidos por um tipo de torpor petrificado; as articulações gritam e fazem gritar.

O dia está atrasado. Uma camada de nevoeiro cobre a terra. Faz tanto frio que durante as paradas os homens esmagados pelo cansaço não ousam se sentar e vão e vêm como espectros na umidade opaca. Um vento cruel de inverno flagela a pele, varre e dispersa as palavras, os suspiros.

Enfim, o sol perfura essa névoa que se expõe sobre nós e cujo contato nos molha. É como uma clareira feérica que se abre no meio das nuvens terrestres.

O regimento estica-se, acorda realmente, e levanta suavemente seus rostos na prata dourada do primeiro raio.

Depois, muito rapidamente, o sol torna-se ardente e em seguida faz muito calor.

Ofegamos nas fileiras, suamos, e resmungamos ainda mais que antes, quando batíamos os dentes e a névoa nos passava sua esponja molhada sobre o rosto e as mãos.

A região que atravessamos na manhã tórrida é o país do giz.

– Eles se empedram com calcário, esses idiotas!

A estrada está ofuscada e é agora uma longa nuvem ressecada de calcário e poeira que se estende sobre nossa caminhada e nos atinge na passagem.

Os rostos avermelham-se, envernizam-se e brilham; essas faces sanguíneas parecem revestidas de vaselina; as bochechas e os rostos cobrem-se de uma camada escura que se aglutina e se desfaz. Os pés perdem suas vagas formas de pés, e parecem ter chafurdado numa argamassa de pedreiros. A mochila, o fuzil borrifam-se de branco, e nossa multidão em seu comprimento traça, à direita e à esquerda, um caminho leitoso sobre a grama da fronteira.

Para completar:

– À direita! Um comboio!

Vamos para a direita, rapidamente, não sem nos trombar.

O comboio de caminhões – longa cadeia de enormes carros quadrados, sob um barulho infernal – entra na estrada. Maldição! Ele suspende, na medida em que passa, o grosso tapete de pó branco que forra o solo e voa sobre nossos ombros!

Estamos agora vestidos com um véu cinza-claro e sobre nossos rostos foram colocadas máscaras pálidas, mais grossas nas sobrancelhas, nos bigodes, na barba e nas linhas das rugas. Temos o ar de ser ao mesmo tempo nós mesmos e estranhos velhos.

– Quando formos velhotes, seremos feios assim – diz Tirette.

– Seu cuspe está branco – constata Biquet.

Enquanto a parada nos imobiliza, acreditamos ver filas

de estátuas de gesso entre as quais transparecem, na sujeira, restos de humanidade.

Retomamos a estrada. Calamo-nos. Sofremos. É difícil completar cada passo. Os rostos fazem caretas que se congelam e fixam-se sob a peste pálida da poeira. O esforço interminável contrai-nos, e nos sobrecarrega com um cansaço triste e com desgosto.

Avistamos, enfim, o oásis tão perseguido: para além de uma colina, sobre uma outra colina mais alta, tetos de ardósia em buquês de folhagem de um verde fresco de salada.

A vila está lá – o olhar abraça-a –, mas nós não estamos. Há um bom tempo ela parece se distanciar na medida em que o regimento engatinha em sua direção.

No fim de tudo, ao bater do meio-dia, chegamos a esse acantonamento que começava a se tornar inverossímil e lendário.

O regimento, em seu passo cadenciado, a arma sobre o ombro, inunda até as bordas a rua de Gauchin-l'Abbé. A maior parte das vilas de Pas-de-Calais compõem-se de uma única rua. Mas que rua! Ela tem geralmente muitos quilômetros de extensão. Aqui, a grande rua única bifurca-se diante da prefeitura e forma outras duas ruas: o lugar é um vasto "Y" irregularmente cercado de baixas fachadas.

Os ciclistas, os oficiais, as ordenanças separam-se do longo bloco em movimento. Depois, em frações, na medida em que avançamos, os homens apressam-se para entrar pelas varandas dos celeiros, as casas para habitação ainda disponíveis vão sendo reservadas aos oficiais e aos escritórios... Nosso pelotão é, inicialmente, conduzido ao fim da vila, depois – houve mal-entendidos entre os intendentes – à outra extremidade, pela qual entramos.

Esse vai e vem toma tempo e, no pelotão, assim arrastado de norte a sul e do sul ao norte, pesa a enorme fadiga e a enervação pelos passos inúteis; manifestamos uma impaciência febril. É de importância capital instalar-se e ser liberado o mais cedo possível se quisermos executar o projeto acalentado há muito tempo: procurar alugar de um morador um local munido de mesa onde o pelotão possa se instalar na hora das refeições. Falamos muito sobre esse assunto e suas doces vantagens. Nós nos organizamos, cotizamo-nos, e decidimos arcar, desta vez, com essa despesa suplementar.

Mas isso será possível? Muitos locais já estão ocupados. Não somos os únicos a trazer para cá esse sonho de conforto, e será uma corrida pela mesa... Três companhias chegam depois de nós, mas quatro chegaram antes, e há as refeições oficiais dos enfermeiros, dos escreventes, dos condutores, das ordenanças e outras – as refeições oficiais dos sargentos, da seção, que mais ainda?... Todas essas pessoas são mais poderosas que os simples soldados das companhias, têm mais mobilidade e meios, e podem colocar seus planos na frente. E agora, enquanto andamos de quatro no celeiro dado ao pelotão, vemos esses visionários, que aparecem em seus espaços conquistados e empenham-se em ocupações domésticas.

Tirette imita o barulho de mugidos e balidos.

– Aí está o estábulo!

Um celeiro bastante vasto. A palha cortada, sobre a qual o caminhar levanta fluxos de poeira, cheira a latrina. Pelo menos é um pouco fechado. Ocupamos os lugares e nos desequipamos.

Aqueles que sonhavam mais uma vez com um paraíso especial, desencantam-se mais uma vez.

– Me diga, parece mais desagradável que os outros.

– É a mesma coisa.

– É, sim, seu velhaco.

– Naturalmente...

Mas não se deve perder tempo falando. Devemos nos virar e fazer os outros se virarem: o sistema V, com toda força e rapidez. Apressamo-nos. Apesar das costas destruídas e dos pés doloridos, perseguimos esse esforço supremo do qual dependerá o bem-estar de uma semana.

O pelotão divide-se em duas patrulhas que partem trotando, uma à direita, a outra à esquerda, na rua já lotada de *poilus* ocupados e à procura – e todos os grupos observam-se, vigiam-se... e apressam-se. Em alguns pontos, após esses encontros, há trombadas e inventivas.

– Vamos começar por lá agora mesmo; senão estaremos fritos!

Tenho a impressão de um tipo de combate desesperado entre todos os soldados nas ruas da vila que acabamos de ocupar.

– Para nós – diz Marthereau – a guerra é sempre luta e batalha, sempre, sempre!

*

Batemos de porta em porta, apresentamo-nos timidamente, oferecemo-nos, como uma mercadoria indesejável. Uma de nossas vozes eleva-se:

– Você não tem um cantinho, senhora, para os soldados? Nós pagaremos.

– Não, já recebo os oficiais. Ou: os sargentos. Ou melhor: porque é aqui a refeição dos músicos, dos secretários, dos carteiros, desses senhores das ambulâncias etc.

Decepção sobre decepção. Sucessivamente, fecham-se todas as portas entreabertas, e nos olhamos, do outro lado da soleira, com uma provisão diminuída de esperança no olhar.

– Meu Deus! Você vai ver que não vamos achar nada – resmunga Barque. – Muitos pilantras se arrumaram antes da gente. Que canalhas!

A multidão cresce por toda parte. As três ruas escurecem-se por inteiro, segundo o princípio dos vasos comunicantes. Cruzamos com nativos: homens velhos ou pálidos, curvados ao andar ou com a aparência malograda, ou ainda jovens, sobre os quais pairam as ameaças de doenças ocultas ou de maquinações políticas. Entre as saias, mulheres velhas, e muitas jovens, obesas, com as bochechas cheias e com a brancura dos gansos.

Em um momento, entre duas casas, em uma ruela, tenho uma breve visão: uma mulher atravessou o buraco de sombra... É Eudoxie! Eudoxie, a mulher-gazela que Lamuse perseguia lá no campo, como um fauno, e que, na manhã em que trouxemos Volpatte ferido e Fouillade, apareceu para mim, pendurada em um galho, e ligada à Farfadet por um sorriso comum.

É ela quem acabo de ver, como um raio de sol, nessa ruela. Depois ela se eclipsou atrás de uma parede; o entorno imerso na sombra... Ela, aqui, já! Então seguiu-nos nessa longa e sofrida emigração! Sente-se atraída...

Certamente, parece atraída por algo: ainda que seu rosto tenha sido rapidamente ofuscado no claro cenário de seus cabelos, eu a percebi séria, pensativa, preocupada.

Lamuse, que vem atrás de mim, não a viu. Não falo nada a ele. Ele perceberá logo a presença dessa bela chama em direção a quem todo seu ser se joga e que o evita como a um fogo-fátuo. Nesse momento, de resto, estamos atarefados. É realmente preciso conquistar o canto desejado. Estamos à caça com a energia do desespero. Barque lidera-nos. Para ele é uma questão de honra. Ele treme e vemos tremer seu topete borrifado de poeira. Ele nos guia, o nariz ao vento. Propõe tentarmos aquela porta amarela que vemos. Adiante!

Perto da porta amarela, encontramos uma forma curvada: Blaire, com o pé na entrada, retira com sua faca o bloco de seu sapato, deixando cair pedaços de gesso... Parece fazer uma escultura.

– Você nunca teve os pés tão brancos – zomba Barque.

– Gozação à parte – diz Blaire – você não saberia onde ele está, esse carro especial?

Ele se explica:

– Preciso achar o carro-dentista para eles colocarem essa dentadura e arrancarem os velhos dentes que me restam. Sim, parece que estacionou aqui, esse carro para a boca.

Ele dobra sua faca, guarda-a no bolso e vai embora seguindo o muro, tomado pela ideia da ressurreição de sua mandíbula.

Mais uma vez, oferecemos nossa arenga de mendigos:

– Bom dia, senhora, você não teria um cantinho para comer? Nós pagaríamos, nós pagaríamos, que fique claro...

– Não...

Um homem levanta, na luz de aquário da janela abaixada, um rosto curiosamente plano, estriado com rugas paralelas e semelhante a uma velha página das escrituras.

– Você tem o porão.

– Não tem lugar no porão e é lá que lavamos as roupas...

Barque aproveita a oportunidade.

– Talvez sirva. Poderíamos ver?

– Fazemos a lavagem lá – resmunga a mulher que continua varrendo.

– Sabe – diz Barque, sorrindo com um ar cativante – não somos essas pessoas inconvenientes que se embriagam e fazem baderna. Poderíamos ver, não?

A mulher largou sua vassoura. Ela é magra e sem forma. Sua blusa pende de seus ombros como se estivesse em um cabideiro. Ela tem um rosto inexpressivo, congelado, como um papelão. Olha-nos, hesita, depois, a contragosto, nos conduz a um lugar muito escuro, de terra batida, cheio de roupa suja.

– É magnífico! – exclama Lamuse, sincero.

– Que bonitinha essa criancinha! – diz Barque, e ele bate levemente na bochecha redonda, como a de um rosto de boneca, de uma menina que nos olha, seu pequeno nariz sujo levantado na penumbra. – É sua, senhora?

– E aquele ali? – arrisca Marthereau, avistando um bebê já grande com a bochecha tensa como uma bexiga, na qual os traços lustrosos de geleia grudam a poeira do ar.

E Marthereau faz um carinho hesitante nesse rosto untado e suculento.

A mulher não se digna a responder.

Ficamos ali gingando, fazendo graça, como pedintes ainda não satisfeitos.

– Tomara que essa merda funcione! – sussurra para mim Lamuse, atormentado pela apreensão e pelo desejo. – Aqui é incrível e você sabe, por aí está tudo tomado!

– Não tem mesa – diz, enfim, essa mulher.

– Não se preocupe com a mesa! – exclama Barque. – Olha ali uma velha porta guardada naquele canto. Ela nos servirá de mesa.

– Vocês não vão arrastar e bagunçar todas as minhas coisas! – responde a mulher-papelão, desconfiada, visivelmente arrependida por não ter nos expulsado logo.

– Não se preocupe, estou dizendo. Aqui, você vai ver. Ei, Lamuse, meu velho, me ajude.

Colocamos a porta velha sobre dois barris, sob os olhos descontentes da mulher-macho.

– Com uma pequena limpeza – eu digo – estará perfeita!

– É sim, mamãe, uma boa varrida nos servirá de toalha.

Ela não sabe mais o que dizer; olha-nos com ódio.

– Só tem duas banquetas, e vocês são quantos?

– Uma dúzia mais ou menos.

– Uma dúzia, Jesus!

– O que é que tem isso, ficará tudo bem, tem uma tábua ali: é um banco encontrado. Não é, Lamuse?

– Naturalmente! – diz Lamuse.

– Essa tábua – diz a mulher – eu quero. Os soldados que vieram antes de vocês já tentaram pegá-la de mim.

– Mas nós, nós não somos ladrões – Lamuse coloca-se com moderação, para não irritar a criatura que dispõe de nosso bem-estar.

– Não digo isso, mas vocês sabem, os soldados estragam tudo. Ah! Que miséria essa guerra!

– Então quanto será, pelo aluguel da mesa e também para esquentar alguma coisa no fogão?

– Vinte soldos por dia – articulou a anfitriã coagida, como se extorquíssemos essa soma dela.

– É caro – diz Lamuse.

– É o que davam os outros que estavam aqui e eles eram até mesmo bem gentis, esses senhores, e aproveitavam a refeição. Eu sei bem que para os soldados não é difícil. Se acharem que é muito caro, não vou ter dificuldades pra achar outros clientes para este quarto, esta mesa e o forno, e que não serão doze. Eles vêm toda hora e pagariam ainda mais caro se eu quisesse. Doze!...

– Eu digo "é caro", mas enfim, está bem – Lamuse apressou-se em acrescentar. – Ei, e vocês?

Diante dessa interrogação direta, opinamos.

– A gente podia tomar um trago – diz Lamuse. – Você vende vinho?

– Não – diz a mulher.

E acrescentou com um tremor colérico:

– Vocês entendem, a autoridade militar força aqueles que têm vinho a vender por quinze soldos. Quinze soldos! Que miséria essa maldita guerra! Perdemos, a quinze soldos, senhor! Então não vendo vinho. Tenho vinho para nós. Não estou dizendo que de vez em quando, para ajudar, não ceda a pessoas que conhecemos, que entendem as coisas, mas pensem bem, senhores, não por quinze soldos.

Lamuse faz parte desse grupo que entende as coisas. Ele agarra o cantil que usualmente pende de seu flanco.

– Me dê um litro. Será quanto?

– Vinte e dois soldos, o preço que me custa. Mas vocês sabem, é para ajudá-los porque são militares.

Barque, no limite da paciência, resmunga qualquer coisa de lado. A mulher lança um olhar ranzinza em sua direção e faz o gesto de devolver o cantil a Lamuse.

Mas, entregue à esperança de finalmente beber vinho, Lamuse, cuja bochecha se avermelha, como se o líquido já o influenciasse docemente, apressa-se em intervir:

– Não tenha medo, fica entre nós, senhora, não vamos te trair.

Ela argumenta, imóvel e azeda, contra a tarifação do vinho.

E, vencido pela concupiscência, Lamuse rebaixa-se e perde a cabeça a ponto de lhe dizer:

– O que a senhora quer? É militar! Não é pra tentar entender.

Ela nos conduz à despensa. Três grandes barris enchem esse reduto com suas redondezas imponentes.

– É aqui sua pequena provisão pessoal?

– A velha sabe o que faz – murmura Barque.

A megera volta-se, agressiva:

– Vocês não querem que a gente se arruíne nessa miséria de guerra! Já é suficiente todo dinheiro que perdemos aqui e ali.

– Como? – insiste Barque.

– Dá pra ver que não arriscaram seu dinheiro.

– Não, só arriscamos nossa pele.

Nós interviemos, inquietos pelo desvio perigoso aos nossos interesses imediatos que toma esse colóquio. No entanto, a porta da despensa mexe-se e uma voz de homem a atravessa:

– Ei, Palmyre! – chama a voz.

A mulher vai mancando, deixando prudentemente a porta aberta.

– Tem do bom! Tá falado! – Lamuse nos diz.

– Que gente canalha! – murmura Barque, que não digeria essa recepção.

– É vergonhoso e repugnante – diz Marthereau.

– Vai dizer que é a primeira vez que vê isso?!

– E você, Dumoulard, repreende Barque, que fala com esse ar de ladrão de vinho: "O que a senhora quer? É militar!". Bem, meu velho, não te falta audácia!

– Fazer como, dizer o quê? Então deveríamos ter ido embora sem a mesa e o vinho? Ela nos faria pagar quarenta soldos pelo vinho que beberíamos mesmo assim, né? Então, é preciso se considerar bem feliz. Eu confesso, não estava seguro, e até tremi pensando que não daria certo.

– Sei bem que em todo lugar e sempre é a mesma história, mas pouco importa...

– Os habitantes se viram, ah sim! Tem quem faz fortuna. Não são todos que podem morrer.

– Ah! As valentes populações do leste!

– E as bravas populações do norte!

– ... Que nos recebem de braços abertos!...

– Com a mão aberta, isso sim...

– Eu te digo que é uma vergonha e uma repugnância!

– Cala a boca! A vaca está voltando!

Demos uma volta pelo acantonamento para anunciar o sucesso do negócio; fomos às compras. Quando voltamos para a nossa nova sala de refeições, ficamos agitados com os preparativos do almoço. Barque foi ao setor de distribuição, e conseguiu diretamente, graças às suas relações pessoais com o chefe de cozinha – rebelde a princípio com esse fracionamento –, as batatas e a carne que constituíam a porção para quinze homens do pelotão.

Ele tinha comprado banha – uma pequena bola por quatorze soldos – e faríamos batatas fritas. Ele também tinha conseguido ervilhas em conserva: quatro latas. A lata de vitela em conserva de Mesnil André serviria de entrada.

– Não terá nada sujo nisso! – diz Lamuse, feliz.

*

Inspecionamos a cozinha. Barque circulava feliz ao redor do fogão de ferro que mobiliava com sua massa quente e transpirável um pedaço desse cômodo.

– Acrescentei discretamente uma caçarola para a sopa – ele me sussurrou.

Ele levantou a tampa da panela.

– Esse fogo não é muito forte. Já faz meia hora que joguei a carne e a água ainda está limpa.

No momento seguinte, ouvimos uma discussão com a anfitriã. Era por causa dessa panela suplementar: ela não tinha mais lugar em seu fogão; tínhamos dito a ela que só precisávamos de uma panela; e ela tinha acreditado; se ela soubesse que traríamos problemas, não teria alugado esse cômodo. Barque responde, gracejando e, bom homem, consegue acalmar esse monstro.

Os outros, um a um, chegam. Eles piscavam os olhos, esfregavam as mãos, cheios de sonhos suculentos, como convidados de uma festa de casamento.

Deixando a claridade de fora e penetrando nesse cubo de escuridão, eles apertam os olhos e ficam alguns minutos ali, perdidos como corujas.

– Não é muito claro – diz Mesnil Joseph.
– Bem, meu velho, o que queria?
Os outros exclamam em coro:
– Estamos muito bem aqui.

E vemos as cabeças se moverem e fazerem que sim nesse crepúsculo de caverna.

Um incidente: Farfadet, raspando inadvertidamente na parede úmida e suja, ficou com uma grande mancha tão escura em seu ombro, que, mesmo aqui, se vê. Farfadet, preocupado com sua aparência, resmunga e, para evitar um contato com a parede pela segunda vez, bate na mesa e faz sua colher cair no chão. Ele se abaixa e tateia sobre o solo áspero onde, durante anos, a poeira e as teias de aranha caíram em silêncio. Quando recupera o utensílio, ele está sujo de carvão e com teias pendentes. Evidentemente, deixar qualquer coisa cair no chão é uma catástrofe. É preciso viver com precaução aqui.

Lamuse coloca entre dois talheres sua mão gordurosa como a de um açougueiro.

– Está na mesa!

Comemos. A refeição é abundante e de ótima qualidade. O barulho das conversas mistura-se ao das garrafas que se esvaziam e ao das mandíbulas que se preenchem. Enquanto saboreamos a alegria de saboreá-la sentados, uma luz filtrada pela ventilação reveste com uma aurora poeirenta um pedaço do ambiente, e um quadrado da mesa acende com um reflexo um talher, uma viseira, um olho. Eu observo furtivamente essa pequena festa lúgubre, de onde a alegria transborda.

Biquet conta suas atribulações suplicantes para encontrar uma lavadeira que consinta em lhe prestar serviços, mas "era muito caro, porra!". Tulacque descreve a fila que fazemos na mercearia: não temos o direito de entrar, ficamos parados do lado de fora como carneiros.

– E apesar de estar fora, se não está satisfeito e demonstra isso, te expulsam dali.

Que outras notícias? O informativo edita sanções severas contra as depredações nas casas dos habitantes e já contém uma lista de punições. Volpatte foi evacuado. Os homens da classe 93 vão para a retaguarda: Pépère está entre eles.

Barque, trazendo as batatas fritas, anuncia que nossa anfitriã está com soldados em sua mesa: os enfermeiros dos artilheiros.

– Eles acham que têm o melhor, mas nós somos os melhores – diz Fouillade, com convicção, surgindo das sombras desse lugar fechado e infecto, onde estamos tão obscuramente amontoados como no abrigo (mas quem pensará em fazer essa associação?).

– Vocês não sabem – diz Pépin – os caras da Nona são uns sortudos! Uma velha os recebeu por nada, só porque seu velho que morreu há cinquenta anos foi um atirador. Parece que ela deu até uma lebre pra eles, por nada, e que eles estão comendo um ensopado.

– Tem gente boa em todo lugar. Mas os caras da Nona tiveram a grande sorte de achar, em toda vila, justamente a casa de gente boa!

Palmyre vem trazer o café que ela oferece. Ela está mais domada, nos ouve e até mesmo faz perguntas com um tom arrogante:

– Por que vocês chamam o ajudante de *juteux*?

Barque responde sentenciosamente:

– Foi sempre assim.

Quando ela desaparece, julgamos seu café:

– Isso é que é transparência! Dá pra ver o açúcar nadando no fundo do copo.

– Ela vende isso por dez soldos.

– É água coada.

A porta entreabre-se e faz um raio branco; a figura de um menino desenha-se. Nós o chamamos como a um gatinho e oferecemos um pedaço de chocolate.

– Eu me chamo Charlot – o menino, então, murmura. – Nossa casa é do lado. Também recebemos soldados. Todo dia. Vendemos tudo que eles querem. Só que às vezes eles ficam bêbados...

– Me conta, pequeno, vem aqui um pouco – diz Cocon prendendo o menino com seus joelhos. – Escute bem. Seu pai fala, não é, "Contanto que a guerra continue!", hein?

– Sim – diz a criança assentindo com a cabeça – porque estamos ficando ricos. Ele disse que no fim de maio teremos ganhado cinquenta mil francos.

– Cinquenta mil francos! Não é verdade!

– Sim! Sim! – diz o menino batendo os pés. – Ele falou disso com a mamãe. O papai queria que fosse sempre assim. A mamãe, às vezes, não sabe, porque meu irmão Adolphe está no *front*. Mas vão colocá-lo na retaguarda e, assim, a guerra poderá continuar.

Gritos agudos, vindos dos cômodos de nossos anfitriões, interrompem essas confidências. Biquet, da guarda móvel, vai averiguar.

– Não é nada – ele diz ao voltar. – É o homem que grita com a mulher porque ela não sabe o que faz, ele disse, porque ela colocou a mostarda em uma taça, e ele nunca viu isso, ele disse.

Nós nos levantamos. Deixamos o forte odor de cachimbo, vinho e café estagnado em nosso subsolo. Assim que passamos na soleira, um pesado calor assopra nossos rostos, agravado pela lufada de fritura que habita a cozinha, e sai a cada vez que se abre a porta.

Atravessamos as multidões de moscas que, acumuladas

sobre as paredes em camadas negras, voam em grupos barulhentos quando passamos.

– Vai começar de novo como no ano passado!... As moscas no exterior, os piolhos no interior.

– E ainda mais micróbios no interior.

Em um canto dessa pequena casa suja abarrotada de velharias, destroços empoeirados da outra estação, preenchida pela cinza de tantos sóis apagados, há, ao lado dos móveis e dos utensílios, alguma coisa que se mexe: um velho, munido de um longo pescoço descascado, áspero e rosa que lembra o pescoço de uma ave depenada por uma doença. Ele tem, igualmente, um perfil de galinha: sem queixo com um longo nariz; uma placa grisalha de barba forra sua bochecha funda, e vemos subir e descer grandes pálpebras redondas e dobradas, como coberturas sobre as contas foscas de seus olhos.

Barque já o observou:

– Olha pra ele: ele procura um tesouro. Diz que tem um em algum lugar nessa bagunça, da qual ele é o padrasto. De repente ele anda de quatro e enfia o nariz em todos os cantos. Olha lá.

O velho continuava, com a ajuda de sua bengala, uma sondagem metódica. Ele tocava a parte de baixo das paredes e os ladrilhos do piso. Trombava com o vai e vem dos habitantes da casa, dos que chegavam, e com a passagem da vassoura de Palmyre, que o deixava lá sem dizer nada, sem dúvida pensando com seus botões que, mais do que pequenos cofres aleatórios, a exploração da infelicidade pública é um tesouro.

Duas fofoqueiras, de pé, trocavam palavras confidenciais em voz baixa, em uma passagem perto de um velho mapa da Rússia povoado de moscas.

– Sim, mas é com o Picon – murmurava uma delas – que é preciso prestar atenção. Se você não tiver a mão leve, não conseguirá suas dezesseis doses por garrafa, e então, não vai lucrar. Não estou dizendo que vamos pagar do nosso bolso, não, mas mesmo assim, não lucramos. Pra evitar isso é preciso se entender com os comerciantes, mas é tão difícil entrar num acordo, mesmo dentro do interesse geral!

Lá fora, uma escaldante radiação, cheia de moscas. Os insetos, raros há alguns dias, multiplicavam por toda parte os murmúrios de seus minúsculos e inumeráveis motores. Saio acompanhado de Lamuse. Vamos passear. Hoje estamos tranquilos: é um descanso completo, por causa da caminhada dessa noite. Poderíamos dormir, mas é muito mais vantajoso aproveitar esse descanso para caminhar livremente: amanhã retomaremos o exercício e as corveias...

Há os menos sortudos que nós, que agora já estão implicados na engrenagem das corveias...

Para Lamuse, que o convida a vir passear com a gente, Covisart responde batendo em seu rosto comprido, seu pequeno nariz redondo plantado horizontalmente como uma rolha:

– Não posso. Tenho que cuidar da bosta!

Ele mostra a pá e a vassoura com a ajuda das quais executa, ao longo das paredes, inclinado em uma atmosfera doentia, sua tarefa de limpar os dejetos.

Andamos a passos lentos. A tarde pesa sobre o campo sonolento e esmaga os estômagos guarnecidos e ornados abundantemente com mantimentos. Trocamos poucas palavras.

Ao longe, ouvimos gritos. Barque é a presa de algumas donas de casa... E a cena é assistida por uma menina pálida, os cabelos puxados para trás em um rabo de cavalo cor de palha, a boca cheia de herpes, e por mulheres que, instaladas diante de suas portas, em uma penumbra, trabalham em algum tipo insípido de fabricação de roupa.

Seis homens passam, conduzidos por um cabo. Eles trazem pilhas de casacos novos e montes de sapatos.

Lamuse observa seus pés, inchados, enrugados:

– Não tem erro. Preciso de sapatos, mais um pouco você vai ver meus dedos nesses daqui... Não posso andar descalço, né?

Um avião ronca. Seguimos suas evoluções, o rosto para cima, o pescoço torcido, os olhos lacrimejando pela claridade aguda do céu.

Quando nossos olhares se voltam para baixo, Lamuse declara para mim:

– Essas máquinas nunca se tornarão práticas, nunca.

– Como você pode dizer isso!? Fizemos tanto progresso, tão rápido...

– Sim, mas paramos por aí. Nunca faremos melhor, nunca.

Eu não discuto, desta vez, essa dura negação teimosa que a ignorância opõe, todas as vezes que pode, às promessas do progresso, e deixo meu grande companheiro imaginar obstinadamente que o esforço extraordinário da ciência e da indústria está, de repente, parado.

Tendo começado a desvelar-me seu profundo pensamento, ele continua e, aproximando-se e abaixando a cabeça, diz-me:

– Você sabe que ela está aqui, a Eudoxie.

– Ah! – eu disse.

– Sim, meu velho. Você nunca repara em nada, eu reparei – e Lamuse sorri pra mim com indulgência. – Então veja: se ela veio é porque a interessamos, certo? Ela nos seguiu por causa de um de nós, sem erro.

Ele continua:

– Meu velho, não vê o que te digo? Ela veio por mim.

– Você tem certeza, meu velho?

– Sim – diz em segredo o homem-boi. – No começo, eu a vejo. E depois, por duas vezes, meu velho, a encontro no meu caminho, bem no meu caminho, no meu, está ouvindo? Você vai me dizer que ela fugiu; que ela é tímida, e isso e aquilo...

Ele congelou no meio da rua e olhou-me de frente. Sua figura densa, com as bochechas e o nariz úmidos de gordura, estava séria. Ele levou seu punho globuloso ao seu bigode amarelo-escuro cuidadosamente enrolado e o alisou com carinho. Depois continuou a me mostrar seu coração.

– Eu a quero, você sabe, eu certamente me casaria com ela. Ela se chama Eudoxie Dumail. Antes, não pensava em me casar com ela. Mas depois que soube de seu sobrenome, me parece que isso mudou e eu certamente me casaria. Ah! Por Deus, essa mulher é tão bonita. E nem é só porque ela é bonita... Ah!...

O meninão transbordava de uma sentimentalidade e de uma emoção que ele tentava me mostrar pelas palavras.

– Ah! Meu velho!... Algumas vezes é preciso me segurar com um gancho – ele martelou com uma voz sombria, enquanto o sangue fluía nos pedaços de carne de seu pescoço e de suas bochechas. – Ela é tão linda, ela é... E eu, eu sou... Não tem igual – você reparou, tenho certeza, foi você quem reparou. É uma camponesa, sim, e mesmo assim, ela tem alguma coisa que é melhor que em uma parisiense, mesmo uma parisiense elegante e endomingada, não é? Ela... Eu...

Ele franziu suas sobrancelhas ruivas. Ele gostaria de me explicar o esplendor do que pensava. Mas ignorava a arte de se expressar, e calou-se; ficava sozinho com sua emoção inconfessável, sempre sozinho.

Avançamos um ao lado do outro ao longo das casas. Víamos carroças cheias de barris alinharem-se diante das portas. Víamos as janelas que davam para a rua florirem-se de maciças latas multicores de conserva, de estopa – de tudo o que o soldado é forçado a comprar. Quase todos os camponeses cultivavam o mercado. O comércio local demorou muito para deslanchar; agora o impulso estava dado. Cada um lançava-se ao tráfico, tomado pela febre dos números, deslumbrado pelas multiplicações.

Os sinos tocaram. Um cortejo chegou. Era um enterro militar. Uma carroça que transporta forragens conduzida por um soldado do trem, trazia um caixão enrolado em uma bandeira. Em seguida, um grupo de homens, um ajudante, um capelão e um civil.

– O curto e pobre enterro! – disse Lamuse. – A ambulância não está longe, ele murmurou. Nesse vazio, esperar o quê? Ah! Os que estão mortos estão bem felizes. Mas apenas às vezes, não sempre... Aí está!

Passamos as últimas casas. No campo, no fim da rua, o trem regimental e o trem de combate instalaram-se: as cozinhas móveis e os carros tilintantes que as seguem com suas bugigangas, os carros da Cruz Vermelha, os caminhões, as carroças de forragem, os cabriolés do vagomestre.

As tendas dos condutores e dos guardiões espalham-se ao redor dos carros. Nos espaços, os cavalos, com os pés sobre a terra vazia, olham para o buraco do céu com seus olhos minerais. Quatro *poilus* instalam uma mesa. A usina ao ar livre faz fumaça. Essa cidade heterogênea e agitada, colocada sobre o campo arruinado onde os sulcos paralelos e volteados petrificam-se no calor, já está amplamente decorada com lixo e destroços.

Próximo ao acampamento, um grande carro pintado de branco destaca-se dos outros por sua limpeza e asseio. Parece, no meio de uma feira, a barraca de luxo na qual pagamos mais caro.

É o famoso carro "estomagológico", que Barque procurava.

Exatamente, Barque está lá, na frente, e o contempla. Faz muito tempo, sem dúvida, que ele gira ao redor, os olhos presos a ele. O enfermeiro Sambremeuse, da Divisão, chega das compras e sobe a escada móvel de madeira pintada que conduz à porta do carro. Ele tem nos braços uma caixa de biscoitos de grande dimensão, um belo pão e uma garrafa de champanhe.

Blaire o interpela:

– Me fala, Du Fessier, essa carroça aí, é o dentista?

– Está escrito em cima – responde Sambremeuse, um homem pequeno e atarracado, limpo, barbeado no queixo branco e engomado. – Se você não vê, não é de dentista que precisa pra cuidar dos dentes, é de veterinário pra te clarear a vista.

Blaire, se aproximando, examina a instalação.

– Balança – ele diz.

Ele se aproxima mais, afasta-se, hesita em colocar sua mandíbula nesse carro. Enfim, decide-se, coloca um pé na escada e desaparece lá dentro.

*

Nós continuamos o passeio... Viramos em uma trilha onde os altos arbustos estão salpicados de poeira. Os barulhos acalmam-se. A luz explode por toda parte, aquece e cozinha o vazio do caminho, enche-o com uma brancura que cega e queima aqui e ali, e vibra no céu perfeitamente azul.

Na primeira curva, ouvimos com dificuldade um leve chiado de passos e vemo-nos cara a cara com Eudoxie!

Lamuse solta uma exclamação surda. Talvez ele imagine, mais uma vez, que ela o procura, acredite em alguma dádiva do destino... Ele vai em sua direção com todo seu corpo.

Ela o observa, para, emoldurada pela azarola. Sua figura estranhamente magra e pálida inquieta-se, suas pálpebras batem sobre seus maravilhosos olhos. Ela tem a cabeça descoberta, seu corpete de tecido é decotado no pescoço, na aurora de sua pele. Assim próxima, ela é realmente tentadora à luz do sol, essa mulher coroada de ouro. A brancura lunar de sua pele atrai e surpreende o olhar. Seus olhos cintilam; seus dentes, também, brilham na viva abertura de sua boca entreaberta, vermelha como um coração.

– Me diga... Vou lhe dizer... – suspira Lamuse. – Você me agrada tanto...

Ele avança os braços em direção à preciosa passante imóvel.

Ela faz um movimento brusco e responde:

– Me deixe em paz, tenho nojo de você!

A mão do homem apressa-se em pegar uma de suas pequenas mãos. Ela tenta retirá-la e a sacode para livrar-se dele. Seus cabelos de um loiro intenso desarrumam-se e se agitam como chamas. Ele vai em sua direção. Estica o pescoço e seus lábios também avançam. Quer beijá-la. Ele o quer com toda sua força, com toda sua vida. Morreria para tocá-la com sua boca.

Mas ela se debate, dá um grito sufocado; vemos seu pescoço pulsar, seu belo rosto ficar feio pelo ódio.

Eu me aproximo e coloco a mão sobre o ombro de meu companheiro, mas minha intervenção é inútil: ele recua e resmunga vencido.

– Você não é doente, não?! – exclama Eudoxie.

– Não!... – geme o infeliz, desconcertado, estarrecido, enlouquecido.

– Não volte mais aqui, já sabe! – ela diz.

Ela vai embora, toda ofegante, e ele nem mesmo a observa partir: fica com os braços balançando, boquiaberto no lugar em que ela estava, martirizado em sua carne, despertado por ela e não sabendo mais como suplicar.

Conduzo-o. Ele me segue, mudo, atordoado, fungando, sem fôlego como se tivesse fugido por muito tempo.

Ele abaixa o bloco de sua grande cabeça. Na claridade impiedosa da eterna primavera, ele se parece com o pobre Cíclope, que rondava pelas antigas costas da Sicília, menosprezado e vencido pela força luminosa de uma criança, como um brinquedo monstruoso no começo dos tempos.

O vendedor de vinho ambulante, empurrando seu carrinho que parecia uma corcunda por causa de um tonel, vendeu alguns litros aos homens da guarda. Ele desaparece na curva da estrada, com seu rosto amarelo e plano como um *camembert*, seus escassos e leves cabelos desfiados em flocos de poeira, tão magro em suas calças flutuantes como se seus pés estivessem ligados ao torso por barbantes.

E entre os *poilus* desocupados do corpo da guarda, no fim da região, sob a asa da placa indicadora que serve de marco para a vila, balançando e rangendo, estabelece-se uma conversa sobre esse personagem errante.

– Ele tem uma cara suspeita – diz Bigornot. – E também, não vê o que te falo? Não deveríamos deixar tantos civis passearem pelo *front*, como bem entendem, sobretudo se não conhecemos bem sua origem.

– Você é muito crítico, piolhento – responde Cornet.

– Não importa, cara de sapato – insiste Bigornot – a gente não desconfia o suficiente. Sei o que digo quando abro a boca.

– Sabe nada – diz Canard. – Pépère vai para a retaguarda.

– As mulheres aqui – murmura La Mollette – são feias, são purgantes.

Os outros homens da guarda, dirigindo seus olhares para o espaço, contemplam dois aviões inimigos e o emaranhado de seus labirintos. Ao redor das aves mecânicas e rígidas, que seguem o jogo dos raios, aparecem nas alturas – tão escuras como corvos, tão brancas como gaivotas – múltiplas explosões de bombas pontilhando o azul e parecendo um longo voo de flocos de neve no belo céu.

*

Voltamos. Dois caminhantes avançam. São Carassus e Cheyssier. Eles anunciam que o cozinheiro Pépère vai para a retaguarda, selecionado pela Lei Dalbiez[14] e enviado para um regimento territorial.

– Está aí um filão pra Blaire – diz Carassus, que tem no meio do rosto um narigão engraçado que não lhe cai bem.

Na vila, passam grupos de *poilus*, ou duplas, ligados por diálogos entrecruzados. Vemos os isolados reunirem-se dois a dois, abandonarem-se, depois, novamente cheios do que conversar, unirem-se de novo, atraídos uns pelos outros como ímãs.

Uma multidão feroz: no meio, a brancura dos papéis ondula. É o vendedor de jornais que vende por dois soldos

---

14 Lei de 1915 que previa reavaliação dos mobilizados.

jornais que custam um soldo. Fouillade parou no meio do caminho, magro como a pata de uma lebre. No canto de uma casa, Paradis mostra ao sol seu rosto rosa como um presunto.

Biquet une-se a nós, com pouca roupa: traje e boné de policial. Ele lambe os beiços.

– Encontrei uns amigos. Tomamos um trago. Você entende: amanhã, começamos novamente a trabalhar; e, primeiro, a limpar as roupas e as armas. Só meu casaco vai dar o maior trabalho! Não é mais um casaco, é uma espécie de couraça.

Montreuil, empregado no escritório, aparece, e chama Biquet:

– Ei, moleque! Uma carta. Faz uma hora que te procuramos! Você nunca está aqui, puxa!

– Não posso estar aqui e ali, grandão. Me dá aqui.

Ele examina, pesa, e anuncia rasgando o envelope:

– É da minha velha.

Diminuímos o passo. Ele lê seguindo as linhas com seu dedo, balançando a cabeça com um ar convencido e mexendo os lábios como um devoto.

Na medida em que chegamos ao centro da vila, a multidão aumenta. Saudamos o comandante, e o capelão negro que anda a seu lado como um caminhante. Somos questionados por Pigeon, Guenon, o jovem Escutenaire e o caçador Clodore. Lamuse parece estar cego e surdo e não sabe fazer mais nada além de andar.

Bizouarne, Chanrion, Roquette, chegam agitados anunciando uma grande notícia:

– Sabe, Pépère vai para a retaguarda.

– Engraçado como a gente se engana! – diz Biquet levantando o nariz de sua carta. – A velha se preocupa comigo!

Ele me mostra uma passagem da missiva maternal: "Quando você receber minha carta", ele lê vagarosamente, "estará sem dúvida na lama e no frio, sem nada, privado de tudo, meu pobre Eugène..."

Ele ri.

– Faz dez dias que ela enviou. Ela não sabe nada! Não temos frio, porque o tempo está bom desde de manhã. Não estamos infelizes, porque temos um cômodo para comer. Tivemos misérias, mas estamos bem agora.

Voltamos ao porão do qual somos locatários, meditando sobre essa frase. Sua simplicidade tocante emociona-me e mostra-me uma alma, uma multidão de almas. Porque o sol saiu, porque sentimos um raio e uma aparência de conforto, o passado de sofrimento não existe mais, e o futuro terrível também não existe mais... "Estamos bem agora". Tudo acabou.

Biquet instala-se à mesa, como um verdadeiro cavalheiro, para responder. Ele é cuidadoso e verifica o papel, a tinta, a pluma, depois passeia bem regularmente, sorrindo, suas grandes letras ao longo da pequena página.

– Você acharia graça – ele me diz – se soubesse o que escrevo pra velha.

Ele relê sua carta, a acaricia e sorri.

6. Hábitos

Entronizamo-nos no quintal.

A grande galinha, branca como um queijo cremoso, choca no fundo de um cesto, perto da cabana onde o locatário, trancado, remexe. Mas a galinha preta circula. Ela sobe e desce, bruscamente; seu pescoço elástico, avança a grandes passos amaneirados; vislumbramos seu perfil no qual pisca uma lantejoula, e sua linguagem parece feita de um som metálico. Ela vai, brilhante pelos reflexos negros e lustrosos, como o penteado de um cigano e, caminhando, exibe aqui e ali uma fila de pintinhos pelo chão.

Essas ligeiras e pequenas esferas amarelas, sobre as quais o instinto sussurra fazendo-as fluírem todas, apressam-se em seus passos por movimentos curtos e rápidos, e bicam. A fila fica em suspensão: dois pintinhos do grupo estão imóveis e pensativos, desatentos aos sons da voz materna.

– É um mau sinal – diz Paradis. – O pintinho que reflete está doente.

E Paradis descruza e cruza as pernas. Ao lado, no banco, Volpatte alonga as suas, emite um grande balido que tranquilamente faz durar e volta a observar; porque, entre todos os homens, ele adora observar as aves durante a curta vida na qual elas se apressam tanto para comer.

E as contemplamos em conjunto, além do velho galo depenado, gasto, cuja coxa empelotada, através da penugem descolada, aparece nua, escura como uma costeleta grelhada. Ele se aproxima da chocadeira branca que por vezes desvia a cabeça, com um "não" seco, dando alguns cacarejos mudos, por vezes o observa com os pequenos mostradores azuis esmaltados de seus olhos.

– Estamos bem – diz Barque.

– Olha os patinhos – responde Volpatte. – Estão entrincheirados.

Vemos passar uma fila de patinhos amarelos – quase ainda ovos com pés – cuja grande cabeça puxa para a frente o corpo fraco e manco, bem depressa, pelo fio do pescoço. No seu canto, o grande cão também os segue com seus olhos honestos, profundamente negros, nos quais o sol, batendo lateralmente, forma uma bela roda amarelada.

Para além desse pátio de fazenda, pela abertura do muro baixo, o pomar apresenta-se, e sua feltragem verde, úmida e espessa, cobre a terra macia; em seguida uma tela esverdeada com ornamentos de flores, algumas brancas como estatuetas, outras acetinadas e multicoloridas como nós de gravata. Mais longe é a pradaria, onde a sombra dos álamos espalha faixas verdes-escuras e verdes-amareladas. Ainda mais longe, um quadrado de lúpulos em pé, seguido por um quadrado de repolhos enfileirados pelo chão. Ouvimos, no sol do ar e no sol da terra, as abelhas que trabalham musicalmente, em consonância com as poesias, e o grilo que, apesar das fábulas, canta sem modéstia e preenche sozinho todo o espaço.

Lá longe, do cume de um álamo, desce, toda agitada, uma gralha que, meio branca, meio negra, parece um pedaço de jornal queimado pela metade.

Os soldados esticam-se deliciosamente sobre um banco

de pedra, com os olhos meio fechados e oferecem-se ao raio que, na abertura desse vasto pátio, aquece a atmosfera como um banho.

– Estamos aqui há dezessete dias! E acreditávamos ir embora todo dia!

– A gente nunca sabe! – diz Paradis balançando a cabeça e estalando a língua.

Pela portinhola do pátio aberta para a estrada, vemos um grupo de *poilus* caminhar, o nariz para cima, degustando o sol, depois, sozinho, Tellurure: no meio da rua, ele balança a barriga protuberante da qual é proprietário, e flanando com suas pernas arqueadas como duas enseadas, cospe ao seu redor, abundantemente, amplamente.

– A gente também acreditava que seria tão infeliz aqui como nos outros acantonamentos. Mas dessa vez, foi um verdadeiro descanso, tanto pelo tempo que dura como pelo que é.

– Você não fez muito exercício, nem teve muita corveia.

– E, no meio tempo, você vem aqui relaxar.

O bom velho amontoado no fim do banco – e que não era outro senão o avô em busca do tesouro visto no dia em que chegamos – aproximou-se e levantou o dedo.

– Quando eu era jovem, vi muito das mulheres – ele afirmou sacudindo a cabeça. – Eu belisquei as mocinhas!

– Ah! – fizemos distraidamente, a atenção mudada desse palavrório senil para o produtivo barulho da charrete que passava, carregada e cheia de esforços.

– Agora – retomou o velho – só penso em dinheiro.

– Ah! Sim! É um tesouro que procura, papai.

– Com certeza – diz o velho camponês.

Ele sentiu a incredulidade que o cercava. Bateu em sua caixa craniana com o indicador, que apontou em seguida para a casa.

– Olha, esse bicho aqui – ele fez mostrando um inseto obscuro que corria sobre o gesso. – O que ele diz? Ele diz: "Sou a aranha que faz a teia da Virgem".

E o arcaico homem acrescentou:

– Nunca podemos julgar o que as pessoas fazem, porque não podemos julgar o que acontece.

– É verdade – Paradis respondeu a ele educadamente.

– Ele é engraçado – diz Mesnil André entre os dentes, procurando seu espelho no bolso, para contemplar a melhoria que o bom tempo trouxe aos seus traços.

– Ele é louco – murmurou Barque, serenamente.

– Vou deixar vocês – diz o velho, atormentado, sem encontrar lugar.

Ele se levantou para ir novamente procurar seu tesouro.

Entrou na casa que apoiava nossas costas; deixou a porta aberta e, por ali, avistamos no quarto, aos pés da lareira gigante, uma menina que brincava tão seriamente de boneca que Volpatte refletiu e disse:

– Ela está certa.

Os jogos das crianças são ocupações sérias. Somente grandes pessoas jogam.

Depois de ter observado os bichos e os caminhantes passarem, observamos o tempo que passa, observamos tudo.

Vemos a vida das coisas, assistimos à natureza, misturada aos climas, misturada ao céu, colorida pelas estações. Estamos ligados a esse canto do país onde o acaso nos manteve, no meio de nossas perpétuas errâncias, por mais tempo e mais em paz que em outro lugar, e essa proximidade torna-nos sensíveis a todas as nuances. Agora já é o mês de setembro – o amanhã de agosto e a véspera de outubro, e que é por sua situação o mês mais emocionante, polvilhando os belos dias com alguns alertas de finitude. Já compreendemos as folhas mortas que correm sobre as pedras planas como um bando de pardais.

... Na verdade, habituamo-nos, esses lugares e nós, a estar juntos. Tantas vezes transplantados, nós nos implantamos aqui, e realmente não pensamos mais na partida, mesmo quando falamos disso.

— A 11ª Divisão bem que ficou um mês e meio de repouso — diz Volpatte.
— E a 375ª, então, nove semanas! — retoma Barque, irrefutavelmente.
— Por mim, ficaremos ao menos pelo mesmo tempo, pelo menos — digo.
— Terminaríamos bem a guerra aqui...
Barque amolece e não está longe de acreditar:
— Depois de tudo, ela terminará um dia!
— Depois de tudo!... — dizem novamente os outros.
— Evidentemente, jamais saberemos — diz Paradis.

Ele diz isso de forma fraca, sem grande convicção. No entanto, é um discurso contra o qual não há nada a responder. Nós o repetimos suavemente, ninamo-nos com ele como se fosse uma velha canção.

*

Farfadet juntou-se a nós em seguida. Ficou perto de nós, um pouco separado, contudo, e sentou-se, os punhos no queixo, sobre um tanque invertido.

Este é mais concretamente feliz que nós. Sabemos bem disso; ele também sabe: levantando a cabeça, observou sucessivamente, com o mesmo olhar longínquo, as costas do velho que ia à caça de seu tesouro, e nosso grupo que falava de não partir mais! Sobre nosso delicado e sentimental companheiro brilha uma espécie de glória egoísta que o faz um ser à parte, o doura e isola-o de nós, mesmo contra sua vontade, como os galões que lhe cairiam do céu.

Seu idílio com Eudoxie continuou aqui. Nós tivemos provas e, ele mesmo, uma vez, falou sobre o assunto.

Ela não está longe, e eles estão bem próximos um do outro... Não a vi passar, outro dia, ao logo do muro do presbitério, o cabelo mal escondido por uma mantilha, visivelmente indo a um encontro, eu não a vi apressando-se e já começando a sorrir?... Mesmo que ainda não haja entre eles nada além de promessas e certezas, ela é dele, e ele é o homem que a terá em seus braços.

E depois, ele nos vai abandonar: será chamado à retaguarda, ao Estado-Maior da Brigada, que necessita de alguém mais fraco que saiba usar a máquina de escrever. É oficial, está escrito. Ele está salvo: o futuro sombrio, que os outros não ousam imaginar, é preciso e claro para ele.

Ele observa uma janela aberta, que dá para o buraco escuro de um quarto qualquer; ele fica deslumbrado com essa sombra: tem esperança, vive em dobro. Está feliz; porque a felicidade próxima, que ainda não existe, é a única real aqui embaixo.

Um pobre movimento de inveja também nasce ao seu redor.

– Nunca se sabe! – murmura Paradis novamente, mas sem a mesma convicção das outras vezes em que proferiu, na estreiteza de nosso cenário de hoje, essas palavras desmedidas.

7. Embarque

Barque, no dia seguinte, tomou a palavra e disse:
– Vou te explicar o que é. Tem uns que...
Um feroz barulho de apito interrompeu sua explicação exatamente nesse ponto.
Estávamos em uma estação, sobre uma plataforma. Um alerta, durante a noite, arrancou-nos do sono e da vila, e tínhamos caminhado até ali. O descanso havia acabado: mudávamos de setor; lançavam-nos a outro lugar. Havíamos desaparecido de Gauchin nas trevas, sem ver as coisas e as pessoas, sem dizer adeus de relance, sem levar uma última imagem.
... Uma locomotiva manobrava, quase batendo em nós, e berrava a plenos pulmões. Vi a boca de Barque, preenchida pela vociferação dessa vizinha colossal, falar um palavrão; e via os outros rostos fazerem caretas, vítimas da impotência e do barulho ensurdecedor, com seus capacetes presos no queixo por uma tira – porque éramos as sentinelas dessa estação.
– Depois de você! – gritou Barque, furioso, dirigindo-se ao apito emplumado.

Mas o terrível aparelho continuava a empurrar imperiosamente as palavras nas gargantas. Quando calou-se, e seu eco tiniu em nossos ouvidos, o fio do discurso interrompeu-se para sempre e Barque contentou-se em concluir brevemente:

– Sim.

Então olhamos ao nosso redor.

Estávamos perdidos em uma espécie de vila.

Comboios intermináveis de vagões, com trens de quarenta a sessenta carros, formavam uma espécie de alinhamento de casas com fachadas sombrias, baixas e idênticas, separadas por ruelas. Diante de nós, ao longo dessa aglomeração de casas rolantes, a grande linha, a rua sem limites na qual os trilhos brancos desapareciam de uma extremidade a outra, devorados pela distância. Partes de trens, trens inteiros, em grandes colunas horizontais, oscilavam, deslocavam-se e voltavam ao lugar. Ouvíamos de todas as partes o martelamento regular dos comboios sobre o solo blindado, os apitos estridentes, o tilintar dos relógios de alerta, o choque metálico e pleno dos colossos cúbicos que ajustavam seus pedaços de aço com os contragolpes das correntes e os estrondos na longa carcaça vertebrada do comboio. No térreo do prédio que se erguia no centro da estação, como uma prefeitura, a campainha apressada do telégrafo e do telefone soava, pontuada com explosões de vozes. Ao redor, sobre o solo encardido, os galpões de mercadorias, as lojas baixas cujos interiores desordenados vislumbrávamos pelas portas, as cabines dos operadores, o eriçamento das agulhas, as colunas de água, os postes de ferro espaçados cujos fios regravam o céu como em uma partitura; por aqui, por ali, os discos, e, sobrepondo-se a essa cidade sombria e plana, duas gruas à vapor semelhantes a um campanário.

Mais longe, nos terrenos vagos e nos locais abandonados, ao redor do labirinto de plataformas e construções, paravam carros militares e caminhões e alinhavam-se filas de cavalos, a perder de vista.

– Que negócio vai ser isso aqui!

– Todo o Corpo do Exército que começa a embarcar essa noite!

– Ei, estão chegando.

Uma nuvem, que cobria um barulhento tremor de rodas e o estrondo dos cascos dos cavalos, aproximava-se amplamente da avenida da estação que rodeávamos em meio às construções.

– Já tem os canhões que vão embarcar.

Nos vagões planos, ali, entre dois longos depósitos piramidais de caixas, víamos, na verdade, os perfis das rodas, e as pontas finas das peças. Caixas, canhões e rodas estavam pintados, disfarçados, de amarelo, marrom e verde.

– Estão camuflados. Ali, os cavalos também foram pintados. Olha aquele ali que tem as patas grandes e que parece que está de calças? Bem, ele era branco e puseram uma pintura pra mudar sua cor.

O cavalo em questão mantinha-se separado dos outros, que pareciam desconfiar, e apresentava uma tinta grisalha amarelada, realmente falsa.

– Coitado! – diz Tulacque.

– Está vendo, os pangarés – diz Paradis – além de matá-los ainda os aborrecem.

– É para o bem deles, fazer o quê?

– Ah, sim, nós também, é para o nosso bem!

À noite, os soldados chegaram. De todos os lados, fluíam para a estação. Víamos suboficiais sonoros correndo para a frente das filas. Limitavam o transbordamento de homens e os encerravam ao longo de barreiras ou quadrados com paliçadas, um pouco por toda a parte. Os homens apoiavam as armas, abandonavam suas sacolas e, sem o direito de sair, esperavam, enterrados lado a lado, na penumbra.

Os que chegavam sucediam-se em uma dimensão crescente, na medida em que o crepúsculo se acentuava. Juntamente com as tropas, afluíam os automóveis. Logo iniciou-se um rumor sem pausa: limusines, no meio de uma gigantesca maré de pequenos, médios e grandes caminhões. Tudo isso arrumava-se, escorava-se, empilhava-se nos locais designados. Um vasto murmúrio de vozes e barulhos diversos saía desse oceano de seres e carros que batia nas bordas da estação e começava a se infiltrar pelos lugares.

– Isso ainda não é nada – diz Cocon, o homem-estatística. – Só no Estado-Maior do Corpo do Exército, há trinta carros de oficiais, e você sabe – ele acrescentou – quantos trens de cinquenta vagões serão necessários para embarcar todo o corpo – homens e tranqueira – salvo, bem entendido, os caminhões que se unirão ao novo setor com seus próprios pés? Nem tente, meu caro. Serão necessários noventa.

– Caramba! E tem trinta e três corpos?

– Na verdade são trinta e nove, piolhento!

A agitação aumenta. A estação fica populosa, fica superpopulosa. Tão longe quanto os olhos possam discernir uma forma ou um espectro de forma, há um tumulto e uma organização movimentada como em estado de pânico. Toda a hierarquia dos suboficiais expande-se e avança, passa e repassa, como meteoros, e agitando os braços nos quais brilham os galões, multiplicam-se as ordens e as contraordens que trazem, esgueirando-se, os guardas de plantão e os ciclistas – uns lentos, os outros evoluindo em traços rápidos como peixes na água.

Chega a noite, por fim. As manchas formadas pelos uniformes dos *poilus* agrupados em volta dos montículos de armas tornam-se indistintas e misturam-se ao chão, depois essa multidão é detectada apenas pelo brilho dos cachimbos e dos cigarros. Em alguns lugares ao longo dos grupos, a sequência ininterrupta de pequenos pontos claros enfeita a obscuridade como uma bandeirola iluminada de uma rua em festa.

Nessa vastidão confusa e revolta, as vozes misturadas fazem o barulho do mar que se quebra na costa; e, superando esse murmúrio sem limites, ainda ordens, gritos, clamores, a confusão de alguma desembalagem e de alguma baldeação, a batida dos martelos-pilões redobrando seu esforço surdo entre as sombras, e o rugido das caldeiras.

Na imensa escuridão, cheia de homens e coisas por toda parte, as luzes começam a se acender.

São as lamparinas elétricas dos oficiais e dos chefes do destacamento, e as lanternas de acetileno dos ciclistas que passeiam em zigue-zague, aqui e ali, seu foco intensamente branco e sua zona de ressurreição pálida.

Um farol de acetileno eclode, ofuscante, e espalha um domo de dia. Os outros faróis furam e rasgam o cinza do mundo.

A estação assume agora um aspecto fantástico. Formas incompreensíveis surgem e revestem o azul-escuro do céu. Os amontoados delineiam-se, vastos como as ruínas de uma vila. Percebemos o início das filas desmedidas de coisas que entram na noite. Adivinhamos as massas profundas cujos primeiros relevos brotam de um abismo desconhecido.

À nossa esquerda, destacamentos de soldados da cavalaria e da infantaria avançam continuamente como uma espessa inundação. Ouvimos o nevoeiro das vozes propagar-se. Vemos algumas fileiras desenhar-se em um golpe de luz fosforescente ou um brilho vermelho, ouvimos longos rastros de rumores.

Nos furgões, onde percebemos, pela chama rodopiante e nebulosa das tochas, as massas acinzentadas e as goelas negras, os soldados de suprimentos embarcam os cavalos com a ajuda de pranchas inclinadas. São apelos, exclamações, um sapateio frenético de luta, e as enfurecidas pancadas dos cascos de um animal indócil – insultado por seu condutor – contra as paredes do furgão no qual o enclausuraram.

Ao lado, transportam os veículos nos vagões de carga. Uma agitação cerca um monte de blocos de forragem. Uma multidão dispersa joga-se sobre os enormes fardos.

– Já faz três horas que estamos de sentinela – suspira Paradis.

– E aqueles ali, quem são?

Vemos nos espaços claros um grupo de homenzinhos, rodeados por vaga-lumes, despontar e desaparecer levando bizarros instrumentos.

– É a seção dos projetores – diz Cocon.

– Você está aí pensando, companheiro... O que é que tanto pensa?

– Há quatro divisões, neste momento, no Corpo do Exército – responde Cocon. – Isso muda: às vezes são três, às vezes, cinco. No momento, são quatro. E cada uma das nossas divisões, retoma o homem-número, que nosso pelotão tem a glória de possuir, compreende três *R.I.* – regimentos de infantaria; dois *B.C.P.* – batalhões de caçadores a pé; um *R.I.T.* – regimento de infantaria territorial – sem contar os regimentos especiais, artilharia, inteligência, trem etc., sem contar ainda o Estado-Maior da *D.I.* e os serviços fora da brigada, ligados diretamente à *D.I.* Um regimento de linha com três batalhões ocupa quatro trens: um para a *E.M.*, a companhia dos atiradores e a *C.H.R.*, e um por batalhão. As tropas não embarcarão todas aqui: os embarques serão escalonados de acordo com o lugar dos acantonamentos e a data dos revezamentos.

– Estou cansado – diz Tulacque. – Não comemos nada realmente consistente, você sabe. Estamos em pé por obrigação, mas não temos mais força nem vigor.

– Eu me informei – retoma Cocon. – As tropas, as verdadeiras tropas, embarcarão apenas a partir do meio da noite. Elas ainda estão se reunindo aqui e ali pelas vilas a dez quilômetros de distância. Primeiro partirão todos os serviços do Corpo do Exército e os *E.N.E.* – os elementos que não estão em divisão – explica delicadamente Cocon – ou seja, ligados diretamente à *C.A.*

"Entre os *E.N.E.*, você não verá os Balões, nem a Esquadrilha: são muito grandes, e navegam com seus próprios meios e seu pessoal, seus escritórios, seus enfermeiros. O regimento dos caçadores é um outro desses *E.N.E.*"

– Não tem regimento dos caçadores – diz Barque sem pensar. – São batalhões. Dizem: o batalhão dos caçadores.

Vemos Cocon, na sombra, levantar seus ombros escuros e seus óculos e lançar um olhar de desprezo.

– É mesmo, bico de pato? E você bem sabe, se for esperto, que os caçadores a pé e os caçadores a cavalo são grupos distintos.

– Caramba! – diz Barque – esqueci os de cavalo.

– Pois é! – diz Cocon. – Como os *E.N.E.* do Corpo do Exército, tem a Artilharia do Corpo, ou seja, a Artilharia Central que se soma às divisões. Ela compreende a *A.L.* – artilharia pesada –, a *A.T.* – artilharia de trincheiras –, os *P.A.* – parques de artilharia –, os autocanhões, as baterias contra aviões, é o que sei! Tem a Engenharia, o grupo do Preboste, a saber, o Serviço dos Guardas, a pé e a cavalo, o Serviço de Saúde, o Serviço Veterinário, um esquadrão do trem das equipagens, um regimento territorial para a guarda e as corveias do *Q.G.* – Quartel General –, o Serviço da Intendência (com o Comboio Administrativo, que se escreve *C.V.A.D.* para não escrever *C.A.* como o Corpo do Exército).

"Tem também o Rebanho, o Depósito de Remontagem etc.; o Serviço Automobilístico – falo de um enxame de filões do qual poderia te falar durante uma hora se quisesses –, o Pagador, que dirige o Tesouro e os Postos, o Conselho de Guerra, os Telegrafistas, todo o grupo da eletricidade. Tudo isso com diretores, comandantes, divisões e subdivisões, cheio de escreventes, guardas e ordenanças e toda essa aparelhagem. Você pode ver no meio do que está um comandante geral do Corpo!"

Nesse momento, fomos cercados por um grupo de soldados mensageiros, extremamente carregados, com caixas e pacotes amarrados em papel, que eles arrastavam assim-assim e colocavam no chão fazendo: ufa!

– São os secretários do Estado-Maior. Fazem parte do *Q.G.* – do Quartel General – ou seja, de algo como a comitiva do general. Eles arrastam, quando mudam, suas caixas de arquivo, suas mesas, seus registros e todas as porcarias que precisam para escrever. Olha, está vendo isso, é uma máquina de escrever que aqueles dois ali – o velho papai e o pequeno chouriço – carregam, com a alça enfiada em um fuzil. Eles estão em três escritórios, e há também a Seção do Correio, a Chancelaria, a *S.T.C.A.* – Seção Topográfica do Corpo do Exército – que distribui os mapas com as divisões e faz os mapas e os planos, de acordo com os aéreos, os observadores e os prisioneiros. São os oficiais de todos os escritórios que, sob as ordens de um subchefe e de um chefe – dois colonos – formam o Estado-Maior do *C.A.* Mas o Q.G. propriamente dito, que também compreende as ordenanças, os cozinheiros, os quarteleiros, os operários, os eletricistas, os policiais e os Cavaleiros da Escolta, é comandado por um comandante.

Nesse momento, recebemos um terrível golpe coletivo.

– Ei, atenção! Mexam-se! – grita, em tom de desculpa, um homem que, ajudado por vários outros, empurra um carro para os vagões.

O trabalho é laborioso. O solo está inclinado e o carro, assim que param de escorá-lo e travam suas rodas, recua. Os homens taciturnos fazem força contra o carro, rangendo os dentes e rosnando como se enfrentassem um monstro no seio das trevas.

Barque, coçando as costas, interpela um dos homens furiosos:

– Acha que vai conseguir, pato velho?

– Pelo amor de Deus! – ele berra, preocupado – cuidado aí! Vocês vão detonar meu carro!

Em um movimento brusco ele tromba novamente com Barque e, dessa vez, ataca-o:

– Porque está aí, nojento, inútil?!

– Você está bêbado? – replica Barque. – Por que estou aqui?! Essa é boa! Bando de piolhentos, não vou me esquecer dessa!

– Mexam-se! – grita uma nova voz que conduz os homens curvados sob as cargas desarmônicas, mas igualmente esmagadoras...

Não podemos mais ficar em nenhum lugar. Incomodamos em toda parte. Avançamos, dispersamo-nos, recuamos dessa briga.

– E também, digo a vocês – continua Cocon, impassível como um sábio – tem as Divisões que são organizadas um pouco como um Corpo do Exército...

– Sim, a gente sabe, passa a vez!

– Ele faz uma tempestade, esse cavalo, no seu estábulo com rodas – constata Paradis. – Esse deve ser a sogra de um outro.

– Aposto que é o girino do major, esse que o veterinário dizia ser um bezerro se tornando uma vaca.

– Mesmo assim é bem-organizado, tudo isso, não tem o que dizer! – admira Lamuse, empurrado por um fluxo de artilheiros carregando caixas.

– É verdade – concorda Marthereau – para conduzir toda essa tralha militar, não dá pra ser um bando de idiotas e nem um bando de frouxos... Meu Deus, preste atenção onde põe seus sapatos malditos, cara de tripa, besta negra!

– É uma senhora mudança. Quando me instalei em Marcoussis com minha família, teve menos frescura. É verdade que também não sou nenhum fresco.

– Para ver passar todo o exército francês que está nas linhas – não falo do que está instalado na retaguarda, onde tem ainda duas vezes mais homens, e dos serviços como o das ambulâncias que custaram nove milhões e que evacuaram sete mil doentes por dia –, para vê-lo passar nos trens de sessenta vagões que se seguiriam sem parada com um intervalo de quinze minutos, seria preciso quarenta dias e quarenta noites.

– Ah! – dizem.

Mas é muito para a imaginação deles; eles se desinteressam, enojam-se com a grandeza desses números. Bocejam e seguem com um olhar lacrimejante a agitação dos galopes,

dos gritos, da fumaça, dos mugidos, das luzes e dos clarões –
ao longe, sob um abrasamento do horizonte, a terrível linha
do trem blindado que passa.

8. A licença

Eudore sentou-se ali por um momento, perto dos poços da estrada, antes de tomar, através dos campos, o caminho que conduzia às trincheiras. As mãos cruzadas sobre o joelho, seu semblante pálido erguido – no qual não havia bigode sob o nariz, mas somente uma pequena pincelada plana acima de cada canto da boca – ele assobiou, depois bocejou até às lágrimas no rosto matinal.

Um soldado de suprimentos acantonado lá nos confins do bosque – onde há uma fila de carros e cavalos, como em uma parada de boêmios – e que tirava água dos poços da estrada, avançava com dois baldes de lona que, a cada passo, dançavam nas extremidades de seus braços. Ele parou diante desse infante sem armas, munido de uma mochila cheia e com sono.

– Você está de licença?
– Sim – diz Eudore – estou voltando.
– Bem, meu velho – disse o soldado afastando-se – você não tem do que reclamar com seis dias de folga na cabeça.

Mas quatro homens começavam a descer a estrada, com um passo pesado e tranquilo, e suas solas, por causa da lama, pareciam grandes, como caricaturas de solas. Ao verem o perfil de Eudore, pararam como se fossem um só.

– Olha lá o Eudore! Ei, Eudore! Ei, imbecil, então você voltou! – exclamaram em seguida, lançando-se em direção a ele e estendo-lhe as mãos tão grandes como se estivessem com grandes luvas de lã.

– Bom dia, crianças – diz Eudore.

– Aproveitou? O que é que conta, meu rapaz, o quê?

– Sim – respondeu Eudore. – Nada mal.

– Estamos vindo da corveia do vinho; bebemos pra caramba. Vamos voltar juntos, né?

Eles desceram em fila pelo declive da estrada e andaram de braços dados pelo campo revestido por uma argamassa cinzenta, onde a caminhada fazia um barulho de massa sendo sovada.

– Então, viu sua mulher, sua pequena Mariette, já que vivia só por isso e que não conseguia abrir o bico sem falar um monte dela!

A figura pálida de Eudore encolheu-se.

– Minha mulher, eu a vi, claro, mas só uma vez. Não teve como ser melhor. Falta de sorte, foi assim.

– Como assim?

– Como?! Você sabe que a gente mora em Villers-l'Abbé, um lugarejo de quatro casas, nem mais nem menos, à beira de uma estrada. Uma dessas casas é justamente nossa taverna, de que ela toma conta, ou melhor, de que ela voltou a tomar conta desde que a cidade parou de ser destruída pelas bombas.

"E então, com minha licença em vista, ela tinha pedido um salvo-conduto para Mont-Saint-Éloi onde estão meus velhos e eu, minha licença era para Mont-Saint-Éloi. Vê a combinação?

"Como ela é uma mulherzinha inteligente, você sabe, ela tinha pedido seu salvo-conduto bem antes da data que acreditávamos ser o começo da minha licença. Mas o dia da minha partida chegou antes que ela tivesse sua autorização. Parti mesmo assim: você sabe que não se pode perder a vez na companhia. Fiquei, então, com meus velhos, esperando. Eu os amo muito, mas mesmo assim fiquei chateado. Eles estavam contentes de me ver e aborrecidos por me ver aborrecido na companhia deles. Mas o que fazer? No fim do sexto dia – no fim da minha licença, na véspera de voltar! – um jovem de bicicleta – filho de Florence – me traz uma carta de Mariette, dizendo que ela ainda não tinha conseguido seu salvo-conduto..."

– Ah! Que tristeza! – exclamaram os interlocutores.

– ... Mas – continuou Eudore – só havia uma coisa a fazer: que eu pedisse, eu!, permissão ao prefeito de Mont-Saint-Éloi, que pediria à autoridade militar que eu fosse pessoalmente, a galope, a Villers, para vê-la.

– Tinha que fazer isso no primeiro dia e não no sexto!

– Evidentemente, mas tinha medo de cruzar com ela e perdê-la, já que, desde minha chegada esperava todo dia e a cada instante pensava em vê-la na porta aberta. Fiz o que ela me disse.

– E no fim das contas, você a viu?

– Não mais que um dia, ou melhor, que uma noite – respondeu Eudore.

– É o suficiente! – exclamou atrevidamente Lamuse.

– É mesmo! – acrescentou Paradis. – Em uma noite, um homem como você realmente faz o serviço!

– Pois é, olhem seu ar cansado! Que noitada animada a desse miserável aqui! Ah! Safado, vai!

– Rapazes, fechem as bocarras por cinco minutos!

– Conte pra gente, pequeno.

– Não é uma história – diz Eudore.

– Então, você dizia que foi uma tristeza com teus velhos?

– Sim! Eles até tentaram substituir Mariette com belos pedaços de nosso presunto, aguardente de ameixa, reparo de roupas e pequenos mimos... (E eu até mesmo notei que eles pararam de se ofender como de costume). Mas é diferente; era sempre para a porta que eu olhava para ver se, em algum momento, ela se moveria e se transformaria em mulher. Então visitei o prefeito e pus o pé na estrada, ontem, perto das duas horas da tarde – perto das quatorze horas, posso bem dizer, pois contava as horas muito bem desde a véspera! Eu tinha, então, mais que uma noite de licença!

"Perto de chegar, ao entardecer, pela portinhola do vagão da pequena estrada de ferro que ainda funciona lá em algumas partes da via, eu reconhecia metade da paisagem e a outra metade, não reconhecia. Sentia por aqui e por ali que ela se refazia subitamente e se fundia dentro de mim como se começasse a falar comigo. Depois, se calava. No fim, desembarcamos, e foi preciso, o que é o cúmulo, ir a pé até a última estação.

"Jamais, meu velho, jamais vi um tempo como aquele: chovia há seis dias; há seis dias o céu lavava e lavava a terra. A terra amolecia e se movia e formava mais e mais buracos."

– Aqui também. A chuva só parou nesta manhã.

– Sorte minha. Por toda a parte, também, córregos cheios e novos que apagavam, como linhas sobre o papel, os limites dos campos; colinas que fluíam de alto a baixo. Golpes de vento que formavam, durante a noite, de repente, nuvens de chuva passando e rolando a galope e encharcando nossos pés, o rosto e o pescoço.

"Foi igual, quando eu cheguei a pé na estação, uma cara feia já me faria voltar pra trás!

"Mas chegando ao lugar, éramos muitos: outros licenciados, que não iam a Villers, mas eram obrigados a passar por ali para ir para outro lugar. Assim, entramos em grupo... Éramos cinco velhos companheiros que não se conheciam. Não reconheci absolutamente nada. Lá o bombardeio foi ainda maior que aqui, e o pior era a água e depois o anoitecer.

"Digo a vocês que não havia mais que quatro casas na vila. Mas longe umas das outras. Chegamos na parte baixa de um declive. Não sabia bem onde estava, não mais que os companheiros que tinham, no entanto, uma vaga ideia do lugar, porque eram dos arredores – e a água que caía como de baldes cheios.

"Isso tornava impossível que fôssemos mais rápido. Começamos a correr. Passamos em frente à fazenda Alleux – uma espécie de fantasma de pedra! – que é a primeira casa. Pedaços de muro como colunas rasgadas saíam da água: a casa estava naufragada. A outra fazenda, um pouco mais longe, afogada da mesma forma.

"Nossa casa é a terceira. Ela fica no começo da estrada que é no alto do declive. Nós o escalamos, diante da chuva que batia e começava a nos cegar no escuro – sentíamos o frio molhado nos olhos, vrum! – e ele nos punha em debandada, como as metralhadoras.

"A casa! Corro como um doido, como um africano no ataque. Mariette! Eu a vejo na porta, levantando seus braços ao céu, atrás da cortina de noite e de chuva – de uma chuva tão forte que a repelia e a segurava toda inclinada entre os montantes da porta, como uma Virgem Santa em seu nicho. A galope, eu me apresso; no entanto, penso em fazer sinal aos companheiros para me seguirem. Corremos para dentro da casa. Mariette ria um pouco e tinha lágrimas nos olhos por me ver, e esperava que estivéssemos a sós para rir e chorar de verdade. Disse aos rapazes para descansarem e se sentarem uns sobre as cadeiras, uns sobre a mesa.

"Para onde esses senhores vão? – perguntou Mariette. – Vamos para Vauvelles. – Jesus! ela disse. Vocês não vão conseguir. Vocês não podem fazer esse trajeto à noite com os caminhos intransitáveis e pântanos por toda parte. Nem tentem. – Bom, iremos amanhã então; vamos apenas procurar um lugar para passar a noite. – Eu vou com vocês, disse, até a fazenda Pendu. Tem lugar, isso não falta lá dentro. Vocês dormem lá e podem partir de manhã. Certo! Vamos até lá.

"Essa fazenda, a última casa de Villers, fica acima do declive; então havia chance de ela não estar afundada na água e no lodo.

"Saímos de novo. Que derrocada! Estávamos ensopados e a água também entrava nas meias pelas solas dos sapatos e pelo tecido da roupa, dissolvido e rasgado nos joelhos. Antes de chegar nessa Pendu, encontramos uma sombra com um grande casaco e uma lanterna. Quando a lâmpada se ergue, vemos um galão dourado na manga e, em seguida, uma figura furiosa.

"– O que é que estão fazendo aqui? – pergunta a sombra dando um passo para trás e assumindo um ar provocador, enquanto a chuva fazia um barulho de granizo sobre seu capuz.

"– São os licenciados para Vauvelles. Eles não podem partir essa noite. Gostariam de dormir na fazenda Pendu.

"– O que estão dizendo? Dormir aqui? Estão malucos? Aqui é o posto da polícia. Sou o suboficial da guarda e há prisioneiros boches nos prédios. Estou dizendo, quero ver vocês fora daqui imediatamente. Boa noite.

"Então demos meia-volta e voltamos a descer com os passos em falso como se estivéssemos bêbados, deslizando, ofegando, marulhando, se enlameando. Um dos companheiros grita pra mim no meio da chuva e do vento:

"– Vamos te acompanhar até sua casa; já que não temos casa, temos tempo.

"– Onde vocês vão dormir? – A gente vai encontrar, não se preocupe, são só algumas horas pra passar aqui. – A gente vai encontrar, vai sim, é o que digo... Enquanto esperam, entrem um momento. – Um momentinho, não aceito recusa. E Mariette nos vê novamente entrar em fila, todos os cinco, ensopados.

"Ficamos ali rodando em volta do nosso pequeno quarto, que é tudo o que há na casa, já que não é um palácio.

"– Então me diz, senhora, perguntou um dos homens, não teria um porão aqui?

"– Está cheio de água, diz Mariette: não dá pra ver o último degrau da escada, e só tem dois.

"– Ah! Caramba, diz o homem, porque estou vendo que também não tem sótão...

"Após um momento ele se levanta:

"– Boa noite, meu velho, ele me diz. Estamos indo.

"– O quê? Vocês vão sair com esse tempo?

"– Você acha, diz o tipo, que vamos te impedir de ficar com sua mulher?!

"– Mas, meu velho...

"– Sem mais. São nove horas da noite e você tem que partir antes do dia amanhecer. Então, boa noite. Vocês vêm?

"– Claro! – dizem os rapazes. –Boa noite, senhoras e senhores.

"Eles vão até a porta, abrem-na. Mariette e eu nos olhamos. Não nos mexemos. Depois nos olhamos novamente e nos lançamos sobre eles. Eu agarrei um pedaço de casaco, ela um cinto, tudo molhado a ponto de torcer.

"– Nunca. Não vamos deixar vocês partirem. Isso não se faz.

"– Mas...

"– Não tem mas, eu respondo enquanto ela fecha a porta."

– E então? – perguntou Lamuse.

– Então, nada – respondeu Eudore. – Ficamos assim, bem sabiamente – toda a noite. Sentados, escorados nos cantos, a bocejar, como aqueles que velam um morto. Falamos um pouco no começo. De vez em quando alguém dizia: "Será que ainda chove?" e ia ver, e dizia: "Chove". De resto, ouvíamos a chuva. Um gordo, que tinha bigodes de búlgaro, lutava contra o sono como um selvagem. Às vezes, um ou outro do grupo dormia; mas sempre tinha um que bocejava e abria um olho, por educação, e se esticava ou se erguia um pouco para sentar melhor.

"Mariette e eu não dormimos. Nós nos olhávamos, mas também olhávamos os outros, que nos olhavam e assim foi.

"A manhã veio lavar a janela. Eu me levantei para ver o tempo. A chuva não tinha diminuído. No quarto, eu via as formas escuras que se mexiam, respiravam forte. Mariette tinha os olhos vermelhos por ter me observado a noite inteira. Entre ela e eu, um *poilu*, tremendo, enchia um cachimbo.

"Batem no vidro. Entreabro. Uma silhueta, com o capacete todo encharcado e como que trazida e empurrada pelo vento terrível que soprava e que entrava com ela, surge e pergunta:

"– Ei! Aí na taverna, tem como tomar um café?

"– Já vai, meu senhor, já vai! – grita Mariette.

"Ela se levanta da cadeira, um pouco adormecida. Não fala nada, se olha no nosso pedaço de espelho, arruma um pouco os cabelos e simplesmente diz, essa mulher:

"– Vou fazer café pra todo mundo.

"Depois do café, era preciso partir. E também, os clientes aumentavam a cada minuto.

"Ei, mãezinha! Eles gritavam enfiando o bico pela janela entreaberta, você tem um pouco de café? E três cafés! Quatro! – E ainda mais dois, dizia uma outra voz.

"Aproximamo-nos de Mariette para lhe dizer adeus. Eles sabiam muito bem que tinham sido demais essa noite, mas eu percebia que eles não sabiam se era conveniente tocar nesse assunto ou não.

"O gordo da Macedônia se decidiu:

"– Atrapalhamos vocês, hein, minha senhorinha?

"Ele dizia isso pra mostrar que era bem-educado, o velho irmão.

"Mariette lhe agradece e estende a mão.

"– Não foi nada, senhor. Boa licença.

"E eu, eu a aperto em meus braços e a beijo pelo maior tempo que posso, durante meio minuto... Insatisfeito – claro! – e como! – mas contente mesmo assim por Mariette não ter expulsado os companheiros como cachorros. E eu também sentia que ela me achava corajoso por não ter feito o mesmo.

"– Mas isso não é tudo, diz um dos licenciados levantando um pedaço de seu casaco e enfiando a mão no bolso. Isso não é tudo; quanto devemos pelos cafés?

"– Nada, porque ficaram em minha casa essa noite; são meus convidados.

"– Ah, senhora! De jeito nenhum!

"E como fizeram protestos e pequenas saudações uns para os outros! Meu velho, pode dizer o que quiser, somos apenas uns pobres coitados, mas era extraordinária, essa pequena demonstração de gentilezas.

"– Então vamos indo, hein?

"Eles saem um a um. Fico por último.

"Um outro passante começa nesse momento a bater no vidro: mais um que estalava a língua querendo café. Mariette, pela porta aberta, se inclina e grita pra ele:

"– Só um segundo!

"Depois ela põe em meus braços um pacote que já estava pronto.

"– Eu comprei um presunto. Era para o jantar, para nós dois, e também um litro de vinho engarrafado. Meu Deus! Quando vi que vocês eram cinco, não quis dividir tanto e agora ainda menos. Aqui está o presunto, o pão, o vinho. Eu te dou para que você aproveite sozinho, meu rapaz. Já fizemos muito por eles! Ela disse.

"Pobre Mariette – suspira Eudore. – Fazia quinze meses que não a via! E quando a verei de novo?! Será que a verei de novo?

"Foi boa a ideia que ela teve. Ela forrou minha bolsa de comida com tudo isso..."

Ele entreabre sua bolsa de tecido marrom.

– Aqui, estão aqui: o presunto aqui e o pão, e ali está o vinho. E então, já que estão aqui, sabem o que vamos fazer? Nós vamos dividir isso, hein, meus velhos amigos?

9. A grande cólera

Assim que ele voltou de sua licença por doença, após dois meses de ausência, nós o rodeamos. Mas ele se mostrava carrancudo, taciturno e fugia para os cantos.

– E então?! Volpatte, não vai falar nada? É só isso que diz?

– Fale do que viu enquanto estava no hospital se recuperando, meu velho, desde o dia em que partiu com suas faixas, e sua boca entre parênteses. Parece que esteve nos escritórios. Fale, pelo amor de Deus!

– Não quero falar mais nada da porra da minha vida – diz, enfim, Volpatte.

– O que ele está falando? O que ele falou?

– Estou enojado, é assim que estou! Abomino as pessoas, e abomino de novo, pode dizer isso a eles.

– O que fizeram com você?

– São canalhas – diz Volpatte.

Ele estava ali, com sua cabeça de outrora, as orelhas coladas novamente, as maçãs de rosto de um tártaro, relutante, no meio do círculo intrigado que o cercava. Sentíamos que, no fundo, estava amargurado e agitado, sob pressão, a boca forçosamente fechada em um silêncio ruim.

As palavras acabaram por transbordar dele. Ele se virou – para trás – e mostrou o punho no espaço infinito.

– Tem muitos – diz entre seus dentes cinzentos – muitos!

E ele parecia, em sua imaginação, ameaçar, rechaçar uma maré crescente de fantasmas.

Um pouco mais tarde, interrogamo-lo novamente. Sabíamos bem que sua irritação não se manteria assim no interior e que, na primeira oportunidade, esse silêncio feroz explodiria.

Foi em um longo corredor atrás de onde, após uma manhã de terraplenagem, estávamos reunidos para comer. Caía uma chuva torrencial; estávamos anuviados e afogados e incomodados pela inundação, e comíamos de pé, em fila, sem proteção, em pleno céu liquefeito. Era preciso muito esforço para preservar a comida e o pão dos jatos que caíam de todos os pontos do espaço, e comíamos, nos escondendo tanto quanto possível, as mãos e o rosto embaixo dos capuzes. A água batia, saltava e escorria sobre as carapaças moles de pano e vinha, brutal e sorrateiramente, amolecer nossos seres e nossa comida. Os pés afundavam mais e mais, formavam grandes raízes no córrego que corria no fundo da vala argilosa.

Alguns riam, o bigode pingando, outros faziam caretas para engolir o pão esponjoso e a carne lavada e por estarem molhados pelas gotas que assaltavam a pele de todos os lados ao menor defeito de suas espessas couraças enlameadas.

Barque, que protegia sua tigela contra o peito, gritou para Volpatte:

– Então, e os canalhas que você disse que viu lá de onde veio?

– Exemplo? – gritou Blaire em meio a uma nova rajada que sacudia as palavras e as dispersava. – O que realmente viu dos canalhas?

– Tem... – começou Volpatte – e então... Tem muitos, pelo amor de Deus! Tem...

Ele tentava dizer o que tinha. Só conseguia repetir: "Tem muitos"; estava oprimido e ofegava, e engoliu um pe-

daço molhado de pão e engoliu também a massa desordenada e sufocante de suas lembranças.
— É dos emboscados que quer falar?
— Fala!

Ele tinha jogado para cima o resto da sua carne e esse grito, esse suspiro, saiu violentamente de sua boca como de uma válvula.

— Não se preocupe com os emboscados, resmungão – aconselhou Barque, caçoando, mas não sem alguma amargura. – De que adianta?

Escolhido e escondido sob o teto frágil e inconsistente de seu capuz encerado, no qual a água formava um verniz brilhante, e estendendo sua tigela vazia para a chuva para limpá-la, Volpatte ralhou:

— Não sou louco de verdade e sei bem que os caras de trás são necessários. Sei que precisam de homens atrás... mas tem muitos, e esses muitos são sempre os mesmos, e não são os certos, é isso!

Aliviado por essa declaração que jogava um pouco de luz na sombra confusa da cólera que ele trazia para nós, Volpatte falou por fragmentos, através da chuva forte:

— Desde o primeiro lugar pra onde me mandaram, logo vi um monte e comecei a ter uma péssima impressão deles. Todos os tipos de serviço, de subserviços, de direções, centros, escritórios, grupos. No começo, quando você está lá dentro, encontra tantos homens com serviços diferentes, com nomes diferentes. É de virar a cabeça. Meu velho, quem inventou os nomes de todos os serviços devia ser maluco!

"Então, não quer que eu esteja irritado? Vi demais da conta e mesmo sem querer, estou sempre pensando nisso, mesmo fazendo outra coisa!

"Ah, meu velho – ruminava nosso companheiro – todos esses caras andando por lá, mexendo na papelada lá dentro, elegantes, com os quepes e paletós de oficiais, botas – nojentas – e que comem de tudo e enfiam bebida goela abaixo, quando querem, tomam banho duas vezes, vão à missa, não param de fumar e à noite, se arrumam para ler o jornal. E depois vão dizer: 'Estive na guerra'."

Um ponto, sobretudo, havia impressionado Volpatte e sobressaía-se em sua visão confusa e passional:
– Todos esses *poilus* aí não levam seus talheres e seu caneco pra comer com pressa. Querem ficar à vontade. Preferem se instalar na casa de uma puta da região, em uma mesa só pra eles, pra comerem bem e a madame enfia goela abaixo sua louça, suas latas de conserva e todo o resto, enfim, as vantagens da riqueza e da paz em nome do sagrado Deus da retaguarda!

O vizinho de Volpatte sacudiu a cabeça sob as cataratas que caíam do céu e disse:
– Melhor pra eles.
– Não sou louco... – recomeçou a dizer Volpatte.
– Talvez; mas você é incoerente.

Volpatte sentiu-se injuriado com esse termo; sobressaltou-se, levantou a cabeça furiosamente e a chuva que o espreitava molhou em cheio sua figura.
– Tenha dó! Incoerente! Esse imbecil!
– Exatamente, senhor – retomou o vizinho. Você protesta e, no entanto, bem que gostaria de estar no lugar deles, desses canalhas.
– Claro, mas o que isso prova, cara de cu? Pra começar, nós, nós já nos arriscamos e seria nossa vez. São sempre os mesmos, é o que digo, e ainda tem um monte de jovem lá dentro, fortes como um touro e preparados como lutadores, e ainda tem um monte. Está vendo, é sempre "um monte" que digo, porque é assim.
– Um monte! O que você sabe, idiota? Esses serviços, sabe o que são?
– Não sei o que são – retornou Volpatte – mas digo...
– Você acha que é fácil cuidar de todos os assuntos dos exércitos?
– Estou me lixando, mas...

– Mas gostaria que fosse você, né? – caçoou o vizinho invisível que, no fundo de seu capuz sobre o qual transbordavam os reservatórios dos céus, escondia uma grande indiferença, ou um implacável desejo de enervar Volpatte.
– Não sei o que fazer – ele simplesmente diz.
– Há os que sabem por você – interveio a voz aguda de Barque – conheci um que...
– Eu também, eu o vi! – gritou desesperadamente Volpatte na tempestade. – Olha, não muito longe do *front*, não sei bem onde, onde tem o hospital de evacuação e uma subintendência, foi lá que encontrei essa enguia.

O vento, que passava sobre nós, perguntou aos solavancos:
– O que é isso?

Nesse momento, fez-se uma calmaria e o mau tempo deixou, de certa forma, Volpatte falar:
– Um espertinho que me serviu de guia dentro da bagunça do depósito como em uma feira, já que ele mesmo era uma das curiosidades da região. Ele me conduzia pelos corredores, pelas salas das casas ou pelas barracas suplementares. Entreabria uma porta com uma placa, me mostrava e dizia: "Olhe isso, e isso, olhe!" Eu visitei o lugar com ele, mas ele não voltou, como eu, para as trincheiras: não se preocupe. Ele também não vinha delas, não se preocupe. Essa enguia, a primeira vez que a vi, ela andava suavemente pelo pátio: "É o serviço rotineiro", me disse. Nós conversamos. No dia seguinte, pegou um trabalho nas ordenanças para cancelar uma partida, já que era sua vez de partir desde o começo da guerra.

"Na soleira da porta onde tinha dormido toda a noite em uma cama, ele encerava os sapatos de seu mestre: luxuosos sapatos amarelos. Ele impregnava de encáustica e lustrava, meu velho. Eu parei pra observar. O cara me contou sua história. Meu velho, me lembro muito mais dessas histórias do que da história da França e das datas que comemorávamos na escola. Ele, meu velho, nunca tinha sido mandado para o *front*, mesmo sendo da classe três e um tipo forte, você sabe. O perigo, o cansaço, a mediocridade da guerra não eram para ele, não, e sim para os outros. Ele sabia que se pusesse os pés na linha de fogo, estaria ferrado, então fazia de tudo pra ficar no lugar. Já tinham tentado de tudo para mandá-lo, mas não conseguiam, ele escorregava das mãos de todos os capitães, de todos os coronéis, de todos os majores, que estavam, no entanto, realmente enfurecidos com ele. Ele me contava isso. Como ele fazia? Ele caía sentado. Assumia um ar de idiota. Dava uma de bobo. Ele se transformava em uma trouxa de roupa suja. 'Tenho uma espécie de cansaço generalizado', choramingava. Não sabiam como pegá-lo e, depois de um tempo, o deixavam lá. Ele vomitava por todos. Pois é. Mudava seus modos de acordo com as circunstâncias, percebe? Às vezes, reclamava dos pés, ele sabia muito bem usar os pés como desculpa. E depois se arranjava, ficava por dentro das estratégias, sabia de todas as oportunidades. Estou falando de um cara que conhecia os horários dos trens! Você o via entrar de mansinho no meio de um grupo do depósito onde estavam os caras, e ficar por ali, sempre de mansinho, e também, se esforçando pra que os companheiros precisassem dele. Ele se levantava às três horas da manhã para fazer o café, ia procurar água enquanto os outros comiam; enfim, por todo lugar onde ele se enfiava acabava sendo da família, o tipo, esse desprezível! Ele fazia de tudo para não ter que arriscar a pele. Como um cara que ganhou cem pratas honestamente trabalhando e se aborrece por ter que fabricar uma nota falsa de cinquenta. Mas é isso: ele vai livrar a pele, esse aí. No *front*, será levado pelo fluxo, mas ele não é tão estúpido. Está se lixando pra quem tem a cabeça pra fora da terra e se lixa ainda mais quando eles estão por baixo. Quando todos terminarem de lutar, ele voltará para a casa. Dirá para seus amigos e conhecidos: 'Estou aqui são e salvo', e seus companheiros ficarão contentes, porque ele é um cara legal, com seus modos, todo indecente que é – e o pior de tudo é ter que engolir um verme desses.

"E então, gente desse calibre, não dá pra acreditar que só tenha um: tem um monte em cada depósito, que se fixam e serpenteiam não se sabe como em seu ponto de partida, e dizem: 'Não saio daqui' e não saem, e nunca se consegue mandá-los para o *front*."

– Não tem nada de novo nisso – diz Barque. – Nós sabemos, sabemos!

– Tem os escritórios! – acrescentou Volpatte, mergulhado em sua narrativa de viagem. – Tem casas inteiras, ruas, quarteirões. Vi que meu pequeno canto na retaguarda era só um ponto e tive a visão de tudo. Não, não podia acreditar que, durante a guerra, tinha tantos homens sentados em cadeiras...

Uma mão, na fila, apareceu, tateou o espaço.

– Não está mais chovendo...

– Então, vamos seguir, pode acreditar...

Na verdade, o grito foi: "Andar!"

A enxurrada tinha cessado. Nós deslocamo-nos pelo longo charco estreito estagnado no fundo da trincheira e sobre o qual, um minuto antes, as placas de chuva se mexiam.

O murmúrio de Volpatte continuou no meio da andança e da agitação dos passos chafurdados.

Eu ouvia, vendo balançar na minha frente os ombros de um pobre casaco molhado até os ossos.

Volpatte estava agora atrás dos policiais.

– Na medida em que vira as costas para a linha de frente, você vê cada vez mais deles.

– Eles não têm o mesmo campo de batalha que nós.

Tulacque tinha um velho rancor por eles.

– Tem que ver – ele disse – como nos acantonamentos os irmãos se viram, para achar primeiro onde se instalar bem e comer bem. E depois, quando a questão da bebida está regrada, para descobrir as casas de bebida clandestinas. Eles ficam olhando de esguelha as portas dessas casas para ver se os *poilus*, às vezes, não saem de lá de mansinho, com um ar desconfiado, atentos à direita e à esquerda e lambendo os bigodes.

– Tem uns que são bons; conhecia um, na minha região, Côte-d'Or, de onde sou...

– Cala a boca – interrompeu decididamente Tulacque. – São todos iguais; não tem um pra consertar o outro.

– Sim, eles são felizes – diz Volpatte. – Mas você acredita que estão satisfeitos? De jeito nenhum. Eles reclamam.

Ele retificou:

– Tem um que encontrei e que reclamava. Ele estava muito aborrecido com a teoria. "Não vale a pena aprender a teoria, ele dizia, ela muda o tempo todo. Olhe, por exemplo, a justiça militar; bem, você aprende o primeiro capítulo da coisa e depois não é mais isso. Ah! Quando essa guerra vai terminar?" Ele dizia.

– Eles fazem o que dizem pra eles fazerem, essa gente – arriscou Eudore.

– Pois é. Em suma, não é culpa deles. Não quer dizer que esses soldados de profissão, pensionistas, condecorados – enquanto nós somos apenas civis – não tenham uma forma estranha de fazer guerra.

– Isso me faz pensar em um guarda-florestal que vi também – diz Volpatte – que fazia um discurso de protesto sobre as corveias que o obrigavam a fazer. "É nojento", me dizia esse homem, "o que fazem de nós. Somos antigos suboficiais, soldados com no mínimo quatro anos de serviço. Temos um alto salário, é verdade; e depois? Somos funcionários! Mas nos humilham. Nos quartéis, fazem a gente limpar e retirar o lixo. Os civis veem o tratamento que nos infligem e desdenham de nós. E se você ousa reclamar, falam em te mandar para as trincheiras como infantes! No que se transformou nosso prestígio? Quando voltarmos para as cidades, como guardas, depois da guerra – se voltarmos da guerra – as pessoas, nas cidades e nas florestas, dirão: 'Ah! Foi você que limpou as ruas em X...?' Para recuperar nosso prestígio comprometido pela injustiça e ingratidão humanas, sei bem", ele dizia, "que será preciso protestar, e protestar de novo, e protestar com toda força, mesmo contra os ricos, mesmo contra os poderosos!" Ele dizia.

– Eu – diz Lamuse – vi um policial que era justo. "O policial, em geral, é sóbrio", ele dizia. "Mas sempre tem patifes por toda parte, né? O policial realmente causa medo na população, é fato", ele dizia, "e bem, confesso, tem os que abusam disso, e esses – a escória da polícia – se servem de alguns copos. Se eu fosse chefe ou brigadeiro, dava um jeito neles, e não de leve", ele dizia, "porque a opinião pública", ele dizia, "culpa todo o corpo por causa do abuso de um único agente".

– Eu – diz Paradis – um dos piores dias da minha vida foi quando, uma vez, saudei um policial achando que era um subtenente, com seus distintivos brancos. Felizmente (não digo isso pra me consolar, mas porque talvez seja até verdade), felizmente, acho que ele não me viu.

Um silêncio.

– Sim, evidentemente – murmuram os homens. – Mas o que fazer? Não precisamos nos preocupar.

*

Um pouco mais tarde, enquanto estávamos sentados ao longo de um muro, as costas nas pedras, os pés enfiados e plantados na terra, Volpatte continuou a descarregar suas impressões:

– Entro numa sala que era um escritório do depósito, o da contabilidade. Estava lotada de mesas. Tinha tanta gente lá dentro como se fosse um mercado. Uma nuvem de conversas. Ao longo das paredes de cada lado, e no meio, tipos sentados diante de suas mesas como vendedores de papel velho. Eu tinha feito um pedido para voltar para o meu regimento e me disseram: "Se vire e arrume algo pra fazer". Dou de cara com um sargento, um afetado, fresco como seus olhos, segurando uma armação dourada – óculos agaloados. Ele era jovem, mas como estava sendo reincorporado tinha o direito de não ir para a linha de frente. Eu digo: "Sargento!", mas ele não me escuta, porque estava ralhando com um escrevente. "É uma tristeza, meu rapaz", ele dizia, "já disse vinte vezes que era preciso notificar um para execução, ao Chefe do Esquadrão, Preboste do *C.A.*, e um a título de informação, sem assinatura, mas com menção à assinatura, ao Preboste da Força Pública de Amien e dos centros da região da lista que tem – sob o conhecimento, que fique bem-entendido, do comandante geral da região. É, no entanto, bem simples", ele dizia.

"Eu me afastei uns três passos para esperar que ele terminasse a bronca. Cinco minutos depois, me aproximei do sargento. Ele me disse: 'Caro rapaz, não tenho tempo pra você, tenho outras coisas na cabeça'. Na verdade, ele estava atrapalhado diante de sua máquina de escrever, essa lesma, porque tinha esquecido, ele dizia, de pressionar a tecla das maiúsculas, e então, em vez de sublinhar o título de sua página, ele meteu bem em cima uma linha de números oito. Ele não ouvia nada e gritava contra os americanos, já que o sistema da máquina vinha de lá.

"Depois, reclamava de um outro idiota, porque no borderô da divisão dos mapas, ele dizia, não tinham colocado o Serviço das Subsistências, o Rebanho e o Comboio Administrativo da 328ª D.I.

"Ao lado, um sujeito insistia em reproduzir mais circulares do que podia, e dava seu sangue e suor pra rabiscar fantasmas impossíveis de ler. Outros falavam: 'Onde estão os prendedores parisienses?', perguntava um janota. E também não chamavam as coisas por seus nomes: 'Diga, por favor, quais são os elementos acantonados em X...?' Os elementos, que jeito é esse de falar?", disse Volpatte.

"No fim da grande mesa em que estavam os tipos de que falei e dos quais tinha me aproximado, e no alto da qual estava o sargento, atrás de um montículo de papéis, agitado e dando ordens (seria melhor se tivesse botado ordem), um homem não fazia nada e tamborilava com a pata em seu mata-borrão: ele era encarregado, o irmão, do serviço das licenças, e como o grande ataque tinha começado e as licenças estavam suspensas, não tinha nada pra fazer. 'Que maravilha!', ele dizia.

"E isso é uma mesa em uma sala, em um serviço, em um depósito. Vi outros e mais outros, e muito mais. Nem sei mais, é pra ficar louco, te digo."

– Eles tinham galões?

– Não muitos, mas nos serviços de segunda linha, todos têm: você fica lá no meio de uma coleção, no jardim zoológico dos agaloados.

– O que vi de mais bonito falando dos agaloados – disse Tulacque – foi um motorista vestido com um tecido acetinado, com as faixas novas e um couro de oficial inglês, ele era soldado da segunda classe. Com o dedo na bochecha, tinha o cotovelo apoiado sobre esse carro maravilhoso, com os vidros decorados, do qual ele era manobrista. Era pra dar risada. Ele se mostrava prestativo, esse cretino elegante!

– É o tipo de *poilu* que vemos nas revistas femininas, essas revistinhas nojentas.

Cada um tem sua lembrança, seu verso sobre esse assunto tão gasto dos "aproveitadores", e todo mundo começa a extravasar e a falar ao mesmo tempo. Um alvoroço envolve-nos ao pé desse muro triste onde estamos empilhados como pacotes, no cenário pisoteado, cinza e enlameado diante de nós, esterilizado pela chuva.

– ... esses trajes encomendados ao alfaiate, não pedidos ao taifeiro.

– ... plantão no Serviço das Estradas, depois na Manutenção, depois ciclista encarregado do abastecimento do 11º Grupo.

– ... toda manhã tem um papel pra levar no Serviço de Intendência, na Seção de Tiro, ao grupo das Pontes, e de tarde para a *A.D.* e a *A.T.* É tudo.

– ... quando voltei da licença, dizia esse sujeito das ordenanças, as mulheres nos aplaudiam em todas as fronteiras nas estações de trem. "Elas achavam que eram soldados", eu disse...

– ... "ah!", eu disse, "então vocês foram convocados". "Absolutamente", ele me disse, "eu tinha feito várias conferências na América mandado pelo ministro. Isso não é ser convocado? De resto, meu amigo", ele me disse, "eu não pago aluguel, então sou um convocado".

– ...e eu...

– Para terminar – gritou Volpatte, que calou toda a barulheira com sua autoridade de viajante recém-chegado – para terminar, eu vi, de uma vez só, toda a agitação de uma comilança. Durante dois dias, dei uma ajuda na cozinha de um dos grupos de *C.O.A.*, porque não podiam me deixar sem fazer nada esperando minha resposta, que não se apressava em chegar, já que tinham enviado um outro pedido e um pedido maior, e que ela tinha que fazer, na ida e na volta, uma série de paradas em cada um dos escritórios.

"Enfim, fui cozinheiro nessa confusão. Uma vez eu servi, já que o cozinheiro encarregado tinha voltado de licença pela quarta vez e estava cansado. Eu via e escutava esse mundo todas as vezes que entrava na sala de jantar, que era na Prefeitura, e que todo esse barulho quente e luminoso chegava até mim.

"Só tinha auxiliares lá dentro, mas eram muitos do serviço do exército: praticamente só tinha velhos, com alguns jovens espalhados por ali.

"Comecei a ficar cheio quando um deles disse: 'Precisamos fechar as persianas, é mais prudente'. Meu velho, estávamos em um lugar a duzentos quilômetros da linha de fogo, mas o bexiguento queria acreditar que havia perigo de bombardeio aéreo..."

– Olha só meu primo – disse Tirloir metendo-se – que me escreveu... aqui está: "Meu caro Adolphe, estou definitivamente instalado em Paris, como adido à Boîte 60. Enquanto está aí, permaneço na capital à mercê de um avião alemão ou de um zepelim!".

– Ah! Nossa!

Essa frase espalha uma doce alegria e a digerimos como uma guloseima.

– Depois – continuou Volpatte – me enchi ainda mais com essa refeição dos emboscados. Como jantar era bom: bacalhau, já que era sexta; mas preparados como linguados à Marguerite, é o que sei. Mas a falação...

– Eles chamam a baioneta de Rosalie, não é?

– Sim, essas lesmas! Mas durante o jantar esses senhores falam sobretudo deles. Cada um, para explicar porque não estava em outro lugar, dizia isso, em suma, falando outra coisa e comendo como um ogro: "Eu estou doente; eu estou fraco, olhe pra mim, essa ruína; eu estou gagá". Eles procuravam se vestir com doenças que procuravam lá no fundo: "Eu queria ir pra guerra, mas tenho uma hérnia, duas hérnias, três hérnias". Ah! Credo! Que refeição! As circulares que falam em expedir todo mundo, explicava um engraçadinho, são como os *vaudevilles*: sempre tem um ato final que muda todo o resto. Esse terceiro ato é o parágrafo: "... a menos que as obrigações do serviço se oponham...". Um deles contava: "Tinha três amigos com quem contava muito. Queria fazer contato com eles: um após o outro, um pouco depois do meu pedido, foram mortos pelo inimigo. Acreditem", ele dizia, "não tenho sorte!" Um outro explicava a um outro que ele, particularmente, queria muito partir, mas que o médico principal o tinha confrontado para mantê-lo à força no depósito como auxiliar. "Então", ele dizia, "me resignei. Afinal, eu era mais útil colocando minha inteligência a serviço do país que carregando uma mochila". E o que estava do lado dizia: "Sim", com sua cabeça cheia de plumas no alto. Ele tinha consentido em ir a Bordeaux quando os boches se aproximavam de Paris, no momento em que Bordeaux se tornava a cidade elegante, mas depois tinha retornado rapidamente a Paris, dizia algo como: "Eu sou útil à França com meu talento e é absolutamente necessário que eu o conserve para a França".

"Eles falavam de outros que não estavam ali: do comandante que tinha um gênio impossível e explicavam que quanto mais doce ele ficava, mais se tornava severo; de um general que fazia inspeções inesperadas com o objetivo de caçar todo mundo, mas que após oito dias, ficava de cama, muito doente: 'Com certeza ele vai morrer; seu estado não inspira mais nenhuma dúvida', eles diziam, fumando os cigarros que os idiotas da alta mandavam para os depósitos para os soldados do *front*. 'Sabe, eles diziam, o pequeno Frazy, todo delicado, esse querubim, ele achou finalmente um lugar pra ficar: pediram matadores de gado para o abatedouro e ele conseguiu ir pra lá por proteção, mesmo licenciado em Direito e sendo escrevente de cartório. Quanto ao Flandris, conseguiu ser nomeado cantoneiro. 'Cantoneiro, ele? Você acha que vão deixar?' 'Com certeza', responde um desses cretinos, cantoneiro por um bom tempo..."

– Você fala de imbecis – ralha Marthereau.

– E eles morriam de inveja, não sei porque, de um tal de Bourin. Em outros tempos ele levava a boa vida parisiense: almoçava e jantava na cidade. Fazia dezoito visitas por dia, passeava pelos salões das cinco da tarde até a aurora. Era incansável para realizar favores, organizar festas, engolir peças de teatro, sem contar as festas automobilísticas, regadas a champanhe. Mas aí veio a guerra. E então ele não foi mais capaz, o pobrezinho, de ficar até tarde vigiando no posto e cortar arames. Ele precisa ficar tranquilamente no calor. E depois, ele, um parisiense, vir para o campo, se enterrar na vida das trincheiras? Nunca na vida! "Eu", dizia um cara, "tenho trinta sete anos – cheguei na idade de me cuidar!" E enquanto esse indivíduo falava isso, eu pensava em Dumont, o guarda de caça, que tinha quarenta e dois e que foi estraçalhado na minha frente na colina 132, tão perto que, depois que as balas entraram na sua cabeça, meu corpo se mexia com o tremor do corpo dele.

– E como esses animais foram com você?

– Tiravam sarro de mim, mas não demonstravam muito:

só de vez em quando, quando não conseguiam se conter. Eles me olhavam de lado e, sobretudo, prestavam atenção para não tocar em mim, porque eu ainda estava sujo da guerra.

"Isso me enojava um pouco, estar no meio desse amontoado de preguiçosos, mas eu dizia a mim mesmo: 'Vamos, você está de passagem, Firmin'. Só teve uma vez que estive a ponto de estourar, foi quando um deles disse: 'Mais tarde, quando voltarmos, se voltarmos'. Ah! Não! Ele não tinha o direito de dizer isso. Uma frase como essa, para sair da sua boca, tem que ser merecida: é como uma condecoração. Tudo bem se querem escapar, mas não dá pra brincar de ser um homem exposto quando não se passou pelo campo de batalha antes de partir. E eles também falam sobre as batalhas, porque estão mais informados que a gente sobre essa grande coisa e a forma de fazer guerra, e depois, quando você voltar, se voltar, é você que estará errado no meio dessa massa de mentirosos, com sua verdadezinha.

"Ah! Aquela noite, meu velho, as cabeças na fumaça das luzes, a festa dessa gente que desfrutava da vida, aproveitava a paz! Parecia um teatro, uma fantasmagoria. Tinha, tinha... Ainda tinha cem mil", concluiu, enfim, Volpatte, deslumbrado.

Mas os homens que pagavam com sua força e sua vida a segurança dos outros divertiam-se com a cólera que o sufocava, o acuava em seu canto e o submergia sob os espectros emboscados.

– Felizmente ele não está falando dos operários da fábrica, que aprenderam com a guerra, e de todos aqueles que ficaram em casa sob o pretexto de defesa nacional e que fugiram rapidinho! – murmurou Tirette. – Ele ia encher a gente com isso até o dia de São Nunca!

– Você diz que tem cem mil, cara de mosca – ralhou Barque. – Bom, em 1914, está ouvindo? Millerand, o ministro da guerra, disse aos deputados: "Não existem emboscados".

– Millerand – rosnou Volpatte – meu velho, não conheço esse homem, mas se disse isso, é um perfeito canalha!

*

— Meu velho, os outros, eles fazem o que querem na terra deles, mas na nossa casa, e mesmo dentro de um regimento em linha, tem os filões, as ilegalidades.

— Sempre somos — disse Bertrand — o emboscado de alguém.

— Isso é verdade: não importa como você se chama, sempre vai encontrar, sempre, alguém mais ou menos crápula que você.

— Todos os que, entre nós, não vão para as trincheiras, ou aqueles que nunca vão para a linha de frente ou mesmo aqueles que vão só de vez em quando são, se você quer, emboscados e daria pra ver quantos são se dessem os galões só aos verdadeiros combatentes.

— Tem duzentos e cinquenta por regimento de dois batalhões — disse Cocon.

— Tem as ordenanças e, em certo momento, tinha até os ajudantes dos ajudantes.

— Os cozinheiros e os ajudantes dos cozinheiros.

— Os oficiais da contabilidade e os constantes furriéis.

— Os cabos e as corveias de sempre.

— Alguns pilares do escritório e a guarda das bandeiras.

— Os vagomestres.

— Os condutores, os operários e toda a seção, com todos os seus suboficiais e até mesmo os bombeiros.

— Os ciclistas.

— Nem todos.

— Quase todo o serviço de saúde.

— Não os padioleiros, que fique claro, além de fazerem um trabalho horrível, eles se alojam com as companhias e, em caso de ataque, carregam suas macas; mais os enfermeiros.

— São quase todos padres, sobretudo na retaguarda. Porque, sabe, os padres que carregam mochilas, não vi muitos, e você?

— Eu também não. Nos jornais, mas não aqui.

— Mas tem, parece.

— Ah!

– Dá na mesma! O infante vive alguma coisa nessa guerra.
– Tem outros que ficam expostos. Não somos os únicos.
– Sim! – Tulacque disse amargamente – somos quase os únicos!

*

Ele acrescentou:
– Você vai me dizer – sei muito bem o que vai me dizer – que os automobilistas e os artilheiros pesados sofreram em Verdun. É verdade, mas eles também têm um trabalho leve se comparado com o nosso. Nós estamos expostos todos os dias e eles apenas uma vez (nós também temos balas e granadas e eles não). Os artilheiros pesados criaram coelhos perto de seus abrigos e fizeram omelete durante dezoito meses. Nós estamos realmente em perigo; aqueles que estão em parte, ou uma vez, não estão. Se fosse assim todo mundo estaria: a ama que anda nas ruas de Paris também está, já que existem os aviões alemães e os zepelins, como dizia essa besta de quem o companheiro falava agora mesmo.
– Na primeira expedição em Dardanelles teve um farmacêutico ferido por uma explosão. Não acredita? Mas é verdade, um oficial de borda verde, ferido!
– Foi o acaso, como eu escrevia a Mangouste, condutor de um cavalo velho na seção, e que se feriu, mas por um caminhão.
– Mas então é isso aí. Uma bomba também pode cair durante um passeio em Paris ou em Bordeaux.
– Sim, sim. É muito fácil dizer: "Não tem diferença entre os perigos!". Espera aí. Desde o começo, alguns dos outros foram mortos por um acaso infeliz: entre nós, alguns ainda vivem por um acaso feliz. Não é a mesma coisa, já que quando morremos é pra sempre.
– Está bem – disse Tirette – mas você fica envenenando com suas histórias dos emboscados. Já que não podemos

fazer nada, você precisa virar a página. Isso me faz pensar em um velho guarda campestre de Cherey, onde estávamos no mês passado, que andava pelas ruas da cidade olhando pra todo lado para descobrir um civil na idade de estar no exército, e que farejava os bandidos como um mastim. De repente ele para na frente de uma bisbilhoteira robusta que tinha um bigode e não vê mais nada além desse bigode e a ofende: "Você não deveria estar no *front*?"

– Eu – disse Pépin – não ligo para os emboscados ou quase emboscados, porque é perda de tempo, mas me revolto quando eles se exibem. Sou da opinião de Volpatte: se aproveitam, tudo bem, é humano, mas depois não venham dizer: "Fui um guerreiro". Veja, por exemplo, os soldados voluntários...

– Depende do voluntário. Aqueles que se voluntariam sem condições, na infantaria, abaixo a cabeça pra eles como faço para os que foram mortos; mas os voluntários dos serviços ou das armas especiais, mesmo os da artilharia pesada, começam a me dar nos nervos. A gente conhece esses aí! Eles vão dar uma de bom em seu mundo: "Eu me voluntariei na guerra. – Ah! Que lindo o que você fez! Você afrontou as armas por sua própria vontade! Sim, senhora marquesa, eu sou assim." Tenha dó, farsante!

– Eu conheço um senhor que foi voluntário nos parques de aviação. Tinha um belo uniforme: ele deveria ter sido voluntário na ópera-cômica.

– Sim, mas é sempre a mesma história. Ele não poderia dizer depois nos salões: "Olhem, estou aqui: vejam minha cara de voluntário!"

– O que estou dizendo "deveria ter sido!". Ele teria feito muito melhor, sim. Ao menos teria feito os outros rirem de verdade, em vez de conseguir só risos amarelos.

– É como uma bela louça com a pintura nova e bem decorada, com todos os tipos de detalhes, mas que não vai ao fogo.

– Se só tivesse esses caras, os boches estariam em Bayonne.

– Quando existe guerra, temos que arriscar nossa pele, não é, cabo?

– Sim – disse Bertrand. – Há momentos em que o dever e o perigo são exatamente a mesma coisa. Quando o país, a justiça e a liberdade estão em perigo, não é ficando em um abrigo que vamos defendê-los. Ao contrário, a guerra significa perigo de morte e sacrifício da vida pra todo mundo: ninguém é sagrado. É preciso, então, seguir em frente, até o fim, e não fingir que se está fazendo isso, com um uniforme de fantasia. Os serviços da retaguarda, que são necessários, deveriam ser automaticamente garantidos para os que são realmente mais fracos e velhos.

– Você vê, tem um monte de gente rica e bem relacionada que gritou: "Salvemos a França! – e comecemos por nos salvar!" Na declaração da guerra, teve um grande movimento pra tentar se livrar, teve mesmo. Os mais fortes venceram. Eu reparei, no meu cantinho, que era, sobretudo, daqueles que gritavam mais, antes, pelo patriotismo... Em todo caso, como eles diziam agora mesmo, esses outros – se se escondem no abrigo, a última sujeira que poderiam fazer seria fazer os outros acreditarem que se arriscaram. Porque os que realmente se arriscam, digo novamente, merecem a mesma homenagem que os mortos.

– E depois? É sempre assim, meu velho. Você não vai mudar o homem.

– Nada a fazer. Se queixar, reclamar? Ei, falando em reclamar, você conheceu Margoulin?

– Margoulin, aquele cara legal do nosso grupo que deixaram morrer no Crassier porque acharam que ele estava morto?

– É, ele queria reclamar. Todo dia falava em fazer uma reclamação sobre tudo isso lá em cima pro capitão, pro comandante e pedir que ficasse estabelecido que cada um iria pras trincheiras na sua vez. Você ouvia ele dizer depois do café da manhã: "Vou falar, certo como este esse caneco de vinho está aqui". E logo depois: "Se eu não falar é porque nunca teve um caneco de vinho aqui". E se você passava de novo, ouvia de novo: "Olha, isso é um caneco de vinho? Ah! Você vai ver se não vou falar!". Conclusão: ele não disse nada. Você vai me dizer: "Ele foi morto". É verdade, mas antes teve bastante tempo pra reclamar duas mil vezes se quisesse.

– Tudo isso me aborrece – ralhou Barque, sombrio, com um brilho de fúria.

– Nós não vimos nada – já que não vemos nada. Mas se víssemos!...

– Meu velho – exclamou Volpatte – os depósitos, escute bem o que vou dizer: seria preciso desviar o Sena, o Garonne, o Rhône e o Loire, todos, por toda a parte, para limpá-los. Esperando lá dentro, eles vivem, e vivem bem, e vão dormir tranquilamente, a cada noite, a cada noite!

O soldado calou-se. Ao longe, ele via a noite que passávamos, curvado, palpitando de atenção e no escuro, no fundo do buraco de escuta, e sua silhueta se desenhava, ao redor, a mandíbula rasgada, cada vez que um tiro de canhão joga sua aurora no céu.

Cocon diz amargamente:

– Não dá vontade de morrer agora.

– Dá sim – continua alguém placidamente – dá sim... Não exagere, cara de arenque, veremos.

10. Argoval

O crepúsculo da tarde chegava pelo lado do campo. Uma brisa doce, doce como as falas, acompanhava-o.

Nas casas dispostas ao longo da via dessa vila – uma grande estrada vestida em alguns trechos como uma grande rua – os quartos, que as janelas desbotadas não alimentavam mais com a claridade do espaço, iluminavam-se com lâmpadas e velas, sendo que a tarde escapava para fora, e nós víamos a sombra e a luz mudarem gradualmente de lugar.

No limite da vila, em direção aos campos, os soldados desequipados erravam, com o nariz ao vento. Terminamos o dia em paz. Desfrutamos dessa ociosidade vaga cuja bondade experimentamos quando estamos realmente cansados. O tempo estava bom. Estávamos no começo do descanso, e sonhávamos. A tarde parecia aumentar as figuras antes de escurecê-las, e os rostos refletiam a serenidade das coisas.

O sargento Suilhard veio até mim e pegou-me pelo braço. Ele me arrastou.

– Venha – disse-me – vou te mostrar uma coisa.

As redondezas da vila abundavam em fileiras de grandes árvores calmas, que costeávamos e, de vez em quando, as vastas ramagens, sob a ação da brisa, decidiam-se em algum lento gesto majestoso.

Suilhard ia à minha frente. Ele me conduziu em um caminho vazio, com curvas, escarpado; de cada lado crescia um grupo de arbustos cujos topos se juntavam estreitamente. Nós marchamos alguns instantes envoltos em um verde tenro. Um último reflexo de luz, que batia nesse caminho lateralmente, acumulava pontos amarelos-claros redondos como pedaços de ouro nas folhagens.

– É bonito – eu disse.

Ele não dizia nada. Olhava para os lados e então parou.

– Deve ser aqui.

Ele me fez subir por um pequeno caminho em um campo rodeado por um vasto quadrado de grandes árvores, e com um forte cheiro de feno cortado.

– Olha! Notei observando o solo; está tudo pisoteado por aqui. Teve uma cerimônia.

– Venha – me disse Suilhard.

Ele me conduziu em um campo, não longe da entrada. Tinha ali um grupo de soldados que falavam em voz baixa. Meu companheiro estendeu a mão.

– É aqui – ele disse.

Uma estaca bem baixa – no máximo um metro – estava plantada a alguns passos do tapume, feito no local com árvores jovens.

– Foi aqui – ele disse – que fuzilaram o soldado do 204º essa manhã.

"Colocaram o poste durante a noite. Levaram o homem bem cedo, e esses são os tipos do pelotão dele que o mataram. Ele queria fugir das trincheiras; durante o revezamento, ele ficava atrás, depois entrava de mansinho no acantonamento. Sempre fazia isso; quiseram, sem dúvida, dar um exemplo."

Nós nos aproximamos da conversa dos outros.

– Não, de forma alguma – um deles dizia. – Não era um bandido; não era um desses durões que a gente conhece. Nós partimos juntos. Era um homem como nós, nem mais, nem menos – um pouco preguiçoso, só isso. Ele estava na linha de frente desde o começo, meu velho, e nunca o vi bêbado.

– Temos que falar a verdade: foi uma infelicidade pra ele, que tinha maus antecedentes. Eram dois, você sabe, a dar o golpe. O outro pegou dois anos de prisão. Mas Cajard[15], por causa de uma condenação que tinha como civil, não se beneficiou das circunstâncias atenuantes. Como civil, ele tinha feito uma besteira quando bêbado.

– Dá pra ver um pouco de sangue no chão quando a gente olha – disse um homem inclinado.

– Ele teve tudo – continuou um outro – a cerimônia de A a Z, o coronel a cavalo, a degradação; depois o amarraram nesse pequeno poste, esse poste do gado. Ele teve que ser forçado a ficar de joelhos ou sentar no chão com um pequeno poste igual.

– Não daria pra entender isso – disse um terceiro depois de um silêncio – se não tivesse essa história de exemplo que o sargento dizia.

No poste havia, rabiscado pelos soldados, inscrições e protestos. Uma grande cruz de guerra, feita de madeira, estava pregada ali e trazia: "A Cajard, convocado em agosto de 1914, o reconhecimento da França".

Voltando ao acantonamento, vi Volpatte, rodeado, falando. Ele contava alguma nova anedota de sua viagem à casa dos felizes.

---

15 Mudei tanto o nome desse soldado quanto o da vila. (H.B.)

11. O cachorro

Fazia um tempo horroroso. A água e o vento atacavam os passantes, transpassavam, inundavam e levantavam os caminhos.

Voltando da corveia, eu chegava ao nosso acantonamento, na extremidade da vila. Através da chuva espessa, a paisagem dessa manhã era de um amarelo sujo, o céu todo escuro – como um teto de ardósia. A enxurrada chicoteava o cocho com suas varas. Ao longo dos muros, as formas encolhiam-se e apressavam-se, dobradas, envergonhadas, chafurdando.

Apesar da chuva, da temperatura baixa e do vento cortante, uma multidão aglomerava-se em frente à poterna da fazenda onde estávamos alojados. Os homens apertados ali, de costas, formavam, vistos de longe, algo como uma grande esponja agitada. Aqueles que viam, por cima dos ombros e entre as cabeças, arregalavam os olhos e diziam:

– Ele tem coragem, rapazes!
– Para espantar o medo. Ele não tem mais medo!

Depois os curiosos dispersaram-se, os narizes vermelhos e os rostos encharcados, na enxurrada que pingava e no vento que beliscava e, deixando cair as mãos que tinham levantado ao céu de surpresa, enfiavam-nas em seus bolsos.

No centro, permaneceu, estriado de chuva, a causa do ajuntamento: Fouillade, o torso nu, que se lavava com toda a água.

Magro como um inseto, mexendo os longos braços finos, frenético e agitado, ele ensaboava e borrifava a cabeça, o pescoço e o peito até a grade proeminente de suas costelas. Sobre sua bochecha transformada em funil a enérgica operação tinha formado uma barba de neve em flocos e acumulava no topo de seu crânio uma viscosa lã que a chuva perfurava fazendo pequenos buracos.

O obstinado utilizava como balde três tigelas que ele tinha enchido com água encontrada não se sabia onde nessa vila onde não tinha nada e, como não existia em nenhuma parte, no escoamento universal celeste e terrestre, um lugar limpo para colocar o que quer que fosse, ele punha, depois de usar, sua toalha no lugar do cinto de sua calça e colocava, a cada vez que usava, seu sabonete em seu bolso.

Aqueles que ainda estavam ali admirando essa gesticulação épica no seio das intempéries, repetiam balançando a cabeça:

– Ele está com a doença da limpeza.

– Você sabe que ele vai ganhar uma condecoração – dizem – pelo negócio do buraco de obus com Volpatte.

– Bem, meu porco velho, essas condecorações não são roubadas!

E misturavam, sem dar-se conta, as duas façanhas, aquela da trincheira e essa, e o olhavam como o herói do dia, enquanto ele recuperava o fôlego, fungava, ofegava, bramia, cuspia, tentava enxugar-se sob a ducha aérea, por gestos rápidos e surpresos, depois, enfim, se vestia.

*

Uma vez limpo, ele fica com frio.

Ele se vira e se coloca, de pé, na entrada do celeiro onde nos alojamos. O vento glacial mancha e marca a pele de seu longo rosto fundo e moreno, tira lágrimas de seus olhos e as espalha sobre suas bochechas, antes assadas pelo mistral; e seu nariz também chora e escorre.

Vencido pela dentada contínua do vento que alcança suas orelhas, apesar do cachecol atado em sua cabeça, e suas panturrilhas, apesar das faixas amarelas que envolvem suas pernas finas, ele entra no celeiro, mas sai em seguida, mexendo os olhos ferozes e murmurando: "Puta merda!" e "Porra!", com o sotaque que eclode de sua garganta a mil quilômetros de distância deste canto da terra onde a guerra o exilou.

E ele fica em pé, para fora, mais deslocado que nunca nesse cenário setentrional. E o vento vem, desliza sobre ele e volta, em movimentos bruscos, a sacudir e maltratar suas formas descarnadas e leves de espantalho.

É quase inabitável – maldito Deus! – o celeiro que nos designaram para viver durante esse período de descanso. Esse abrigo fundo, tenebroso, molhado e estreito como um poço. Uma metade inteira está inundada – dá para ver ratos nadando – e os homens estão amontoados na outra metade. As paredes, feitas de ripas aglutinadas pela lama seca, estão quebradas, rachadas, perfuradas, por toda parte, e amplamente esburacadas no teto. Nós fechamos, mais ou menos, na noite em que chegamos – até a manhã – as fendas que pudemos, forrando-as com galhos desfolhados e obstáculos. Mas as aberturas de cima e do teto continuam escancaradas. Enquanto um fraco dia impotente mantém o celeiro de pé, o vento, ao contrário, engolfa-o, aspira-o por todos os lados, com toda sua força, e o pelotão sofre com uma corrente de ar eterna.

E quando estamos ali, ficamos plantados de pé nessa penumbra bagunçada, tateando, tremendo e lamentando.

Fouillade, que entrou mais uma vez, aguilhoado pelo frio, lamenta ter tomado banho. Está com dor nas costas e dos lados. Ele queria fazer alguma coisa, mas o quê?

Sentar-se? Impossível. É muito sujo lá dentro: o chão e o pavimento estão cheios de lama, e a palha que serve de cama está toda úmida por causa da infiltração da água e dos pés que deixam sua sujeira por ali. E também, se sentamo-nos, congelamos e se deitamos sobre a palha, somos incomodados pelo cheiro de estrume e pela náusea que vem com as emanações de amoníaco... Fouillade contenta-se em observar seu lugar bocejando a ponto de desprender sua grande mandíbula na qual uma grande barbicha se estende e seria possível ver pelos brancos se o dia fosse realmente dia.

– Os outros companheiros e amigos – diz Marthereau – não dá pra acreditar que estejam muito melhores que nós. Depois da comida, fui ver um cara da 11ª, na fazenda, perto da enfermaria. Tem que pular do outro lado de um muro por uma escada bem baixa – como uma tesoura – nota Marthereau – que tem as pernas curtas; e uma vez que está dentro desse galinheiro, dessa toca, todo mundo tromba e bate em você, por toda parte, e você incomoda todo mundo. Não se encaixa em nenhum lugar. Saí de lá rapidinho.

– Eu quis – disse Cocon – quando terminamos de comer, entrar no ferreiro pra beber alguma coisa quente, comprar. Ontem, ele vendia café, mas os policiais passaram lá de manhã: o homem ficou com medo e trancou as portas.

Fouillade viu-os entrar com a cabeça baixa e encalhar aos pés de suas camas de palha.

Lamuse tentou limpar seu fuzil. Mas não podemos limpar o fuzil aqui, mesmo se instalando no chão, perto da porta, mesmo levantando o tecido da barraca molhada, dura e congelada, que pende na frente como uma estalactite: está muito escuro.

– E depois, meu velho, se deixar um parafuso cair vai ser duro encontrar, sobretudo porque nossas mãos ficam bobas quando estamos com frio.

– Eu tinha umas coisas pra costurar, mas, saúde!

Resta uma alternativa: esticar-se na palha, enrolando a cabeça com um lenço ou uma toalha, para proteger-se do fedor agressivo que a fermentação da palha exala, e dormir. Fouillade que, hoje, não está nem na corveia, nem na guarda, e é senhor de todo seu tempo, se decide. Acende uma vela para mexer em suas coisas, desenrola um cachecol e vemos suas formas esqueléticas, recortadas no escuro, que se dobram e redobram.

– Às batatas, lá dentro, meus carneirinhos! – brame na porta, em uma forma encapuzada, uma voz sonora.

É o sargento Henriot. Ele é bom e malicioso e, todo gozador com uma grosseria simpática, cuida da evacuação do acantonamento com o objetivo de fazer todo mundo trabalhar. Lá fora, na chuva infinita, sobre a estrada deslizante, debulha a segunda seção, recrutada, ela também, e empurrada ao trabalho por um ajudante. As duas seções misturam-se. Subimos a rua e o montículo de barro onde a cozinha rolante solta fumaça.

– Vamos, minhas crianças, disse olhando pra gente, ao trabalho! Não demora quando todo mundo se esforça... Vamos, o que é que ainda está resmungando? Não vai servir pra nada.

Vinte minutos depois, voltamos a galope. No celeiro, só tateamos coisas e formas molhadas, úmidas e frígidas, e um cheiro azedo de animal molhado junta-se às exalações de estrume que envolve nossas camas.

Nós nos juntamos, de pé, ao redor das tábuas que sustentam o celeiro e ao redor dos fios de água que caem verticalmente dos buracos do teto – vagas colunas em um vago pedestal de jatos.

– Olha eles aí! – gritamos.

Duas massas, sucessivamente, fecham a porta, saturadas de água e pingando: Lamuse e Barque foram procurar um braseiro. Eles voltam dessa expedição sem absolutamente nada, rabugentos e ariscos: "Sem sombra de um forno. Nem madeira, nem carvão em nenhum lugar, mesmo fazendo de tudo".

Impossível conseguir fogo.

– O comando não faz nada, e ali onde não consegui ninguém conseguirá – diz Barque com um orgulho que cem façanhas justificam.

Ficamos imóveis, movimentamo-nos lentamente no pequeno espaço que temos, sombrios por tanta miséria.

– Esse jornal é de quem?
– É meu – diz Bécuwe.
– O que diz? Ah! Caramba! Não dá pra ler nesse escuro!
– Dizem que, a essa hora, fazem tudo que podem pelos soldados, para aquecê-los nas trincheiras; ele têm tudo de que precisam, lãs, camisas, fornos, braseiros e carvão a pleno vapor. E que é assim nas trincheiras da linha de frente.

– Ah! Maldição! – rosnam alguns dos pobres prisioneiros do celeiro e mostram o punho ao vazio lá fora e ao próprio jornal.

Mas Fouillade não se interessa pelo que dizemos. Ele curvou no escuro sua grande carcaça de Dom Quixote azulado e esticou seu pescoço seco trançado com cordas de violino. Tem alguma coisa ali no chão que chama sua atenção.

É Labri, o cachorro do outro pelotão.

Labri, um cão pastor mestiço com o rabo cortado, está enrolado em uma pequena cama de poeira de palha.

Ele olha Labri e Labri o olha.

Bécuwe aproxima-se e, com seu sotaque cantado das redondezas de Lille:

– Ele não está comendo. Esse cachorrinho não está bem. Ei, Labri, o que você tem? Aí está seu pão, sua carne. Olha aí. É gostoso, a água está na sua tigela... Ele está cansado, sofrendo. Uma manhã dessas vamos achá-lo morto.

Labri não está feliz. O soldado que cuida dele é duro e o maltrata à vontade e, além disso, não se preocupa muito. O animal fica amarrado o dia todo. Ele sente frio, está doente, foi abandonado. Não vive sua vida. Ele tem, de vez em quando, esperança de sair; vendo que nos agitamos em volta dele, ele se levanta se esticando e esboça um abanar de rabo. Mas é uma ilusão, e ele se deita de novo olhando para além de sua tigela quase cheia.

Ele se entedia, está descontente com sua existência. Mesmo que evite a bala ou a explosão às quais está tão exposto quanto nós, terminará por morrer aqui.

Fouillade coloca sua mão magra sobre a cabeça do cachorro: ele o olha novamente. Os dois olhares são iguais, com a diferença de que um vem do alto e o outro, de baixo.

Fouillade sentou-se da mesma forma – e foi pior! – em um canto, as mãos protegidas pelas dobras do seu casaco, suas longas pernas fechadas como uma cama dobrável.

Ele sonha, os olhos fechados sob as pálpebras azuladas. Ele revê. É um desses momentos em que o lugar do qual se está separado assume, longinquamente, deliciosos ares de realidade. O Hérault perfumado e colorido, as ruas de Cette. Ele vê tão bem, tão de perto, que ouve o barulhos das barcaças do Canal do Midi e o descarregamento nas docas, e esses barulhos familiares chamam-no nitidamente.

No alto do caminho o cheiro de tomilho e das perpétuas é tão forte que chega à boca e quase se sente o gosto, no meio do sol, em uma brisa agradável toda perfumada e quente, apenas o bater de asas dos raios, sobre o monte Saint-Clair, florindo e verdejando a casa dos seus. Ali, vê-se ao mesmo tempo o lago de Thau, verde-garrafa, se unir ao Mar Mediterrâneo, azul celeste, e também se vê de vez em quando, ao fundo do céu índigo, o fantasma recortado dos Pireneus.

Foi ali que ele nasceu e cresceu, feliz, livre. Ele brincava, sobre a terra dourada e vermelha, e brincava até de soldado. O ardor de manejar um sabre de madeira corava suas bochechas redondas, que agora estão fundas e como que cicatrizadas... Ele abre os olhos, olha ao seu redor, balança a cabeça e lamenta pelo tempo em que tinha um sentimento puro, exaltado, ensolarado pela guerra e pela glória.

O homem coloca sua mão diante dos olhos, para guardar a visão interior.

Agora é outra coisa.

Foi lá em cima, na mesma região, que, mais tarde, ele conheceu Clemence. Na primeira vez, ela passava esplendorosa de sol. Carregava nos braços um feixe de palha e parecia tão loira que, ao lado de sua cabeça, a palha parecia castanha. Na segunda vez, estava acompanhada de uma amiga. As duas pararam para observá-lo. Ele as ouviu cochichar e virou-se para elas. Ao serem descobertas, as duas jovens correram sussurrando, rindo como perdizes.

Foi lá também que os dois, juntos, montaram sua casa. Na frente, há uma videira de que ele cuida com seu chapéu de palha qualquer que seja a estação. Na entrada do jardim está a roseira que ele conhece bem e que só usa seus espinhos para tentar afastá-lo um pouco quando ele passa.

Será que ele voltará para perto de tudo isso? Ah! Ele foi muito fundo em seu passado, para não ver o futuro em sua assustadora precisão. Pensa no regimento dizimado a cada revezamento, nos golpes duros que tomou e tomará e também na doença, e também no desgaste...

Ele se levanta, bufa para se livrar do que foi e do que será. Cai no meio da sombra gelada e varrida pelo vento, no meio dos homens dispersos e desconcertados que, às cegas, esperam a noite; cai no presente e continua a ter calafrios.

Dois passos de suas longas pernas fazem-no tropeçar em um grupo no qual, para se distrair e se consolar, falam de comida à meia-voz:

– Na minha casa – diz um deles – fazemos pães, imensos, pães redondos, grandes como rodas de carros, de verdade!

E o homem se dá ao prazer de arregalar bem os olhos para ver os pães de sua casa.

– Na nossa – intervém o pobre sulista – as refeições em dia de festa são tão longas, que o pão, fresco no começo, já está duro no final!

– Tem um vinhozinho... Você não dá nada por ele, esse vinho lá de casa, mas, meu velho, se ele não tiver quinze graus, não está com nada!

Fouillade fala agora de um vinho tinto quase violeta que suporta bem a diluição, como se tivesse vindo ao mundo para isso.

– Nós – diz um sujeito de Béarn – temos o vinho *jurançon*; o verdadeiro, porque o que te vendem por *jurançon* vem de Paris. Eu conheço inclusive os proprietários.

– Se for lá – diz Fouillade – tenho em casa todos os tipos de moscatel, de todas as cores da gama, como amostras de tecido de seda. Se ficar na minha casa por um mês vai degustar cada dia um diferente do outro, meu pequeno.

– Como uma festa de casamento! – diz o soldado agradecido.

E Fouillade emociona-se com essas lembranças do vinho nas quais mergulha e que também lembram-no do claro cheiro de alho de sua mesa longínqua. As emanações do vinho tinto e dos vinhos de licor delicadamente nuançados sobem à sua cabeça, no meio da tempestade lenta e triste que pune o celeiro.

Ele se lembra subitamente de que na vila onde estão acantonados mora um taberneiro de Béziers. Magnac disse a ele: "Venha me visitar, meu companheiro, um desses quatro dias, vamos beber o vinho de lá, porra! Tenho umas garrafas que você vai achar novas".

Essa perspectiva, de repente, deslumbra Fouillade. Um tremor de prazer percorre todo seu corpo como se ele tivesse achado seu caminho... Beber o vinho do Midi e de seu próprio Midi especial, beber muito... Seria tão bom rever a boa vida, mesmo que só por um dia! Sim, ele precisa de vinho, e ele sonha em se embebedar.

Imediatamente ele abandona os falantes para ir sentar-se na taverna de Magnac.

Mas, ao sair, colide na entrada com o cabo Broyer que vem galopante na rua como um mascate, gritando a cada porta:

– O informativo!

A companhia reúne-se e forma um quadrado sobre o montículo de barro onde a cozinha rolante envia fuligem à chuva.

– Vou beber depois do informativo – diz Fouillade.

E ele escuta distraidamente, pensativo, a leitura do informativo. Mas ainda que distraidamente, ouve o que lê o chefe: "Proibição absoluta de sair dos acantonamentos antes das dezessete horas e depois das vinte", e o capitão que, sem levar em conta o murmúrio circular dos *poilus*, comenta essa ordem superior:

– É aqui o Quartel General da Divisão. Não importa quantos sejam, não se mostrem. Escondam-se. Se o general da Divisão vir vocês na rua, vai colocá-los imediatamente na corveia. Ele não quer ver soldados. Fiquem escondidos durante todo o dia dentro de seus acantonamentos. Façam o que quiserem, contanto que a gente não veja ninguém!

E voltamos para o celeiro.

*

São duas horas. Só daqui a três horas, quando for realmente de noite, é que poderemos nos arriscar a sair sem sermos punidos.

Esperar dormindo? Fouillade não tem mais sono, sua esperança de beber vinho o despertou. E também, se ele dormir de dia, não dormirá de noite. Essa não! Ficar de olhos abertos à noite é pior que pesadelo.

O tempo escurece ainda mais. A chuva e o vento pioram, fora e dentro...

Então fazer o quê? Se não podemos ficar parados, nem sentar, nem deitar, nem caminhar, nem trabalhar, fazer o quê?

Uma aflição enorme cai sobre esse grupo de soldados cansados e de passagem, que sofrem na própria carne e realmente não sabem o que fazer com seus corpos.

– Pelo amor de Deus, estamos péssimos!

Esses abandonados exclamam a frase como um lamento, um pedido de socorro.

Depois, instintivamente, dedicam-se à única ocupação

possível aqui dentro para eles: dar cem passos no lugar para escapar da ancilose e do frio.

E então começam a deambular rapidamente, pra lá e pra cá, nesse lugar exíguo que percorremos em três passadas; andam em círculos, cruzando-se, tocando-se, inclinados pra frente, as mãos nos bolsos, batendo com a sola no chão. Esses seres, que o vento açoita até sobre sua palha, parecem um grupo de miseráveis degradados da vila que esperam, sob um céu baixo de inverno, que se abra a porta de alguma instituição de caridade. Mas a porta não se abrirá para eles, a não ser em quatro dias, no fim do descanso, uma tarde, para voltar às trincheiras.

Sozinho em um canto, Cocon está agachado. Ele está sendo devorado por piolhos, mas, enfraquecido pelo frio e pela umidade, não tem coragem de trocar de roupa, e fica ali, sombrio, imóvel e devorado...

Na medida em que nos aproximamos, apesar de tudo, das cinco horas da tarde, Fouillade recomeça a se embriagar com seu sonho de vinho e espera, com esse brilho na alma.

– Que horas são?... Quinze para as cinco... Cinco para as cinco... Vamos!

Ele está para fora na noite escura. Saltitando no molhado dirige-se para o estabelecimento de Magnac, o generoso e loquaz homem de Béziers. Ele tem muita dificuldade para achar a porta no escuro e na chuva espessa. Maldito, não está acesa! Que maldição, está fechada! A luz de um fósforo, que sua grande mão magra protege como um abajur, mostra-lhe a fatídica placa: *Estabelecimento consignado para a tropa*. Magnac, culpado por alguma infração, foi exilado na escuridão e na inatividade!

E Fouillade vira as costas para a taverna transformada em prisão do taverneiro solitário. Não renuncia a seu sonho. Ele irá para outro lugar, beberá um vinho comum, pagará, é isso.

Coloca a mão no bolso para tatear sua carteira. Está ali.

Ele tem que ter trinta e sete soldos. Não vai beber um Pérou, mas...

Mas subitamente ele se sobressalta e para batendo na testa. Seu rosto interminável faz uma terrível careta, disfarçada pela sombra.

Não, ele não tem mais trinta e sete soldos! Como é imbecil! Tinha esquecido a lata de sardinhas que comprou na véspera, porque não suportou o macarrão cinza de sempre, e as cervejas que pagou aos sapateiros que consertaram suas botas.

Que miséria! Ele não deve ter mais que treze soldos!

Para conseguir se animar o suficiente e se vingar da vida presente, precisaria beber um litro e meio, porra! Aqui, o litro de vinho tinto custa vinte e um soldos. Ele está longe dessa soma.

Ele passeia com os olhos pelas trevas ao seu redor. Procura alguém. Talvez exista um companheiro que possa lhe emprestar o dinheiro, ou talvez que lhe pague um litro.

Mas quem, quem? Bécuwe, não, ele só tem uma madrinha para lhe mandar, a cada quinze dias, tabaco e papel de carta. Barque, não, não ia funcionar. Blaire, não, avarento, não entenderia. Biquet, não, parece não gostar dele. Pépin, não, já que ele mesmo vive mendigando e nunca paga, mesmo quando convida. Ah! Se Volpatte estivesse com eles!... Tem o Mesnil André, mas está justamente em dívida com ele por várias rodadas. O cabo Bertrand? Ele o mandou pro inferno severamente após uma observação e se olham atravessado. Farfadet? Ele não lhe dirige mais a palavra... Não, sabe bem que não pode pedir a Farfadet. E depois, meu Deus! Por que procurar messias em sua imaginação? Onde está toda essa gente a essa hora?

Lento, ele volta, em direção ao abrigo. Depois, maquinalmente se vira e parte adiante de novo, com passos hesitantes. Vai tentar mesmo assim. Talvez, no próprio lugar, com os companheiros das mesas... Ele chega à parte central da vila no momento em que a noite vem enterrar a Terra.

As portas e janelas iluminadas das tavernas refletem-se na lama da rua principal. Há tavernas a cada vinte passos.

Entreveem-se os espectros pesados dos soldados, a maioria em grupos, que descem a rua. Quando um automóvel chega, afastam-se, deixam-no passar, ofuscados pelo farol e atingidos pela lama que as rodas projetam sobre toda a extensão do caminho.

As tavernas estão cheias. Pelos vidros embaçados, vemo-las cheias com uma nuvem compacta de homens de capacetes.

Fouillade entra em uma delas, ao acaso. Na soleira, o hálito tépido do local, a luz, o cheiro e o alvoroço enternecem-no. Essas mesas são realmente um pedaço do passado no presente.

Ele olha, de mesa em mesa, avança incomodando as pessoas para verificar todos os convivas dessa sala. Droga! Não conhece ninguém.

Em outra parte, tudo igual. Ele não tem sorte. Estende o pescoço, em vão, e busca perdidamente um rosto conhecido entre esses uniformes que, em massas ou duplas, bebem conversando, ou, solitários, escrevem. Ele parece um mendigo e ninguém presta atenção nele.

Sem achar uma alma para ajudá-lo, decide gastar ao menos o que tem no bolso. Desliza até o balcão.

– Uma garrafa de vinho e do bom...
– Branco?
– Sim!
– Você, meu rapaz, é do Midi – diz a dona entregando-lhe uma pequena garrafa cheia e um copo e pegando seus doze soldos.

Ele se instala no canto de uma mesa já ocupada por quatro bebedores reunidos por um jogo de manilha; enche o copo até a borda e o esvazia, depois o enche de novo.

– Ei, saúde, não vá com tanta sede ao pote! – grita em sua direção um recém-chegado com uma blusa azul esfumaçada, dono de uma espessa barra de sobrancelhas no meio de seu rosto pálido, com uma cabeça cônica e orelhas enormes.

É Harlingue, o armeiro.

Não é muito bom estar instalado sozinho diante de uma garrafa na presença de um companheiro que sinaliza estar com sede. Mas Fouillade finge não entender o desejo do homem que se balança na sua frente com um sorriso cativante, e esvazia o copo rapidamente. O outro vira as costas, não sem resmungar que "o pessoal do Midi não é muito generoso e sim guloso".

Fouillade colocou o queixo entre os punhos e olha, sem ver, um ângulo da taverna onde os *poilus* amontoam-se, acotovelam-se, espremem-se e trombam-se para passar.

Estava muito bom, evidentemente, esse vinhozinho branco, mas o que podem fazer algumas gotas no deserto de Fouillade? A tristeza não se afastou muito e agora retorna.

O homem do sul levanta-se, vai embora, com seus dois copos de vinho no estômago e um soldo na carteira. Ele tem a coragem de visitar mais uma taverna, sondá-la com os olhos e abandoná-la resmungando como desculpa: "Filho da puta! Esse animal nunca está aqui!".

Depois volta ao acantonamento, que continua barulhento por causa das rajadas de vento e das gotas. Fouillade acende sua vela e, no brilho da chama que se agita desesperadamente como se quisesse voar, vai ver Labri.

Ele se agacha, com a vela na mão diante do pobre cachorro que, provavelmente, morrerá na sua frente. Labri dorme, mas levemente, porque logo abre um olho e mexe o rabo.

O homem de Cette acaricia-o e diz baixinho:

– Não dá pra fazer nada. Nadaaa...

Ele não quer falar mais para Labri para não o entristecer; mas o cachorro aprova balançando a cabeça antes de fechar os olhos novamente.

Fouillade levanta-se com dificuldade por causa de suas articulações enferrujadas e vai dormir. Ele só espera por uma coisa agora: dormir, para que esse dia lúgubre morra, esse dia de vazio, esse dia igual a tantos outros que terá que suportar heroicamente, atravessar, antes de chegar ao fim da guerra ou de sua vida.

12. O pórtico

– Tem névoa. Você quer ir lá?

É Poterloo que me interroga, virando em minha direção sua cabeça loira, que seus dois olhos azuis-claros parecem tornar transparente.

Poterloo é de Souchez e, desde que os Caçadores finalmente recuperaram-na, ele sente vontade de rever a vila onde vivia feliz, outrora, quando era homem.

Peregrinação perigosa. Não é que estejamos longe! Souchez está ali. Há seis meses, vivemos e trabalhamos nas trincheiras e nos corredores, quase ao alcance das vozes da vila. Temos apenas que subir diretamente, daqui mesmo, para a estrada de Béthune, ao longo da qual rasteja a trincheira e sob a qual se escavam os alvéolos de nossos abrigos – e descer essa estrada, que se enterra na direção de Souchez, por quatrocentos ou quinhentos metros. Mas todos esses caminhos estão regularmente e terrivelmente marcados. Desde seu recuo, os alemães não param de mandar vastos obuses que estrondam de vez em quando sacudindo-nos em nosso subsolo, de onde vislumbramos, ultrapassando as encostas, por aqui, por ali, os grandes jatos escuros de terra e detritos e as colunas verticais de fumaça, altas como as igrejas. Por que bombardearam Souchez? Não sabemos, porque não há mais ninguém nem nada na vila tomada e retomada, onde lutamos com tanta violência.

Mas nesta manhã, na verdade, uma névoa intensa envolve-nos, e, com a ajuda desse grande véu que o céu joga sobre a terra, podemos nos arriscar... estamos certos, pelo menos, de não sermos vistos. A névoa obstrui hermeticamente a retina aperfeiçoada do balão de observação que deve estar em algum lugar lá em cima escondido no meio dela, e interpõe sua imensa parede leve e opaca entre nossas linhas e os observatórios de Lens e Angres, de onde o inimigo nos espia.

– Estamos indo bem! – digo a Poterloo.

O ajudante Barthe, que estava avisado, mexe a cabeça para cima e para baixo e abaixa as pálpebras para indicar que não está vendo.

Nós nos lançamos para fora da trincheira, e ali estamos os dois em pé sobre a estrada de Béthune.

É a primeira vez que ando ali durante o dia. Havíamos visto apenas de muito longe essa estrada terrível, que tão frequentemente percorremos ou atravessamos aos saltos, curvados na sombra e sob o som dos assobios das bombas.

– Então, você vem, meu velho?

Ao final de alguns passos, Poterloo parou no meio da estrada onde o algodão da névoa se desfia na imensidão: ele está ali com seus olhos azuis-celestes arregalados, entreabrindo sua boca escarlate.

– Ah! Aqui, aqui, ah! Aqui, Aqui!... – ele murmura.

Enquanto me viro em sua direção, ele me mostra a estrada e diz balançando a cabeça:

– É ela. Meu Deus, diga que é ela!... Esse pedaço onde estamos, conheço tão bem que se fechar os olhos, a vejo como era, exatamente, e ela mesma ressurge sozinha. Meu velho, é assustador, revê-la desse jeito. Era uma bela estrada, toda plantada, com grandes árvores...

"E agora, o que é? Olhe pra isso: uma espécie de coisa comprida arrebentada, triste, triste... Olhe essas duas trincheiras de cada lado, sempre vivas, esse chão escavado, cheio de canais, essas árvores desenraizadas, serradas, chamuscadas, cortadas pra fazer fogueira, jogadas pra todos os lados, furadas de balas – olha essa escumadeira aqui! – Ah! Meu velho, meu velho, você não pode imaginar como essa estrada está desfigurada!

E ele avança, observando a cada passo, com novos estupores.

O fato é que ela é fantástica, a estrada em cujos lados se esconderam e se fixaram dois exércitos, e sobre a qual misturaram seus tiros durante um ano e meio. Ela é a grande via desgrenhada percorrida apenas pelas balas e pelas fileiras e pelos obuses, que a sulcaram, levantaram, cobriram com a terra dos campos; arrebentada e deixada no osso. Parece uma passagem maldita, sem cor, esfolada e velha, sinistra e grandiosa de se ver.

– Se você a tivesse conhecido! Ela era limpa e uniforme – diz Poterloo. – Todas as árvores estavam aí, todas as folhas, todas as cores, como borboletas, e sempre tinha alguém para quem dizer bom-dia ao passar: uma mulher balançando-se ao carregar dois cestos ou pessoas falando alto sobre uma carriola, no bom vento, com suas blusas estufadas. Ah! Como a vida era feliz nesse tempo!

Ele se enterra rumo às margens do rio nebuloso que segue o leito da estrada, rumo à terra de parapeitos. Inclina-se e para diante de protuberâncias indistintas sobre as quais vemos cruzes, túmulos, encalhados ao longo do muro de névoa, como o caminho da cruz dentro de uma igreja.

Eu o chamo. – Não chegaremos se andarmos nesse passo de procissão. Vamos!

Nós chegamos, eu na frente e Poterloo que, com a cabeça confusa e pesada de pensamentos, fica pra trás, tentando em vão trocar olhares com as coisas, em uma depressão do terreno. Ali, a estrada tem um declive, uma dobra a esconde do lado do norte. Nessa região protegida, há um pouco de circulação.

Sobre o terreno vago, sujo e doente, onde a grama ressecada se enlameia e se escurece, alinham-se os mortos. São levados para lá quando se esvaziam as trincheiras ou a planície durante a noite. Eles esperam – alguns por um bom tempo – ser noturnamente conduzidos aos cemitérios da retaguarda.

Nós nos aproximamos deles suavemente. Estão apertados uns contra os outros; cada um esboça com os braços ou com as pernas um gesto diferente de agonia petrificada. Há os que mostram os rostos meio embolorados, a pele enferrujada, amarela com pontos pretos. Vários têm o rosto completamente escurecido, como betume, os lábios inchados e enormes: as cabeças dos negros infladas como balões. Entre dois corpos, saindo confusamente um do outro, um punho cortado e terminado por uma bola de filamentos.

Outros são larvas deformadas, manchadas, em que aparecem vagos objetos de equipamento ou pedaços de osso. Mais longe, transportaram um soldado em tal estado que, para não perdê-lo no caminho, tiveram que o enrolar em uma rede de ferro que fixaram em seguida a duas extremidades de uma estaca. Ele foi transportado dessa forma, como uma bola nessa maca metálica, e deixado ali. Não distinguimos nem o começo nem o fim de seu corpo; no monte que forma, só se reconhece o bolso escancarado de uma calça. Vemos ali um inseto que entra e sai.

Ao redor dos mortos, agitam-se cartas que, enquanto os colocavam no chão, escaparam de seus bolsos ou de suas cartucheiras. Em um desses pedaços de papel todo branco, que batem asas ao vento, mas que a lama suja, leio, inclinando-me um pouco, uma frase: "Meu querido Henry, como o tempo está bom no dia de sua festa!" O homem está de bruços; ele tem as costas fendidas de um quadril a outro por um profundo corte; sua cabeça está um pouco de lado; vemos o olho oco e sobre a têmpora, a bochecha e o pescoço uma espécie de musgo verde cresceu.

Uma atmosfera nauseabunda vem com o vento ao redor desses mortos e do amontoamento de restos que os avizinha: lonas de barraca ou roupas como panos manchados, rijas pelo sangue seco, carbonizadas pela queimadura de obus, endurecidas, cheias de terra e já podres, onde uma camada viva fervilha e escava. Estamos incomodados. Olhamo-nos balançando a cabeça e sem ousar confessar em voz alta que isso fede. Nós nos afastamos, no entanto, lentamente.

Eis aqui rompendo a bruma as costas curvadas de homens que estão unidos por alguma coisa que carregam. São os padioleiros territoriais encarregados de um novo cadáver. Eles avançam, com suas velhas cabeças pálidas, arfando, suando e fazendo careta pelo esforço. Carregar um morto pelos corredores, a dois, quando há lama, é uma tarefa quase sobre-humana.

Eles deitam o morto que está vestido com roupas novas.

– Não faz muito tempo, né, que ele estava de pé – diz um dos carregadores. – Faz duas horas que levou uma bala na cabeça porque quis procurar um fuzil boche na planície: ele partiria na quarta-feira de licença e queria levá-lo com ele. É um sargento do 405, da classe quatorze. Um rapazinho gentil.

Ele o mostra para nós: levanta o lenço que está sobre o rosto; ele é bem jovem e parece dormir; só a pupila está revirada, a bochecha amarelada e uma água cor-de-rosa banha as narinas, a boca e os olhos.

Esse corpo, que se destaca nesse ossário e que, ainda maleável, pende a cabeça para o lado quando o movemos, como para se acomodar melhor, dá a ilusão pueril de estar menos morto que os outros. Mas, menos desfigurado, ele parece mais patético, mais próximo, mais ligado a quem o observa. E se disséssemos alguma coisa diante de todo esse monte de seres aniquilados, diríamos: "O pobre rapaz!"

Retomamos a estrada que, a partir dali, começa a descer para o fundo onde está Souchez. Essa estrada parece, sob nossos passos, na brancura da névoa, um assustador vale de miséria. A quantidade de detritos, restos e imundícies acumulam-se sobre a espinha fracassada de seu pavimento e sobre suas bordas enlameadas, tornando-se inextrincável. As árvores juncam o solo ou desapareceram, arrancadas, seus troncos cortados. As encostas estão reviradas e alteradas pelos obuses. Por toda extensão, a cada lado desse caminho onde estão de pé apenas as cruzes dos túmulos, há as trincheiras vinte vezes obstruídas e refeitas, com buracos, passagens entre eles, obstáculos no lodo.

Na medida em que avançamos, tudo parece revirado, terrível, cheio de podridão e cheira a cataclismo. Andamos sobre um pavimento de explosões de obus. A cada passo nossos pés chocam-se com algo; andamos como sobre armadilhas, e tropeçamos na complicação de armas quebradas, máquinas de costura, entre pacotes de fios elétricos, equipamentos alemães e franceses, rasgados na sua casca de lama seca, montes suspeitos de roupas com uma massa pegajosa marrom-avermelhada. E é preciso tomar cuidado com os obuses que não explodiram, que, por toda parte, mostram sua ponta ou seus fundos ou seus flancos, pintados de vermelho e azul, já amarelados.

– Essa trincheira boche é antiga, eles acabaram abandonando...

Está despedaçada em alguns lugares; em outros, crivada de buracos de bomba. Os sacos de terra foram rasgados, estripados, desmoronados, esvaziados, sacudidos ao vento, os enchimentos explodiram e apontam para todos os sentidos. Os abrigos estão cheios até a borda de terra e de não sei mais o quê. Parecia esmagado, alargado e lamacento o leito meio seco de um rio abandonado pela água e pelos homens. Em um local, a trincheira foi realmente apagada pelo canhão; a fossa dilatada interrompe-se e nada mais é que um campo de terra fresca formado por buracos dispostos simetricamente uns ao lado dos outros, no comprimento e na largura.

Indico a Poterloo esse campo extraordinário no qual uma charrua gigantesca parece ter passado.

Mas ele está preocupado até o fundo de suas entranhas com a mudança de rosto da paisagem.

*

Ele desenha com o dedo um espaço na planície, com um ar estupefato, como se saísse de um sonho.

– O Cabaré Vermelho!

É um campo plano pavimentado com ladrilhos quebrados.

– E o que é isso?

Um marco? Não, não é um marco. É uma cabeça, uma cabeça escura, bronzeada, encerada. A boca está toda torta, e vemos o bigode que se eriça de cada lado: uma grande cabeça de gato carbonizada, o cadáver – um alemão – está embaixo, enterrado em pé.

– E isso?

É um conjunto sinistro formado por um crânio todo branco, e depois a dois metros do crânio, um par de botas e, entre os dois, um monte de couro desfiado e trapos cimentados por uma lama marrom.

– Venha. Já tem menos névoa. Vamos nos apressar.

Cem metros adiante, nas ondas mais transparentes da névoa, que se desloca conosco e nos encobre cada vez menos, um obus assobia e explode... Ele cai na região em que iremos passar.

Nós descemos. O declive atenua-se.

Nós vamos lado a lado. Meu companheiro não diz nada, olha para a direita, para a esquerda.

Depois para novamente, como fez no alto da estrada. Eu ouço sua voz balbuciar, bem baixa:

– Bem... Estamos... Aqui onde estamos...

Na verdade, não deixamos a planície, a vasta planície esterilizada, cauterizada – e, no entanto, estamos em Souchez!

*

A vila desapareceu. Nunca vi tamanha desaparição de uma vila. Ablain-Saint-Nazaire e Carency ainda guardam a forma de um local, com suas casas arrebentadas e truncadas, seus pátios abarrotados de caliças e telhas. Aqui, no quadro das árvores massacradas – que nos rodeiam no meio da névoa, o que forma um cenário espectral – nada mais tem forma: nem mesmo um pedaço de parede, de grade, de portal, que esteja em pé, e ficamos surpresos ao constatar que, no meio do emaranhado de vigas, pedras e ferragens, há paralelepípedos: aqui era uma rua!

Parecia um terreno vago e sujo, pantanoso, nas proximidades de uma cidade, e sobre o qual esta teria despejado regularmente durante os anos, sem deixar lugar vazio, seus escombros, seus entulhos, seus materiais de demolição e seus velhos utensílios: uma camada uniforme de lixo e detritos em que mergulhamos e avançamos com muita dificuldade, lentamente. O bombardeio modificou tanto as coisas que desviou o curso do riacho do moinho, que corre ao acaso e forma um lago sobre os restos do pequeno lugar onde havia uma cruz.

Em alguns buracos de obus apodrecem cavalos inchados e estirados; em outros estão espalhados os restos do que eram seres humanos, deformados pela ferida monstruosa dos obuses.

Eis aqui, na pista que seguimos e onde gravitamos, uma espécie de ruína, uma inundação de detritos sob a tristeza densa do céu; eis aqui um homem estendido como se dormisse, mas ele tem esse achatamento estreito contra a terra que distingue um morto de alguém que dorme. É um homem da corveia da comida, com seu rosário de pães enfiado em um cinto, o conjunto dos cantis dos companheiros presos ao seu ombro por uma trama de correias. Deve ter sido essa noite que uma explosão de obus o acertou e depois esburacou suas costas. Nós somos, sem dúvida, os primeiros a descobri-lo, obscuro soldado morto obscuramente. Talvez seja dissipado antes que os outros o descubram. Procuramos sua placa de identidade; ela está colada no sangue coagulado em que se paralisa sua mão direita. Eu copio o nome escrito em letras de sangue.

Poterloo deixou que eu fizesse tudo sozinho. Está como um sonâmbulo. Ele olha, olha, perdidamente, por toda parte; procura infinitamente entre essas coisas estripadas, desaparecidas nesse vazio; procura até o horizonte nebuloso.

Depois se senta em uma viga que está ali, atravessada, após ter feito saltar, com um chute, uma panela entortada colocada sobre a viga. Eu me sento ao seu lado. Garoa levemente. A umidade da névoa transforma-se em gotículas e forma um leve verniz sobre as coisas.

Ele murmura:

– Ah! Caramba!... Caramba!

Enxuga o rosto: levanta olhos de súplica. Ele tenta compreender, abraçar a destruição de todo esse canto do mundo, assimilar seu luto. Balbucia coisas sem sentido, interjeições. Tira seu grande capacete e vemos que sua cabeça ferve. Depois diz-me dolorosamente:

– Meu velho, você não pode imaginar, você não pode, não pode...

Ele diz com dificuldade:

– O Cabaré Vermelho, onde está essa cabeça de boche e, ao redor, essa sujeirada... esse tipo de cloaca, era... no limite da estrada, uma casa de tijolos com dois prédios baixos, ao lado... Quantas vezes, meu velho, no mesmo lugar onde paramos, quantas vezes ali, para a mulher que ria na soleira da porta, eu disse adeus limpando a boca e olhando na direção de Souchez para onde voltava! E depois de alguns passos, voltava para fazer uma piada. Oh! Você não pode imaginar...

"E agora isso, isso!..."

Ele faz um gesto circular para me mostrar toda essa ausência que o rodeia...

– Não dá pra ficar muito tempo aqui, meu velho. A névoa se levanta, você sabe.

Ele se põe de pé com esforço.

– Vamos...

O mais sério está por vir. Sua casa...

Ele hesita, orienta-se, vai...

– É aqui... Não, passei. Não é aqui. Não sei onde é – onde era. Ah! Infelicidade, miséria!

Ele torce as mãos, em desespero; sustenta-se dificilmente em pé no meio das caliças e tábuas. Em certo momento, perdido nessa planície entulhada, sem referências, olha para o ar para procurar, como uma criança inconsciente, como um louco. Procura a intimidade desses quartos espalhados no espaço infinito, a forma e a penumbra interior jogadas ao vento!

Após várias idas e vindas, ele para em um local, recua um pouco.

– É aqui. Não tem erro. Olhe: é essa pedra que me fez reconhecer. Tinha um respiradouro. Dá pra ver a marca de uma barra de ferro do respiradouro antes de ela ter voado.

Ele funga, pensa, balançando lentamente a cabeça sem conseguir parar.

– É quando não tem mais nada que a gente entende como era feliz. Ah! A gente era feliz!

Ele vem até mim, ri nervosamente.

– Não é comum isso, hein? Tenho certeza de que você nunca viu isso: não encontrar a casa onde a gente sempre viveu...

Dá meia-volta, e é ele quem me conduz:

– Bom, vamos indo, já que não tem mais nada. Pra que ficar olhando o lugar das coisas por uma hora?! Vamos, meu velho.

Nós partimos. Somos os dois vivos que contrastam com esse lugar ilusório e vaporoso, essa vila que junca a terra e sobre a qual andamos.

Subimos. O tempo clareia. A bruma dissipa-se muito rapidamente. Meu companheiro, que dá passos largos, em silêncio, de cabeça baixa, mostra-me um campo.

– O cemitério – diz. – Ele estava ali antes de estar por

toda parte, antes de ter tomado tudo para não parar mais, como uma doença do mundo.

A meio caminho, avançamos mais lentamente. Poterloo aproxima-se de mim.

– Isso é demais pra mim. Está muito apagada, toda minha vida até aqui. Tenho medo de vê-la tão apagada.

– Vejamos: sua mulher está bem de saúde, você sabe; sua filhinha também.

Ele faz uma cara estranha:

– Minha mulher... Vou te falar uma coisa: minha mulher...

– Sim?

– Então, meu velho, eu a vi de novo.

– Você a viu? Eu achava que ela estava em uma região invadida.

– Sim, ela está em Lens, na casa de meus pais. E, bem, eu a vi... Ah! depois de tudo, caramba!.. Vou te contar tudo! Bom, eu fui a Lens há três semanas. Era dia 11. Faz vinte dias.

Eu o olho, aturdido... mas ele parece dizer a verdade. Ele balbucia, andando ao meu lado na claridade que se expande:

– Disseram, talvez você lembre... mas acho que você não estava lá... Disseram: é preciso reforçar a rede de arame na frente da paralela Billard. Você sabe o que isso quer dizer. Não conseguiram fazer até agora: assim que saímos da trincheira, ficamos visíveis na descida, que tem um nome engraçado.

– O tobogã.

– Sim, exatamente, e o lugar é tão difícil à noite ou na bruma quanto em pleno dia, por causa dos fuzis que ficam fixados nos tripés e das metralhadoras apontadas durante o dia. Quando eles não veem isso, os boches atiram pra valer.

"Pegaram os pioneiros da *Compagnie Hors Rang*, mas alguns sumiram e os substituíram por alguns *poilus* escolhidos nas companhias. Eu fui um deles. Bem. Saímos. Nenhum tiro de fuzil! 'O que isso quer dizer?', diziam. E não é que vemos um boche, dois boches, dez boches, saindo da terra – aqueles diabos cinza! – e fazendo sinais gritando:

'*Kamerad*! Somos alsacianos', é o que dizem continuando a sair do seu Corredor Internacional. 'Não vão atirar em vocês lá em cima, eles dizem. Não tenham medo, meus amigos. Deixem-nos apenas enterrar nossos mortos'. E então trabalhamos cada um de seu lado, e até conversamos, porque eram alsacianos. Na verdade, falavam mal da guerra e de seus oficiais. Nosso sargento sabia muito bem que era proibido conversar com o inimigo e até nos leu que só era permitido conversar com eles por meio de tiros de revólver. Mas o sargento dizia que era uma oportunidade única para reforçar os fios de ferro e já que nos deixaram trabalhar com eles, só tínhamos que aproveitar...

"Então um dos boches começa a dizer: 'Não teria alguém entre vocês que seja das regiões invadidas e que gostaria de ter notícias de sua família?'

"Meu velho, foi mais forte que eu. Sem saber se era certo ou errado, avancei e disse: 'Sim, eu'. O boche me faz perguntas. Eu respondo que minha mulher está em Lens, na casa de seus pais, com a pequena. Ele me pergunta onde ela está abrigada. Explico e ele diz que vê o lugar dali. 'Escute', ele me diz, 'vou levar uma carta até lá, não apenas uma carta, mas até mesmo a resposta vou te trazer'. Depois, de repente, ele encosta a testa, esse boche, e se aproxima de mim: 'Escute meu velho, melhor ainda. Se fizer o que vou te falar, vai ver sua mulher, e também seus filhos, e tudo mais como estou te vendo'. Ele me diz que, pra isso, eu só teria que ir com ele, determinada hora, com um casaco boche e um capuz que ele me daria. Ele ia me juntar à corveia de carvão de Lens; iríamos até nossas casas. Eu poderia ir, com a condição de me esconder e não deixar que me vissem, e ele cuidaria dos homens da corveia, mas na casa tinha suboficiais superiores a ele... E, meu velho, eu aceitei!

– Foi muito grave!

– Com certeza, sim, foi grave. Eu me decidi de repente, sem refletir, sem querer refletir, já que estava deslumbrado com a ideia de rever meu mundo, e se depois fosse fuzilado, tudo bem: é dando que se recebe. É a lei da oferta e da procura, como diz o outro, não?

"Meu velho, não teve nenhuma dificuldade. O único problema foi que eles tiveram trabalho para encontrar um capuz grande, porque você sabe, tenho uma cabeça grande. Mas mesmo isso se arranjou: eles me deram, no fim, um chapéu bem grande que coubesse na minha cabeça. Eu tenho exatamente as botas boches, aquelas do Caron, você sabe. Então partimos para as trincheiras boches (elas são exatamente como as nossas) com esses tipos de companheiros boches que me diziam em bom francês – como o que falo – para não me preocupar.

"Não teve alerta, nada. Para ir, foi assim. Tudo se passou tão tranquilamente e simplesmente que eu imaginava que era um boche esquecido. Chegamos a Lens com a noite caindo. Eu me lembro de ter passado diante da Perche e ter pegado a rua Quatorze de Julho. Eu via as pessoas da vila que seguiam nas ruas como nos acantonamentos. Não as reconhecia por causa da noite; elas também não, por causa da noite também, e também por causa da enormidade da coisa... Estava tão escuro a ponto de não se ver a própria mão quando cheguei ao jardim dos meus pais.

"O coração batia. Eu estava tremendo da cabeça aos pés como se nada mais fosse que uma espécie de coração. E me continha para não rir alto, e em francês ainda, de tanto que estava feliz, emocionado. O camarada me disse: 'Você vai passar uma vez, depois outra, olhando pela porta e pela janela. Você vai olhar sem deixar ninguém notar... Cuidado...'. Então me recompus, engoli minha emoção, glum, de uma só vez. Ele era gente boa, aquele cara, porque ele se daria mal se me pegassem, hein?

"Você sabe, na nossa casa, como em toda parte em Pas-de-Calais, as portas de entrada das casas são divididas em duas: embaixo, ela forma uma espécie de barreira até metade do corpo, e em cima forma um tipo de persiana. Assim, podemos fechar somente a metade de baixo da porta e ficar em casa pela metade.

"A persiana estava aberta, o quarto, que é a sala de jantar e também a cozinha, evidentemente, estava iluminado, ouviam-se vozes.

"Eu passei torcendo o pescoço de lado. Havia, róseas, iluminadas, cabeças de homens e de mulheres ao redor da mesa redonda e da lamparina. Meus olhos se direcionaram para ela, para Clotilde. Eu a vi muito bem. Ela estava sentada entre dois tipos, de suboficiais, acho, que falavam com ela. E o que ela fazia? Nada: ela sorria, inclinando gentilmente seu rosto rodeado por uma leve moldura de cabelos loiros nos quais a lamparina punha um tom dourado.

"Ela sorria. Estava contente. Parecia estar bem, ao lado desse grupo boche, dessa lamparina e desse fogo que me soprava essa tepidez que eu reconhecia. Passei, depois voltei e passei novamente. Eu a revi, sempre com seu sorriso. Não um sorriso forçado, não um sorriso pago, não, um verdadeiro sorriso, que vinha dela e que ela dava. E durante o tempo de claridade em que passei nos dois sentidos, também pude ver minha filha que estendia a mão para um homem grande agaloado e tentava subir nos seus joelhos, e depois, ao lado, sabe quem eu reconhecia? Era Madeleine Vandaërt, a mulher do Vandaërt, meu companheiro da 19ª, que foi morto no Marne, em Montyon.

"Ela sabia que ele tinha sido morto, porque estava de luto. E ela, ela ria, ela ria francamente, te digo... e ela olhava para um e para outro parecendo dizer: 'Como estou bem aqui!'.

"Ah! Meu velho, eu sai dali e trombei nos camaradas que esperavam pra me levar. Como voltei não saberia dizer. Eu estava atordoado. Andei tropeçando como um maldito. Nem precisava me aborrecer muito naquele momento! Eu teria gritado bem alto; teria feito um escândalo pra me matarem e pra que terminasse essa vida imunda!

"Você percebe? Ela sorria, minha mulher, minha Clotilde, nesse dia de guerra! E então? É só se afastar por um tempo pra que não liguem mais pra gente? Você dá o fora de sua casa para ir à guerra, e tudo parece destruído;

e enquanto você acredita nisso, se acostumam com sua ausência, pouco a pouco é como se você não existisse, sua mulher não precisa mais de você pra ser feliz e sorrir como antes. Ah! Meu sangue! Não falo da outra vaca que ria, mas minha Clotilde, minha, naquele momento que a vi por acaso, naquele momento, digam o que quiserem, mas ela não estava nem aí pra mim!

"Se ela ainda estivesse com amigos, parentes; mas não, justamente com suboficiais boches. Me diz se não era pra pular no quarto, dar uns tapas nela e torcer o pescoço daquela galinha de luto!

"Sim, sim, eu pensei em fazer isso. Sei bem que fui forte... Eu estava atordoado.

"Você percebe que eu não quero dizer nada além disso. Clotilde é uma boa moça. Eu a conheço e confio nela: se eu estivesse morto, ela choraria todas as lágrimas de seu corpo pra começar. Ela acha que estou vivo, garanto, mas não se trata disso. Ela não pode impedir de se sentir bem, e satisfeita, e florescer, porque ela tem um bom fogo, uma boa lamparina e companhia, quer eu esteja lá ou não..."

Eu conduzi Poterloo.

– Você está exagerando, meu velho. Está com ideias absurdas, vejamos...

Caminhamos suavemente. Ainda estávamos na parte baixa da colina. A névoa prateava-se antes de sumir por completo. O sol ia sair. O sol saiu.

*

Poterloo olhou e disse:
– Vamos fazer a volta pela estrada de Carency e subir por trás.

Nós atravessamos o campo. Após alguns instantes, ele me pergunta:
– Você acha que exagero? Diria que exagero?

Ele refletiu:

– Ah!

Depois ele acrescentou com esse movimento de cabeça que ainda não tinha abandonado naquela manhã:

– Mas, enfim! Mesmo assim, tem um fato...

Nós subimos o declive. O frio transformara-se em tepidez. Chegamos a uma plataforma do terreno:

– Vamos nos sentar um pouco antes de voltar – ele propôs.

Sentou-se, pesado por um mundo de reflexões que se emaranhavam. Sua fronte franzia-se. Depois ele se voltou para mim com um ar embaraçado como se tivesse que me pedir um favor:

– Me diz, então, velho, eu me pergunto se tenho razão.

Mas após ter-me olhado, ele olhava para as coisas como se quisesse consultá-las mais do que a mim.

Uma transformação aconteceu no céu e na terra. A névoa não era mais que um sonho. As distâncias desvelavam-se. A planície estreita, morna, cinza crescia, afastava suas sombras e se coloria. A claridade pouco a pouco a cobria, de leste a oeste, como duas asas.

E eis que ao longe, a nossos pés, vimos Souchez entre as árvores. Com a ajuda da distância e da luz, o pequeno local reconstituía-se aos nossos olhos, renovado pelo sol!

– Tenho razão? – repetia Poterloo, mais vacilante, mais inseguro.

Antes que eu pudesse falar, ele respondeu a si mesmo, primeiramente quase em voz baixa, na luz:

– Ela é bem jovem, você sabe; tem vinte e seis anos. Ela não pode conter sua juventude; ela sai de toda parte e, quando está descansando à luz da lamparina e no calor, ela é obrigada a sorrir; e, mesmo que ela explodisse de rir, seria sua juventude cantando na garganta. Não é por causa dos outros, na verdade, é por causa dela. É a vida. Ela vive. É, sim, ela vive, aí está tudo. Não é sua culpa se vive. Você não quer que ela morra, né? Então, o que quer que ela faça? Que ela chore o dia inteiro por minha causa e pelos boches? Que ela se queixe? Não podemos chorar o tempo todo nem se queixar durante dezoito meses. Não é verdade. Já faz muito tempo, é o que digo. É isso.

Ele se cala para observar o panorama da Notre-Dame de Lorette, agora todo iluminado.

– É a mesma coisa pra criança que, quando se vê perto de um homem que não a manda embora, acaba tentando subir no seu colo. Talvez ela gostasse mais que fosse seu tio ou um amigo de seu pai – talvez – mas ela tenta mesmo assim com aquele que é o único a estar sempre ali, ainda que seja um porco gordo de óculos.

"Ah!" ele exclama levantando-se e vindo gesticular na minha frente, "poderiam me responder uma coisa: se eu não voltasse da guerra, eu diria: 'Meu velho, você está perdido, nada de Clotilde, nada de amor! Você será substituído mais cedo ou mais tarde no seu coração. Não tem volta: sua lembrança, seu retrato que ela carrega consigo, vai se apagar pouco a pouco e um outro será posto em cima e ela recomeçará uma outra vida'. Ah! Se eu não voltasse!"

Ele dá uma boa risada.

– Mas eu tenho a intenção de voltar! Ah! Sim, é preciso estar lá! Sem isso!... É preciso estar lá, você vê – ele continua mais sério. – Sem isso, se você não está lá, mesmo se tiver negócio com os santos ou com os anjos, acabará se dando mal. É a vida. Mas estou lá.

Ele ri.

– Estou na verdade um pouco lá, como dizem!

Eu me levanto também e bato em seus ombros.

– Você tem razão, meu velho irmão. Tudo isso vai acabar.

Ele esfrega as mãos. Não para de falar:

– Sim, meu velho, tudo isso vai acabar. Não se preocupe.

"Oh! Sei bem que vai ter trabalho pra que isso acabe, e ainda mais depois. Vai ser preciso trabalhar. E não digo trabalhar apenas com os braços.

"Vai ser preciso reconstruir tudo. Bem, vamos reconstruir. A casa? Já era. O jardim? Nada mais. Está bem, reconstruiremos a casa. Reconstruiremos o jardim. Quanto menos tivermos, mais reconstruiremos. Depois de tudo, é a vida, e somos feito pra reconstruir, né? Também reconstruiremos a vida juntos e a felicidade; reconstruiremos os dias, reconstruiremos as noites.

"E os outros também. Eles reconstruirão seu mundo. Vê o que digo? Talvez isso leve menos tempo do que pensamos...

"Olha, vejo muito bem a Madeleine Vandäert se casando com um outro cara. Ela está viúva; mas, meu velho, faz dezoito meses que ela está viúva. Você não acha que é muito, dezoito meses? Acho que nem vestem mais o luto depois desse tempo! Não prestamos atenção nisso quando dizemos: 'É uma vaca!', quando desejamos, em suma, que ela se suicide! Mas, meu velho, a gente esquece, a gente é forçado a esquecer. Não são os outros que fazem isso; nem nós mesmos; é o esquecimento, aí está. Eu a encontro de repente e a vejo rir, isso me chateou, como se seu marido tivesse sido morto ontem – é humano – mas fazer o quê?! Já faz um tempo que ele morreu, o pobre. Faz tempo. Faz muito tempo. Não somos mais os mesmos. Mas atenção, é preciso voltar, é preciso estar lá! Nós estaremos lá e trataremos de recomeçar!"

No caminho, ele me olha, pisca o olho e, animado por ter achado uma ideia na qual se apoiar:

– Vejo isso daqui, depois da guerra, todo mundo em Souchez voltando ao trabalho e à vida... Que negócio! Por exemplo, o pai Ponce, meu velho, aquele tipo! Ele era tão meticuloso que varria a grama de seu jardim com uma vassoura de crina, ou, de joelhos sobre o gramado, cortava a relva com um par de tesouras. Bem, ele fará isso de novo! E a senhora Imaginaire, aquela que morava numa das últimas casas do lado do castelo de Carleur, uma mulher forte que parecia rolar pelo chão como se tivesse rodinhas sob o grande círculo de suas saias. Ela tinha um filho por ano. Exatamente, à risca: uma verdadeira metralhadora de fazer filhos! Bem, ela retomará essa ocupação com toda força.

Ele para, reflete, sorri com dificuldade, quase para si mesmo:

– ... Olha, vou te dizer, eu notei... isso não tem muita importância – ele insiste, como que subitamente incomodado pela pequenez desse parênteses – mas eu notei (notamos isso de relance ao notar outra coisa), que estava mais limpo na nossa casa do que em meu tempo...

Encontramos no chão pequenos trilhos que rastejam perdidos no feno seco acima deles; Poterloo mostra-me, com sua bota, esse pedaço de via abandonada e sorri:

– Essa é nossa estrada de ferro. Tem um trenzinho devagar quase parando. Simplesmente não anda. Não era veloz! Uma lesma era capaz de acompanhá-lo. Nós vamos reconstruí-lo. Mas ele não será mais veloz, com certeza. Está proibido de ser!

Quando chegamos ao alto da colina, ele voltou-se e lançou um último olhar sobre os lugares massacrados que acabávamos de visitar. Ainda mais que agora há pouco, a distância recriava a vila com os restos de árvores que, diminuídas e cortadas, pareciam jovens brotos. Ainda mais que agora há pouco, o tempo bom dispunha sobre esse agrupamento branco e rosa de materiais uma aparência de vida e até mesmo de reflexão. As pedras sofriam a transfiguração da renovação. A beleza dos raios anunciava o que seria e mostrava o futuro. O rosto do soldado que contemplava a cena também se iluminava com um reflexo de ressurreição. A primavera e a esperança ali formavam um sorriso; e suas bochechas rosadas, seus olhos azuis tão claros e suas sobrancelhas amarelas como ouro tinham um ar de pintura fresca.

*

Nós descemos pelo corredor. O sol bate ali. O corredor está loiro, seco e sonoro. Admiro sua bela profundidade geométrica, suas paredes lisas polidas pela pá, e experimento a alegria de ouvir o barulho franco e límpido que nossas solas fazem no fundo da terra dura ou sobre as ripas, pequenos pedaços de madeira colocados de um lado a outro, formando um piso.

Olho para o meu relógio. Ele me faz ver que são nove horas; e mostra-me também um quadrante delicadamente colorido no qual se reflete um céu azul e rosa e o fino recorte dos arbustos que estão plantados ali, acima das bordas da trincheira.

E Poterloo e eu nos olhamos da mesma forma, com uma espécie de alegria confusa; estamos contentes por ver-nos, como se nos revíssemos! Ele fala comigo e eu, apesar de estar bem acostumado com seu sotaque cantado do norte, descubro que ele está cantando.

Tivemos maus dias, noites trágicas, no frio, na água e na lama. Agora, mesmo que ainda seja inverno, uma primeira bela manhã nos ensina e convence de que em breve vai haver, mais uma vez, primavera. O alto da trincheira já está enfeitado com a grama verde tenra e há, nos tremores recém-nascidos dessa grama, flores que despertam. Será o fim dos dias curtos e estreitos. A primavera chega de cima e de baixo. Respiramos com o coração alegre, estamos flutuando.

Sim, os maus dias vão acabar. A guerra também vai acabar, diabo! E ela acabará sem dúvida nessa bela estação que chega e já nos ilumina e começa a nos acariciar com sua brisa.

Um assobio. Ei, uma bala perdida...

Uma bala? Então vamos! É um melro!

É engraçado como era parecido... Os melros, as aves que gritam suavemente, a campanha, as cerimônias das estações, a intimidade dos quartos, vestidos de luz... Oh! A guerra vai acabar, vamos rever os familiares para sempre: a mulher, as crianças, ou aquela que é ao mesmo tempo mulher e criança, e sorrimos para eles nessa explosão juvenil que já nos reúne.

... Na bifurcação de dois corredores, sobre o campo, no limiar, eis uma espécie de pórtico. São dois postes apoiados um contra o outro, entre eles, um emaranhado de fios elétricos que pendem como cipós. Foi bem feito. Parece um arranjo qualquer ou um cenário de teatro. Uma planta fina que sobe enlaça um dos postes e, seguindo-a com os olhos, vê-se que ela já ousou ir de um a outro.

Rapidamente, ao longo desse corredor, cujo flanco relvado tremula como os flancos de um belo cavalo vivo, chegamos à nossa trincheira da estrada de Béthune.
Eis nosso local. Os companheiros estão lá, reunidos. Eles comem, aproveitam a boa temperatura.
Terminada a refeição, limpamos as tigelas ou os pratos de alumínio com um pedaço de pão...
– Olhem, não tem mais sol!
É verdade. Uma nuvem espalha-se e o esconde.
– Vai até chover, meus rapazinhos – diz Lamuse.
– Que sorte a nossa! Bem na hora de partir.
– Maldito lugar! – diz Fouillade.
O fato é que o clima do norte não é grande coisa. Tem garoa, neblina, fumaça, chuva. E quando há sol, o sol apaga-se rapidamente no meio desse grande céu úmido.
Nossos quatro dias de trincheira acabaram. O revezamento será ao cair da noite. Nós nos preparamos lentamente para partir. Enchemos e arrumamos a mochila e os sacos de comida. Arrumamos o fuzil e o embrulhamos.
– Já são quatro horas. A bruma cai rapidamente. Tornamo-nos indistintos uns dos outros.
– Sangue bom, olha aqui, a chuva!
Algumas gotas. Depois é a enxurrada. Uh, lá, lá! Ajustamos os capuzes, as lonas da barraca. Entramos no abrigo chafurdando e com lama nos joelhos, nas mãos e nos cotovelos, porque o fundo da trincheira começa a ficar pegajoso. No abrigo, mal temos tempo para acender uma vela sobre um pedaço de pedra e tiritar em volta.
– Vamos, pra estrada!
Nós levantamos na sombra molhada e cheia de vento lá de fora. Eu vislumbro a poderosa envergadura de Poterloo;

estamos sempre um ao lado do outro na fileira. Eu grito pra ele quando começamos a andar:

– Você está aí, meu velho?

– Sim, na sua frente! – ele grita de volta, virando-se.

Nesse movimento, ele leva um tapa de chuva e vento, mas ele ri. Ainda tem o belo rosto feliz dessa manhã. Uma enxurrada não vai tirar a satisfação que ele leva em seu coração forte e sólido e uma noite desagradável não vai apagar o sol que eu vi, há algumas horas, entrar em seu pensamento.

Nós andamos. Trombamos uns com os outros. Damos alguns passos em falso... A chuva não para e a água corre no fundo da trincheira. As ripas oscilam no solo amolecido: algumas se inclinam para a direita ou para a esquerda e deslizamos. E depois, no escuro, não as vemos e ao virar, pisamos do lado, nos buracos de água.

Eu não perco de vista, na noite cinzenta, o pelo ardosiado do capacete de Poterloo, escoando como um teto sob a enxurrada, e de suas largas costas cobertas por um quadrado de linóleo que brilha. Ajusto-me ao seu passo e, de vez em quando, chamo-o e ele me responde – sempre de bom humor, sempre calmo e forte.

Quando não há mais ripas, andamos na lama espessa. Agora está escuro. Paramos bruscamente e sou jogado em cima de Poterloo. Ouvimos, na frente, uma reprimenda um tanto furiosa:

– O que é, você vai avançar? Vamos ser atacados!

– Não consigo descolar meus pés! – responde uma voz lamuriosa.

O atolado consegue, finalmente, mover-se e nos faz correr para alcançar o resto da companhia. Começamos a ofegar e reclamar e importunar os que estão na frente. Pisamos arbitrariamente: damos passos em falso, paramos nos muros, e temos as mãos endurecidas pela lama. A caminhada tornou-se uma debandada cheia de barulho de ferragens e xingamentos.

A chuva aumenta. Segunda parada súbita. Alguém caiu! Brouhaha.

Ele se levanta. Partimos de novo. Eu me esforço para seguir de perto o capacete de Poterloo, que brilha debilmente na noite diante de meus olhos, e grito de vez em quando:

– Tudo bem?

– Sim, sim, tudo bem – ele me responde fungando e arfando, mas sempre com sua voz sonora e cantada.

A mochila pesa e faz os ombros doerem, sacudida nessa corrida acidentada sobre o ataque dos elementos. A trincheira está bloqueada por um desmoronamento recente no qual estamos enfiados... Somos obrigados a arrancar os pés da terra mole e aderente, levantando-os bem alto a cada passo. Depois de laboriosamente transposta essa paisagem, desabamos de imediato nesse riacho escorregadio. Os sapatos traçaram no fundo dois sulcos estreitos onde o pé se prende como em um trilho, ou há poças nas quais os pés entram de uma vez. É preciso, em um lugar, abaixar-se muito para passar por baixo da ponte maciça e pegajosa que cruza o corredor, e fazemos isso com muita dificuldade. Somos forçados a ajoelhar na lama, esmagar-nos contra o chão e rastejar de quatro durante algum tempo. Um pouco adiante, é preciso continuar agarrando um poste que a diluição do solo fez cair atravessado no meio da passagem.

Chegamos a um cruzamento.

– Vamos, adiante! Cuidado, rapazes! – diz o ajudante que se fixou em um canto para nos deixar passar e falar conosco. – O local não está bom.

– Estamos exaustos – berra uma voz tão rouca e ofegante que não reconheço quem fala.

– Caramba! Estou cheio, vou ficar aqui – geme um outro sem fôlego e sem força.

– O que querem que eu faça? – responde o ajudante. – Não é culpa minha, né? Vamos, mexam-se, o local está ruim. Foi bombardeado no último revezamento!

Nós andamos no meio da tempestade de água e de vento. Parece que descemos, descemos, dentro de um buraco. Nós deslizamos, caímos e batemos no muro, esforçamo-nos para ficar de pé. Nossa caminhada é uma espécie de longa queda em que nos sustentamos como podemos e onde podemos. Trata-se de tropeçar para frente e da forma mais reta possível.

Onde estamos? Eu levanto a cabeça, apesar das ondas de chuva, para fora desse abismo no qual nos debatemos. Sobre o fundo dificilmente distinguível do céu coberto, descubro a beirada da trincheira, e eis que subitamente aparece a meus olhos, dominando essa beirada, uma espécie de poterna sinistra feita de dois postes escuros pendurados um no outro, entre os quais algo como uma cabeleira arrancada pende. É o pórtico.

– Adiante! Adiante!

Eu abaixo a cabeça e não vejo mais nada; mas ouço novamente as solas entrando e saindo dos charcos, o barulho das proteções das baionetas, as exclamações surdas e o ofegar apressado dos peitos.

Mais uma vez, uma rajada violenta. Paramos bruscamente e, como há pouco, sou jogado sobre Poterloo e apoio-me em suas costas, suas costas fortes, sólidas como um tronco de árvore, como a saúde e a esperança. Ele grita:

– Coragem, velho, chegamos!

Nós paramos. É preciso recuar... Meu Deus!... Não, avançamos novamente!...

De repente, uma enorme explosão cai sobre nós. Eu tremo até o crânio, uma ressonância metálica enche minha cabeça, um cheiro queimado de enxofre penetra em minhas narinas e me sufoca. A terra abriu na minha frente. Sinto que sou levantado e jogado de lado, dobrado, sufocado e quase cegado nessa trovoada... No entanto, lembro bem: durante esse segundo no qual, instintivamente, eu procurava, perdido, desvairado, meu irmão de armas, vi seu corpo subir, de pé, escuro, com os dois braços esticados em toda sua envergadura, e uma chama no lugar da cabeça!

13. Os palavrões

Barque vê que estou escrevendo. Ele vem em minha direção de quatro pela palha e me mostra seu rosto desperto, pontuado por seu topete ruivo de palhaço, seus pequenos olhos vivos sobre os quais se dobram e redobram acentos circunflexos. Sua boca mexe-se em todos os sentidos ao devorar uma barra de chocolate, cujo pedaço derretido está em sua mão.

Ele gagueja, com a boca cheia, exalando um cheiro de loja de doces.

– Então me diga, você que escreve, mais tarde vai escrever sobre os soldados, vai falar de nós, não?

– Sim, filho, vou falar de você, dos companheiros e de nossa existência.

– Então me diga...

Ele indica com a cabeça os papéis em que eu estava começando a tomar notas. Com o lápis em suspenso, observo-o e o escuto. Ele tem vontade de me fazer uma pergunta.

– Então diga, sem querer impor... Tem uma coisa que eu queria te pedir. É o seguinte: se os recrutas falarem no seu livro, vai deixar que falem como falam, ou vai amenizar? É por causa dos palavrões que dizemos. Enfim, podemos ser bons companheiros sem nos ofendermos por isso, mas você nunca vai ouvir dois *poilus* falarem um minuto sem que digam e repitam coisas que os editores não gostam muito de imprimir. E então? Se você não disser, seu retrato não será verdadeiro: é como se dissesse que quer pintá-los, mas que não vai usar uma das cores mais fortes que está aí por toda parte. Mesmo assim, isso não é muito comum.

– Eu vou colocar os palavrões no lugar deles, meu amigo, porque essa é a verdade.

– Mas me diga, se colocar, os caras que nem você não vão dizer que você é um porco, sem se importarem com a verdade?

– É provável, mas vou fazer mesmo assim, sem me importar com eles.

– Quer minha opinião? Ainda que não entenda de livros, isso é corajoso porque não é muito comum, e será ótimo se você se atrever, mas vai achar difícil no último minuto, você é muito educado! É um dos defeitos que vejo em você desde que a gente se conhece. Isso e esse hábito único que você tem de, quando distribuem a bebida, sob o pretexto de que faz mal, em vez de dar sua parte a um companheiro, jogá-la na cabeça pra lavar o cabelo.

14. A bagagem

O celeiro abre-se no final do pátio da fazenda Muets numa espécie de galpão, como uma caverna. Sempre cavernas para nós, mesmo dentro das casas! Quando atravessamos o pátio no qual o esterco cede sob as solas com um barulho esponjoso, ou enquanto o contornamos mantendo o equilíbrio com dificuldade sobre a estreita borda dos pavimentos e nos apresentamos diante da abertura do celeiro, não vemos absolutamente nada...

Depois, insistindo, percebemos uma depressão nebulosa e as terríveis massas negras estão agachadas, de pé ou então andam de um canto a outro. No fundo, à direita e à esquerda, duas pálidas luzes de vela, com os halos redondos como longínquas luas vermelhas, permitem, enfim, que distingamos a forma humana dessas massas cuja boca emite seja vapor, seja uma fumaça espessa.

Nessa noite, nossa vaga toca, na qual adentro com precaução, é presa da agitação. A partida para as trincheiras será amanhã de manhã e os nebulosos locatários do celeiro começam a fazer seus pacotes.

Assaltado pela obscuridade que, ao sair da noite pálida, surpreende os olhos, eu evito, no entanto, a armadilha de vasilhas, tigelas e equipamentos pelo chão, mas bato em cheio nos pães amontoados bem no meio, como pedras em um canteiro de obras. Chego ao meu canto. Um ser, com costas enormes lanosas e esféricas, está ali, de cócoras, inclinado sobre uma série de coisas pequenas que reluzem no chão. Dou um tapa em seu ombro acolchoado por uma pele de carneiro. Ele se vira e, à luz turva e trêmula da vela que uma baioneta fincada no chão suporta, vejo metade do rosto, um olho, um pedaço de bigode e um canto da boca entreaberta. Ele resmunga, amigavelmente, e volta a olhar para seus apetrechos.

– O que está fazendo aí?

– Estou arrumando... me arrumando.

O quase bandido que parece inventariar seu saque é meu companheiro Volpatte. Vejo o que ele está fazendo: estendeu sua lona de barraca dobrada em quatro sobre sua cama – ou seja, a faixa de palha destinada a ele – e, sobre esse tapete, esvaziou e expôs o conteúdo de seus bolsos.

E é toda uma loja que ele choca com os olhos com um cuidado de dona de casa, vigiando, atento e agressivo para que ninguém pise em cima... Enumero com os olhos a abundante exposição.

Ao redor do lenço, do cachimbo, da bolsa de tabaco, que também contém o caderno, a faca, a carteira e o isqueiro (coisas necessárias e indispensáveis), eis dois cordões de couro emaranhados como copos de terra em volta de um relógio dentro de uma caixa de celuloide transparente que desbotou e embranqueceu singularmente por ser velho. Em seguida, um pequeno espelho redondo e outro quadrado; este está quebrado, mas é da mais bela qualidade, talhado em bisel. Um frasco de aguarrás, um frasco de essência mineral quase vazio e um terceiro frasco, vazio. Uma placa de um cinturão alemão com esta máxima: *Gott mit uns*[16], uma correia para segurar a espada da mesma procedência; um torpedo de aviador com a forma de um lápis de aço e pontudo como uma

---

[16] Deus conosco. (N.E.)

agulha embrulhado em um papel; tesouras dobráveis e um jogo de talheres igualmente dobráveis; um pedaço de lápis e um pedaço de vela; um tubo de aspirina contendo também comprimidos de ópio, várias caixas com latas.

Vendo que eu inspeciono em detalhes sua fortuna pessoal, Volpatte me ajuda a identificar certos artigos:

– Essa é uma velha luva de pele de um oficial. Eu corto os dedos pra tapar o cano da minha balestra; isso é fio telefônico, a única coisa com a qual você prende os botões do casaco se quiser que se sustentem. E aqui, lá dentro, sabe o que é? Fio branco, sólido – não aquele que amarra as coisas novas que dão pra gente e que tiramos com o garfo, o macarrão com queijo –, e ali, um jogo de agulhas sobre um cartão postal. Os alfinetes de segurança, estão ali, à parte...

"E aqui, são os papiros. Uma senhora biblioteca."

Há, na verdade, na exposição dos objetos saídos dos bolsos de Volpatte, um surpreendente amontoado de papéis: é a carteira violeta de papéis de carta cuja capa está em más condições; é uma caderneta militar cuja cobertura, endurecida e poeirenta como a pele de um velho andarilho, se esboroa e diminui em toda parte; é um caderno em moleskine lascado cheio de papéis e retratos: no meio está entronizada a imagem da mulher e dos pequenos.

Fora do maço de papéis amarelados e escurecidos, Volpatte retira a fotografia e me mostra mais uma vez. Reconheço novamente a senhora Volpatte, uma mulher de busto opulento, de traços doces e suaves, rodeada por dois rapazotes de colarinho branco, o mais velho magro, o mais novo redondo como uma bola.

– Eu – diz Biquet, que tem apenas vinte anos – só tenho fotos dos velhos.

E ele nos faz ver, colocando-a bem perto da vela, a imagem de um casal de velhos que nos olham, o ar bem sábio como o dos pequenos filhos de Volpatte.

– Também tenho os meus comigo – diz um outro. – Nunca abandono a fotografia da ninhada.

– Claro! Cada um leva seu mundo – acrescenta um outro.

– É engraçado – constata Biquet – um retrato funciona pra gente lembrar. Não é preciso olhar muito pra ele e ficar muito em cima; com o tempo, não sei o que acontece, mas a sensação de proximidade desaparece.

– Você tem razão – diz Blaire. – Eu também acho exatamente isso.

– Eu também tenho na minha papelada um mapa da região – continua Volpatte.

Ele o desdobra diante da luz. Gasto e transparente nas dobras, ele parece essas histórias feitas de quadrados costurados uns nos outros.

– Também tenho um jornal – (ele desenrola um artigo de jornal sobre os *poilus*), e um livro (um romance de vinte e cinco centavos, *Duas vezes virgem*...). Olha um outro pedaço de jornal: *L'Abeille d'Étampes*. – Não sei por que guardei isso. Deve ter uma razão. Vou pensar com a cabeça descansada. Depois, meu jogo de cartas, e um jogo de damas em papel com os peões feitos de cera.

Barque, que se aproximou, observa a cena e diz:

– Eu tenho muito mais que isso nos meus bolsos.

Ele se dirige a Volpatte:

– Você tem uma caderneta de pagamentos boche, cabeça de piolho, lâmpadas de iodo, uma pistola automática? Eu tenho isso e duas facas.

– Eu – diz Volpatte – não tenho revólver, nem caderneta boche, e poderia ter duas ou até dez facas; mas só preciso de uma.

– Isso depende – diz Barque. – E você tem botões mecânicos, cabeção?

– Eu não tenho isso nos bolsos! – exclama Bécuwe.

– O recruta não pode ficar sem – garante Lamuse. – Sem isso pra sustentar as calças não dá.

– Eu – diz Blaire – tenho sempre no bolso, ao alcance da mão, minha bolsa de anéis.

Ele a retira, enrolada no saco com a máscara e a sacode.

A lima triangular e a lima tradicional soam, e ouvimos também o barulho dos anéis brutos de alumínio.

– Eu tenho sempre barbante, isso é que é útil! – diz Biquet.

– Não tanto quanto os pregos – diz Pépin, e mostra três em sua mão: um grande, um pequeno e um médio.

Um a um, os outros vêm participar da conversa, mexendo em suas coisas. Habituamo-nos à semiescuridão. Mas o cabo Salavert, que tem exatamente a reputação de ser bom em trabalhos manuais, adapta uma vela em um local suspenso que ele fabricou com uma caixa de *camembert* e arame. Nós acendemos e, ao redor desse lustre, cada um conta com parcialidade e preferências maternais o que tem nos bolsos.

– Pra começar, quantos são?

– Os bolsos? Dezoito – alguém diz, naturalmente Cocon, o homem-número.

– Dezoito bolsos! Está exagerando, cara de rato! – diz o gordo Lamuse.

– Exatamente, dezoito – replica Cocon. – Conte se é tão esperto assim.

Lamuse quer ter razão sobre o assunto e, colocando suas duas mãos perto da luz para contar com exatidão, ele enumera com seus dedos gordos e empoeirados pelos materiais: dois bolsos que pendem do casaco de trás, o bolso de pacote de curativos que serve para o tabaco, dois no interior do casaco, na frente; os dois bolsos externos de cada lado com os trapos. Três na calça, e até três e meio, porque tem o bolsinho da frente.

– Aí eu coloco uma bússola – diz Farfadet.

– Eu, minha sobra de mecha.

– Eu – diz Tirloir – um apitozinho que minha mulher mandou me dizendo assim: "Se ficar ferido na batalha, você vai apitar para que os companheiros venham salvar sua vida".

Rimos da frase ingênua.

Tulacque intervém, tolerante, e diz para Tirloir:

– Eles não sabem como é a guerra na retaguarda. Quem quiser zombar deles, vai falar besteira!

– Não vamos contar esse, é muito pequeno – diz Salavert. – Então são dez.

– No casaco, quatro. Não dá mais que quatorze, enfim.

– Tem os dois bolsos de cartuchos: esses dois bolsos novos presos pelas cintas.

– Dezesseis – diz Salavert.

– Olha, desgraçado, imbecil, devolve meu casaco. Esses dois bolsos aí, você não contou! E então, o que é que falta? E olha que são bolsos comuns. São os bolsos civis onde você põe, como civil, seu lenço, seu tabaco e o endereço onde vai fazer entrega.

– Dezoito! – diz Salavert, sério como um funcionário. – Tem dezoito, sem erro, conferido.

Nesse momento da conversa, alguém faz sobre o chão da soleira uma série de passos falsos, sonoros, como um cavalo batendo o casco – e blasfemando.

Depois, após um silêncio, uma voz bem timbrada gane com autoridade:

– Ei, aí dentro, estão se preparando? É preciso que tudo esteja pronto essa noite e, vocês sabem, pacotes bem sólidos. Vamos para a primeira linha essa vez, e talvez esquente.

– Tudo bem, tudo bem, meu ajudante – as vozes respondem distraidamente.

– Como se escreve isso, Arnesse? – pergunta Benech que, de quatro, escreve no chão em um envelope com um lápis.

Enquanto Cocon lhe soletra "Ernest" e o ajudante, ofuscado, repete sua arenga que ouvimos mais ao longe, na porta ao lado, Blair toma a palavra e diz:

– É preciso sempre, minhas crianças – escutem o que digo – colocar seu caneco no seu bolso. Eu tentei fixá-lo por toda parte de outro jeito, mas só o bolso é realmente prático, acreditem. Se você está andando, equipado, ou mesmo desequipado, navegando pela trincheira, você sempre tem o caneco à mão quando a oportunidade surge: um companheiro que tem vinho e quer seu bem e te diz: "Me dá seu caneco", ou ainda um comerciante vagando por aí. Meus bodes velhos, escutem o que digo, sempre vão achar uma boa: coloquem o caneco no bolso.

– Você não vai me ver colocar meu caneco no bolso – diz Lamuse. – Que ideia de jerico, nem mais nem menos, prefiro muito mais protegê-lo nos meus suspensórios com um gancho.

– Preso num botão do casaco, como o saco com a máscara, é bem melhor. Suponha que você tire o equipamento, aí vai ficar frustrado se tiver a chance de beber vinho.

– Eu tenho um caneco boche – diz Barque. – É achatado, dá pra por no bolso do lado se quiser e cabe bem na cartucheira, tanto se levar do lado de fora como se carregar na sua bolsa de comida.

– Um caneco boche, isso não é nada de mais – diz Pépin. – Nem se sustenta em pé. Só serve de entulho.

– Espera pra ver, seu verme – diz Tirette que tem alguma psicologia; – dessa vez, se atacarmos, como o ajudante pareceu nos dizer, talvez encontre um caneco boche, e aí será alguma coisa!

– O ajudante disse isso, mas ele não sabe.

– Tem mais que um quarto, o caneco boche – nota Cocon – já que o conteúdo justo de um quarto está marcado com um traço nos três quartos do copo, e é sempre vantagem ter um espaço, porque se você tem um copo que tem exatamente um quarto, para que tenha um quarto de café, de vinho, ou aguardente ou o que for, é preciso encher até a borda e nunca fazem isso quando distribuem e se fazem, você derrama.

– Te digo que não fazem isso – diz Paradis indignado –, quando esses procedimentos eram evocados. O furriel serve metendo o dedo e bate duas vezes o fundo do caneco. Resultado, te roubam um terço e você perde o vinho a que tinha direito.

– Sim – diz Barque, – é verdade. Mas também não dá pra ter um caneco muito grande, porque senão o que serve desconfia; ele põe uma gota tremendo e para não dar além da medida, te dá menos, e você perde muito, fica lá com seu canecão na mão.

Nesse momento, Volpatte devolvia a cada um de seus bolsos os objetos com os quais tinha composto uma exposição. Ao pegar a carteira, observa-a com um ar cheio de piedade.

– Está totalmente lisa.

Ele contou:

– Três francos! Meu velho, eu precisava me recuperar, sem isso, estarei duro quando voltarmos.

– Você não é o único com a carteira vazia.

– O soldado gasta mais do que ganha, sem erro. Eu me pergunto o que seria daquele que tivesse só o pagamento.

Paradis respondeu com uma simplicidade corneliana:

– Morreria.

– Ei, vejam o que tenho no meu bolso, que não me abandona.

E Pépin, com os olhos vivos, mostrou talheres de prata.

– Pertenciam – ele diz, – à feiosa da casa em que ficamos em Grand-Rozoy.

– Ainda pertencem a ela, talvez?

Pépin fez um gesto vago no qual o orgulho misturava-se à modéstia, depois encorajou-se, sorriu e disse:

– Eu conheço essa velha xereta. Tenho certeza de que vai passar o resto da sua vida procurando em todo lugar seus talheres de prata, em cada canto.

– Eu – diz Volpatte, – só pude roubar um par de tesouras. Uns têm isso no sangue. Eu não. Então é natural que a veja como algo precioso, essa tesoura, e no entanto, posso dizer que não me serve pra nada.

– Eu roubei umas coisinhas por aqui e por ali, mas de que adianta? Os sapadores sempre me denunciaram por esses roubos, então pra quê?

– Mesmo fazendo o que a gente quer, sempre somos denunciados por alguém, meu velho! Não esquenta.

– Ei, aí dentro, quem quer um remedinho? – gritou o enfermeiro Sacron.

– Eu guardo as cartas da minha mulher – diz Blaire.

– Eu envio de volta pra ela.

– Eu guardo. Aqui estão.

Eudore exibe um pacote de papéis usados, brilhantes, cuja penumbra disfarça pudicamente o aspecto encardido.

– Eu guardo. Às vezes, releio. Quando temos frio e dor, eu releio. Não esquenta, mas é como se esquentasse.

Essa frase engraçada deve ter um sentido profundo porque muitos levantaram a cabeça e dizem: "Sim, é isso".

A conversa continua aos trancos e barrancos no meio desse celeiro fantástico, atravessado por grandes sombras em movimento, povoado pela noite nos cantos e pelos débeis pontos de algumas velas disseminadas.

Eu os vejo ir e vir, projetarem-se estranhamente, depois se abaixarem, no nível do chão, esses homens de mudança ocupados e entulhados, que falam sozinhos ou se interpelam, os pés travados nas coisas. Eles mostram sua riqueza uns aos outros.

– Olha!

– Que beleza! – respondemos com inveja.

Queríamos ter tudo o que não temos. E há no pelotão tesouros lendariamente invejados por todos: por exemplo, o latão de dois litros de Barque que um talentoso tiro sem bala dilatou à capacidade de dois litros e meio; o célebre facão com o cabo de chifre de Bertrand.

No formigueiro tumultuado, olhares de lado perpassam esses objetos de museu, depois cada um se volta para olhar o que está diante de si, cada um se consagra à sua bugiganga e se esforça para colocá-la em ordem.

Triste bugiganga, na verdade. Tudo o que é fabricado para o soldado é comum, feio, e de má qualidade, desde os sapatos feitos de papelão, com as peças unidas por redes de fios ruins, até suas vestimentas mal cortadas, mal construídas, mal costuradas, mal tingidas, em um tecido frágil e transparente – papel mata-borrão – que um dia de sol perfura, uma hora de chuva transpassa, até o couro diminuído ao extremo, quebradiço como lascas e rasgados pelas cavilhas, suas roupas de flanela mais finas que algodão, seu tabaco semelhante à palha.

Marthereau está do meu lado. Ele me mostra os companheiros:

– Olha pra eles, esses pobres velhos que olham esse monte de coisa. Parece um bando de mães cuidando dos filhos. Escute. Eles chamam de seus trecos. Olha aquele ali que diz: "Minha faca!" É como se dissesse: "Léon, ou Charles ou Dolphe". E, você sabe, é impossível pra eles diminuir sua carga. Não dá. Não é que não queiram – já que nosso negócio não deixa a gente mais forte, né? É que não podem. Têm muito amor pelas coisas.

O carregamento! É formidável, e sabemos bem, de fato, que cada objeto nos torna um pouco mais perigosos, que cada pequena coisa é um hematoma a mais.

Porque não é só o que enfiamos nos bolsos e nas bolsas de comida. Há, para completar o equipamento, o que carregamos nas costas.

A mochila é a mala e também o armário. E o velho soldado conhece a arte de aumentá-la quase milagrosamente pela colocação criteriosa de seus objetos e provisões domésticas. Com o acréscimo da bagagem regulamentar e obrigatório – as duas caixas de carne, os doze biscoitos, os dois tabletes de café e os dois pacotes de sopa concentrada, o sachê de açúcar, a roupa da ordenança e as botas para trocar – nós ainda achamos um jeito de colocar algumas latas de conserva, tabaco, chocolate, velas e alpargatas; também sabão, uma lamparina a álcool, álcool solidificado e lãs. Com o cobertor, a manta, a lona da barraca, a ferramenta portátil, a tigela e os utensílios do acampamento, ela aumenta, cresce e se alarga, tornando-se monumental e esmagadora. E meu vizinho fala a verdade: a cada vez, quando chega a seu posto depois de quilômetros de estrada e quilômetros de corredores, o *poilu* jura que, na próxima, vai se desembaraçar de um monte de coisas e livrar um pouco os ombros do jugo da mochila. Mas sempre que se prepara para partir novamente, pega essa mesma carga esgotante e quase sobre-humana: e nunca a abandona, ainda que sempre a insulte.

– Tem uns canalhas que aproveitam – diz Lamuse – e que dão um jeito pra colocar alguma coisa no carro da companhia ou no carro médico. Conheço um que tem duas camisas novas e uma cueca no baú de um ajudante – mas, você entende, tem duzentos e cinquenta homens na companhia, o truque é conhecido e não tem muitos que possam aproveitar: só os suboficiais! Quanto mais suboficiais, mais facilidade pra carregar a bagagem. Sem contar que o comandante visita os carros, às vezes sem avisar, e joga suas coisas no meio da estrada se as encontra onde não deve: vamos, fora! Sem contar as ofensas e a prisão.

– Nos primeiros tempos, era possível, meu velho. Tinha, eu vi, quem colocasse as bolsas e mesmo a mochila em um carrinho de criança que empurravam pela estrada.

– Ah! Pois é! Era nos bons tempos da guerra! Mas mudaram tudo isso.

Surdo a todos os discursos, Volpatte, usando seu cobertor como um xale, o que lhe dá o ar de uma velha bruxa, gira ao redor de um objeto sobre o chão.

– Eu me pergunto – ele diz sem se dirigir a ninguém, – se vou levar essa vasilha suja aqui. É a única do pelotão e sempre levo. Sim, mas está furada como um escorredor.

Ele não consegue tomar uma decisão, e é uma verdadeira cena de separação.

Barque o observa de lado e caçoa dele. Ouvimo-lo dizer: "Gagá, doente". Mas rapidamente para sua zombaria:

– Afinal, se estivéssemos no lugar dele, seríamos tão idiotas quanto ele.

Volpatte deixa sua decisão para mais tarde:

– Verei isso amanhã de manhã, quando carregar Philibert.

Após a inspeção e o enchimento dos bolsos, é a vez das bolsas de comida, depois das cartucheiras e Barque disserta sobre a maneira de fazer os duzentos cartuchos regulamentares entrarem nas três cartucheiras. Em pacotes, é impossível. É preciso desempacotá-los e colocá-los um ao lado do outro em pé, invertidos. Assim chegamos a encher cada cartucheira sem deixar espaço e fazer um cinto que pesa seis quilos.

O fuzil já está limpo. Verificamos o enfaixamento da culatra e a obstrução do cano – precauções indispensáveis por causa da terra das trincheiras.

Trata-se de reconhecer facilmente cada fuzil.

– Eu faço cortes na bandoleira. Veja, cortei a borda.

– Eu enrolei no alto da bandoleira um cordão de sapato – e assim, sinto-o na mão como se usasse os olhos.

– Eu tenho um botão mecânico. Sem erro. No escuro, sinto-o imediatamente e digo: "É minha carabina". Porque, sabe, tem uns caras que não se preocupam, eles não fazem nada enquanto o companheiro limpa e depois passam a mão sorrateiramente na arma que o trouxa limpou; e depois ainda têm cara de pau pra dizer: "Meu capitão, tenho um fuzil que está ok." Eu não caio na malandragem. É o sistema V, e o sistema V, meu velho fenômeno, às vezes me enche muito o saco.

E os fuzis, todos parecidos, diferiam como as caligrafias.

*

– É curioso e estranho – diz-me Marthereau – amanhã vamos pras trincheiras e ainda não tem ninguém bêbado e nem querendo ficar... E – escute! – ainda nenhuma briga. Quanto a mim...

"Ah! Não digo", acrescenta de imediato, "que aqueles dois ali não estejam com a cara cheia e fora de si... Mesmo que não estejam de fato bêbados, estão parecendo..."

– São Poitron e Poilpot, do pelotão de Broyer.

Os homens estão deitados e falam baixo. Distinguimos o nariz redondo de um deles que brilha como sua boca, bem ao lado de uma vela, e sua mão que faz, com um dedo levantado, pequenos gestos explicativos seguidos fielmente por uma sombra projetada.

– Eu sei acender o fogo, mas não sei reacender quando apaga – declara Poitron.

– Imbecil! – diz Poilpot, – se você sabe acender, sabe reacender, já que se acende é porque estava apagado, e pode dizer que reacende quando acende.

– Tudo isso é balela. Não sei calcular e estou me lixando pra essa sua conversa. Te digo e repito que, para acender o fogo, estou aqui, mas para reacender quando apaga, não posso fazer nada. Não posso explicar melhor.

Não entendo a insistência de Poilpot.

– Mas por Deus que teimosia – ralha Poitron, – já te disse trinta vezes que não sei. Tem que ser muito espírito de porco mesmo!

– Essa conversa está engraçada – revela-me Marthereau.

Na verdade, agora mesmo, ele falou muito rápido.

Uma certa febre, provocada pelas libações de adeuses, reina no chiqueiro cheio de palha nebulosa onde a tribo – alguns de pé e hesitantes, outros de joelhos e batendo como mineiros – conserta, empilha, guarda suas provisões, seus trapos e utensílios. Um estrondo de palavras, uma desordem de gestos. Sobressaem-se nas luzes esfumaçadas relevos de carrancas e mãos escuras mexem-se acima da sombra como marionetes.

Além disso, no celeiro contíguo ao nosso, cuja separação se dá apenas por um muro na altura de um homem, elevam-se gritos de bêbados. Ali dois homens atacam-se com uma violência e um ódio desesperados. O ar vibra com as maiores grosserias que existem aqui embaixo. Mas um dos dois, um estrangeiro do outro pelotão, é expulso pelos locatários e o jato de injúrias do outro enfraquece e se apaga.

– Pelo menos a gente segura as pontas! – nota Marthereau com certo orgulho.

É verdade. Graças à Bertrand, obcecado pelo ódio ao alcoolismo, essa fatalidade venenosa que joga com as multidões, nosso pelotão é um dos menos viciados no vinho e na bebida.

... Eles gritam, cantam, extravasam ao redor. E riem sem fim. No organismo humano, o riso faz um barulho de máquinas em funcionamento. Tentamos nos aprofundar em certas fisionomias que se apresentam com um toque de emoção nessa coleção de sombras, esse viveiro de reflexos. Mas não podemos. Nós os vemos, mas não vemos nada dentro deles.

*

– Já são dez horas, meus amigos – diz Bertrand. – Terminaremos de subir Azor amanhã. É hora de dormir.

Cada um, então, deita-se lentamente. A falação não para. O soldado faz tudo calmamente quando não é obrigado a se apressar. Cada um vai, vem, com um objeto na mão – e eu vejo deslizar sobre a parede a sombra desmedida de Eudore que passa diante de uma vela, balançando na ponta dos dedos dois sachês de cânfora.

Lamuse agita-se à procura de uma posição. Ele não parece à vontade: hoje, obviamente, ele comeu muito, qualquer que seja sua capacidade para fazê-lo.

– Tem quem quer dormir! Bocarras, bando de canalhas! – grita Mesnil Joseph de sua cama.

Essa exortação acalma por um momento, mas o blá-blá-blá das vozes e as idas e vindas não param.

– É verdade que vamos amanhã – diz Paradis, – e que, à noite, estaremos na linha de frente. Mas ninguém pensa nisso. Sabemos, e isso é tudo.

Pouco a pouco cada um vai para seu canto. Eu me deito sobre a palha, Marthereau enfaixa-se ao meu lado.

Uma massa colossal entra tomando cuidado para não fazer barulho. É o sargento-enfermeiro, um irmão marista, homem enorme de barba e óculos, e percebemos, quando ele tira seu casaco e fica de bata, que ele se incomoda em mostrar as pernas. Vemos essa silhueta de hipopótamo barbudo passar discretamente. Ele ofega, suspira, resmunga.

Marthereau faz sinal com a cabeça em direção a ele e me diz bem baixo:

– Olha pra ele. Essa gente vive mentindo. Quando a gente pergunta o que ele faz como civil ele não diz: "Sou irmão nas escolas"; ele diz, te olhando por baixo dos óculos com a metade dos olhos: "Sou professor". Quando ele acorda bem cedo para ir à missa, e vê que te acorda, ele não diz: "Vou à missa", diz: "Estou com dor de barriga. Vou até as latrinas, sem erro".

Um pouco mais longe, o pai Ramure fala de sua terra.

– Lá em casa, não é um terreno grande. Todo dia meu velho prepara os cachimbos; trabalhando ou descansando, ele assopra sua fumaça no ar ou na fumaça do fogão...

Eu escuto essa evocação campestre, que subitamente adquire um caráter especializado e técnico:

– Para isso, ele prepara um *paillon*. Você sabe o que é um *paillon*? Você pega o talo do trigo verde, tira a pele. Você corta em dois, depois em mais dois e aí terá tamanhos diferentes, como se fossem números diferentes. Depois, com um fio e quatro tiras de palha, ele enrola a haste do cachimbo.

Como nenhum ouvinte se manifesta, essa lição interrompe-se.

Não há mais que duas velas acesas. Uma grande asa de sombra cobre o monte estendido de homens.

Conversas particulares ainda volteiam no dormitório primitivo, fragmentos chegam aos meus ouvidos.

O pai Ramure, no momento, critica o comandante:

– O comandante, meu velho, com toda sua esperteza, notei que ele não sabia fumar. Ele puxa com muita força e queima o cachimbo. Ele não tem uma boca, tem é uma goela. A madeira se parte, queima e em vez de madeira, vira carvão. Os cachimbos de barro resistem mais, mas mesmo assim, ele frita tudo. Uma verdadeira goela! Então, meu velho, escute bem o que te digo, vai acontecer o que não é nada comum: por ser forçado e aquecido até o limite, o cachimbo vai explodir na boca dele na frente de todo mundo. Você vai ver.

Pouco a pouco, a calma, o silêncio, e a obscuridade estabelecem-se no celeiro e enterram as preocupações e as esperanças de seus habitantes. O alinhamento dos pacotes semelhantes que esses seres enrolados lado a lado em seus cobertores formam parece uma espécie de órgão gigantesco do qual se levantam roncos diversos.

Já com o nariz no cobertor, ouço Marthereau que me fala dele mesmo.

– Sou um mercador de tecidos, você sabe – ele diz – negociante de tecidos, falando melhor, no meu caso, vendo por atacado; compro dos pequenos negociantes da rua e tenho uma loja – um sótão na verdade! – que me serve de depósito. Faço o negócio completo, do tecido até latas de conserva, mas principalmente cabo de vassoura, bolsa e sapato; e, naturalmente, sou especializado em pele de coelho.

E eu o ouço ainda, um pouco mais tarde, dizendo-me:

– Quanto a mim, pequeno e desajeitado desse jeito, ainda carrego um peso de cem quilos até o sótão, pela escada e com tamancos nos pés... Uma vez tive que lidar com um sujeitinho...

– Meu Deus, o que não posso suportar, ei – grita de repente Fouillade – são esses exercícios e caminhadas que dão pra estafar a gente durante o descanso, minhas costas estão moídas e não posso cochilar, de tão esgotado.

Barulho de ferragem do lado de Volpatte. Ele decidiu pegar a vasilha, criticando-a por ter esse defeito funesto de ser furada.

– Uh, lá, lá, quando toda essa guerra vai terminar?! – geme alguém quase dormindo.

Um grito de revolta obstinado e incompreensível jorra:

– Querem a nossa pele!

Depois é um "Não se preocupe!" tão obscuro quanto o grito de revolta.

Eu me levanto muito tempo depois, quando soam duas horas e vejo, em uma pálida claridade, sem dúvida lunar, a silhueta agitada de Pinégal. Um galo, ao longe, cantou. Pinégal ergue-se pela metade e se senta. Eu ouço sua voz rouca:

– Bem, é a noite plena, e aí está um galo que grita. Esse galo está bêbado.

E ele ri, repetindo: "Esse galo está bêbado", e se enrola novamente na lã e dorme com um gorgolejo que mistura o riso ao ronco.

Cocon foi acordado por Pinégal. O homem-número, então, pensa alto e diz:

– O pelotão tinha dezessete homens quando partiu para a guerra. Ele tem, no momento, dezessete também, com o fechamento dos buracos. Cada homem já usou quatro casacos, um do primeiro azul, três azuis-queimados, duas calças, seis pares de botas. É preciso contar dois fuzis por homem: mas não podemos contar os macacões. Renovamos vinte e três vezes nossos víveres de reserva. Entre nossos dezessete, tivemos quatorze condecorações, das quais duas da brigada, quatro da divisão e uma do exército. Ficamos uma vez a cada dezesseis dias nas trincheiras sem descanso. Ficamos acantonados e alojados em quarenta e sete vilas diferentes até aqui. Desde o começo da campanha, doze mil homens passaram pelo regimento, que tem dois mil.

Um estranho ceceio o interrompe. É Blaire, cuja dentadura nova o impede de falar e de comer. Mas ele a coloca toda tarde e a guarda toda noite com uma árdua coragem, porque prometeram-lhe que ele acabaria habituando-se a esse objeto que inseriram na sua cabeça.

Eu me levanto pela metade como em um campo de batalha. Contemplo mais uma vez essas criaturas que rolaram pra cá umas sobre as outras pelas regiões e acontecimentos. Observo todas, afundadas no abismo de inércia e esquecimento, na borda do qual algumas ainda parecem se agarrar, com suas preocupações lamentáveis, seus instintos de crianças e sua ignorância de escravos.

A embriaguez do sono ganha-me. Mas me lembro do que fizeram e do que farão. E diante dessa profunda visão da pobre noite humana que enche essa caverna sob sua mortalha de trevas, sonho com não sei que grande luz.

15. O ovo

Estávamos desamparados. Tínhamos fome, tínhamos sede e nesse acantonamento infeliz não havia nada!

O abastecimento, sempre regular, havia falhado, então a privação chegava a um estado agudo.

Um grupo pálido rangia os dentes, e a praça esquálida se espalhava ao redor, com suas poternas descarnadas, com suas casas de ossadas e seus postes telegráficos pelados. O grupo constatava a falta de tudo:

– Não tem mais café, nem carne, e acabou a bebida.

– Quanto ao queijo, nada de nada, nem geleia nem manteiga pra mastigar.

– Não temos nada, sem exagero, nada, e todo o protesto não dará em nada.

– É o acantonamento da falta! Três barracos sem nada dentro a não ser correntes de ar e água!

– Nem adianta ter dinheiro, dá na mesma que ter pouco na carteira, já que não tem vendedores.

– Se fosse um Rothschild ou mesmo um alfaiate militar, sua fortuna serviria pra quê?

– Ontem tinha um gatinho que ronronava do lado da Sétima. Tenho certeza que comeram o gato.

– É, eu sei, dava até pra ver suas costelinhas por aí.
– Não adianta reclamar, é assim mesmo.
– Uns caras foram rápidos – diz Blaire – e conseguiram comprar uns litros de vinho na mercearia da esquina.
– Ah! Canalhas! Esses são sortudos de terem conseguido escapar até lá!
– Mas foi uma sujeirada só: vinho que escurecia os canecos como cachimbos.
– Tem até, dizem, quem devorou um frango!
– Filho da puta! – diz Fouillade.
– Eu não comi quase nada: me sobrava uma sardinha e, no fundo de um sachê, chá que eu mastiguei com açúcar.
– O fato é que não dá pra ficar bêbado.
– Isso não é suficiente, mesmo que coma pouco e tenha o estômago pequeno.
– Só uma refeição em dois dias: um negócio amarelo, brilhante como ouro. Nada de caldo, nem de fritura! Ficou tudo pra trás.
– Também ficamos sem velas.
– O pior é que não dá pra acender o cachimbo.
– É verdade, que miséria! Não tenho mais mecha. Tinha uns pedaços, mas já era, sumiram! Eu fucei em todos os bolsos da calça e nada. E pra comprar, como você diz, é impossível.
– Eu tenho um pedacinho de mecha guardado.

Isso é difícil, realmente, e é lamentável ver os *poilus* que não podem acender seus cachimbos ou seus cigarros e que, resignados, colocam-nos no bolso e caminham.

Felizmente, Tirloir tem seu isqueiro a álcool ainda com um pouco de álcool dentro. Os que sabem disso acumulam-se ao seu redor, munidos de seus cachimbos cheios e frios. E não há nenhum papel que poderíamos acender com a chama do isqueiro: é preciso usar a própria chama da mecha e usar o líquido que resta no seu magro ventre de inseto.

– ... Eu tive sorte... – vejo Paradis que vagueia, seu rosto ao vento, resmungando e mastigando um pedaço de madeira.
– Olha – digo a ele – pega isso!

– Uma caixa de fósforos! – ele exclama, maravilhado, olhando para o objeto como se olhasse para uma joia. – Ah, caramba! Que beleza! Fósforos!

Um momento depois, vemos que ele acende seu cachimbo, seu rosto em cocar magnificamente corado pelo reflexo da chama e todo mundo grita e diz:

– Paradis tem fósforos!

Ao anoitecer, encontro Paradis perto dos restos triangulares de uma fachada, na esquina de duas ruas dessa miserável entre as cidadezinhas. Ele faz sinal para mim:

– Psiu!

Ele está com uma cara engraçada, um pouco perturbado.

– Então, agora mesmo – ele me diz com uma voz terna, olhando para seus pés – você me lançou uma caixa de fósforos. Bem, você será recompensado por isso. Toma!

E ele coloca alguma coisa na minha mão.

– Atenção! – ele sussurra. – É frágil!

Deslumbrado pelo esplendor e branquidão de seu presente, quase sem acreditar, eu reconheço... um ovo!

16. Idílio

– De verdade – diz-me Paradis, que era meu vizinho de caminhada – acredite se quiser, mas estou exausto, estou acabado... Jamais estive tão cheio de uma caminhada como estou dessa.

Ele arrastava o pé e inclinava na tarde seu busto quadrado e travado por uma mochila cujo perfil largo e complicado e cuja altura pareciam fantásticos. Duas vezes, ele tropeçou e cambaleou.

Paradis é duro. Mas ele tinha corrido pela trincheira a noite toda na condição de homem de ligação enquanto os outros dormiam, e tinha razões para estar cansado.

Ele também resmungava:

– Nossa! Esses quilômetros são feitos de borracha, só pode ser.

Suspendia bruscamente sua mochila a cada três passos, com um puxão, arrastava-se e ofegava, e todo o conjunto que ele formava com seus pacotes bamboleava e gemia como um velho patacho sobrecarregado.

– Chegamos – diz um suboficial.

Os suboficiais dizem isso sempre, para tudo. Ora – não obstante essa afirmação do suboficial – chegávamos, na verdade, na vila entardecida onde as casas pareciam desenhadas a lápis e a grossos traços de tinta sobre o papel azulado do céu, onde a silhueta escura da igreja – com o campanário pontudo, ladeado por duas torres mais finas e mais pontudas – era a de um grande cipreste.

Mas quando entra na vila em que deve acantonar, o soldado não está no fim de seu sofrimento. É raro que o pelotão ou a seção cheguem a se alojar no local destinado a eles: mal-entendidos e contradições, que se complicam e descomplicam no local, e é apenas ao fim de muitos quartos de hora de atribulações que cada um é conduzido ao seu definitivo abrigo provisório.

Nós fomos, então, após as errâncias habituais, admitidos em nosso acantonamento noturno: um hangar suspenso por quatro pranchas e tendo como paredes os quatro pontos cardeais. Mas esse hangar estava bem coberto: significativa vantagem. Ele já estava ocupado por uma carriola e uma charrua, ao lado das quais nos arranjamos. Paradis, que não tinha parado de praguejar e gemer durante as caminhadas e idas e vindas, jogou sua mochila, depois se jogou no chão, e ficou lá por um tempo, prostrado, reclamando que não sentia os membros e que as solas de seus pés doíam; e todas as suas juntas também.

Mas eis que a casa da qual o hangar dependia, e que se erguia bem diante de nossos olhos, iluminava-se. Nada atrai mais o soldado que, no cinza monótono da tarde, uma janela atrás da qual há a estrela de uma lâmpada.

– E se a gente desse uma volta? – propôs Volpatte.

– Pode ser – diz Paradis.

Ele se ergue, levantando-se. Cambaleando de cansaço, dirige-se para a janela dourada que fez sua aparição no escuro; depois, para a porta.

Volpatte segue-o e eu vou em seguida.

Entramos e perguntamos ao velho homem que nos abriu a porta e que apresenta uma cabeça oscilante, tão usada como um velho chapéu, se ele tem vinho para vender.

– Não, responde o velho balançando o crânio no qual um chumaço branco cresce em alguns lugares.
– Nem cerveja, café? Qualquer coisa...
– Não, meus amigos, nadinha. Não somos daqui, somos refugiados, vocês sabem...
– Então, já que não tem nada, vamos.

Damos meia-volta. Mesmo assim, durante um momento, aproveitamos do calor que reina no lugar e da vista da lâmpada... Volpatte já ganhou a soleira e suas costas desapareceram nas trevas.

No entanto, eu avisto a velha, afundada em uma cadeira, no outro canto da cozinha, e que parece bastante ocupada com um trabalho.

Eu belisco o braço de Paradis:
– Eis a bela da casa. Vá fazer a corte!

Paradis faz um gesto soberbo de indiferença. Ele não quer saber das mulheres, há um ano e meio todas as que vê não são para ele. De resto, mesmo quando elas realmente forem para ele, ele também não se importará.

– Jovem ou velha, ah! – ele me diz começando a bocejar.

Por ociosidade, por preguiça de partir, dirige-se à mulher.

– Boa noite, minha avó – ele balbucia terminando de bocejar.

– Boa noite, minhas crianças – a velha diz com a voz trêmula.

De perto, vemo-la em detalhe. Ela é enrugada, está dobrada e curvada sobre seus velhos ossos e tem o rosto todo branco como o quadrante de um relógio.

E o que ela faz? Escorada entre sua cadeira e a borda da mesa, ela se esforça para limpar seus sapatos. É uma grande tarefa para suas mãos de criança: seus gestos são inseguros e, às vezes, ela faz um movimento brusco com a escova; além disso, os sapatos estão bem sujos.

Percebendo que a observamos, ela nos cochicha que precisa encerá-los bem, essa tarde mesmo, as botinas da sua filhinha, que é modista na vila, e sai de manhã cedo.

Paradis inclinou-se para olhar melhor as botinas e, subitamente, estende as mãos na direção delas.

– Deixe isso, minha avó, vou engraxar os sapatinhos da sua menina rapidinho.

A velha faz sinal que não, balançando a cabeça e os ombros.

Mas meu Paradis toma os sapatos com autoridade, enquanto a avó, paralisada por sua fraqueza, discute e nos mostra um fantasma de protesto.

Ele pegou uma botina em cada mão, segura-as suavemente e as contempla por um minuto, e até parecia que as apertava um pouco.

– Como são pequenas! – diz com uma voz que não é a voz comum que usa entre nós.

Ele também se apropriou da escova, e se põe a esfregar com ardor e precaução, e vejo que, com os olhos fixos em seu trabalho, ele sorri.

Depois, quando a lama saiu das botinas, ele pega a cera da extremidade da escova duplamente pontuda e as acaricia com ela, muito atencioso.

Os sapatos são finos. São exatamente os sapatos de uma jovem coquete: uma fileira de pequenos botões brilha ali.

– Não falta nenhum botão – ele sussurra pra mim, e há orgulho em sua voz.

Ele não tem mais sono, não boceja mais. Ao contrário, seus lábios estão apertados; um raio jovem e primaveril ilumina sua fisionomia, e ele que iria dormir, parece que acaba de acordar.

Passeia seus dedos, nos quais a cera deixou uma bela cor negra, sobre o cano de sua arma que, por abrir-se na parte de cima, parece um pouco a forma de uma canela. Seus dedos, tão hábeis para encerar, têm também algo de desajeitado enquanto ele vira e desvira os sapatos, e sorri para eles, e pensa – profundamente, distraidamente –, e enquanto a velha levanta seus braços no ar e me toma por testemunha:

– Aí está um soldado zeloso!

Acabou. As botinas estão enceradas e requintadas. Elas brilham. Nada mais a fazer...

Ele as coloca na borda da mesa, prestando muita atenção, como se fossem relíquias; depois, enfim, retira suas mãos.

Não tira os olhos das botinas imediatamente; ele as observa, depois, abaixando o nariz, olha para as suas botas. Eu lembro que, ao fazer essa aproximação, esse grande rapaz destinado a herói, boêmio e monge, ainda sorri mais uma vez com todo seu coração.

... A velha mexeu-se no fundo de sua cadeira. Ela tinha uma ideia.

– Vou contar pra ela! Ela vai te agradecer, senhor. Ei! Joséphine! – gritou, voltando-se na direção de uma porta que havia ali.

Mas Paradis a impediu com um grande gesto que achei magnífico:

– Não. Não vale a pena, senhora, deixe-a onde está. Nós estamos indo. Não vale a pena. Vamos!

Ele pensava com tanta convicção no que dizia que sua voz tinha autoridade, e a velha, obediente, imobilizou-se e calou-se.

Nós fomos deitar no hangar, entre os braços da charrua que nos esperava.

E Paradis então voltou a bocejar, mas, à luz da vela, no estábulo, um bom tempo depois, víamos que ainda lhe restava um sorriso feliz no rosto.

17. A sapa

Na confusão de uma distribuição de cartas da qual os homens voltam, alguns com a alegria de uma carta, alguns com a quase alegria de um cartão postal, alguns com uma nova carga, rapidamente reconstituída, de expectativa e esperança, um companheiro brandindo um papel, conta-nos uma história extraordinária:
– Sabe o pai Fuinha, de Gauchin?
– Aquele velho que procurava um tesouro?
– Pois é, ele achou!
– Não! Está brincando...
– Estou falando, gordão. O que quer que eu diga? Quer que eu reze a missa? Não sei... O pátio da sua casa foi bombardeado e, perto da parede, uma caixa cheia de dinheiro foi desenterrada: ele recebeu seu tesouro em cheio no meio das costas. Até o padre apareceu discretamente para tentar mostrar que o milagre era seu.

Ficamos boquiabertos.
– Um tesouro... Ah! Verdade... Ah! Caramba, esse velho inútil!

Essa revelação inesperada nos mergulha em um abismo de reflexões.

– Nunca se sabe!

– A gente não se cansou de gozar desse velho que falava um monte desse tesouro, importunava e enchia nosso saco com isso!

– A gente falava pra ele, lá, nunca se sabe, lembra?! A gente não duvidava de que estava com a razão, lembra?!

– Pois é, a gente tem certeza de algumas coisas – diz Farfadet que, desde que falávamos de Gauchin, estava pensativo, o ar absorto, como se um rosto adorável sorrisse para ele. – Mas nisso – ele acrescentou – eu também não teria acreditado! Como vou encontrar o velho orgulhoso quando voltar pra lá, depois da guerra!

*

– Procuramos um homem de boa vontade para ajudar os sapadores a fazer um trabalho – diz o grande ajudante.

– Como sempre! – resmungam os homens sem se mexer.

– É necessário para que os companheiros descansem – continua o ajudante.

Então, paramos de resmungar, algumas cabeças se levantam.

– Presente! – diz Lamuse.

– Vista-se gordo, e venha comigo.

Lamuse fecha sua mochila, enrola sua coberta, arruma suas bolsas de comida.

Ele se tornou, desde o tempo em que sua crise de amor infeliz se acalmou, mais sombrio que outrora, e ainda que continue a engordar por uma espécie de desgraça, fica absorto, isola-se e não fala muito.

À noite alguma coisa aproxima-se, na trincheira, subindo e descendo de acordo com as protuberâncias e buracos do fundo: uma forma que parece navegar na sombra, e estende os braços em alguns momentos, como um pedido de socorro.

É Lamuse. Junta-se a nós. Está cheio de terra e lama. Tremendo, escorrendo de suor, parece estar com medo.

Seus lábios mexem-se e ele balbucia: "Meuh... Meuh..." antes de poder dizer uma palavra que tenha forma.

– O que foi? – perguntamos a ele em vão.

Ele cai em um canto, entre nós, e se estica.

Oferecemos vinho a ele. Ele recusa com um sinal. Depois se volta em minha direção, um gesto de sua cabeça me chama. Quando estou perto dele, ele sussurra, bem baixo, como em uma igreja:

– Eu revi Eudoxie.

Ele procura sua respiração; seu peito ressoa e ele continua, as pupilas paradas sobre um pesadelo:

– Ela estava apodrecida.

– Foi na região que tínhamos perdido – prossegue Lamuse – e que as tropas coloniais retomaram na baioneta dez dias atrás.

"Primeiro cavamos o buraco para a sapa. Eu estava lá dentro. Como eu estava trabalhando mais que os outros, fiquei na frente. Os outros alargavam e consolidavam atrás. Mas de repente acho uma confusão de vigas: eu tinha caído em uma antiga trincheira atulhada, claro. Meio atulhada: tinha vazios e lugar. No meio dos pedaços de madeira todas emaranhadas e que eu tirava da minha frente uma a uma, tinha um tipo de saco grande de terra em pé, bem reto, com alguma coisa em cima que pendia.

"Então uma pequena viga cede e esse saco estranho cai e pesa em cima de mim. Eu estava acuado e um cheiro de cadáver me entrou pela boca... No alto desse saco, tinha uma cabeça e eram os cabelos que eu tinha visto que pendiam.

"Entende, não dava pra ver muito bem. Mas reconheci os cabelos que não existem iguais sobre a Terra, depois o resto do rosto, todo esburacado e mofado, o pescoço como uma pasta, o corpo todo morto há um mês, talvez. Era Eudoxie, te digo.

"Sim, era essa mulher de quem eu nunca soube me aproximar, você sabe – que eu olhava de longe, sem poder jamais tocá-la, como se olha um diamante. Ela corria por toda parte, você sabe. Ela vagava pelas linhas. Deve ter levado uma bala um dia, e ficado ali, morta e perdida, à sorte dessa sapa.

"Vê minha situação? Eu era obrigado a sustentá-la em um braço como podia, e trabalhar com o outro. Ela ameaçava cair por cima de mim com todo seu peso. Meu velho, ela queria me abraçar, eu não queria, era assustador. Ela parecia me dizer: 'Você queria me abraçar, venha então, venha!' Ela tinha sobre o... Ela tinha ali, preso, o resto de um buquê de flores, que estava podre também, e, no meu nariz, esse buquê batia como o cadáver de um animalzinho.

"Foi preciso pegá-la em meus braços, e com os dois, virar suavemente para que ela caísse do outro lado. Era tão estreito, tão apertado, que ao virar, em um momento, a apertei contra meu peito sem querer, com toda minha força, meu velho, como eu a teria apertado em outra ocasião se ela quisesse...

"Levei meia hora para me limpar de seu toque e do cheiro que ela exalava sem que eu quisesse, nem ela. Ah! Felizmente estou exausto como um pobre burro de carga."

Ele se vira de barriga para baixo, fecha os punhos e dorme, o rosto enfiado na terra, numa espécie de sonho de amor e podridão.

18. Os fósforos

São cinco horas da tarde. Vemos os três mexendo-se no fundo da trincheira sombria.

Eles são horrorosos, escuros e sinistros, na escavação terrosa, ao redor do fogo apagado. A chuva e a negligência fizeram o fogo morrer, e os quatro cozinheiros observam os cadáveres de tições enterrados nas cinzas e os restos de lenha de onde a chama se foi, se esvaiu, e que esfriam ali.

Volpatte cambaleia até o grupo e joga um bloco escuro que tinha sobre o ombro.

— Eu arranquei de um abrigo sem que se perceba muito.

— Nós temos madeira – diz Blaire – mas precisa acender. Senão, como cozinhar essa carne?

— É um belo pedaço – geme um homem escuro. – A lateral. Pra mim é a melhor parte do boi: a lateral.

— Fogo! – exige Volpatte. – Não tem mais fósforos, não tem mais nada.

— Precisamos de fogo – resmunga Poupardin, que tem a estatura de um urso, cuja incerteza roda e balança, no fundo dessa espécie de jaula obscura.

— Não tem o que fazer, precisamos de fogo – reforça Pépin que emerge de seu abrigo, como um limpador de chaminés. Ele sai, aparece como uma massa escura, uma noite na tarde.

– Não se preocupe, eu vou conseguir – declara Blaire com um tom em que se concentram o furor e a resolução.

Não faz muito tempo que é cozinheiro e ele consegue se mostrar à altura das circunstâncias difíceis no exercício de sua profissão.

Ele falou como falava Martin César, no tempo em que vivia. Vive à imitação da grande figura lendária do cozinheiro que sempre achava fogo, assim como outros, entre os suboficiais, tentam imitar Napoleão.

– Eu vou, se precisar, desmatar até o osso o abrigo do posto de comando. Vou requisitar os fósforos do colono. Vou...

– Vamos procurar fogo.

Poupardin caminha na frente. Seu rosto é tenebroso, parecido com um fundo de panela em que, pouco a pouco, o fogo se imprimiu como sujeira. Como faz um frio cruel, ele está envolto em todas as suas partes. Usa uma peliça metade de pele de cabra e metade de pele de carneiro: meio marrom, meio branca, e essa dupla pele com tons geometricamente cortados o faz parecer algum estranho animal cabalístico.

Pépin tem um gorro de algodão tão escuro e de um encardido brilhante, o famoso gorro de algodão em seda negra. Volpatte, no interior de sua balaclava e de suas roupas de lã parece um tronco de árvore ambulante: um corte quadrado apresenta um rosto amarelo, no alto da espessa e maciça casca do bloco que forma, bifurcado em duas pernas.

– Vamos para o lado da Décima. Eles sempre têm o que se precisa. É pela estrada dos Pylônes, mais longe que o Corredor Novo.

Os quatro tipos assustadores põem-se a caminho, como uma nuvem, pela trincheira que se desdobra sinuosamente diante deles como uma ruela cega, pouco segura, sem claridade e sem pavimento. Ela também é inabitada nessa região, constituindo uma passagem entre as segundas e primeiras linhas.

Os cozinheiros que partiram em busca de fogo encontram dois marroquinos na poeira crepuscular. Um tem uma tez de bota escura, o outro, uma tez de sapato amarelo. Um brilho de esperança surge no fundo do coração dos cozinheiros.

– Fósforos, rapazes?

– Que nada! – responde o negro e seu riso exibe seus longos dentes de porcelana na marroquinaria marrom de sua boca.

O amarelo avança e pergunta por sua vez:

– Tabaco? Um pouco de tabaco?

E ele estende sua manga esverdeada e sua grande mão de carvalho melada com uma espécie de verniz que se depositou nas dobras da palma – e terminada por unhas arroxeadas.

Pépin rosna, procura e tira de seu bolso uma porção de tabaco misturada com a pólvora dada aos atiradores.

Um pouco mais longe, encontram uma sentinela que parece dormir no meio da tarde, sobre um monte de terra. Esse soldado meio acordado diz:

– É à direita, depois ainda à direita e então reto. Não vão se enganar.

Eles caminham. Caminham por muito tempo.

– Devemos estar longe – diz Volpatte ao fim de meia hora de passos inúteis e solidão guardada.

– Me diz, estamos descendo muito, você não acha? – diz Blaire.

– Não se preocupe, trapo velho – Pépin faz graça. – Mas se está com medo, deixe a gente ir.

Ainda caminham na noite que cai... A trincheira sempre deserta – um terrível deserto que se estende – assumiu um aspecto destruído e estranho. Os parapeitos estão em ruínas; os desmoronamentos ondulam o solo como montanhas-russas.

Uma apreensão vaga apodera-se dos quatro enormes caçadores de fogo, na medida em que eles adentram a noite nessa espécie de caminho monstruoso.

Pépin, que no momento está na frente, para e estende a mão para que parem.

– Um barulho de passos... – eles dizem com a voz contida, na sombra.

Então, no fundo, eles têm medo. Fizeram mal em deixar seus abrigos por tanto tempo. A culpa é deles. E nunca se sabe.

– Vamos entrar lá, rápido – diz Pépin – rápido!

Ele mostra uma abertura retangular no nível do chão.

Tocada com a mão, essa sombra retangular revela ser a entrada de um abrigo. Eles entram ali um após outro: o último, impaciente, empurra os outros e eles se deitam, à força, na sombra maciça do buraco.

Um barulho de passos e vozes fica nítido e se aproxima.

Do bloco dos quatro homens que fecha estreitamente a cova, saem e se arriscam mãos que tateiam. De repente, eis que Pépin murmura com uma voz sufocada:

– O que é isso?

– O quê? – perguntam os outros, apertados e entalados contra ele.

– Os carregadores! – diz Pépin com a voz baixa... – os carregadores boches sobre a tábua! Estamos no corredor boche!

– Vamos!

Há um impulso dos três homens para sair.

– Atenção, Meu Deus! Não se mexa!... Os passos...

Ouve-se barulho de caminhada. É o passo rápido de um homem sozinho.

Eles não se mexem, seguram a respiração. Seus olhos voltados para o chão veem a noite se mover, à direita, depois uma sombra com pernas destaca-se, aproxima-se, passa... Essa sombra vira uma silhueta. Sobre ela, há um capacete coberto com um capuz, sob o qual adivinhamos a ponta. Nenhum outro barulho a não a ser a caminhada desse passante.

Mal o alemão tinha passado quando os quatro cozinheiros, em um só movimento, sem combinar, lançam-se, apressam-se, correm como loucos e se jogam sobre ele.

– *Kamerad*, senhores! – ele diz.

Mas vê-se brilhar e desaparecer a lâmina de uma faca. O homem cede como se afundasse no chão. Pépin pega o capacete enquanto ele cai e o segura em sua mão.

– Vamos cair fora – brame a voz de Poupardin.

– Vamos revistá-lo!

Eles o suspendem, viram-no, levantam seu corpo mole, úmido e tépido. De repente, ele tosse.

– Ele não está morto.

– Sim, ele está morto. É o ar.

Sacodem-no pelos bolsos. Ouve-se a respiração apressada dos quatro homens escuros inclinados sobre sua tarefa.

– O capacete é meu – diz Pépin. – Fui eu que matei. Quero o capacete.

Arrancam do corpo seu caderninho com papéis ainda quentes, seus binóculos, sua carteira e suas grevas.

– Fósforos! – grita Blaire sacudindo uma caixa. – Ele tem!

– Ah! Canalha! – exclama Volpatte, bem baixo.

– Agora, vamos nos apressar...

Eles colocam o cadáver em um canto e se lançam a galope, presas de uma espécie de pânico, sem se preocupar com o barulho provocado por sua corrida desordenada.

– É por aqui! Por aqui! Ei, rapazes, rápido!

Eles se apressam, sem falar, pelo labirinto do corredor extraordinariamente vazio, e que não acaba mais.

– Não tenho mais ar – diz Blaire – estou fodido...

Ele titubeia e para.

– Vamos! Força, máquina velha – chia Pépin com uma voz rouca e sem fôlego.

Ele o pega pela manga e o puxa para a frente, como se fosse um cavalo relutante.

– É aqui, vejam! – diz Poupardin de repente.

– Sim, eu reconheço essa árvore.

– É a estrada de Pylônes!

– Ah! – geme Blaire, cuja respiração sacode como um motor.

E ele se joga à frente com um último impulso, e se senta no chão.

– Alto lá! – grita uma sentinela. – O que é isso?! – balbucia em seguida esse homem ao ver os quatro *poilus*. – De onde estão vindo,?

Eles riem, pulam como fantoches, escorrendo de suor e cheios de sangue, o que na noite os faz parecer ainda mais escuros; o capacete do oficial alemão brilha nas mãos de Pépin.

– Ah! Merda! – murmura a sentinela boquiaberta. – Mas o que foi?...

Uma reação exuberante agita-os e enlouquece-os.

Todos falam ao mesmo tempo. Reconstituem, às pressas, o drama do qual acordam ainda sem saber. Deixando a sentinela meio adormecida, eles se enganaram e pegaram o Corredor Internacional, no qual uma parte é nossa e uma parte, dos alemães. Entre o pedaço francês e o pedaço alemão, nada de barricadas, de separação. Há somente uma espécie de zona neutra em cujas extremidades velam perpetuamente dois vigias. Sem dúvida o vigia alemão não estava em seu posto, ou se escondeu ao ver quatro sombras, ou se retirou e não teve tempo de buscar reforço. Ou, ainda, o oficial alemão perdeu-se lá na frente da zona neutra... Enfim, para ser breve, entende-se o que aconteceu sem entender.

– O mais engraçado – diz Pépin – é que sabíamos de tudo isso e nem pensamos em ter cuidado quando partimos.

– A gente procurava fogo! – diz Volpatte.

– E encontramos! – grita Pépin. – Não perdeu os fósforos, seu velho inútil?

– Sem perigo! – diz Blaire. – Os fósforos boches são melhores que os nossos. E também é só o que temos pra acender! Perder minha caixa! Só se alguém viesse me amputar!

– Estamos atrasados. A água da comida está gelando. Vamos rápido pra lá. Depois, vamos contar essa boa peça que pregamos nos boches lá no esgoto em que estão os companheiros.

19. Bombardeio

Na campanha rasteira, na imensidão da bruma.
O céu está azul-escuro. Um pouco de neve cai no fim dessa noite; ela salpica os ombros e as dobras das mangas. Nós andamos em quatro, encapuzados. Parecemos, na penumbra opaca, as vagas populações dizimadas que emigram de um país do norte a outro país do norte.
Seguimos uma estrada, atravessamos Ablain-Saint--Nazaire em ruínas. Vislumbramos confusamente os montes esbranquiçados das casas e as obscuras teias de aranha dos telhados suspensos. Essa vila é tão longa que, por ela engolidos em plena noite, vemos suas últimas construções que começavam a empalidecer pelo gelo da aurora. Discernimos, em um jazigo, através de uma grade, ao longo das ondas desse oceano petrificado, o fogo mantido pelos guardiões da vila morta. Chafurdamos nos campos pantanosos; perdemo-nos nas zonas silenciosas nas quais a lama nos prendia pelos pés: depois retomamos vagamente nosso equilíbrio sobre uma outra estrada, a que conduz de Carency a Souchez. Os grandes álamos da fronteira estão despedaçados, os troncos retalhados; em um local, há uma coluna enorme de árvores

cortadas. Depois, acompanhando-nos, de cada lado, na sombra, vemos espectros de tocos de árvores, fendidos em forma de palmeiras ou estraçalhados, em fiapos, curvados sobre eles mesmos e como que ajoelhados. De vez em quando, os charcos agitam-se e atrapalham a caminhada. A estrada transforma-se em um pântano que transpomos sobre os calcanhares, fazendo com os pés um barulho de quem rema. As tábuas foram dispostas, ali, em vários pontos. Deslizamos por cima quando, enlameadas, aparecem na transversal. Às vezes, há bastante água para que flutuem; então, com o peso do homem, elas fazem "flac!" e afundam, e o homem cai ou escorrega praguejando freneticamente.

Devem ser cinco horas da manhã. A neve parou, o cenário nu e assustador esclarece-se aos olhos, mas ainda estamos rodeados por um grande círculo fantástico de bruma e escuridão.

Continuamos, sempre continuamos. Chegamos a um local onde se distingue um montículo escuro ao pé do qual parece formigar uma agitação humana.

– Avancem em dois – diz o chefe do destacamento. – Que cada equipe de dois pegue, alternadamente, uma tábua e uma barreira.

O carregamento opera-se. Um dos dois homens pega, juntamente com o seu, o fuzil de seu companheiro. Este mexe e retira da pilha, não sem esforço, uma longa tábua lamacenta e escorregadia que pesa no mínimo quarenta quilos, ou uma barreira de ramos folhosos, grande como uma porta e que só se pode sustentar sobre as costas, curvando-se, as mãos para cima e agarradas nas bordas.

Retomamos a caminhada, espalhados pela estrada agora cinzenta, bem lentamente, bem pesadamente, com as queixas e maldições surdas que o esforço estrangula nas gargantas. Ao fim de cem metros, os dois homens da equipe trocam os fardos, sendo que, ao fim de duzentos metros, apesar do vento ácido e branquejante da madrugada, todo mundo, exceto os suboficiais, escorre de suor.

De repente uma estrela intensa desabrocha lá longe, em direção aos vagos lugares para onde vamos: um foguete. Ilumina toda uma porção do firmamento com seu halo leitoso, apagando as constelações, e desce graciosamente com ares de fada.

Uma luz rápida à nossa frente, lá longe; um clarão, uma detonação.

É um obus.

No reflexo horizontal que a explosão instantaneamente espalhou na parte baixa do céu, vemos com nitidez que, diante de nós, talvez a um quilômetro, desenha-se, de leste a oeste, um pico.

Esse pico é, para nós, visível por inteiro daqui até o cume, que nossas tropas ocupam. Na outra encosta, a cem metros de nossa primeira linha, é a primeira linha alemã.

O obus caiu sobre o cume, em nossas linhas. São eles que atiram.

Outro obus. Um outro, um outro; plantam, em direção ao alto da colina, árvores de uma luz violácea e cada uma ilumina surdamente todo horizonte.

E logo, há um cintilar de estrelas brilhantes e uma súbita floresta de penachos fosforescentes sobre a colina: uma miragem de conto de fadas azul e branco levanta-se levemente diante de nossos olhos no abismo completo da noite.

Aqueles entre nós que consagram todas as forças de apoio de seus braços e suas pernas para impedir que seus fardos lamacentos tão pesados escorreguem de suas costas e que eles mesmos escorreguem no chão não veem nada e não dizem nada. Os outros, tremendo por inteiro de frio, tiritando, fungando, limpando o nariz com os lenços molhados que pendem da asa, amaldiçoando os obstáculos da estrada em pedaços, olham e comentam:

– É como ver fogos de artifício – eles dizem.

Completando a ilusão de grande cenário de ópera feérico e sinistro diante da qual rasteja, fervilha e marulha nossa tropa baixa, toda negra, eis uma estrela vermelha, uma verde; um feixe vermelho, muito mais lento.

Em nossas fileiras, não podemos deixar de murmurar com um tom confuso de admiração popular, enquanto a metade disponível de pares de olhos observam:

– Oh! Uma vermelha!... Oh! Uma verde!

São os alemães que fazem sinal, e também os nossos que pedem a artilharia.

A estrada vira e sobe novamente. O dia finalmente decidiu despontar. Vemos as coisas no meio da sujeira. Ao redor da estrada coberta por uma camada de pintura cinza-perolado com empastes brancos, o mundo real faz tristemente sua aparição.

Deixamos atrás de nós Souchez destruída, onde as casas são apenas plataformas esmagadas de materiais e as árvores, espécies de arbustos retalhados amontoando-se na terra. Enfiamo-nos, à esquerda, em um buraco que está ali. É a entrada do corredor da trincheira.

Deixamos o material cair em um espaço circular feito para isso, e, ao mesmo tempo quentes e congelados, com as mãos molhadas, crispadas de câimbras e esfoladas, instalamo-nos no corredor; esperamos.

Enterrados em nossos buracos até o queixo, com os peitos apoiados na terra, cuja imensidão nos protege, vemos desenvolver-se o drama ofuscante e profundo. O bombardeio redobra. Sobre o pico, as árvores luminosas tornaram-se, na palidez da aurora, espécies de paraquedas vaporosos, medusas pálidas com um ponto de fogo; depois, mais precisamente desenhadas na medida em que o dia se difunde, penachos de plumas de fumaça: plumas de avestruz brancas e cinza que nascem subitamente no solo turvo e lúgubre da colina 119, a quinhentos ou seiscentos metros adiante, depois, lentamente, desvanecem. É realmente a coluna de fogo e a coluna de nuvem que rodopiam juntas e trovejam ao mesmo tempo. Nesse momento, vemos, no flanco da colina, um grupo de homens que correm para se enterrar. Eles se apagam, um a um, absorvidos pelos buracos de formiga semeados ali.

Agora discernimos melhor a forma dos "convidados": a cada tiro, um floco branco enxofrento, sublinhado de negro, forma-se no ar, a mais ou menos sessenta metros de altura, desdobra-se, toma corpo, e, na explosão, o ouvido percebe o assobio do pacote de balas que o floco amarelo envia furiosamente ao solo.

Aquilo explode por rajadas de seis, na sequência: pan, pan, pan, pan, pan, pan. É o 77.

Nós os subestimamos, os *shrapnells*[17] do 77 – ainda que Blesbois tenha sido morto justamente, há três dias, por um deles. Eles explodem quase sempre muito acima de nós.

Barque explica-nos, mesmo que saibamos:

– O penico protege bem a cabeça das balas de chumbo. Mesmo assim, a explosão detona os ombros e te enfia na terra, mas não te mata. Naturalmente, tem que se proteger mesmo assim. Não vai levantar a cara enquanto a coisa durar ou esticar a mão pra ver se chove. Mas o 75 é nosso!...

– Não tem só os 77 – interrompe Mesnil André. – Tem de todo tipo. Me acende isso aqui...

Os assobios agudos, trêmulos ou estridentes, as batidas. E nos declives onde a imensidão transparece ao longe, e onde os nossos estão, no fundo dos abrigos, nuvens de todas as formas amontoam-se. Às colossais plumas incendiadas e nebulosas misturam-se tufos imensos de vapor, penas que lançam filamentos retos; plumas de fumaça engrandecem-se ao cair – tudo branco ou cinza-esverdeado, carbonizado ou acobreado, com reflexos dourados, ou como que manchado de tinta.

As duas últimas explosões foram muito próximas; elas formam, por cima do terreno batido, enormes bolas de poeira negras e amareladas que, assim que se desdobram e se vão sem pressa com o vento, a tarefa cumprida, assumem silhuetas de dragões fabulosos.

---

17 O *shrapnell* é um tipo específico de obus, preenchido por balas que são expelidas no momento da detonação. (N.T.)

Nossa fila de rostos na superfície do solo vira-se para esse lado e as segue com os olhos, do fundo da fossa, no meio desse país povoado de aparições luminosas e ferozes, dessas campanhas esmagadas pelo céu.

– São os obuses de 150.

– São mesmo é de 210, cara de bezerro!

– Tem os explosivos percucientes também. Canalhas! Olha pra lá!

Vimos um obus estourar no solo e levantar, em um leque de nuvem escura, terra e detritos. Parecia, através da gleba fendida, o cuspe pavoroso de um vulcão que se acumulava nas entranhas do mundo.

Um barulho diabólico rodeia-nos. Temos a impressão estranha de um progresso contínuo, uma multiplicação incessante do furor universal. Uma tempestade de batimentos roucos e surdos, clamores furibundos, gritos penetrantes de animais apoderam-se da terra toda coberta com tiras de fumaça, onde estamos enterrados até o pescoço, e que o vento dos obuses parece levantar e empurrar.

– Então – berra Barque – soube que eles não têm mais munição!

– Uh, lá, lá! Já sabíamos dessa! Dessa e das bobagens que os jornais espalham.

Um tique-taque surdo impõe-se no meio dessa confusão de barulhos. Esse som de matraca lenta é, de todos os barulhos da guerra, o que mais assalta o coração.

– O moinho de café! Um dos nossos, escute: os tiros são regulares enquanto os dos boches não têm o mesmo tempo entre os tiros; eles fazem tac... tac-tac-tac... tac-tac... tac...

– Você se engana, *poilu*! Não é uma metralhadora: é uma motocicleta que chega pelo caminho do abrigo 31, lá longe.

– Na verdade, acho que é algum trouxa bem lá em cima, pilotando e dando uma olhada – caçoa Pépin que, levantando o nariz e inspeciona o espaço em busca de um aeromotor.

Uma discussão começa. Não podemos saber! É assim. No meio de todos esses estrondos diversos, tentamos em vão nos acostumar, perdemo-nos. Já aconteceu a toda uma seção, outro dia, no bosque, de confundir, por um momento, o barulho rouco de uma bomba com os primeiros sons da voz de uma mula que, não muito distante, relinchava.

– Então, tem muitos balões de observação nessa manhã, nota Lamuse.

Com os olhos levantados, os contamos.

– Tem oito balões nossos e oito boches – diz Cocon, que já havia contado.

Na verdade, acima do horizonte, a intervalos regulares, na frente do grupo de balões cativos inimigos, menores à distância, planam os oito longos olhos ligeiros e sensíveis do exército, ligados ao centro de comando por filamentos vivos.

– Eles veem a gente como a gente os vê. Como quer escapar dessa espécie de grande e bom Deus?

– Aí está nossa resposta!

Na verdade, de uma vez, por trás de nossas costas, explode o estrondo nítido, estridente, ensurdecedor do 75. Ele crepita sem cessar.

Esse trovão levanta-nos, arrebata-nos. Gritamos junto com as peças e nos olhamos sem nos ouvir – salvo a voz extraordinariamente penetrante dessa "grande goela" de Barque – no meio desse rolamento de tambor fantástico em que cada tiro é um tiro de canhão.

Depois viramos os olhos para frente, o pescoço esticado, e vemos, no alto da colina, a silhueta superior de uma fileira escura de árvores do inferno cujas terríveis raízes se implantam no declive invisível onde se esconde o inimigo.

– O que é isso?

Enquanto a bateria do 75, que está a cem metros de distância atrás de nós, continua seus ganidos – tiros nítidos de um martelo desmedido sobre uma bigorna, vertiginosos de força e de fúria e seguidos de um grito –, um gorgolejar prodigioso domina o concerto. Ele também vem de nosso lado.

– Esse aí está fraco!

O obus racha o ar a mil metros, talvez, acima de nossas cabeças. Seu barulho cobre tudo como um domo sonoro. Seu sopro é lento; sentimos um projétil mais barrigudo, maior que os outros. Ouvimo-lo passar, descer adiante com uma vibração pesada e crescente de metrô entrando na estação; em seguida, seu pesado assobio distancia-se. Observamos, de frente, a colina. Ao fim de alguns segundos, ela se cobre com uma nuvem cor de salmão que o vento leva para toda uma metade do horizonte.

– É um 220 da bateria do ponto gama.

– Dá pra ver esses obuses – afirma Volpatte, quando eles saem do canhão. – E se você está bem na direção do tiro, dá pra ver mesmo se está longe da peça.

Um outro sucede.

– Ali! Olha! Olha! Viu aquele? Você não olhou depressa, está muito devagar. Tem que se mexer. Olha, um outro! Você viu?

– Não vi.

– Que moleza! Precisa de uma moldura?! Seu pai era pintor?! Olha, rápido, aquele ali, ali! Está vendo bem, imbecil, aleijado?

– Eu vi. Isso é tudo?

Alguns viram uma pequena massa escura, fina e pontuda como um melro de asas dobradas que, no zênite, aponta o bico para frente, traçando uma curva.

– Isso pesa cento e dezoito quilos, meu velho percevejo – diz orgulhosamente Volpatte – e quando isso cai sobre um abrigo, mata todo mundo lá dentro. Os que não são arrancados pelas explosões são abatidos pelo vento da máquina, ou morrem asfixiados sem tempo pra respirar.

– Dá pra ver muito bem o obus 270 – é um pedaço de ferro – quando o morteiro o lança no ar: fujam, se mandem!

– E também o 155 Rimailho, mas esse perdemos de vista porque ele vai reto e muito longe: quanto mais você olha, mais ele some na sua frente.

Em meio a um odor de enxofre, de pólvora negra, de panos queimados, de terra calcinada, girando em nuvens pela campanha, toda a bicharada fica atordoada. Mugidos, rugidos, rosnados selvagens e estranhos, miados de gato que ferem os ouvidos e reviram o estômago, como os gritos penetrantes que exala a sirene de um barco a perigo no mar. Às vezes até mesmo exclamações variadas cruzam-se no ar, às quais mudanças bizarras de tom conferem como que uma voz humana. A campanha, aos pedaços, levanta-se e cai novamente; ela forma diante de nós, de um lado do horizonte a outro, uma extraordinária tempestade de coisas.

E as peças enormes, ao longe, propagam os estrondos muito apagados e sufocados, mas cuja força é sentida pelo deslocamento do ar que bate nas orelhas.

... Eis que se funde e se move sobre a zona bombardeada um bloco pesado de névoa verde que se dissolve em todos os sentidos. Esse toque de cor nitidamente desarmônico no quadro chama a atenção, e todos os nossos rostos de prisioneiros enjaulados viram-se para a hedionda explosão.

– São os gases asfixiantes, provavelmente. Vamos preparar nossas máscaras!

– Porcos!

– Esses meios são realmente desleais – diz Farfadet.

– São o quê? – pergunta Barque, zombeteiro.

– Bem, meios sujos, os gases...

– Você me faz rir – replica Barque – com seus meios desleais e meios leais... Quando virmos homens arrebentados, serrados ao meio, ou separados de alto a baixo, estilhaçados pelo obus comum, barrigas vazias até o fundo com as entranhas espalhadas por aí, os crânios entrados por inteiro no pulmão de uma vez só ou, no lugar da cabeça, um pescocinho que tinha uma geleia de groselha de miolos caindo pelos lados, sobre o peito e as costas, quando virmos isso vamos dizer: "Esses são meios limpos", me fala disso!

– Mas o obus é permitido, é aceito...

– Uh, lá, lá! Está vendo o que digo? Você nunca me fará chorar tanto quanto me faz rir!

E ele vira as costas.

– Ei, cuidado crianças!

Nós ouvimos com atenção; um de nós se jogou de barriga, os outros olham instintivamente, franzindo a testa, para o lado do abrigo que não têm tempo de chegar; durante esses dois segundos, cada um encolhe o pescoço. É um rangido de cisalhas gigantescas que se aproxima de nós e que, enfim, termina em um trovejante estrondo de desempacotamento de chapas.

Esse não caiu longe de nós: talvez a duzentos metros. Nós nos abaixamos no fundo da trincheira e ficamos agachados até que a região em que estamos seja invadida por uma chuva de pequenas explosões.

– Ainda não queria receber isso na minha porta, mesmo a essa distância – diz Paradis extraindo da parede de terra da trincheira um fragmento que acaba de se fincar ali e que parece um pedacinho de carvão eriçado com arestas cortantes e pontudas, e ele o faz saltar de sua mão para não se queimar.

Ele curva bruscamente a cabeça, nós também.

Bsss, bsss...

– O detonador!... Ele passou.

O detonador do *shrapnell* sobe, depois cai verticalmente; o do percuciente, depois da explosão, destaca-se do conjunto deslocado e fica geralmente enterrado no ponto de chegada; mas, outras vezes, vai para onde quer, como um grande cascalho incandescente. É preciso desconfiar. Ele pode cair em você muito tempo depois do tiro, e por caminhos inverossímeis, passando por cima das encostas e mergulhando nos buracos.

– Nada pior que um detonador. Já aconteceu comigo...

– Tem pior que tudo isso – interrompe Bags da 11ª – os obuses austríacos: o 130 e o 74. Esses me dão medo. Eles são niquelados, dizem, mas o que sei, já que estava lá, é que são tão rápidos que não dá pra fazer nada pra se proteger deles; assim que o ouve ressoar, ele já explode dentro.

– O 105 alemão também, nem dá tempo de abaixar e esconder as costeletas. Foi o que os artilheiros me explicaram uma vez.

– Vou te dizer: os obuses dos canhões da marinha; não dá tempo de ouvir, você precisa se esconder antes.

– E tem também esse desgraçado obus novo que explode depois de ter ricocheteado no chão e entrado e saído uma ou duas vezes, por seis metros... Quando sei que é ele pela frente, tenho dor de barriga. Eu lembro que uma vez...

– Isso aí não é nada, meus filhos – diz o novo sargento que passava e parou. – Tinham que ver o que lançaram em Verdun, de onde estou voltando, justamente. Só os maiores: os 380, os 420, dois 44. Só passando por lá pra dizer: "Sei o que é ser bombardeado!". Os bosques destruídos como se fossem trigo, todos os abrigos marcados e arrebentados mesmo com três camadas de madeira, todos os cruzamentos da estrada metralhados, os caminhos atirados pro ar e transformados em espécies de longos relevos de comboios quebrados, peças estragadas, cadáveres contorcidos uns contra os outros como que empilhados por uma pá. Você via trinta sujeitos mortos pelo chão, com um tiro, nos cruzamentos; você via homens rodando, mais ou menos a quinze metros do chão, e pedaços de calças ficarem enganchadas no alto das árvores que ainda existiam. Você via esses 380 entrando em uma casa, em Verdun, pelo teto, esburacando dois ou três andares, explodindo em baixo, e todo grande nicho era obrigado a saltar; e, nas campanhas, batalhões inteiros se dispersarem e se esconderem sob a rajada como um pobre animalzinho sem defesa... Você tinha, pelo chão, a cada passo, nos campos, estilhaços grossos como um braço e grandes assim, e precisava de quatro *poilus* pra levantar esse pedaço de ferro. Os campos pareciam terrenos cheios de rocha!... E, durante meses, não parou. Ah! Você não sabe nada! Você não sabe nada! – Repetia o sargento afastando-se para ir, sem dúvida, recomeçar em outro lugar esse resumo de suas lembranças.

– Olha, olha ali, cabo, esses caras lá longe, são loucos?

Víamos, da posição de bombardeio, pequenas formas humanas se deslocarem com pressa e se apertarem na direção das explosões.

– São os artilheiros – diz Bertrand – que, assim que uma bomba explode, correm para procurar o detonador no buraco, porque o detonador, da forma como se enterrou, dá a direção da bateria, entende? E a distância, só temos que lê-la: ela fica marcada nas divisões gravadas ao redor do detonador no momento em que soltam o obus.

– Não importa, eles são corajosos, os caras, pra sair em um bombardeio desses.

– Os artilheiros, meu velho – vem nos dizer um homem de uma outra companhia que passeava pela trincheira – os artilheiros, ou são muito bons ou muito ruins. Ou são ases ou não valem nada. Estou dizendo...

– Isso vale para todos os recrutas, isso que diz.

– É possível. Mas não falo de todos os recrutas. Falo dos artilheiros, e também digo que...

– Ei! Crianças, vamos procurar um lugar pra esconder os ossos? Podemos acabar levando um estilhaço na cara.

O caminhante estrangeiro tornou a contar sua historia, e Cocon, que tinha o espírito da contradição, declarou:

– Vamos sofrer lá no seu abrigo, porque aqui fora já não nos divertimos mais.

– Olha, lá longe, mandam torpedos! – diz Paradis mostrando nossas posições dominantes à direita.

Os torpedos sobem reto, ou quase, como cotovias, agitando-se e farfalhando, depois param, hesitam e recaem retos, anunciando sua queda nos últimos segundos por um "grito de criança" que reconhecemos bem. Daqui, as pessoas no pico parecem jogadores invisíveis alinhados jogando bola.

– Em Argonne – diz Lamuse – meu irmão me escreveu dizendo que eles recebem *tourterelles*[18], eles dizem. São pesadas e lançadas de perto. Chegam arrulhando, de verdade, ele me disse, e quando explodem, é uma barulheira, ele me disse.

– Não tem pior que as bombas do *crapouillot*[19], que parecem correr atrás de você e saltar por cima, e que explodem na trincheira mesmo, rentes ao declive.

– Olha, olha, você ouviu?

Um assobio chegava em nossa direção, depois parou bruscamente. O engenho não explodiu.

– É um obus de merda – constata Paradis.

E prestamos atenção para ter a satisfação de ouvir – ou de não ouvir – os outros.

Lamuse diz:

– Todos os campos, as estradas, as vilas, aqui, estão cobertos por obuses que não explodiram, de todos os calibres; nossos também, é preciso dizer. Deve estar cheio deles na terra e não vemos. Eu me pergunto como faremos, mais tarde, quando chegar o momento em que dirão: "Isso não é tudo, é preciso recomeçar a trabalhar".

E sempre, em sua monotonia alucinada, a rajada de ferro e fogo continua: os *shrapnells* com sua detonação que assobia, cheia de uma alma metálica e furibunda, e os grandes percucientes, com seu trovão de locomotiva a todo vapor, que se despedaça subitamente contra um muro, e carregamentos de trilhos ou vigas de aço que degringolam em um declive. A atmosfera torna-se opaca e obstruída, atravessada por suspiros pesados; e, ao redor, o massacre da terra continua, mais e mais profundo, mais e mais completo.

E mesmo outros canhões começam a fazer parte. São os nossos. Eles têm uma detonação semelhante àquela do

---

18 *Tourterelles* são tipos específicos de granadas lançadas pelos alemães. (N.T.)
19 *Crapouillot* é um pequeno canhão usado para o arremesso de bombas menores. (N. T.)

75, mas mais forte, e com um eco prolongado e retumbante como o do relâmpago que repercute em uma montanha.

– São os 120 longos. Eles estão na fronteira do bosque, a um quilômetro. Bonitos canhões, meu velho, que parecem galgos cinza. Essas peças são magras e de cano fino. Você tem vontade de chamá-las de "senhora". Não é como os 220 que só têm uma goela, um balde de carvão, que cospe seu obus de baixo pra cima. Ele faz o trabalho, mas parece, nos comboios da artilharia, um aleijado na cadeira de rodas.

A conversa enfraquece. Bocejamos, por aqui e por ali.

O tamanho e a grandeza dessa explosão da artilharia cansam a mente. As vozes lutam, afogadas.

– Nunca vi um bombardeio como esse! – exclama Barque.

– Sempre dizemos isso – nota Paradis.

– Pois é – grita Volpatte. – Falamos de ataque esses dias. Eu te digo que é o começo de alguma coisa.

– Ah! – fazem simplesmente os outros.

Volpatte manifesta a intenção de "tirar uma soneca" e se instala pelo chão, apoiado em uma parede, os sapatos contra a outra parede.

Falamos de coisas diversas. Biquet conta a história de um rato que viu.

– Ele era quieto e enorme; você sabe... Eu tinha tirado meus sapatos, e esse rato roeu toda a borda! Tenho que dizer que tinha engraxado.

Volpatte, que se imobilizava, mexe-se e diz:

– Vocês não me deixam dormir, suas gralhas!

– Você não quer que eu acredite, seu gigolô velho, que seria capaz de dormir e roncar com essa barulheira toda por aí? – diz Marthereau.

– Rrrôoo – responde Volpatte, que roncava.

*

– Reunir. Andar!

Mudamos de lugar. Para onde nos levam? Não sabemos

de nada. No máximo sabemos que estamos na reserva e que nos fazem circular para consolidar sucessivamente alguns pontos ou para esvaziar os corredores – onde o regulamento para a passagem das tropas é igualmente complexo, se querem evitar aglomerações e colisões, como na organização da passagem dos trens em estações ativas. É impossível esclarecer o sentido da imensa manobra na qual nosso regimento gira como se fosse uma pequena roda, nem o que se desenha no enorme conjunto do setor. Mas, perdidos na rede do submundo, para onde vamos e voltamos, interminavelmente, exaustos, quebrados, desmembrados pelas paradas prolongadas, embrutecidos pela espera e pelo barulho, envenenados pela fumaça, entendemos que nossa artilharia se engaja cada vez mais e que a ofensiva parece ter mudado de lado.

*

– Parem!
Um tiroteio intenso, furioso, espantoso, batia nos parapeitos da trincheira onde nos fizeram parar naquele momento.
– Fritz começou. Está com medo de um ataque; está ficando louco! Como ataca!
Era uma saraivada densa que caía sobre nós, cortava terrivelmente o espaço, raspava e tocava toda planície.
Eu olhei para um posto de observação. Tive uma estranha e rápida visão: havia, à nossa frente, a uma dezena de metros ou mais, formas alongadas, inertes, umas ao lado das outras – uma fileira de soldados ceifados – e chegando em bando, de todas as partes, os projéteis perfuravam esse alinhamento de mortos!
As balas que esfolavam a terra por linhas retas levantando finas imagens lineares, esburacavam, cavavam os corpos rigidamente colados ao solo, quebravam os membros rígidos, entravam nos rostos pálidos e vazios, abriam,

com jatos, os olhos liquefeitos e víamos, sob a rajada, a fila de mortos mexer-se um pouco e se dispersar pelos lugares.

Ouvíamos o barulho seco produzido pelas vertiginosas pontas de cobre penetrando nos tecidos e nas carnes: o barulho de um golpe de faca furioso, uma paulada estridente sobre as roupas. Acima de nós, um feixe de assobios agudos apressava-se, com o canto descendente, cada vez mais grave, dos ricochetes. E abaixávamos a cabeça sob essa passagem extraordinária de gritos e vozes.

– É preciso liberar a trincheira. Ei!

*

Deixamos esse fragmento ínfimo do campo de batalha onde o tiroteio rasga, fere e mata novamente os cadáveres. Dirigimo-nos para a direita e para a retaguarda. O corredor de comunicação sobe. No alto do barranco, passamos diante de um posto telefônico e de um grupo de oficiais da artilharia e de artilheiros.

Ali, nova pausa. Marcamos o passo e escutamos o observador da artilharia gritar ordens que o telefonista enterrado ao lado reúne e repete:

– Primeira peça, mesma altura. Dois décimos à esquerda. Três explosivos por minuto!

Alguns de nós arriscaram levantar a cabeça acima da borda do declive e puderam abarcar com os olhos, no tempo de um clarão, todo campo de batalha ao redor do qual nossa companhia roda vagamente desde essa manhã.

Eu vi uma planície cinzenta, desmedida, onde o vento parece empurrar, na amplitude, confusas e leves ondulações de poeira espalhadas pelos lugares por um fluxo de fumaça mais pontudo.

Esse espaço imenso, sobre o qual o sol e as nuvens arrastam placas negras e brancas, faísca surdamente em cada ponto – são nossas baterias que atiram – e eu o vi por um momento, todo decorado por breves clarões. Em um outro momento, uma parte das campanhas encobriu-se sob uma fronha vaporosa e esbranquiçada: uma espécie de tormenta de neve.

Ao longe, sobre os sinistros campos intermináveis, quase apagados e da cor de farrapos, e esburacados tanto quanto necrópoles, notamos, como um pedaço de papel rasgado, o fino esqueleto de uma igreja e, de um canto a outro do quadro, vagas fileiras de traços verticais próximos e sublinhados, como os traços das páginas de um caderno: estradas com suas árvores. Finas sinuosidades riscam a planície ao longo e, ao largo, quadriculam-na, e essas sinuosidades estão pontilhadas de homens.

Discernimos os fragmentos de linhas formadas por esses pontos humanos que, saídas de traços ocos, mexem-se na planície diante do horrível céu furioso.

Dificilmente acreditamos que cada uma dessas manchas minúsculas é um ser de carne trêmula e frágil, infinitamente desarmado no espaço, e cheio de um pensamento profundo, cheio de longas lembranças e cheio de uma multidão de imagens; ficamos deslumbrados por essa pulverização de homens tão pequenos como as estrelas do céu.

Pobres semelhantes, pobres desconhecidos, é sua vez de dar! Uma outra vez será a nossa! Talvez amanhã, a vez de sentir o céu explodir sobre nossas cabeças, ou a terra se abrir sob nossos pés, de sermos assaltados pelo exército prodigioso de projéteis, e de sermos varridos pelos sopros do furacão cem mil vezes mais fortes que o furacão.

Empurram-nos para os abrigos da retaguarda. Aos nossos olhos, o campo da morte apaga-se. Aos nossos ouvidos, o trovão emudece sobre a formidável bigorna de nuvens. O barulho da destruição universal silencia-se. O pelotão envolve-se de forma egoísta nos barulhos familiares da vida, enterra-se na pequenez carinhosa dos abrigos.

20. O fogo

Acordado bruscamente, abro os olhos no escuro.
– O que é? O que há?
– É sua vez de vigiar. São duas horas da manhã – diz-me o cabo Bertrand, que ouço, sem ver, pelo orifício do buraco no fundo do qual estou deitado.

Eu resmungo que estou indo, sacudo-me, bocejo no estreito abrigo sepulcral; estendo os braços e minhas mãos tocam a terra mole e fria. Depois rastejo em meio à sombra pesada que obstrui o abrigo, cortando o odor espesso, entre os corpos caídos dos que dormem. Após alguns engates e passos falsos sobre equipamentos, bolsas e membros esticados em todos os sentidos, coloco a mão no meu fuzil e encontro-me de pé ao ar livre, mal acordado e mal equilibrado, assaltado pelo vento agudo e escuro.

Tiritando, sigo o cabo, que se enfia entre as altas pilhas escuras cuja parte baixa comprime-se estranhamente em nossa caminhada. Ele para. É ali. Percebo uma grande massa destacar-se à meia altura da muralha espectral e descer. Essa massa relincha um bocejo. Subo no nicho que ela ocupava.

A lua está escondida na bruma, mas há, disperso sobre as coisas, um brilho muito confuso ao qual os olhos se acostumam aos poucos. Essa claridade apaga-se por conta de um largo pedaço de trevas que paira e desliza ali de cima. Distingo com dificuldade, após tê-los tocado, o enquadramento e o buraco da torre diante de meu rosto, e minha mão prevenida encontra, em um fundo arranjado, uma confusão de alças de granadas.

– Abre o olho, hein, meu velho – me diz Bertrand em voz baixa. – Não esqueça que tem nosso posto de escuta, ali na frente, à esquerda. Vamos, até já.

Seu passo afasta-se, seguido pelo passo sonolento do vigia que substituo.

Os tiros de fuzil crepitam de todos os lados. De repente, uma bala bate bem na terra do declive onde estou apoiado. Eu coloco o rosto no buraco. Nossa linha serpenteia no alto do barranco: o terreno está abaixo de mim e não se vê nada nesse abismo de trevas onde ele mergulha. Todavia, os olhos acabam por discernir a fila regular dos piquetes de nossa rede plantados no limiar dos fluxos de sombra e, aqui e ali, as feridas redondas como funis formadas pelos obuses, pequenas, médias ou enormes; algumas, bem perto, povoadas de misteriosos atulhamentos. O vento sopra em meu rosto. Nada se mexe a não ser o vento que passa e a imensa umidade que escorre. Faz frio a tremer sem fim. Levanto os olhos: observo aqui, ali. Um luto terrível esmaga tudo. Tenho a impressão de estar completamente só, naufragado, no meio de um mundo revirado por uma catástrofe.

Iluminação rápida no ar: um foguete. O cenário no qual estou perdido esboça-se e aponta-se a meu redor. Vê-se o pico de nossa trincheira recortar-se, rasgado, desgrenhado e vejo, colados na parede da frente, a cada cinco passos, como larvas verticais, as sombras dos vigias. Seus fuzis desenham-se ao lado deles, por algumas gotas de luz. A trincheira está escorada por sacos de terra; está ampliada por toda parte e, em vários locais, retalhada pelos desmoronamentos. Os sacos de terra, achatados uns sobre os outros e disjuntos, parecem, na luz astral do foguete, essas vastas lajes desmanteladas de antigos monumentos em ruínas. Eu olho pelo buraco. Distingo, na vaporosa atmosfera pálida que o meteoro espalhou, os piquetes alinhados e até as linhas tênues de arame farpado que se entrecruzam de um piquete a outro. Eles são, à minha vista, como traços de pena que rabiscam e rasuram o campo lívido e esburacado. Mais abaixo, no oceano noturno que preenche o barranco, o silêncio e a imobilidade acumulam-se.

Desço de meu observatório e me aproximo de meu vizinho de vigilância. Com a mão estendida, o alcanço.

– É você? – digo a ele em voz baixa, sem reconhecê-lo.

– Sim – ele também responde sem saber quem sou, cego como eu.

"É calmo a essa hora", ele acrescenta. "Agora há pouco, achei que fossem atacar; talvez tenham tentado, à direita, onde lançaram um monte de granadas. Teve uma barragem de 75, vrrrran...vrrrran... Meu velho, eu me dizia: 'Esses 75 aí, não é possível, são pagos pra atirar! Se os boches saíram, levaram uma!' Olha, escuta, lá, as balas começando de novo! Está ouvindo?"

Ele para, destampa seu cantil, bebe um gole e sua última frase, sempre em voz baixa, cheira a vinho:

– Ah! Maldita guerra! Você não acha que a gente estaria melhor em casa? Ora! Qual o problema com esse imbecil?

Um tiro acaba de retinir ao nosso lado, traçando um curto e brusco traço fosforescente. Outros partem, aqui e ali, de nossa linha: os tiros de fuzil contagiam a noite.

Vamos perguntar, tateando, na espessa sombra caída sobre nós como um teto, para um dos atiradores. Tropeçando e às vezes jogados um sobre o outro, chegamos até o homem, tocamos nele.

– O que está acontecendo?

Ele acha que viu algo se mexer, depois, mais nada. Voltamos, meu vizinho desconhecido e eu, na obscuridade densa e sobre o estreito caminho de lama gordurosa, incertos, com esforço, curvados, como se cada um carregasse um fardo esmagador.

Em um ponto do horizonte, depois em um outro, ao redor de nós, o canhão troveja, e seu barulho pesado mistura-se às rajadas de um tiroteio que tanto redobra como se apaga, e aos conjuntos de explosões de granadas, mais sonoros que os estalos do Lebel e do Mauser e que têm o som um pouco parecido com o dos velhos tiros de fuzis clássicos. O vento ainda aumentou; ele é tão violento que é preciso se defender na sombra contra ele: nuvens enormes carregadas passam diante da lua.

Nós estamos ali, os dois, esse homem e eu, aproximando-nos e batendo-nos sem nos conhecer, revelados e depois escondidos um do outro, em cortes bruscos, pelo reflexo do canhão; estamos ali, comprimidos pela obscuridade, no centro de um ciclo imenso de incêndios que aparecem e desaparecem, nessa paisagem de sabá.

– Somos amaldiçoados – diz o homem.

Nós nos separamos e vamos, cada um para nosso posto, cansar os olhos na imobilidade das coisas.

Que pavorosa e lúgubre tempestade vai começar?

A tempestade não começou naquela noite. No fim de minha longa espera, nos primeiros traços do dia, teve até mesmo uma calmaria.

Enquanto a aurora caía sobre nós como uma noite de tempestade, vi mais uma vez emergirem e se recriarem, sob a echarpe de fuligem das nuvens baixas, espécies de margens abruptas, tristes e sujas, infinitamente sujas, cheias de detritos e imundícies, da trincheira esmigalhada onde estamos.

A lividez do céu empalidece e acinzenta os sacos de terra com suas superfícies brilhantes e arredondadas, como um longo empilhamento de vísceras e entranhas gigantes deixadas a nu sobre o mundo.

Na parede atrás de mim há uma cavidade, e ali um empilhamento de coisas horizontais ergue-se como um monte de lenha.

Troncos de árvores? Não: são os cadáveres.

*

À medida que os gritos das aves surgem dos sulcos da terra, que os vagos campos renascem, que a luz eclodem e florescem em cada pedaço da grama, eu observo o barranco. Mais abaixo do campo movimentado com suas altas camadas de terra e seus arredores queimados, para além do eriçamento dos piquetes, é sempre um lago de sombra estagnada e, diante da encosta da frente, é sempre um muro de noite que se ergue.

Depois me viro e contemplo esses mortos que, pouco a pouco, exumam-se das trevas, exibindo suas formas rijas e maculadas. Eles são quatro. São nossos companheiros Lamuse, Barque, Biquet e o pequeno Eudore. Eles se decompõem ali, bem perto de nós, obstruindo pela metade o amplo campo tortuoso e lamacento que os vivos ainda se interessam em defender.

Foram colocados de qualquer jeito; eles se escoram e se esmagam, uns sobre os outros. O de cima está envolto por uma lona de barraca. Colocaram lenços sobre os outros rostos, mas tocando neles, à noite, sem os ver, ou mesmo durante o dia, sem prestar atenção, fizemos os lenços caírem e nós vivemos cara a cara com esses mortos, amontoados ali como uma pilha de lenha.

*

Há quatro noites eles foram mortos juntos. Eu me lembro mal dessa noite, como se fosse um sonho que tive. Nós estávamos de patrulha, eles, eu, Mesnil André e o cabo Bertrand. Tratava-se de reconhecer um novo posto de escuta alemão assinalado pelos observadores da artilharia. Por volta de meia-noite, saímos da trincheira, e subimos o declive, em linha, a três ou quatro passos um do outro, e descemos assim até a parte mais baixa do barranco, até ver, jacente a nossos olhos, como o achatamento de um animal abatido, a encosta do Corredor Universal. Após termos constatado que não havia posto nesta parte do terreno, subimos novamente, com precauções infinitas; eu via confusamente meu vizinho da direita e meu vizinho da esquerda, como sacos na sombra, arrastarem-se, deslizarem lentamente, balançarem-se, rolarem na lama, no fundo das trevas, empurrando diante deles a agulha de seus fuzis. Balas assobiavam acima de nós, mas nos ignoravam, não nos procuravam. Ao avistarmos o monte de nossa linha, tomamos fôlego por um instante; um de nós suspirou, um outro falou. Um outro virou-se, em bloco, e a proteção de sua baioneta soou contra uma pedra. Imediatamente um foguete subiu rugindo do Corredor Internacional. Nós colamos no chão, estreitamente, desesperadamente, mantivemos uma imobilidade absoluta, e esperamos ali, com essa terrível estrela suspensa acima de nós e que nos banhava com uma claridade diurna, a vinte e cinco ou trinta metros de nossa trincheira. Então uma metralhadora localizada do outro lado do barranco atirou na zona em que estávamos. O cabo Bertrand e eu tivemos a chance de encontrar diante de nós, no momento em que o foguete subia, vermelho, antes de explodir em luz, um buraco de obus onde um tripé quebrado tremia na lama; nós dois achatamo-nos contra a borda desse buraco, enfiamo-nos na lama o quanto pudemos e o pobre esqueleto de madeira podre nos escondeu. O jato da metralhadora passou várias vezes. Ouvíamos um assobio cortante no meio de cada detonação, os tiros secos e violentos das balas na terra, e também os estalos surdos e macios seguidos de gemidos, de um pequeno grito e, subitamente, de um grande ronco que se elevou e depois gradualmente abaixou, como de alguém que dormia. Bertrand e eu, roçados pela saraivada horizontal de balas que, a alguns centímetros acima de nós, traçavam uma rede de morte e às vezes arranhavam nossas roupas, esmagando-nos cada vez mais, não ousando arriscar um movimento que teria levantado um pouco uma parte do nosso corpo, esperamos. Finalmente, a metralhadora cala-se em um silêncio enorme. Quinze minutos depois nós dois deslizamos para fora do buraco de obus subindo com a ajuda dos cotovelos e enfim caímos, como pacotes, em nosso posto de escuta. Já estava na hora porque nesse momento a claridade da lua brilhou. Ficamos no fundo da trincheira até de manhã, depois até a noite. As metralhadoras regando as bordas sem parar. Pelos buracos do posto, não víamos os corpos estendidos, por causa do declive do terreno, mas, no limite do campo visual, uma massa que parecia ser as costas de um deles. À noite, cavamos uma sapa para atingir a região onde estavam caídos. Esse trabalho não pôde ser executado em uma noite; foi retomado na noite seguinte pelos pioneiros, porque, mortos de cansaço, não conseguíamos nos manter acordados.

Acordando de um sono de chumbo, vi os quatro cadáveres que os sapadores tinham alcançado por baixo, na planície, e que tinham enganchado e arrastado com cordas para a sapa. Cada um deles possuía muitas feridas uma ao lado da outra, buracos de balas distantes por alguns centímetros: a metralhadora tinha atirado com rapidez. Não acharam o corpo de Mesnil André. Seu irmão Joseph fez de tudo para encontrá-lo; saiu sozinho na planície constantemente sob ataque, por toda parte, e sob os tiros cruzados das metralhadoras. De manhã, arrastando-se como uma lesma, ele mostrou um rosto escuro de terra e assustadoramente derrotado, no alto da encosta.

Nós o recebemos; as bochechas arranhadas pelo arame farpado, as mãos ensanguentadas, com pesados torrões de lama nas dobras de suas roupas e fedendo à morte. Ele repetia como um louco: "Ele não está em nenhum lugar".

Enfiou-se em um canto com seu fuzil, que começou a limpar, sem ouvir o que lhe dizíamos, e repetindo: "Ele não está em nenhum lugar".

Isso aconteceu há quatro dias e vejo os corpos desenharem-se, mostrarem-se, na aurora que vem mais uma vez lavar o inferno terrestre.

Barque, rijo, parece enorme. Seus braços estão colados ao longo de seu corpo, seu peito está despedaçado, sua barriga cavada como uma bacia. Com a cabeça levantada por um monte de lama, ele observa por cima de seus pés, os que chegam pela esquerda, seu rosto escurecido, sujo pela mancha viscosa dos cabelos que caem, e onde espessas crostas de sangue negro estão esculpidas; seus olhos escaldados: ensanguentados e como que cozidos. Eudore, ao contrário, parece muito pequeno, e seu pequeno rosto está completamente branco, tão branco que parece a face enfarinhada de um Pierrot e é doloroso vê-la destoar como uma roda de papel branco no emaranhado cinza e azulado dos cadáveres. O bretão Biquet, atarracado, quadrado como uma laje, parece esticado por um esforço enorme: parece tentar levantar a névoa, e esse esforço profundo transforma-se em careta em seu rosto marcado pelos maxilares e pela testa salientes, amassa-o horrendamente, parece eriçar em alguns lugares seus cabelos terrosos e ressecados, parte sua mandíbula em um grito espectral, abre suas grandes pálpebras sobre seus olhos ternos e perturbados, seus olhos de sílex; e suas mãos estão contraídas por terem arranhado o vazio.

Barque e Biquet estão esburacados na barriga, Eudore na garganta. Ao arrastá-los e transportá-los, danificaram-nos ainda mais. O gordo Lamuse, vazio de sangue, tinha um rosto inchado e dobrado, cujos olhos se afundavam gradualmente em seus orifícios, um mais que o outro. Enrolaram-no em uma lona de barraca que se encharca com uma mancha escurecida no lugar do pescoço. Ele teve o ombro direito perfurado por várias balas e o braço só se sustenta por faixas de tecido da manga e barbantes ali amarrados. Na primeira noite em que o colocamos ali, esse braço pendia para fora da pilha de mortos e sua mão amarela, torcida sobre um punhado de terra, tocava o rosto dos passantes. Fixaram o braço no capote.

Uma nuvem de pestilência começa a oscilar sobre os restos dessas criaturas com as quais vivemos tão intimamente, sofremos por tanto tempo.

Quando os vemos, dizemos: "Os quatro estão mortos". Mas eles estão muito deformados para que pensemos realmente: "São eles". E é preciso desviar-se desses monstros imóveis para experimentar o vazio que eles deixam entre nós e as coisas comuns que foram rompidas.

Aqueles de outras companhias ou de outros regimentos, os estrangeiros, que passam aqui de dia – à noite nos apoiamos inconscientemente em tudo que está ao alcance da mão, morto ou vivo – sobressaltam-se diante desses cadáveres colados uns sobre os outros em plena trincheira. Às vezes ficam enraivecidos:

– Como é que deixam esses cadáveres aqui?
– É uma vergonha!
Depois acrescentam:
– É verdade que não podem tirá-los dali.
À espera, eles só podem ser enterrados à noite.

A manhã chegou. Descobrimos, à frente, a outra vertente do barranco: a colina 119, uma colina plana, pelada, rasgada – semeada por corredores estremecidos e estriada por trincheiras paralelas, mostrando vivamente o barro e a terra gredosa. Nada se mexe e nossos obuses que explodem aqui e ali, com grandes jatos de espuma como imensas ondas, parecem bater seus tiros sonoros contra uma grande muralha arruinada e abandonada.

Meu turno de vigia terminou, e os outros vigias, enrolados em lonas de barraca úmidas e colantes, com suas linhas e placas de lama, e suas bocas lívidas, livram-se da terra onde estão embutidos, movem-se e descem. O segundo pelotão vem ocupar o banco de tiro e os postos de observação. Para nós, descanso até a noite.

Bocejamos, caminhamos. Vemos um companheiro passar, depois um outro. Oficiais circulam, munidos de periscópios e lunetas. Nós nos encontramos, voltamos a viver. As observações rotineiras cruzam-se e chocam-se. E, a não ser pelo aspecto danificado das linhas desfeitas da vala que nos oculta no declive do barranco, e também pelo silêncio imposto às vozes, acreditaríamos estar nas linhas da retaguarda. A lassidão pesa, no entanto, sobre todos, os rostos estão amarelados, as pálpebras avermelhadas; por causa da vigia, parecemos pessoas que choraram. Todos, após alguns dias, ficaram curvados e envelhecidos.

Um após o outro, os homens de meu pelotão confluem para uma curva da trincheira. Amontoam-se em um local onde o solo está todo farelento e onde, abaixo da crosta de terra eriçada com raízes cortadas, a terraplenagem revela camadas de pedras brancas que estavam nas trevas há mais de cem mil anos.

É ali, na passagem alargada, que o pelotão de Bertrand naufraga. Ele está bem reduzido nesse momento pois, sem falar dos mortos da outra noite, não temos mais Poterloo, morto em um revezamento, nem Cadilhac, ferido na perna por um estilhaço na mesma noite que Poterloo (como isso já parece distante!), nem Tirloir, nem Tulacque que foram evacuados, um por disenteria, e o outro por uma pneumonia que se mostra terrível – ele escreve nos cartões postais que nos envia para se desenfadar, do hospital central em que vegeta.

Vejo mais uma vez aproximarem-se e agruparem-se, sujos pelo contato com a guerra, sujos pela fumaça cinzenta do espaço, as fisionomias e poses familiares daqueles que ainda não se separaram desde o começo – fraternalmente presos e acorrentados uns aos outros. Menos diferentes, entretanto, que no começo, quando pareciam homens das cavernas...

O pai Blaire traz em sua boca gasta uma fileira de dentes novos, brilhantes – se bem que, de todo seu pobre rosto, não vemos nada além dessa mandíbula endomingada. O evento de seus dentes estrangeiros, que ele doma aos poucos, e dos quais se serve agora, às vezes para comer, mudou profundamente seu caráter e seus modos: ele não aparece mais manchado de negro, raramente se descuida. Tornado belo, ele experimenta a necessidade de se tornar atraente. No momento, está triste, talvez – milagre! – porque não pode se lavar. Enfiado em um canto, entreabre um olho preguiçoso, mastiga e rumina seu bigode de veterano, há pouco o único adorno de seu rosto, e cospe um pelo de vez em quando.

Fouillade treme, resfriado, ou boceja, deprimido, depenado. Marthereau não mudou nada: sempre barbudo, o olho azul e redondo, com suas pernas tão curtas que sua calça parece escapar continuamente da cintura e cair a seus pés. Cocon é sempre Cocon com sua cabeça seca e amarelenta, no interior da qual os números trabalham; mas há oito dias uma recrudescência de piolhos, cujos estragos vemos transbordar pelo seu pescoço e seus punhos, isola-o em longas lutas e deixa-o feroz quando ele retorna em seguida. Paradis mantém integralmente a mesma dose da bela cor e do bom humor; ele é invariável, indestrutível. Nós sorrimos quando ele aparece de longe, contra o fundo dos sacos de terra como se fosse um novo cartaz. Da mesma forma, nada modificou Pépin, que entrevemos caminhar de costas, com seu tabuleiro quadriculado vermelho e branco de tecido oleado, e de frente com seu rosto como uma lâmina de faca e seu olhar cinzento e frio como o reflexo de um revólver; nem Volpatte com suas caneleiras, seu cobertor sobre os ombros, e seu rosto de anamita tatuado de sujeira, nem Tirette que há algum tempo, entretanto, anda exaltado – não sabemos por que misterioso motivo – com fios de sangue nos olhos. Farfadet mantém-se à distância, pensativo, à espera. Nas distribuições de cartas, ele acorda de seu sonho para buscá-las, depois volta-se sobre si mesmo. Suas mãos de burocrata escrevem múltiplos cartões postais, cuidadosamente. Ele não sabe o fim de Eudoxie. Lamuse não falou para mais ninguém sobre o supremo e terrível abraço no qual enlaçou seu corpo. Lamuse – eu percebi – lamentava por ter uma noite cochichado essa confidência em meu ouvido, e até sua morte, escondeu esse horrível encontro virginal dentro dele, com um pudor tenaz. É por isso que vemos Farfadet continuar a viver vagamente com a viva imagem dos cabelos loiros, que só abandona para falar conosco por raros monossílabos. Ao redor de nós, o cabo Bertrand sempre tem a mesma atitude militar e séria, sempre pronto para sorrir com tranquilidade, dar explicações claras aos que as solicitam, ajudar alguém a fazer seu dever.

Conversamos como outrora, como há pouco. Mas a obrigação de falar com a voz contida rarefaz nossos assuntos e os preenche com uma calma enlutada.

*

Há um fato anormal: há três meses, o período de cada unidade nas trincheiras da linha de frente era de quatro dias. Agora, faz cinco dias que estamos aqui e não se fala em revezamento. Alguns ruídos de ataque próximo circulam, trazidos pelos homens de ligação e da corveia que, a cada duas noites – sem regularidade nem garantia – fazem o abastecimento. Outros indícios juntam-se a esses rumores de ofensiva: a supressão das licenças, as cartas que não chegam mais; os oficiais que, visivelmente, não são mais os mesmos: sérios e próximos de nós. Mas as conversas sobre esse assunto terminam sempre por um dar de ombros: nunca advertem o soldado do que será feito dele; colocam sobre seus olhos uma faixa que só retiram no último minuto. Então:

– Veremos.

– Só temos que esperar!

Nós nos desligamos do trágico evento pressentido. Será pela impossibilidade de compreendê-lo por inteiro, pela falta de coragem em tentar decifrar o que está fechado para nós, indiferença resignada, crença viva de que passaremos longe do perigo mais essa vez? O que sempre acontece é que, apesar dos sinais premonitórios e da voz das profecias que parecem realizar-se, caímos maquinalmente e nos acantonamos nas preocupações imediatas: a fome, a sede, os piolhos, cujo esmagamento ensanguenta todas as unhas, e o grande cansaço pelo qual estamos todos minados.

– Você viu Joseph esta manhã? – pergunta Volpatte. – O pobrezinho não parece nada bem.

– Ele vai fazer besteira com certeza. Esse rapaz está condenado, você vai ver. Na primeira oportunidade vai ao encontro de uma bala, tenho certeza.

– É pra ficar louco pro resto dos seus dias! Eram seis irmãos, você sabe. Quatro já foram mortos: dois na Alsácia, um em Champagne, um em Argonne. Se André foi morto, será o quinto.

– Se tivesse sido morto, seu corpo teria sido encontrado, teriam visto do observatório. Não tem muito o que pensar. Eu acho que na noite em que saíram de patrulha, ele se perdeu na volta. O pobre subiu pelo lado errado – e caiu nas linhas boches.

– Talvez tenha sido despedaçado pelo arame farpado deles.

– A gente teria achado, te digo, se tivesse morrido, você sabe que, se fosse isso, os boches não teriam pegado o corpo. Procuramos por todo lugar. Como não encontramos, acho que, ferido ou não, ele saiu andando por aí.

Essa hipótese, que é tão lógica, é crível – e agora que sabemos que André Mesnil é prisioneiro, nos desinteressamos. Mas seu irmão continua a suscitar piedade:

– Coitado, tão jovem!

E os homens do pelotão observam-no de longe.

– Estou com fome! – Cocon diz de repente.

Como a hora da refeição passou, começamos a exigi-la. Ela está ali, já que é o resto do que foi trazido na véspera.

– Com o quê o cabo vai matar nossa fome? Olha ele lá. Vou atrás dele. Ei! O que é que a gente vai comer, cabo?

– Sim, sim, a comida! – repete o lote dos eternos famintos.

– Já vou – diz Bertrand, ocupado, e que nunca para, nem de dia, nem de noite.

– E então? – diz Pépin, sempre de cabeça quente. – Eu não estou a fim de passar fome de novo; vou abrir uma lata de carne rapidinho.

A comédia cotidiana da refeição recomeça, na superfície desse drama.

– Não toquem nos seus víveres de reserva! – diz Bertrand. – Assim que voltar da conversa com o capitão, vou servir vocês.

Na volta, ele traz a comida, distribui e comemos salada de batata e cebola e, na medida em que mastigamos, os traços descontraem-se, os olhos acalmam-se.

Paradis usou um quepe de policial durante a refeição. Não é o lugar nem o momento, mas esse quepe é bem novo e o alfaiate, que prometia entregá-lo há três meses, só o entregou no dia em que viemos para as trincheiras. O maleável e disforme chapéu de tecido pintado em azul-vivo, colocado sobre sua cabeça redonda reluzente, dá a ele o aspecto de um guarda de brinquedo com as bochechas iluminadas. No entanto, comendo, Paradis olha-me fixamente. Eu me aproximo dele:

– Você tem uma bela cabeça.

– Não faça nada agora – ele responde. – Eu queria conversar com você. Venha por aqui.

Ele estica a mão em direção ao seu caneco, que está pela metade, colocado perto de seus talheres e suas coisas; hesita, depois decide deixar o vinho em segurança goela abaixo e coloca o caneco em seu bolso. Afasta-se.

Eu o sigo. Ao passar ele pega seu capacete alargado na banqueta de terra. Ao fim de uma dezena de passos, aproxima-se de mim e diz em voz baixa, com um ar estranho, sem me olhar, como faz quando está emocionado:

– Eu sei onde está Mesnil André. Quer vê-lo? Venha.

Dizendo isso, tira seu quepe de policial, dobra-o e guarda-o, coloca seu capacete. Ele parte novamente. Sigo-o sem dizer nada.

Ele me conduz a uns cinquenta metros dali, em direção ao local onde se encontra nosso abrigo comum e a passarela de sacos sob a qual deslizamos, a cada vez, com a impressão de que esse arco de lama vai cair sobre nós. Depois da passarela, um buraco aparece no lado da trincheira, com um degrau feito a partir de uma barreira incrustada de barro. Paradis sobe ali e faz sinal para que eu o siga sobre essa estreita plataforma escorregadia. Havia nesse lugar, recentemente, um posto de vigia que foi demolido. Refizeram o posto mais abaixo com duas paredes à prova de balas. Somos obrigados a nos curvar para não ultrapassar esse arranjo com a cabeça.

Paradis me diz com a voz sempre muito baixa:

– Fui eu que arrumei essas duas proteções aí, pra ver – porque eu tinha uma ideia e quis ver. Coloca o olho nesse buraco aí.

– Não vejo nada. A vista está obstruída. O que é esse pacote de panos?

– É ele – diz Paradis.

Ah! Era um cadáver, um cadáver sentado em um buraco, terrivelmente próximo...

Amassando meu rosto contra a placa de aço, e colando minha pálpebra no buraco da parede à prova de balas, eu o vi por inteiro. Ele estava agachado, a cabeça pendendo para frente entre as pernas, os dois braços sobre os joelhos, as mãos semifechadas em ganchos – e tão perto, tão perto! –, reconhecível, apesar de seus olhos esbugalhados e opacos que se envesgavam, o bloco de sua barba enlameada e sua boca entortada que mostrava os dentes. Ele parecia, ao mesmo tempo, sorrir e fazer careta para seu fuzil, encalhado, de pé, diante dele. Suas mãos estendidas para frente estavam azuis por cima e escarlates embaixo, coradas por um úmido reflexo do inferno.

Era ele, lavado pela chuva, repleto de lama e de uma espécie de espuma, manchado e terrivelmente pálido, morto há quatro dias, contra nossa encosta, que o buraco de obus onde ele estava havia escondido. Não tinha sido encontrado porque estava muito próximo!

Entre esse morto abandonado em sua solidão sobre-humana e os homens que habitam o abrigo, há apenas uma fina divisória de terra, e me dou conta de que o local onde ponho a cabeça para dormir corresponde àquele onde esse corpo terrível está escorado.

Eu tiro o rosto do olho mágico.

Paradis e eu trocamos um olhar.

– Ainda não dá pra contar pra ele – sussurra meu companheiro.

– Não, agora não...

– Falei pro capitão pra gente escavar e retirar; e ele também disse: "Não é pra falar agora pro pequeno".

Um leve sopro de vento passou.

– Dá pra sentir o cheiro!

– E como!

Nós o aspiramos, ele entra na nossa mente, afunda nossa alma.

– Então, com isso – diz Paradis – Joseph é o único que sobra dos seis irmãos. E vou te dizer uma coisa: acho que ele não dura muito. Não vai se proteger, vai acabar sendo morto. Seria bom se uma boa ferida caísse pra ele do céu, senão está ferrado. Seis irmãos, isso é muito. Não acha que é muito?

Ele acrescentou:

– É surpreendente como estava perto de nós.

– Seu braço está apoiado bem contra o local em que coloco minha cabeça.

– Sim – diz Paradis – seu braço direito onde está o relógio de pulso.

O relógio... Eu paro... É uma ideia, um sonho? Parece, sim, parece realmente, nesse momento que, antes de adormecer, há três dias, na noite em que estávamos muito cansados, eu ouvi algo parecido com um tique-taque de relógio e que até me perguntei de onde aquilo vinha.

– Talvez fosse esse o relógio que ouvia através da terra – diz Paradis, com quem compartilhei minhas reflexões. – Isso continua a pensar e a funcionar, mesmo quando o homem para. Claro, esse mecanismo não te conhece; sobrevive tranquilamente fazendo seu pequeno tempo girar.

Eu perguntei:

– Ele tem sangue nas mãos, mas onde foi atingido?

– Não sei. Na barriga, acho, parece que tinha algo escuro no fundo dele. Ou mesmo no rosto. Você não notou uma pequena mancha na bochecha?

Eu rememoro o rosto esverdeado e hirsuto do morto.

– Sim, na verdade, tem alguma coisa na bochecha. Sim, talvez ela tenha entrado ali...

– Atenção! –Paradis me diz apressadamente. – Olha ele! Não deveríamos ter ficado aqui.

Mas ficamos mesmo assim, indecisos, balançados, enquanto Joseph Mesnil avança diretamente em nossa direção. Ele nunca nos pareceu tão frágil. Vemos de longe sua palidez, seus traços contraídos, forçados; ele se curva ao andar e vai suavemente, oprimido pelo cansaço infinito e a ideia fixa.

– O que tem no rosto? – pergunta-me.

Ele me viu mostrar a Paradis o lugar da bala.

Eu finjo não entender, depois dou uma resposta evasiva qualquer.

– Ah! – ele responde com um ar absorto.

Nesse momento tenho uma preocupação: o cheiro. Nós o sentimos e não há como se enganar: ele revela um cadáver. E talvez vá se apresentar justamente...

Parece-me que de repente ele percebeu algo, o pobre chamado lamentável da morte.

Mas ele não diz nada, vai embora, e continua sua caminhada solitária, e desaparece na curva.

– Ontem – diz Paradis – ele também veio aqui com sua tigela cheia de arroz que ele não queria mais comer. Como se fosse de propósito, esse cretino aí, parou e zig!... De repente faz um gesto e fala em jogar o resto da sua comida por cima da encosta, bem no local onde o outro estava. Não aguentei isso aí, meu velho, barrei o braço dele na hora em que ele jogava o arroz pra cima e o arroz escorreu aqui, na trincheira. Meu velho, ele se voltou pra mim, furioso, todo vermelho: "O que é? Você não se revolta, às vezes?" ele me disse. Eu parecia um idiota e gaguejei sei lá o quê, que não tinha feito de propósito. Ele deu de ombros e me olhou com um ar superior. Depois foi embora. "Você viu, né?", ele disse a Montreuil que estava aí, "é um imbecil!" Você sabe que o pequeno não tem paciência, e resmunguei em vão; "Está bem, está bem", ele dizia saindo; e não fiquei satisfeito, entende, porque tinha feito tudo errado, mesmo tendo razão.

Subimos juntos novamente, em silêncio.

Entramos no abrigo onde os outros estão reunidos. É um antigo posto de comando e é espaçoso.

No momento de nos acomodarmos, Paradis presta atenção em algo.

– Nossas baterias trabalham pesado há uma hora, você não acha, não?

Eu entendo o que isso quer dizer, faço um gesto vago:

– Veremos, meu velho, veremos!

Dentro do abrigo, em frente a três ouvintes, Tirette conta histórias da caserna. Em um canto, Marthereau ronca; ele está perto da entrada, e, para descer, é preciso pular, suas pernas curtas que parecem entradas em seu tronco. Um grupo de jogadores de joelhos ao redor de um cobertor dobrado joga manilha.

– Minha vez!

– 40, 42! – 48! – 49! – Ótimo!

– Esse animal tem sorte, hein? Não é possível, você

roubou três vezes! Não vou mais jogar com você. Você está me dando uma coça essa noite, e no outro dia também, você trapaceou, seu monstrengo!

– Por que não descartou, lesma?!

– Só tinha o rei.

– Tinha a manilha de paus.

– É difícil, quero ver se tinha, escarradeira!

– Pois é, murmura, em um canto um ser que comia... Esse *camembert* custa vinte e cinco soldos, mas é uma droga: uma camada de grude fedido por cima e uma pasta quebradiça por dentro.

Enquanto isso, Tirette conta as humilhações que sofreu durante vinte e um dias por causa da agressividade de um certo major:

– Esse grande porco, meu velho, era o que tem de pior sobre a Terra. Todo mundo ficava mal quando ele aparecia ou quando a gente o via no escritório do chefe, instalado numa cadeira que seu corpo ocupava por inteiro, com sua pança enorme e seu quepe imenso, cercado de galões de cima a baixo, como um tonel. Ele era duro com o pessoal. Ele chamava Loeb – como um boche!

– Eu o conheci! – gritou Paradis. Quando a guerra começou, ele foi declarado inapto para o serviço militar, naturalmente. Enquanto recebia meu treinamento, ele já sabia se esconder em todo canto pra te pegar; um dia de prisão para cada botão desabotoado, e além disso, brigava com você na frente de todo mundo se tivesse qualquer coisa na roupa fora do regulamento – e todo mundo ria; ele achava que riam de você, mas você sabia que riam dele; mas mesmo assim seu destino era o xadrez.

– Ele tinha uma mulher – continua Tirette. – Essa velha...

– Eu também me lembro – exclamou Paradis – uma vaca!

– Tem quem carrega um cachorrinho, ele carregava essa bruxa amarelada pra cima e pra baixo, sabe, essas mulheres com quadris em forma de vassoura e o ar malvado. Era ela que atiçava o velho contra nós: sem ela, ele era mais bobo que malvado, mas quando ela estava lá, ele ficava mais malvado que bobo. Imagine o quanto brigavam...

Nesse momento, Marthereau que dormia perto da entrada, acorda com um vago gemido. Ele se endireita, sentado sobre a palha como um prisioneiro, e vemos sua silhueta barbuda formar uma sombra chinesa e seus olhos redondos que procuram, que giram na penumbra. Ele pensa no que acabou de sonhar.

Depois, passa sua mão sobre os olhos e, como se isso tivesse uma ligação com seu sonho, evoca a visão da noite na qual chegamos às trincheiras.

– Pois é – ele diz com uma voz cheia de sono e sonho – tinha vento nas velas naquela noite! Ah! Que noite! Todas essas tropas, companhias, regimentos inteiros que gritavam e cantavam subindo pela estrada! Víamos na claridade da sombra a confusão dos *poilus* que subiam, subiam – como a água do mar – e gesticulavam entre todos os comboios da artilharia e os carros de ambulância que cruzamos naquela noite. Nunca tinha visto tantos comboios na noite, nunca!

Depois ele bate com força no peito, senta-se com calma, resmunga, e não diz mais nada.

A voz de Blaire eleva-se, traduzindo a obsessão guardada no fundo dos homens:

– São quatro horas. É muito tarde para que algo aconteça do nosso lado hoje.

Um dos jogadores, do outro lado, interpela um outro ganindo:

– E então?! Joga ou não joga, verme?

Tirette continua a história de seu comandante:

– Um dia serviram pra gente na caserna uma comida nojenta. Meu velho, um negócio infecto. Então um homem pede pra falar com o capitão e põe a tigela embaixo do nariz dele.

– Imbecil! – exclamam do outro lado, com muita raiva. – Por que não jogou, então?

– "Ah, caramba!" É o que diz o capitão. "Tira isso do meu nariz. Isso fede mesmo".

– Não era meu jogo, berra uma voz descontente, mas insegura.

– E o capitão faz um relatório ao comandante. Mas o comandante, furioso, sacode o papel na mão. "O que é isso?", ele diz. "Onde está essa comida que causa tanta revolta e que eu vou provar?" Nós levamos em uma tigela própria. Ele funga. "Ora", ele diz, "está cheirosa! Que enfiem goela abaixo uma comida boa dessas!..."

– Não é seu jogo! Ele estava conduzindo. Truqueiro! Cretino! Dá azar, você sabe!

– Então, às cinco horas, na saída da caserna, meus dois amigos ficam plantados diante dos soldados que saem, tentando descobrir se tinha alguma coisa errada e ele dizia: "Ah, meus rapazes, quiseram tirar sarro de mim reclamando de uma comida excelente que eu ofereci a mim mesmo e à minha comandante, esperem um pouco pra ver se não vai ter troco!... Ei! Você aí, cabeludo, o grande artista, vem um pouco aqui!". E enquanto o cavalo falava assim, a égua, reta, dura como um pau, fazia: sim, sim, com a cabeça.

– Depende, porque ele não tinha a manilha, é outro caso.

– Mas de repente, ela fica branca que nem papel, põe a mão na barriga e começa a se sacudir e, de repente, ali no meio, na frente de todos os soldados que estavam ali, ela larga o guarda-chuva e começa a vomitar!

– Ei, atenção! – diz Paradis bruscamente. – Estão gritando na trincheira. Não estão ouvindo? Não estão gritando "alerta"?!

– Alerta! Está louco?

Mal terminamos de falar quando uma sombra se insinua na entrada baixa de nosso abrigo e grita:

– Alerta, 22ª! Às armas!

Um súbito silêncio. Depois algumas exclamações.

– Eu sabia – murmura Paradis entre os dentes, e se arrasta de joelhos, em direção ao orifício do montículo onde estamos abrigados.

Em seguida, as palavras param. Tornamo-nos mudos. Com pressa, vestimo-nos de qualquer jeito. Agitamo-nos, curvados ou ajoelhados; apertamos os cinturões; sombras de braços lançam-se de um lado a outro; colocamos os objetos nos bolsos. E saímos desordenadamente, puxando atrás de nós as mochilas pelas correias, as cobertas, as bolsas de comida.

Do lado de fora, ficamos surdos. A algazarra do tiroteio centuplicou-se, e nos envolve, pela direita, pela esquerda e pela frente. Nossas baterias estrondam sem parar.

– Você acha que eles atacam? – arrisca uma voz.

– Como é que vou saber?! – responde uma outra voz, brevemente, irritada.

As mandíbulas estão fechadas. Engolimos suas reflexões. Apressamo-nos, empurramo-nos, trombamo-nos, resmungando sem falar.

Uma ordem propaga-se:

– Mochila nas costas!

– Tem uma contraordem!... – grita um oficial que percorre a trincheira a passos largos, dando cotoveladas.

O resto de sua frase desaparece com ele.

Contraordem! Um tremor visível percorre as filas, um choque no coração faz as cabeças levantarem-se, imobiliza todo mundo em uma expectativa extraordinária.

Mas não: é uma contraordem apenas para as mochilas. Nada de mochila; a coberta enrolada ao redor do corpo, as ferramentas na cintura.

Desatamos as cobertas, arrancamo-las, enrolamo-las. Sempre sem palavras, cada um com o olho fixo, a boca impetuosamente fechada.

Os cabos e os sargentos, um pouco febris, vão para lá e para cá, agitando a pressa muda sobre a qual os homens se inclinam:

– Vamos, rápido! Vamos, vamos, o que está fazendo!? Você vai se apressar ou não?

Um destacamento de soldados, portando machados cruzados na manga como insígnia, abre passagem, e rapidamente, cava buracos na parede da trincheira. Nós os olhamos de lado enquanto terminamos de nos equipar.

– O que aqueles ali estão fazendo?

– É pra subir.

Estamos prontos. Os homens arrumam-se, sempre em silêncio, com suas cobertas ao redor do pescoço, o capacete preso ao queixo, apoiados em seus fuzis. Eu observo seus rostos enrugados, pálidos, profundos.

Não são soldados: são homens. Não são aventureiros, guerreiros, feitos para a carnificina humana – açougueiros ou gado. São trabalhadores e operários que reconhecemos em seus uniformes. São civis desenraizados. Eles estão prontos. Esperam pelo sinal da morte e do assassínio; mas vemos, contemplando seus rostos entre os raios verticais das baionetas, que são simplesmente homens.

Cada um sabe que vai levar sua cabeça, seu peito, sua barriga, todo seu corpo, nu por inteiro, aos fuzis apontados adiante, aos obuses, às granadas acumuladas e prontas, e sobretudo, à metódica e quase infalível metralhadora – a tudo que os espera e se cala terrivelmente lá longe – antes de encontrar os outros soldados que deverá matar.

Eles não são negligentes com sua vida como os bandidos, cegos de cólera como os selvagens. Apesar do modo como foram treinados, eles não estão excitados. Estão acima de qualquer explosão instintiva. Não estão embriagados, nem materialmente, nem moralmente. É em plena consciência, assim como em plena força e plena saúde, que eles se amontoam ali, para se jogar mais uma vez nessa espécie de papel de louco imposto a todo homem pela loucura do gênero humano. Vemos o que há de sonho e medo, e de adeus em seu silêncio, em sua imobilidade, na máscara de calma que lhes oprime o rosto de maneira sobre-humana.

Não é o tipo de herói no qual acreditamos, mas seu sacrifício tem um valor que jamais poderão entender aqueles que não os viram.

Eles esperam. A espera alonga-se, eterniza-se. De vez em quando, um ou outro, na fileira, estremece um pouco quando uma bala, atirada de frente, tocando o declive que nos protege, vem se enfiar na carne flácida do declive de trás.

O fim do dia espalha uma luz sombria e grandiosa nessa grande massa forte e intacta de vivos da qual uma parte viverá apenas até a noite. Chove – a chuva sempre se liga às minhas lembranças de todas as tragédias da grande guerra. O anoitecer prepara-se, assim como uma vaga ameaça gelada; ele vai armar contra os homens sua armadilha grande como o mundo.

*

Novas ordens espalham-se no boca a boca. Granadas enroladas em círculos de arame são distribuídas. "Que cada homem pegue duas granadas!"

O comandante passa. Ele é moderado nos gestos, está com roupas leves, contido, simples. Nós o ouvimos dizer:

– Boas-novas, minhas crianças. Os boches estão dando o fora. Vocês andaram bastante, hein?

As notícias passam por nós como o vento:

– Tem os marroquinos e a 21ª Companhia na frente. O ataque começou à nossa direita.

Os cabos são chamados para ver o capitão. Eles voltam com braçadas de ferro-velho. Bertrand apalpa-me. Ele engancha alguma coisa em um botão do meu casaco. É uma faca de cozinha.

– Estou colocando isso no seu casaco – diz.

Ele me olha, depois se vai, procurando outros homens.

– Eu! – diz Pépin.

– Não – diz Bertrand. – É proibido pegar voluntários pra isso.

– Vá se foder! – rosna Pépin.

Nós esperamos, no fundo do espaço chuvoso, martelado de tiros e sem nenhuma fronteira que não seja o longínquo bombardeio imenso. Bertrand terminou sua distribuição e retorna. Alguns soldados estão sentados e alguns bocejam.

O ciclista Billette esgueira-se diante de nós, carregando no braço um casaco de chuva de um oficial, e desviando visivelmente a cabeça.

– Você não vai? – Cocon grita para ele.

– Não, não vou – diz o outro. – Eu sou da 17ª. O Quinto Batalhão não está atacando!

– Ah! Sempre com sorte, o Quinto Batalhão. Nunca como nós!

Billette já está longe e os rostos fazem algumas caretas ao verem-no desaparecer.

Um homem chega correndo e fala com Bertrand. Bertrand, então, vira-se para nós.

– Vamos lá – ele diz – é nossa vez.

Todos agitam-se de uma vez. Colocamos o pé nos degraus preparados pelos sapadores e, com a ajuda dos cotovelos, elevamo-nos para fora do abrigo da trincheira e subimos no parapeito.

*

Bertrand está de pé no campo em declive. Com um rápido olhar, ele nos reúne. Quando estamos todos ali, ele diz:

– Vamos, adiante!

As vozes têm uma ressonância estranha. Essa partida foi muito rápida, inesperada diríamos, como em um sonho. Nada de assobios no ar. No enorme rumor do canhão, distinguimos muito bem o silêncio extraordinário das balas ao nosso redor...

Descemos o terreno escorregadio e desigual com gestos automáticos, às vezes com a ajuda do fuzil aumentado pela baioneta. Os olhos engancham-se maquinalmente a qualquer detalhe do declive, às suas terras destruídas que jazem, aos seus raros piquetes descarnados que apontam, aos seus destroços nos buracos. É inacreditável estar de pé em pleno dia nessa descida onde alguns sobreviventes se lembram de terem andado imersos na sombra com tantas precauções, onde outros só arriscaram olhares furtivos nos postos de observação. Não... Não há tiroteio contra nós. A grande saída da terra do batalhão parece ter passado despercebida! Essa treva está cheia de uma ameaça enorme. A claridade pálida ofusca-nos.

A encosta, por todos os lados, está coberta por homens que começam a descer ao mesmo tempo que nós. À direita desenha-se a silhueta de uma companhia que ganha o barranco pelo corredor 97, uma antiga obra alemã em ruínas.

Nós atravessamos nossos arames pelas passagens. Ainda não atiram em nós. Desajeitados, caem e se levantam. Nós nos reagrupamos do outro lado da rede, depois começamos a descer o declive mais rapidamente: uma aceleração instintiva é produzida pelo movimento. Algumas balas, então, chegam entre nós. Bertrand grita para que economizemos as granadas, esperemos até o último momento.

Mas o som da sua voz está distante. Bruscamente, diante de nós, em toda a largura da descida, chamas escuras surgem enchendo o ar com detonações terríveis. Em linha, da esquerda para a direita, fogos brilham no céu, explosivos saem da terra. É uma cortina assustadora que nos separa do mundo, nos separa do passado e do futuro. Paramos, plantados no chão, estupefatos pela súbita nuvem que estronda por toda parte; depois um esforço simultâneo levanta nossa massa e a joga para frente, muito rapidamente. Tropeçamos, seguramo-nos uns nos outros, dentro dos grandes fluxos de fumaça. Com barulhos estridentes e ciclones de terra pulverizada, em direção ao fundo, para onde nos apressamos desordenadamente, vemos abrirem-se crateras aqui e ali, umas ao lado das outras, umas dentro das outras. Depois não sabemos mais onde caem as descargas. Rajadas desencadeiam-se tão monstruosamente retumbantes que nos sentimos aniquilados apenas pelo barulho dessas enxurradas de trovões, dessas grandes estrelas de detritos que se formam no ar. Vemos, sentimos os estilhaços passarem perto da cabeça com seus gritos de ferro quente na água. O sopro de uma explosão queimou tanto as minhas mãos que solto, subitamente, meu fuzil. Eu o recolho cambaleando e parto novamente com a cabeça baixa na tempestade de luzes amareladas, na chuva esmagadora de lavas, perturbado pelos jatos de poeira e fuligem. A estridência dos estilhaços que passam machuca os ouvidos, bate na nuca, atravessa as têmporas, e não conseguimos segurar o grito sob essa opressão. Temos o coração sobressaltado, retorcido pelo odor de enxofre. Os sopros da morte empurram-nos, erguem-nos, balançam-nos. Saltamos; não sabemos onde andamos. Os olhos piscam, cegam-se e choram. Diante de nós, a vista é obstruída por uma avalanche fulgurante que toma todo o lugar.

É a barragem. É preciso passar nesse turbilhão de chamas e nessas horríveis nuvens verticais. Passamos. Passamos ao acaso; eu vi, aqui e ali, formas rodopiarem, elevarem-se e descerem, iluminadas por um brusco reflexo que vinha de longe. Entrevi rostos estranhos que emitiam espécies de gritos, que eu vislumbrava sem ouvir, na algazarra da destruição. Uma fogueira com imensas e furiosas massas vermelhas e negras caía ao meu redor, cavando a terra, tirando meu chão, e me jogando para o lado como um brinquedo que ricocheteia. Lembro-me de ter pulado um cadáver que queimava, todo negro, com uma toalha de sangue vermelho que crepitava sobre si, e lembro também que as abas do casaco que se movia perto de mim tinham pegado fogo e deixavam um rastro de fumaça. À nossa direita, ao longo de todo corredor 97, tínhamos o olhar atraído e ofuscado por uma fila de luminosidades terríveis, cerradas umas contra as outras, como os homens.

– Adiante!

Agora, quase corremos. Vemos os que caem de uma vez, com o rosto para frente; outros são derrotados com humildade, como se sentassem no chão. Fazemos bruscos desvios para evitar os mortos estirados, sábios e rijos, ou ainda empinados, e também as armadilhas mais perigosas, os feridos que se debatem e se penduram em nós.

O Corredor Internacional!

Estamos ali. Os arames foram desenterrados com suas longas raízes torcidas, jogados e enrolados, varridos, empurrados em grandes montes pelo canhão. Entre esses grandes arbustos de arame úmidos pela chuva, a terra está aberta, livre.

O corredor não está sob defesa. Os alemães abandonaram-no, ou uma primeira onda já passou... O interior está eriçado por fuzis posicionados ao longo do declive. No fundo, há cadáveres espalhados. Na confusão da longa fossa, emergem mãos estendidas fora das mangas cinza com adornos vermelhos e pernas com botas. Em alguns lugares, a encosta está tombada; o revestimento de madeira, destruído; todo o flanco da trincheira, esburacado, submerso em uma mistura indescritível. Em outros locais, poços redondos escancaram-se. Eu guardei, sobretudo, desse momento, a visão de uma trincheira estranhamente aos trapos, coberta por farrapos multicores: para confeccionar seus sacos de terra, os alemães utilizaram panos de algodão, de lã com desenhos pintados, pilhados de alguma loja de tecidos. Toda essa confusão de retalhos coloridos, rasgados, desfiados, pende, bate, flutua e dança em frente aos nossos olhos.

Nós nos espalhamos pelo corredor. O tenente, que saltou do outro lado, inclina-se e nos chama gritando e fazendo sinais:

– Não fiquem aí! Adiante! Sempre adiante!

Escalamos a encosta do corredor com a ajuda dos sacos, das armas, das costas ali empilhadas. No fundo do barranco, o solo está lavrado de tiros, atulhado de destroços, formigando de corpos estendidos. Alguns têm a imobilidade das coisas; outros são agitados por movimentos doces ou convulsivos. Os tiros de barragem continuam a acumular suas descargas infernais atrás de nós, na região que ultrapassamos. Mas ali onde estamos, ao pé do outeiro, é um ponto morto para a artilharia.

Vaga e breve calmaria. Deixamos de ser surdos por um tempo. Nós nos olhamos. Há febre nos olhos, sangue nos rostos. A respiração ressoa e os corações batem nos peitos.

Reconhecemo-nos confusamente, na pressa, como se nos encontrássemos cara a cara, em um pesadelo, às margens da morte. Dizemos, nessa clareira do inferno, algumas palavras apressadas:

– É você!
– Ah! Que sufoco!
– Onde está Cocon?
– Não sei.
– Viu o capitão?
– Não...
– Tudo bem?
– Sim...

O fundo do barranco é atravessado. A outra vertente surge. Nós a escalamos em fila indiana, por uma tosca escada na terra.

– Atenção!

É um soldado que, ao chegar à metade da escada, atingido nas costas por um estilhaço de obus vindo de longe, cai, como um nadador, despenteado, os dois braços à frente. Distinguimos a silhueta disforme dessa massa que mergulha no abismo; entrevejo o detalhe de seus cabelos bagunçados acima do perfil negro de seu rosto.

Caminhamos para cima.

Um grande vazio incolor estende-se diante de nós. A princípio, não vemos nada além de uma estepe pálida e pedregosa, amarela e cinza a perder de vista. Nenhum fluxo humano precede o nosso; à nossa frente, nenhum vivo, mas o solo está povoado de mortos: cadáveres recentes que ainda reproduzem a dor ou o sono, detritos antigos já descoloridos e espalhados ao vento, quase digeridos pela terra.

Assim que nossa fila lançada, sacudida, emerge, sinto que dois homens perto de mim são atingidos, duas sombras caem por terra rapidamente, rolam sob nossos pés, uma com um grito agudo, a outra em silêncio como um boi. Um outro desaparece em um gesto de loucura, como se tivesse sido levado. Nós nos apertamos instintivamente empurrando uns aos outros adiante, sempre adiante; a ferida, em nossa multidão, fecha-se sozinha. O ajudante para, levanta seu sabre, solta-o, e ajoelha-se; seu corpo ajoelhado inclina-se para trás por movimentos bruscos, seu capacete cai sobre os pés, e ele fica ali, com a cabeça nua, o rosto voltado para o céu. A fila abriu-se rapidamente em seu impulso, para respeitar essa imobilidade.

Mas não vemos mais o tenente. Nenhum chefe, então... Uma hesitação retém a onda humana que começa a bater na superfície. Ouvimos a respiração rouca dos pulmões durante a parada.

– Adiante! – grita um soldado qualquer.

Então continuamos todos adiante, com uma pressa crescente, a corrida ao abismo.

*

– Onde está Bertrand? geme penosamente uma das vozes que correm adiante.

– Ali! Aqui...

Ele debruçara-se sobre um ferido, ao passar, mas deixa rapidamente esse homem que lhe estende os braços e parece soluçar.

É no momento em que ele nos reúne que ouvimos, diante de nós, saindo de um tipo de monte, o tac-tac da metralhadora. É um momento angustiante, mais grave ainda do que aquele no qual atravessamos o estremecimento da terra incendiada da barragem. Essa conhecida voz nos fala claramente e assustadoramente no espaço. Mas não paramos mais.

– Avancem, avancem!

A falta de fôlego traduz-se em gemidos roucos e continuamos a nos jogar no horizonte.

– Os boches! Eu os vejo! – diz de repente um homem.

– Sim... As cabeças deles, ali, acima da trincheira... A trincheira é ali, naquela linha. É muito perto. Ah! Canalhas!

Distinguimos, na verdade, pequenos capuzes cinza que sobem e descem no nível do solo, a mais ou menos cinquenta metros, para além de uma faixa de terra escura sulcada e desigual.

Um sobressalto levanta os que formam o grupo em que estou agora. Tão perto do fim, ilesos até ali, não conseguiremos? Sim, conseguiremos! Damos largas passadas. Não ouvimos mais nada. Cada um se lança adiante, atraído pelo terrível fosso, rijo e adiante, praticamente incapaz de virar a cabeça para a direita ou para a esquerda.

Percebemos que muitos perdem o chão e caem por terra. Salto para o lado para evitar a baioneta bruscamente levantada de um fuzil que cai. Bem perto de mim, Farfadet, com o rosto sangrando, ergue-se, empurra-me, joga-se sobre Volpatte que está do meu lado, e agarra-se a ele. Volpatte curva-se e, mantendo o impulso, arrasta-o consigo por alguns passos, depois o sacode e se livra dele, sem olhar para ele, sem saber quem ele é, jogando-o com uma voz entrecortada, quase asfixiada pelo esforço:

– Me larga, me larga, pelo amor de Deus! Vão te ajudar já, já. Não se preocupe.

O outro desaba, e seu rosto coberto por uma máscara vermelha, da qual toda expressão foi arrancada, vira-se de um lado pro outro – enquanto Volpatte, já longe, repete maquinalmente entre dentes: "Não se preocupe", o olho fixo para a frente, para a linha.

Uma nuvem de balas esguicha ao meu redor, multiplicando as paradas súbitas, as quedas lentas, revoltadas, cheias de gestos, os mergulhos em bloco com todo o fardo do corpo, os gritos, as exclamações surdas, raivosas, desesperadas ou mesmo os "han!" terríveis e ocos nos quais a vida inteira é exalada de uma vez. E nós, que ainda não fomos atingidos, olhamos para frente, andamos, corremos, entre as jogadas da morte que ataca ao acaso toda nossa carne.

Os arames. Há uma zona intacta. Nós a contornamos. Ela está estripada em uma larga passagem profunda: é um funil colossal formado por funis justapostos, uma fantástica boca de vulcão escavada ali pelo canhão.

O espetáculo dessa desordem é surpreendente. Realmente parece que aquilo vem do centro da terra. A aparição de semelhante rompimento de camadas do solo aguilhoa nosso ardor de ataque, e alguns não conseguem deixar de gritar, com um sombrio aceno da cabeça, nesse momento em que as palavras são dificilmente arrancadas das gargantas:

– Ah! Caramba, acabamos com eles aqui! Ah! Caramba!

Como que empurrados pelo vento, subimos e descemos, a critério das ondulações e dos montes de terra, nessa brecha desmedida do solo que foi sujo, escurecido, cauterizado pelas chamas violentas. A terra cola-se aos nossos pés. Nós a arrancamos com raiva. Os equipamentos, os tecidos que forram o solo mole, a roupa que se espalhou para fora das bolsas rasgadas, não deixam que atolemos e temos o cuidado de pôr os pés nesses destroços quando pulamos os buracos ou quando escalamos os montículos.

Atrás de nós, vozes empurram-nos:

– Adiante, rapazes, adiante! Pelo amor de Deus!

– Todo regimento está atrás de nós! – gritam.

Nós não viramos para ver, mas essa segurança eletriza mais uma vez nossa caminhada.

Não há mais capacetes visíveis atrás da encosta da trincheira da qual nos aproximamos. Cadáveres de alemães despedaçam-se adiante – empilhados como pontos ou estendidos como linhas. Chegamos. A encosta define-se com suas formas dissimuladas, seus detalhes: os postos de observação... Estamos prodigiosamente, inacreditavelmente próximos...

Alguma coisa cai à nossa frente. É uma granada. Com um chute, o cabo Bertrand a devolve tão bem que ela salta adiante e vai explodir bem na trincheira.

É com esse chute feliz que o pelotão aborda a fossa.

Pépin apressa-se de bruços. Ele avança em volta de um cadáver. Atinge a borda, enterra-se. Foi ele quem entrou primeiro. Fouillade, que faz grandes gestos e grita, pula no buraco quase no momento em que Pépin escorrega para dentro... Eu entrevejo – no tempo de um relâmpago – toda uma fileira de demônios escuros, abaixando-se e se agachando para descer, sobre o topo da encosta, na borda da armadilha negra.

Uma salva terrível explode em nosso rosto, à queima-roupa, jogando na nossa frente uma súbita ladeira de chamas ao longo de toda extremidade. Após um momento de atordoamento, sacudimo-nos e gargalhamos diabolicamente: a descarga passou muito alto. E imediatamente, com exclamações e urros de liberdade, deslizamos, rolamos, caímos vivos no ventre da trincheira!

*

Uma fumaça incompreensível submerge-nos. No abismo apertado, vejo inicialmente apenas uniformes azuis. Vamos em uma direção, depois em outra, empurrados uns pelos outros, ralhando, procurando. Voltamos e, com as mãos atrapalhadas pela faca, as granadas e o fuzil, não sabemos, a princípio, o que fazer.

– Os canalhas estão nos abrigos deles! – vociferam.

Detonações surdas abalam o solo: isso acontece sob a terra, nos abrigos. Somos separados, de repente, por massas monumentais de uma fumaça tão espessa que formam uma máscara e não vemos mais nada. Nós nos debatemos como afogados, através dessa atmosfera tenebrosa e amarga, em um pedaço da noite. Tropeçamos em recifes de seres agachados, enovelados, que sangram e gritam, no fundo. Entrevemos as paredes com dificuldade, todas retas aqui, e feitas de sacos de terra em tecido branco – que está rasgado em toda parte como papel. Em alguns momentos, o pesado vapor tenaz mexe-se e suaviza-se, e vemos a multidão agressora fervilhar... Arrancada do quadro poeirento, a silhueta de um corpo a corpo se desenha na encosta, em uma bruma, e se abaixa, enterra-se. Ouço alguns gritos "*Kamerad!*" emanando de um bando de cabeças pálidas e com roupas cinza acuado em um canto que uma abertura torna enorme. Sob a nuvem de tinta, a tempestade de homens reflui, sobe na mesma direção, para a direita, para a esquerda, com saltos bruscos e torvelinhos, ao longo do sombrio cais arruinado.

*

E de repente, sentimos que se acabou. Vemos, ouvimos, entendemos que nossa onda que rolou até aqui através das barragens não encontrou uma onda igual, e que eles se dobraram com a nossa chegada. A batalha humana desfez-se diante de nós. A fina cortina de defensores esmigalhou-se nos buracos, nos quais os pegamos como ratos ou os matamos. Nenhuma resistência: o vazio, um grande vazio. Avançamos, empilhados, como uma terrível fila de espectadores.

E aqui, a trincheira está toda fulminada. Com seus muros brancos desmoronados, ela parece, nessa região, a marca lamacenta, amolecida, de um rio aniquilado nas suas margens pedregosas e, em alguns lugares, com o buraco plano e arredondado de um lago também seco; e na beira, na encosta e no fundo, arrasta-se uma longa geleira de cadáveres – e tudo isso se enche e transborda de novos fluxos da nossa tropa que arrebenta. Na fumaça vomitada pelos abrigos e no ar agitado pelas explosões subterrâneas, chego a uma massa compacta de homens enganchados uns nos outros ao redor de um círculo alargado. No momento em que chegamos, toda massa desaba, esse resto de batalha agoniza; vejo Blaire surgir, o capacete preso ao pescoço pela tira, o rosto esfolado, e ele dá um urro selvagem. Eu me choco com um homem que está preso ali na entrada de um abrigo. Sumindo diante da armadilha negra escancarada e traiçoeira, ele se segura com a mão esquerda no montante. Com a direita, balança uma granada durante muitos segundos. Ela vai explodir... Ela desaparece no buraco. O engenho explodiu assim que chegou, e um horrível eco humano respondeu a ele nas entranhas da terra. O homem pega uma outra granada.

Um outro, com uma picareta encontrada ali, bate e despedaça os montantes da entrada de um outro abrigo. Um desmoronamento da terra ocorre e a entrada fica obstruída. Vemos várias sombras pisarem e gesticularem sobre esse túmulo.

Um, outro... Do bando vivo que até aqui, até essa trincheira tão perseguida, chegou aos trapos, após ter se chocado com obuses e balas invencíveis lançadas ao seu encontro, mal reconheço aqueles que conheço, como se todo o resto da vida tivesse se tornado, de repente, muito longínquo. Alguma coisa os molda e os modifica. Um frenesi agita a todos e os faz sair deles mesmos.

– Por que paramos aqui? – diz um deles, rangendo os dentes.

– Por que não vamos até outra? – Pergunta-me o segundo cheio de fúria. – Agora que chegamos, em um pulo estaríamos lá!

– Eu também quero continuar!

– Eu também. Ah! Canalhas!

Eles se agitam como bandeiras, carregando como glória a sorte de terem sobrevivido, implacáveis, exuberantes, inebriados com eles mesmos.

Paramos, caminhamos sobre o campo conquistado, essa estranha via em demolição que serpenteia na planície e vai de desconhecido a desconhecido.

– Avancem à direita!

Então continuamos a escoar em uma direção. Sem dúvida, é um movimento combinado lá em cima, lá longe, pelos chefes. Pisamos nos corpos moles entre os quais alguns se mexem e mudam lentamente de lugar, e de onde saem apressadamente riachos e gritos. Os cadáveres estão empilhados ao longo do caminho, transversalmente, como vigas e escombros, sobre os feridos; pesam sobre eles, sufocam-nos, estrangulam-nos e tomam suas vidas. Eu empurro, para passar, um tronco degolado cujo pescoço é uma fonte de sangue que geme.

Não encontramos mais, na catástrofe das terras desmoronadas ou em pé e dos detritos maciços, por cima do fervilhar de feridos e mortos que se mexem juntos, através da móvel floresta de fumaça implantada na trincheira e em toda zona ao redor, que rostos inflamados, com seu suor sangrento, com os olhos brilhando. Grupos parecem dançar brandindo suas facas. Eles são belos, imensamente firmes, ferozes.

A ação desfaz-se inconscientemente. Um soldado diz:

– E então, o que temos pra fazer agora?

Ela se reacende subitamente em um ponto: a mais ou menos vinte metros na planície, na direção de um circuito formado pela encosta cinzenta, uma série de tiros de fuzil crepita e joga seu fogo esparso ao redor de uma metralhadora que, enterrada, cospe intermitentemente e parece se debater.

Sob a asa de carvão de uma espécie de nuvem azulada e amarela, vemos homens que cercam a fulgurante máquina e se apertam contra ela. Eu distingo, perto de mim, a silhueta de Mesnil Joseph que, de pé, sem tentar se esconder, dirige-se ao ponto no qual as sequências bruscas de explosão ladram.

Uma detonação jorra de um canto da trincheira, entre nós dois. Joseph para, oscila, abaixa-se, e cai sobre um joelho. Eu corro em sua direção, ele me vê chegar.

– Não é nada: a coxa... Posso rastejar sozinho.

Ele parece se tornar sensato, infantil, dócil. Ondula suavemente em direção aos buracos...

Ainda vejo, exatamente, o ponto de onde veio o tiro que o atingiu. Deslizo ali, pela esquerda, fazendo um desvio.

Ninguém. Encontro apenas um dos nossos que procura como eu. É Paradis.

Somos empurrados por homens que carregam no ombro ou embaixo do braço peças de ferro de todas as formas. Eles entulham a sapa e nos separam.

– A metralhadora foi levada pela Sétima! – gritam. – Não vai mais ladrar. Ela estava furiosa: uma besta-fera! Besta-fera!

– O que tem pra fazer agora?

– Nada.

Ficamos ali, a esmo. Sentamos. Os vivos pararam de ofegar, os mortos terminaram de agonizar, rodeados de fumaças e luzes, e do estrondo do canhão, rodando por todos os cantos do mundo. Não sabemos mais onde estamos. Não há mais terra, nem céu; sempre e somente uma espécie de névoa. Um primeiro tempo de parada desenha-se no drama do caos. Faz-se um abrandamento universal de movimentos e barulhos. E o bombardeio diminui, e está mais longe agora, sacudindo o céu como uma tosse. A exaltação apazigua-se, só resta a infinita fadiga que retorna e nos afoga, e a espera infinita que recomeça.

*

Onde está o inimigo? Ele deixou corpos por toda parte e vimos fileiras de prisioneiros: lá, ainda se projeta uma delas, monótona, indefinida e esfumaçada no céu sujo. Mas o grosso parece ter se dissipado ao longe. Alguns obuses chegam por aqui, por ali, desajeitadamente: nós achamos graça. Estamos livres, tranquilos, sós, nessa espécie de deserto no qual uma imensidão de cadáveres termina em uma linha de vivos.

A noite chegou. A poeira se foi, mas deixou lugar à penumbra e à sombra, na desordem da multidão ao longo estendida. Os homens aproximam-se, sentam-se, levantam-se, andam, apoiados ou pendurados uns nos outros. Entre os abrigos, bloqueados por uma confusão de mortos, agrupamo-nos, agachamo-nos. Alguns colocaram seus fuzis no chão e vagam pelas margens da fossa, os braços balançando: de perto, vemos que estão escuros, queimados, os olhos vermelhos e marcados de lama. Não falamos muito, mas começamos a pensar.

Vemos os padioleiros, cujas silhuetas recortadas procuram, inclinam-se, avançam, presos dois a dois aos seus longos fardos. Lá adiante, à nossa direita, ouvimos golpes de picareta e pá.

Eu erro no meio desse caos sombrio.

Em um local onde a encosta da trincheira, esmagada pelo bombardeio, forma um declive suave, alguém está sentado. Uma vaga claridade ainda reina. A atitude calma desse homem, que olha para a frente e pensa, parece-me escultural e chama minha atenção. Eu o reconheço ao me inclinar. É o cabo Bertrand.

Ele vira o rosto em minha direção e sinto que ele sorri para mim, com seu sorriso pensativo, na escuridão.

– Eu ia te procurar, ele me diz. Estamos organizando a guarda da trincheira, esperando ter notícias do que os outros fizeram e do que está acontecendo na frente. Vou te colocar como sentinela dupla com Paradis, em um buraco de escuta que os sapadores acabaram de cavar.

Contemplamos as sombras dos passantes e dos imóveis, que se desenham em manchas de tinta, curvados, dobrados em diversas posições, sob o céu cinzento, ao longo do parapeito em ruína. Eles formam uma tenebrosa agitação estranha, encolhidos como insetos e vermes, entre essas campanhas escondidas pela sombra, pacificados pela morte, onde as batalhas formam, há dois anos, cidades de soldados que erram e param em necrópoles desmedidas e profundas.

Dois seres obscuros passam na sombra, a alguns passos de nós; eles conversam à meia-voz.

– Sabe, meu velho, em vez de ouvi-lo, enfiei minha baioneta tão fundo na barriga que não dava mais pra tirar.
– Tinha quatro no fundo do buraco. Chamei pra eles saírem; conforme saíam, eu matava. Eu tinha sangue descendo até o cotovelo. Minhas mangas estão coladas.
– Ah! – continua o outro. – Quando contarmos isso mais tarde, se voltarmos, aos outros em casa, no aconchego, quem vai acreditar? Não é uma desgraça?
– Não estou nem aí, quero é voltar – diz o outro. – Que isso acabe rápido.

Bertrand falava pouco geralmente, e nunca falava de si próprio. Entretanto, ele diz:
– Tive três nos braços. Ataquei como um louco. Ah! Agimos como animais quando chegamos aqui!

Sua voz elevava-se com um tremor contido.
– Era preciso – ele diz. – Era preciso – para o futuro.

Ele cruzou os braços, balançou a cabeça.
– O futuro! – ele gritou de repente como um profeta. – Com que olhos os que viverem depois de nós e cujo progresso – que vem como o destino – terá, finalmente, equilibrado as consciências, verão esses assassinatos e essas façanhas que nem mesmo nós entendemos, nós que os cometemos, se podemos compará-los aos atos de heróis de Plutarco e Corneille, ou às façanhas de marginais?!

"E, no entanto", continuou Bertrand, "olhem! Há uma figura que se elevou acima da guerra e que brilhará pela beleza e importância de sua coragem..."

Eu escutava, apoiado em um bastão, inclinado sobre ele, acolhendo essa voz que saía, no silêncio do crepúsculo, de uma boca quase sempre silenciosa. Ele gritou com uma voz clara:
– Liebknecht! [20]

---

20 Karl Liebknecht (1871-1919), deputado socialista alemão, opositor da guerra. Com o fracasso da revolta espartaquista no imediato pós-guerra, ele e Rosa Luxemburgo, seus líderes, foram assassinados por milícias (*Freikorps*) com a conveniência do governo da República de Weimar. (N. E.)

Levantou-se, os braços sempre cruzados. Seu belo rosto, também profundamente sério como o rosto de uma estátua, recai sobre seu peito. Mas ele sai de seu marmóreo mutismo mais uma vez para repetir:

– O futuro! O futuro! A obra do futuro será apagar esse presente aqui, apagar para nunca mais pensar nele, apagar como algo abominável e vergonhoso. E, no entanto, esse presente, era necessário, era necessário! Vergonha à glória militar, vergonha aos exércitos, vergonha ao trabalho do soldado, que transforma os homens ora em vítimas estúpidas ora em carrascos ignóbeis. Sim, vergonha: é verdade, mais que verdade, verdade na eternidade, ainda não para nós. Atenção ao que pensamos agora! Será verdade quando houver uma bíblia realmente verdadeira. Será verdade quando for escrita entre as outras verdades que a purificação do espírito permitirá, ao mesmo tempo, que compreendamos. Ainda estamos perdidos e exilados longe dessas épocas. Em nossos dias atuais, em momentos assim, essa verdade é apenas um erro; essa palavra santa, apenas uma blasfêmia!

Ele deu uma risada cheia de ressonâncias e sonhos.

– Uma vez, disse a vocês que acreditava nas profecias – para fazê-los andar.

Eu me sentei ao lado de Bertrand. Esse soldado, que sempre havia feito mais que seu dever e, no entanto, ainda sobrevivia, enchia meus olhos, nesse momento, com a atitude daqueles que encarnam uma grande ideia moral e têm a força de se livrar da confusão das contingências, e que são destinados, mesmo que não façam parte de um grande acontecimento, a dominar sua época.

– Eu sempre pensei todas essas coisas – eu murmurei.

– Ah! – fez Bertrand.

Nós nos olhamos sem uma palavra, com um pouco de surpresa e recolhimento. Após esse grande silêncio, ele continua:

– Está na hora de começar o serviço. Pegue o seu fuzil e venha.

*

... De nosso buraco de escuta, vemos a leste um brilho de incêndio se propagar, mais azulado, mais triste que um incêndio. Ele risca o céu abaixo de uma longa nuvem escura que se estende, suspensa, como a fumaça de um grande fogo apagado, como uma marca imensa sobre o mundo. É a manhã que retorna.

Faz tanto frio que não conseguimos ficar parados apesar do peso do cansaço. Tremamos, arrepiamo-nos, rangemos os dentes, lacrimejamos. Pouco a pouco, com uma lentidão desesperadora, o dia escapa do céu na magra moldura das nuvens negras. Tudo está congelado, incolor e vazio; um silêncio de morte reina por toda parte. Há geada, neve, sob um fardo de bruma. Tudo está branco. Paradis se mexe, é um grande fantasma pálido. Nós também estamos todos brancos. Eu tinha colocado minha bolsa apoiada no outro lado do parapeito da escuta, e ela parecia envolta por papel. No fundo do buraco, um pouco de neve flutua, corroída, pintada de cinza, banhando os pés escuros. Fora do buraco, sobre os empilhamentos, nas escavações, por cima da multidão de mortos, forma-se uma musselina de neve.

Duas massas baixas esfumam-se, onduladas, através da neblina: elas se escurecem e chegam até nós, saudando-nos. Esses homens vêm nos substituir. Eles têm o rosto marrom-avermelhado e úmido de frio, as maçãs do rosto como telhas esmaltadas, mas seus capotes não estão com neve: eles dormiram embaixo da terra.

Paradis se alça para fora. Sigo suas costas de boneco de neve pela planície, e o andar de pato de seus sapatos que apanham montes brancos como solas de feltro. Nós chegamos, curvados, à trincheira: os passos dos que nos substituíram estão marcados em preto sobre a fina branquidão que recobre o solo.

Na trincheira sobre a qual, em alguns locais, os toldos brocados com veludo branco ou ondulados pela geada estão estendidos com a ajuda de piquetes, em vastas tendas irregulares, erguem-se, aqui e ali, os vigias. Entre eles, formas agachadas, que gemem, tentam lutar contra o frio, proteger a pobre lareira de seu peito, ou estão simplesmente congelados. Um morto caiu, de pé, um pouco de lado, com os pés na trincheira, o peito e os dois braços deitados na encosta. Ele abraçava a terra quando morreu. Seu rosto, voltado para o céu, está coberto por uma lepra de gelo, a pálpebra branca como o olho, o bigode revestido por uma baba dura.

Outros corpos dormem, menos embranquecidos que os demais; a camada de neve só está intacta sobre as coisas: objetos e mortos.

– Temos que dormir.

Paradis e eu procuramos um abrigo, um buraco em que pudéssemos nos esconder e fechar os olhos.

– Nem ligo se tiver cadáveres no abrigo – resmunga Paradis. – Nesse frio eles se conservam, não fazem mal.

Nós avançamos, tão cansados que nossos olhares se arrastam pelo chão.

Eu estou sozinho. Onde está Paradis? Deve ter se deitado em qualquer buraco. Talvez tenha me chamado sem que eu tenha ouvido.

Encontro Marthereau.

– Estou procurando onde dormir; estava de guarda, – ele me diz.

– Eu também. Vamos procurar.

– Que barulho e confusão são esses? – pergunta Marthereau.

Um murmúrio de marcha e de vozes amontoadas transborda do corredor que desemboca ali.

– Os corredores estão cheios de homens e tipos... Quem é você?

Um daqueles entre os quais nos encontramos subitamente misturados, responde:

– Somos o Quinto Batalhão.

Os recém-chegados fazem a pausa. Estão de uniforme. Aquele que falou senta-se para tomar fôlego, nas redondezas de um saco de terra que ultrapassa o alinhamento, e põe suas granadas perto dos pés. Ele limpa o nariz na parte de dentro de sua manga.

– O que vêm fazer por aqui? Disseram?

– Claro que disseram: viemos para atacar. Vamos pra lá, até o fim.

Com a cabeça, ele indica o norte.

A curiosidade que os contempla se prende a um detalhe:

– Trouxeram todas as coisas?

– A gente preferiu trazer, é isso.

– Adiante! – eles recebem a ordem.

Eles se levantam e avançam, mal acordados, os olhos inchados, as rugas desenhadas. Há jovens com o pescoço magro e os olhos vazios, e velhos, e no meio, homens comuns. Eles andam com um passo comum e pacífico. O que vão fazer parece-nos – a nós que o fizemos na véspera – acima das forças humanas. E, no entanto, eles vão para o norte.

– O despertar dos condenados – diz Marthereau.

Nós nos afastamos deles, com uma espécie de admiração e uma espécie de terror.

Após passarem, Marthereau balança a cabeça e murmura:

– Do outro lado, também estão se aprontando, com seus uniformes cinza. Você acha que eles lamentam pelo ataque, aqueles lá? Está louco? Por que vieram, então? Não é culpa deles, sei bem, mas é mesmo assim porque são eles que estão aqui... Eu sei bem, sei bem, mas tudo isso é estranho.

A vista de um passante muda o rumo de suas ideias:

– Olha, lá vem o grandão, conhece? Como ele é imenso e pontudo! Quanto a mim, sei que não sou grande o suficiente, mas ele é muito alto. Ele sempre sabe de tudo, esse grandalhão! Sabendo de tudo, ninguém melhor que ele. Vamos perguntar sobre um abrigo.

– Se tem um teto? – responde o passante erguendo-se ao se inclinar sobre Marthereau como um álamo. – Claro, meu velho *Caparthe*. Só tem. Olha, ali – e, estendendo o cotovelo, gesticula como se estivesse fazendo sinais de telégrafo – Vivenda *Von Hindenburg*, e aqui: Vivenda *Glücks auf.* Se não gostarem é porque são difíceis de agradar. Talvez tenha alguns locatários no fundo, mas locatários imóveis, e podem falar alto na frente deles, você sabe!

– Ah, pelo amor de Deus!... – exclamou Marthereau quinze minutos depois que nos instalamos em uma dessas fossas quadradas, – ele não tinha falado desses locatários, aquele enorme e horroroso para-raios, aquele arranha-céu!

Suas pálpebras fechavam-se, mas abriam novamente, e ele coçava os braços e os flancos.

– Tenho muito sono! Mas não dá pra dormir. Não consigo.

Sentamos bocejando, suspirando, e, finalmente, acendemos um pequeno pedaço de vela que resistia, molhado, ainda que o tivéssemos protegido com as mãos. E nos olhamos a bocejar.

O abrigo alemão compreendia vários compartimentos. Nós estávamos apoiados em um tabique de placas mal ajustadas e, do outro lado, no porão número dois, homens também velavam: víamos a luz passar entre as placas, e ouvíamos o barulho de vozes.

– É a outra seção – diz Marthereau.

Depois, ouvimos maquinalmente.

– Quando saí de licença, zumbia um falante invisível, ficamos tristes no começo, porque pensávamos no meu pobre irmão que desapareceu em março, morto sem dúvida, e no meu pobre e pequeno Julien, da classe quinze, que foi morto nos ataques de outubro. E depois, pouco a pouco, ela e eu, voltamos a ficar felizes por estarmos juntos, fazer o quê? Nosso pequenino, o caçula, que tem cinco anos, nos distraía. Ele queria brincar de soldado comigo. Eu construí um fuzilzinho. Eu falei das trincheiras, e ele, se batendo de alegria como um passarinho, atirava em mim gritando. Ah! O pequeno mandava ver! Será um *poilu* famoso mais tarde. Meu velho, ele realmente tem o espírito militar!

Silêncio. Em seguida, um vago zum-zum-zum de conversas no meio das quais ouço o nome "Napoleão", depois uma outra voz – ou a mesma – que diz:

– Guilherme é uma besta fedorenta por desejar esta guerra. Mas Napoleão, esse é um grande homem!

Marthereau está de joelhos na minha frente no débil e estreito brilho de nossa vela, no fundo desse buraco obscuro e mal fechado no qual entra, às vezes, a friagem, onde fervilham os parasitas e onde o amontoamento dos pobres vivos mantém um vago mau cheiro de sarcófago... Marthereau olha para mim: ele ainda ouve, como eu, o anônimo soldado que disse: "Guilherme é uma besta fedorenta, mas Napoleão é um grande homem", e que celebrava o ardor guerreiro do pequeno que ainda tinha. Ele deixa seus braços caírem, balança sua cabeça cansada – e a luz ligeira joga sobre o tapume a sombra desse gesto duplo, na verdade, uma rude caricatura.

– Ah! – diz meu humilde companheiro – não somos maus, somos infelizes e pobres diabos. Mas somos muito bestas, muito bestas!

Ele dirige, novamente, seu olhar para mim. No seu rosto cheio de pelos, no seu rosto de cão de caça, vemos luzir dois belos olhos de cachorro que se surpreende, pensa – ainda muito confusamente – nas coisas, e que, na pureza de sua obscuridade, tenta entender.

Saímos do abrigo inabitável. O tempo melhorou um pouco: a neve derreteu e tudo está sujo novamente.

– O vento lambeu o açúcar – diz Marthereau.

*

Eu sou designado para acompanhar Joseph Mesnil ao Posto de Assistência de Pylônes. O sargento Henriot encarrega-me do ferido e me dá a ordem de evacuação.

– Se encontrar Bertrand no caminho – nos diz Henriot – precisa falar pra ele se apressar, né? Bertrand partiu como homem de ligação essa noite e o esperam há uma hora – o velho impacienta-se e fala que já está se irritando.

Eu me encaminho com Joseph que, um pouco mais pálido que de costume e sempre taciturno, anda vagarosamente. De vez em quando para, com o rosto tenso. Seguimos pelos corredores.

Um homem aparece de repente. É Volpatte, que diz:

– Vou com vocês até a parte baixa da costa.

Desocupado, ele maneja uma magnífica bengala retorcida e balança na mão, como castanholas, o precioso par de tesouras que ele nunca abandona.

Nós três saímos do corredor quando o declive do terreno permite que o façamos sem perigo de balas – já que o canhão não está atirando. Uma vez para fora, trombamos com um ajuntamento. Chove. Com as pernas pesadas plantadas como árvores tristes, na bruma, na planície cinzenta, vemos um morto.

Volpatte vai até a forma horizontal ao redor da qual esperam essas formas verticais. Então, ele se volta violentamente para nós e grita:

– É Pépin!

– Ah! – diz Joseph, que já está quase desfalecido.

Ele se apoia em mim. Nós nos aproximamos. Pépin, alongado, tem os pés e as mãos tensos, contraídos, e seu rosto sobre o qual escorre a chuva está inchado, marcado e terrivelmente cinza.

Um homem que segura uma picareta e cujo rosto que sua está cheio de pequenas manchas escuras, conta-nos a morte de Pépin:

– Ele estava nos destroços de um abrigo onde os boches estavam escondidos. A gente não sabia e defumamos o nicho pra limpar, e o pobre irmão, nós o encontramos depois da operação, morto, todo estirado como as tripas de um gato, no meio da carne dos boches, que eles mataram antes – e bem mortos, posso dizer, eu que sou um açougueiro estabelecido na periferia parisiense.

– Um a menos no pelotão! – diz Volpatte, enquanto íamos embora.

Nós estamos agora no alto do barranco, na região onde começa o planalto que nosso ataque percorreu perdidamente, ontem à tarde, e que não reconhecemos.

Essa planície, que tinha até então me dado a impressão de ser nivelada, e que, na verdade, é inclinada, é um ossário extraordinário. Os cadáveres enchem-na. É como um cemitério a céu aberto.

Grupos percorrem-na, identificando os mortos da véspera e da noite, revirando os restos, reconhecendo-os por algum detalhe, apesar de seus rostos. Um desses que procuram, ajoelhado, retira da mão de um morto uma fotografia rasgada, apagada, um retrato morto.

Fumaças escuras de obus sobem em espirais, depois são detonadas no horizonte, ao longe; exércitos de corvos varrem o céu com seus vastos gestos pontilhados.

Embaixo, entre a multidão dos imóveis, reconhecíveis pelo seu desgaste e desbotamento, estão os zuavos, os artilheiros e os legionários do ataque de maio. O limite extremo de nossas linhas encontrava-se então no bosque de Berthonval, a cinco ou seis quilômetros daqui. Nesse ataque, que foi um dos mais formidáveis da guerra e de todas as guerras, eles chegaram de uma vez, correndo, até aqui. Eles formavam, então, um ponto mais avançado da onda de ataque e foram pegos na lateral pelas metralhadoras que estavam à direita e à esquerda das linhas ultrapassadas. Há meses a morte cavou seus olhos e devorou suas bochechas – mas mesmo em seus restos disseminados, dispersos pelas intempéries e já quase em cinzas, reconhecemos os destroços das metralhadoras que os destruíram, esburacando as costas e os rins, rachando-os pelo meio. Ao lado de cabeças negras e descoradas de múmias egípcias, granuladas por larvas e detritos de insetos, em que a brancura dos dentes aponta nos buracos; ao lado de pobres pedaços de membros sombrios que pululam ali, como um campo de raízes desnudas, descobrimos crânios limpos, amarelos, cobertos por turbantes de pano vermelho cuja cobertura cinzenta se esboroa como um papiro. Fêmures saem do monte de farrapos aglutinados pela lama avermelhada, ou ainda, de um buraco de tecidos desfiados e revestidos com um tipo de betume, emerge um fragmento de coluna vertebral. Costelas salpicam o solo como velhas gaiolas quebradas e, ao lado, flutuam pedaços de couro sujos, canecos e tigelas perfurados e achatados. Em volta de uma mochila rasgada, colocada sobre ossos e sobre um tufo de pedaços de pano e equipamentos, pontos brancos são regularmente semeados: abaixando, vemos que são falanges do que, ali, foi um cadáver.

Às vezes, protuberâncias estendidas – porque todos esses mortos sem sepultura acabam entrando no solo e só um pedaço de tecido fica para fora – indicam que um ser humano foi aniquilado nesse lugar do mundo.

Os alemães que ontem estavam aqui, abandonaram seus soldados ao lado dos nossos sem os enterrar – assim testemunham esses três cadáveres um sobre o outro, um dentro do outro – com seus gorros cinza cuja borda vermelha está escondida por uma tira cinza, suas roupas cinza-amarelado, seus rostos verdes. Procuro os traços de um deles: das profundezas de seu pescoço até os tufos de cabelo colados no começo do seu gorro, ele tem uma massa terrosa, o rosto transformado em formigueiro – e duas frutas podres no lugar dos olhos. O outro, vazio, seco, está amassado na barriga, as costas em farrapos quase flutuando, as mãos, os pés e o rosto enraizados no solo.

– Olhem! Esse aqui é recente...

No meio da planície, no fundo do ar chuvoso e congelado, no meio desse amanhã pálido pela orgia do massacre, há uma cabeça plantada no chão, uma cabeça exangue e úmida, com uma barba pesada.

É um dos nossos: o capacete está ao lado. As pálpebras inchadas deixam ver um pouco da triste porcelana de seus olhos e um lábio brilha como uma lesma na barba obscura. Sem dúvida, ele caiu em um buraco de obus que um outro obus entulhou, enterrando-o até o pescoço como o alemão com cabeça de gato do Cabaré Vermelho [21].

– Eu não o reconheço – diz Joseph, que avança bem lentamente e se expressa com sofrimento.

– Eu reconheço – responde Volpatte.

– Esse barbudo aí? – soa a voz branda de Joseph.

– Ele não tem barba. Você vai ver.

Agachado, Volpatte passa a extremidade de sua bengala sob o queixo do cadáver e retira uma espécie de placa de lama onde a cabeça se encaixava e que parecia uma barba. Depois ele recolhe o capacete do morto, recoloca-o, e segura por um momento diante dos olhos os dois aros de suas famosas tesouras, imitando um par de óculos.

– Ah! – gritamos então. – É Cocon!

– Ah!

Quando descobrimos ou vemos a morte de um daqueles que guerreavam ao nosso lado e que viviam exatamente a mesma vida, recebemos um duro golpe antes mesmo de entender. É, na verdade, um pouco de nosso próprio aniquilamento que descobrimos de repente. Só depois começamos a lamentar.

Observamos essa cabeça hedionda do jogo do massacre, essa cabeça massacrada que já apaga cruelmente sua lembrança. Outro companheiro a menos... Ficamos ali ao seu redor, intimidados.

– Era...

Queríamos falar um pouco. Não sabemos como dizer algo sério o bastante, importante o bastante, verdadeiro o bastante.

– Venham – Joseph articula com esforço, tomado por inteiro pelo seu brutal sofrimento físico. – Não tenho força suficiente pra parar toda hora.

Deixamos o pobre Cocon, o ex-homem-número, com um último e rápido olhar, quase desatento.

---

21 Cabaret Rouge, café na vila de Souchez, destruída em 1915. Seu nome foi dado a trincheiras e um cemitério para soldados britânicos. (N.E.)

– Não dá pra imaginar...

– Não, não dá pra imaginar. Todas essas desaparições de uma só vez sobrecarregam o espírito. Não há mais sobreviventes o suficiente. Mas temos uma vaga noção da grandeza desses mortos. Eles deram tudo; deram, pouco a pouco, toda sua força, depois, finalmente, se deram, em conjunto. Eles ultrapassaram a vida; seu esforço tem algo de sobre-humano e perfeito.

*

– Olha, ele acaba de ser atingido, esse aí, mas...

Uma ferida fresca umedece o pescoço de um corpo quase esquelético.

– É um rato – diz Volpatte. – Os cadáveres são antigos, mas os ratos falam com eles... Dá pra ver ratos mortos – talvez bem envenenados – perto ou embaixo de cada corpo. Olha, esse pobre coitado vai mostrar o seus.

Ele levanta com o pé os restos da pele amassada e encontramos, de fato, dois ratos mortos enterrados ali.

– Eu queria encontrar o Farfadet – diz Volpatte. – Eu falei pra ele esperar quando corremos e ele me agarrou. Coitado, tomara que tenha esperado!

Então, ele vai e vem, atraído para os mortos por uma estranha curiosidade. Indiferentes, eles o encaminham de um a outro, e a cada passo, ele olha para o chão. De repente, ele dá um grito aflito. Ele nos chama com a mão e se ajoelha diante de um morto.

– Bertrand!

Uma emoção aguda, tenaz, toma-nos. Ah! Ele também foi morto, como os outros, aquele que mais nos dominava com sua energia e lucidez! Ele morreu, ele morreu, enfim, por ter cumprido sempre seu dever. Ele encontrou, enfim, a morte ali onde ela estava!

Nós o observamos, depois nos desviamos dessa visão e refletimos entre nós.

– Ah!...

O choque de sua desaparição agrava-se com o espetáculo de seus restos. É abominável de se ver. A morte deu o ar e o gesto de um grotesco a esse homem que foi tão belo e tão calmo. Os cabelos espalhados sobre os olhos, o bigode babando na boca, o rosto inchado, ele ri. Ele tem um olho grande aberto, o outro fechado, e a língua para fora. Os braços estão estendidos em cruz, as mãos abertas, os dedos separados. Sua perna direita está de um lado; a esquerda, que foi quebrada por um estilhaço e de onde escorreu a hemorragia que o fez morrer, está virada como um círculo, deslocada, mole, sem estrutura. Uma lúgubre ironia deu aos últimos sobressaltos dessa agonia a aparência de uma gesticulação de palhaço.

Nós o arrumamos, o deitamos reto, acalmamos essa máscara assustadora. Volpatte retirou uma carteira do bolso de Bertrand e, para levá-la ao escritório, coloca-a cuidadosamente entre seus próprios documentos, ao lado do retrato de sua mulher e de seus filhos. Isso feito, ele balança a cabeça:

– Esse aí realmente era um homem bom, meu velho. Quando esse aí dizia alguma coisa, era a prova de que era verdade. Ah! Mesmo assim, precisamos tanto dele!

– Sim – eu digo – sempre precisamos dele.

– Ah!... – Volpatte murmura, e treme.

Joseph repete bem baixo:

– Ah! Meu Deus! Ah! Meu Deus!

A planície está coberta de gente como se fosse uma praça pública. Os destacamentos das corveias, os isolados. Os padioleiros começam pacientemente e aos poucos, aqui, ali, sua imensa e descomunal tarefa.

Volpatte deixa-nos para voltar à trincheira, anunciar nossos novos mortos e, sobretudo, a grande ausência de Bertrand. Ele diz a Joseph:

– A gente não vai perder contato, né? Escreva de vez em quando uma mensagem simples: "Está tudo bem; assinado: Camembert", certo?

Ele desaparece no meio de toda essa gente que se cruza pela superfície da qual uma triste chuva infinita se apodera inteiramente.

Joseph apoia-se em mim. Descemos o barranco.

A encosta pela qual descemos chama-se Alvéolos dos Zuavos... Os zuavos do ataque de maio começaram a cavar abrigos individuais ao redor dos quais foram exterminados. Vemos os que, abatidos no começo de um buraco esboçado, ainda seguram suas enxadas nas mãos descarnadas ou a observam com suas órbitas profundas nas quais se enrugam as entranhas dos olhos. A terra está tão cheia de mortos que os desmoronamentos revelam o eriçamento de pés, os esqueletos semivestidos e os ossários de crânios colocados lado a lado na parede escarpada, como jarros de porcelana.

Há no solo, aqui, diversas camadas de mortos, e em muitos lugares a erosão causada pelos obuses retirou os mais antigos, colocando-os e expondo-os por cima dos novos. O fundo do barranco está completamente forrado de detritos de armas, roupas, utensílios. Pisamos em estilhaços de bombas, ferragens, pães e até biscoitos caídos das mochilas e ainda não dissolvidos pela chuva. As tigelas, as latas de conserva, os capacetes estão crivados e furados pelas balas, como escumadeiras de todas as formas; e os piquetes deslocados que subsistem estão pontilhados de buracos.

As trincheiras desse vale parecem resultado de abalos sísmicos; parece que, sobre as ruínas de um terremoto, despejaram toneladas de objetos heterogêneos. E onde não há mortos, a própria terra é cadavérica.

Nós atravessamos o Corredor Internacional, que ainda tremula com seus trapos multicores – essa trincheira disforme na qual a confusão de tecidos arrancados parece indicar a ocorrência de um assassinato –, até uma região onde a fossa desigual e tortuosa forma um cotovelo. Ao longo dela, até uma barricada terrosa formando barragem, os cadáveres alemães estão emaranhados e apertados como torrentes de condenados, alguns emergindo de grutas lamacentas no meio de uma incompreensível aglomeração de vigas, cordas, liames de ferro, gabiões, obstáculos e escudos; na barragem, vemos um cadáver de pé plantado nos outros; plantado no mesmo lugar, um outro está oblíquo no espaço lúgubre: esse conjunto parece um pedaço grande de roda enlameada, uma asa desmantelada de um moinho de vento; e sobre tudo isso, sobre essa confusão de detritos e carnes, estão semeados montes de imagens religiosas, cartões postais, cadernos religiosos, folhetos ou preces escritas em gótico, e que foram jogados para fora das roupas estripadas. Essas palavras, com suas mil mentiras inofensivas e sua esterilidade, parecem florir essas margens pestilentas, esse vale de aniquilamento.

Procuro uma passagem sólida para guiar Joseph; sua ferida paralisa-o gradualmente: ele sente que ela se espalha por todo seu corpo. Enquanto o sustento, ele não olha para nada e eu olho para a confusão macabra pela qual escapamos.

Um soldado alemão está sentado, apoiado nas placas quebradas que formavam, ali onde colocamos o pé, uma guarita de vigia. Um pequeno buraco sob o olho: um golpe de baioneta o pregou nas placas pelo rosto. Na frente dele, também sentado, com os cotovelos nos joelhos, os punhos no pescoço, um homem tem a parte de cima do crânio retirada como a casca de um ovo quente... Ao lado deles, um vigia assustador: a metade de um homem está de pé; um homem, cortado, rachado em dois do crânio até a bacia, está apoiado, reto, sobre a parede de terra. Não sabemos onde está a outra metade dessa espécie de piquete humano cujo olho pende de cima, cujas entranhas azuladas giram em espiral ao redor da perna.

No chão, o pé descolado de uma ganga de sangue endurecida, baionetas francesas alteradas, dobradas, torcidas pela força do choque.

Por uma brecha da encosta talhada, descobrimos um fundo onde se encontram corpos de soldados da guarda prussiana ajoelhados – parece – em posição de súplica, e que estão esburacados nas costas, com buracos sangrentos, empalados. Puxaram para fora desse grupo, para a margem, um artilheiro senegalês enorme que, petrificado na posição em que foi morto, retorcido, apoia-se no vazio, ali prega os pés, e olha para seus dois punhos cortados, sem dúvida, pela explosão de uma granada que segurava: o rosto todo irrequieto, ele parece mastigar vermes.

– Aqui, nos diz um alpino que passa, deram o golpe da bandeira branca – mas como estavam lidando com os pretos, claro que não deu certo! Olha ali, justamente a bandeira branca que esses canalhas usaram.

Ele empunha e sacode uma longa haste que está ali, e sobre a qual está pregado um quadrado de tecido branco – que se desenrola inocentemente.

... Uma procissão de carregadores de pá avança ao longo do corredor desmantelado. Eles têm ordem para derrubar a terra nos restos das trincheiras, fechar tudo, para enterrar os corpos no local. Assim, esses trabalhadores de capacetes vão realizar, nessa região, uma obra de justiceiros, restituindo essas campanhas com suas formas plenas, nivelando esses buracos já entulhados pela metade com a carga dos invasores.

*

Do outro lado do corredor, chamam-me: um homem sentado no chão, apoiado em um piquete. É o pai Ramure. Através de sua capa e seu casaco desabotoado, vemos as bandagens que envolvem seu peito.

– Os enfermeiros vieram me tratar – diz-me com uma voz cavernosa e leve, ofegante – mas não poderão me levar daqui antes dessa tarde. Mas, bem sei, estou indo dessa pra melhor.

Ele balança a cabeça.

– Fique um pouco – ele me pede.

Ele se enternece. Lágrimas escorrem do seu rosto. Estende a mão e pega a minha. Queria falar comigo longamente e quase se confessar.

– Fui um homem honesto antes da guerra – ele diz – babando nas suas lágrimas. Eu trabalhava de manhã à noite para alimentar minha grande família. E depois, vim aqui para matar os boches. E agora, matei... Escute, escute, escute, não vá embora, me escute...

– Preciso levar o Joseph que não se aguenta mais. Depois eu volto.

Ramure ergueu seus olhos molhados sobre o ferido.

– Não apenas vivo, mas ferido! Escapou da morte! Ah! Tem mulheres e crianças com sorte. Bem, leve-o e volte... espero você voltar...

Agora, é preciso escalar a outra vertente do barranco. Nós entramos na depressão disforme e maltratada do velho corredor 97.

De repente, assobios furiosos rasgam a atmosfera. Uma rajada de *shrapnells*, lá em cima, sobre nós... No seio das nuvens de ocre os meteoritos resplandecem e se dispersam em névoas terríveis. Projéteis rotatórios são atirados ao céu, para estourarem e se destruírem sobre o declive, escavarem a colina e desenterrarem as velhas ossadas do mundo. E os clarões ruidosos multiplicam-se em uma linha regular.

É um tiro de barragem que recomeça.

Gritamos como crianças:

– Chega! Chega!

Nessa fúria das máquinas de morte, nessa catástrofe mecânica que nos persegue pelo espaço, há alguma coisa que ultrapassa as forças e a vontade, algo de sobrenatural. Joseph, com sua mão na minha, de pé, olha por cima de seu ombro a enxurrada de explosões que se rompe. Ele encolhe o pescoço, como um animal acossado, descontrolado.

– O quê?! De novo?! Sempre! – ele ralha. – Tudo o que fizemos, tudo o que vimos... E isso recomeça! Ah! Não, não!

Ele cai sobre os joelhos, ofega, joga um olhar vão cheio de ódio para sua frente e para trás. Repete:

– Isso não acaba nunca, nunca!

Eu o pego pelo braço, levanto-o:
– Venha, vai acabar pra você.

*

É preciso esperar ali, antes de subir. Eu penso em reencontrar Ramure agonizando, que me espera. Mas Joseph gruda-se em mim, e depois vejo uma agitação de homens ao redor do lugar onde deixei o moribundo. Eu posso imaginar: não vale mais a pena ir até lá.

A terra do barranco onde nós dois estamos bem juntos nos protegendo, sob a tempestade, estremece, e sentimos, a cada tiro, o vento quente e surdo dos obuses. Mas no buraco em que estamos, não corremos muito risco de ser atingidos. Na primeira calmaria, homens que esperavam como nós destacam-se e começam a subir: padioleiros que multiplicam esforços extraordinários para subir carregando um corpo e lembram formigas obstinadas repelidas por sucessões de jatos de areia; e outros, acoplados e isolados: feridos ou homens de ligação.

– Vamos – diz Joseph, com os ombros dobrados, medindo a colina com os olhos – a última etapa de seu calvário.

As árvores estão ali: uma fila de troncos de salgueiros esfolados, alguns de um largo semblante, outros escavados, escancarados, como caixões de pé. O cenário no meio do qual nos debatemos, está rasgado e revirado, com colinas, abismos e inchaços sombrios, como se todas as nuvens da tempestade tivessem rolado aqui para baixo. Por cima dessa natureza martirizada e escura, a confusão de troncos desenha-se em um céu marrom, estriado, leitoso em alguns lugares e obscuramente cintilante – um céu de ônix.

Na entrada do corredor 97 um carvalho enterrado, atravessado, torce seu grande corpo.

Um cadáver fecha o corredor. Está com a cabeça e as mãos enterradas. A água lamacenta que escorre ali cobriu o resto com uma camada arenosa. Vemos, através desse véu úmido, o peito e a barriga arquearem-se, cobertos por uma camisa.

Pulamos esse morto congelado, viscoso e claro como a barriga de um sáurio abatido – e isso é árduo por causa do terreno mole e escorregadio. Somos obrigados a enfiar as mãos na lama da encosta até os punhos.

Nesse momento, um assobio infernal cai sobre nós. Curvamo-nos como caniços. O *shrapnell* explode no ar à nossa frente, ensurdecendo e cegando, e nos enterra em uma montanha de fumaça sombria e horrivelmente barulhenta. Um soldado que subia agitou os braços no espaço e desapareceu, jogado em algum buraco. Gritos elevam-se e caem como os detritos. Enquanto, através do grande véu negro que o vento arranca do solo e envia ao céu, vemos os padioleiros depositarem a maca, correrem para o local da explosão e levantarem algo inerte – eu evoco a imagem inesquecível da noite na qual meu irmão de armas Poterloo, que tinha o coração cheio de esperança, foi levado, com os dois braços estendidos, na chama de um obus.

E chegamos, enfim, à altura em que está, como um sinal, um ferido assustador: ele está ali, de pé ao vento, sacudido, mas de pé, enraizado ali; dentro de seu capuz todo levantado no qual bate o ar, vemos seu rosto convulso e gritante, e passamos na frente dessa espécie de árvore que grita.

*

Chegamos à nossa antiga linha de frente, aquela da qual partimos para o ataque. Nós nos sentamos em uma banqueta de tiro, apoiados nos degraus que os sapadores cavaram no último momento para nossa partida. O ciclista Euterpe, que já tínhamos revisto, passa e nos diz bom-dia. Depois, volta caminhando e puxa do revestimento de sua manga um envelope cuja borda à mostra forma um galão branco.

– É você, né – ele me diz – que recebe as cartas do Biquet que morreu?

– Sim.
– Aqui tem uma que voltou. O endereço está apagado.

O envelope, sem dúvida exposto à chuva sobre um pacote, foi lavado, e sobre o papel seco e esboroado, não dá mais para ler o endereço entre as ondulações de água violácea. Só sobreviveu, nítido em um canto, o endereço do remetente... Eu puxo a carta suavemente: "Minha querida mamãe..."

– Ah! Eu me lembro!...

Biquet, que está ao ar livre, nessa mesma trincheira na qual descansamos, escreveu essa carta não faz muito tempo, no acantonamento de Gauchin-l'Abbé, em uma tarde resplandecente e esplêndida, respondendo a uma carta de sua mãe, cujos alertas infundados tinham-no feito rir...

"Você acha que estou no frio, na chuva, em perigo. Nada disso, ao contrário. Tudo isso acabou. Faz calor, suamos e não temos nada a fazer além de caminhar no sol. Eu ri de sua carta..."

Recoloco no envelope deteriorado e frágil essa carta que, se o acaso não tivesse evitado mais uma ironia, teria sido lida pela velha camponesa no momento em que o corpo de seu filho não é mais, no frio e na tempestade, que um pouco de cinza molhada que se infiltra e escorre como uma fonte sombria na encosta da trincheira.

*

Joseph colocou sua cabeça para trás. Em um momento seus olhos fecham-se, sua boca entreabre-se e deixa passar um suspiro irregular.

– Coragem! – digo a ele.

Ele reabre os olhos.

– Ah! – ele me responde. – Não é pra mim que você tem que dizer isso. Olha aqueles ali, eles voltam pra lá, e você também vai voltar. Isso vai continuar pra vocês. Ah! É preciso ser realmente forte pra continuar, continuar!

21. O posto de assistência

A partir daqui, estamos no campo de visão dos observatórios inimigos e não devemos mais sair dos corredores. Seguimos, inicialmente, o corredor da estrada de Pylônes. A trincheira está escavada ao lado da estrada, e a estrada apagou-se: as árvores foram extirpadas dali; a trincheira corroeu e engoliu metade da estrada; e o que restou foi invadido pela terra e pela grama, e misturado aos campos com a passagem dos dias. Em certos locais da trincheira, ali onde um saco de terra explodiu deixando um alvéolo lamacento, encontramos, na altura dos olhos, o empedramento da ex-estrada realmente destruído, e ainda as raízes das árvores das margens que foram derrubadas e incorporadas à substância da encosta; esta está recortada e desigual como uma onda de terra, de detritos e de espuma escura, cuspida e empurrada pela imensa planície até a borda da vala.

Chegamos a um nó de corredores; no cume da colina acidentada que se desenha na nuvem cinzenta, uma lúgubre placa balança-se ao vento. A rede dos corredores torna-se cada vez mais estreita; e os homens que, de todos os pontos do setor, escorrem para o posto de assistência, multiplicam-se e acumulam-se nos caminhos profundos.

As tristes ruelas estão demarcadas com cadáveres. O muro é interrompido a intervalos irregulares, até embaixo, por buracos novos, afunilamentos de terra fresca, que fatiam o terreno doente ao redor, e ali, corpos cheios de terra estão agachados, os joelhos rentes aos dentes, ou apoiados na parede, mudos e retos como os fuzis que esperam ao lado deles. Alguns desses mortos de pé viram seus rostos enlameados de sangue para os sobreviventes, ou, virados para outro lugar, trocam seu olhar com o vazio do céu.

Joseph para para tomar fôlego. Eu digo a ele, como se diz a uma criança:

– Estamos chegando, estamos chegando.

O caminho de desolação, com muralhas sinistras, encolhe-se ainda mais. Temos uma sensação de sufocamento, o pesadelo de uma descida que se aperta, se estrangula e nessa várzea na qual as muralhas parecem aproximar-se, fechar-se, somos obrigados a parar, a nos enfiar, atormentar e incomodar os mortos e trombar com a fila desordenada daqueles que, sem fim, inundam a retaguarda: mensageiros estropiados, homens gemendo, gritando, freneticamente apressados, vermelhos de febre, ou pálidos e visivelmente transtornados pela dor.

*

Toda essa multidão vem, finalmente, rebentar, se amontoar e gemer no cruzamento onde se abrem os buracos do posto de assistência.

Um médico gesticula e vocifera para defender um pouco de espaço livre contra essa maré crescente que bate na soleira do abrigo. Ele faz, ao ar livre, na entrada, curativos sumários, e dizem que ele ainda não parou – tampouco seus ajudantes – durante todo o dia e toda a noite, e que ele realiza uma tarefa sobre-humana.

Saindo de suas mãos, uma parte dos feridos é absorvida pelos poços do posto, uma outra é evacuada para trás, para o posto de assistência mais amplo montado na trincheira da estrada de Béthune.

Nesse buraco estreito que desenha o cruzamento das valas, como no fundo de um pátio dos milagres, esperamos duas horas, jogados de um lado a outro, apertados, sufocados, cegados, amontoados como gado, em meio a um odor de sangue e carne de açougue. Os rostos alteram-se, afundam-se, de um minuto a outro. Um dos pacientes não consegue mais segurar suas lágrimas, chora copiosamente e, sacudindo a cabeça, rega seus vizinhos. Um outro, que sangra como uma fonte, grita: "Ei, cuidado comigo!". Um jovem, os olhos acesos, levanta os braços e urra como um condenado: "Estou queimando!", e rosna e assopra como uma fornalha.

*

Joseph é tratado. Ele abre uma passagem até mim e me estende a mão.

– Parece que não é grave; adeus – ele me diz.

De repente, somos separados pela confusão. O último olhar que lanço em sua direção mostra-me um rosto derrotado, absorvido pelo seu mal, distraído, deixando-se conduzir por um padioleiro divisionário que colocou a mão em seu ombro. Subitamente, não o vejo mais.

Na guerra, tanto a vida como a morte separam-nos sem que tenhamos o menor tempo de pensar sobre elas.

Dizem para eu não ficar ali, para eu descer para o posto de assistência para descansar antes de voltar.

Há duas entradas, bem baixas, bem estreitas, no nível do solo. Nesta aqui aflora a boca de uma galeria inclinada, estreita como o caminho de um esgoto. Para entrar no posto, é preciso primeiro virar-se de costas curvando o corpo nesse tubo estreito onde o pé sente os degraus desenharem-se: a cada três passos, um degrau alto.

Quando entramos, sentimo-nos presos, e temos, a princípio, a impressão de que não haverá espaço nem para descer, nem para subir novamente. Enterrando-nos nesse abismo, continuamos o pesadelo de sufocamento que suportamos gradualmente na medida em que avançávamos pelas entranhas das trincheiras antes de afundar até aqui. Por todos os lados, batemos, ralamos, somos agarrados pela estreiteza da passagem, somos barrados, encurralados. É preciso mudar as cartucheiras de lugar, fazendo-as deslizar pelo cinturão, e agarrar as bolsas com os braços, contra o peito. No quarto degrau, o estrangulamento ainda aumenta e temos um momento de angústia: mesmo que levantemos o joelho o mínimo possível para andar para trás, as costas batem no teto. Nesse local, é preciso se arrastar de quatro, sempre para trás. Na medida em que descemos para as profundezas, uma atmosfera empestada e pesada como se fosse de terra oculta-nos. A mão experimenta o contato frio, grudento, sepulcral, da parede de argila. Essa terra pesa por todos os lados, como uma mortalha que nos envolve em uma solidão lúgubre, e toca o rosto com seu sopro cego e mofado. Nos últimos degraus – que demoramos a alcançar – somos assaltados pelo rumor encantado que vem do buraco, quente como uma espécie de cozinha.

Quando chegamos, finalmente, ao fundo desse corredor escalonado, que nos acotovela e aperta a cada passo, o pesadelo não acabou: alcançamos uma caverna onde reina a obscuridade, muito longa, mas estreita, apenas um corredor, e que não tem mais que um metro e cinquenta de altura. Se deixarmos de nos curvar e andar com os joelhos dobrados, batemos violentamente com a cabeça nas madeiras que cobrem o abrigo e, invariavelmente, ouvimos os que chegam resmungar – mais ou menos alto, segundo seu humor e seu estado – "Ainda bem que tenho meu capacete!".

Em um canto, distinguimos o gesto de alguém agachado. É um enfermeiro de guarda que, monótono, diz a cada recém-chegado: "Tire a lama do sapato antes de entrar". É assim que se acumula o monte de lama no qual tropeçamos e travamos, ao pé dos degraus, na soleira deste inferno.

*

No zum-zum-zum das lamentações e das reclamações, no forte odor que um lar de incontáveis pragas sustenta, nesse cenário ofuscante de caverna, povoado por uma vida confusa e ininteligível, tento, primeiramente, orientar-me. Fracas chamas de velas iluminam o abrigo, apagando a obscuridade apenas nos locais em que penetram. No fundo, ao longe, como no fim dos calabouços de um subterrâneo, uma vaga luz do dia aparece; esse respiradouro obscuro permite a visão de grandes objetos alinhados ao longo do corredor: macas baixas como caixões. Depois vemos deslocarem-se, ao redor e acima, sombras inclinadas e quebradas e, contra os muros, mexerem-se filas e grupos de espectros.

Eu me viro. Do lado oposto àquele que a luz longínqua filtra, uma multidão está agrupada diante de uma lona de barraca estendida do teto ao solo. Essa lona forma, dessa maneira, um reduto cuja iluminação vemos transparecer através do tecido ocre, de aspecto oleado. Nesse reduto, na claridade de uma lamparina de acetileno, vacinam contra o tétano. Quando a lona se levanta para fazer alguém sair e depois entrar, vemos a luz espalhar-se brutalmente nas peças descompostas e esfarrapadas dos feridos que param na frente, esperando a picada, e que, curvados pelo teto baixo, sentados, ajoelhados ou rastejando, empurram-se para não perder sua vez ou para tomar o lugar de um outro, gritando: "Eu!" "Eu!" "Eu!", como latidos. Nesse canto em que se agita essa luta contida, o fedor quente do acetileno e dos homens sangrando é difícil de engolir.

Distancio-me. Procuro outro lugar para ficar, para me sentar. Avanço um pouco, tateando, sempre inclinado, enrolado, com as mãos à frente.

Por conta do cachimbo que um fumante acende, vejo na minha frente um banco cheio de pessoas.

Meus olhos habituam-se à penumbra que paira na caverna, e distingo melhor essa fileira de personagens cujas bandagens e enfaixamentos mancham, com sua palidez, cabeças e membros.

Aleijados, com cicatrizes, deformados – imóveis ou agitados – grudados nessa espécie de barca, eles representam, pregada ali, uma coleção desarmônica de sofrimentos e misérias.

Um deles, de repente, grita, levanta-se pela metade, e senta novamente. Seu vizinho, cujo casaco está rasgado e a cabeça descoberta, olha para ele e diz:

– De que adianta se lamentar?!

E diz essa frase muitas vezes, ao acaso, os olhos fixos à frente, as mãos sobre os joelhos.

Um homem jovem sentado no meio do banco fala sozinho. Diz que é aviador. Ele tem queimaduras em um lado do corpo e no rosto. Continua a arder em febre, e sente que ainda está sendo atacado pelas chamas agudas que jorravam do motor. Ele balbucia: "*Gott mit uns!*", depois: "Deus está conosco!"

Um zuavo, com o braço preso com um lenço, e que, inclinado de lado, carrega o ombro como se fosse um fardo dilacerante, dirige-se a ele:

– Você é o aviador que caiu, né?

– Vi coisas... – responde o aviador, penosamente.

– Eu também vi! – interrompe o soldado. – Muita gente iria se desesperar se visse o que vi.

– Venha sentar aqui – diz-me um dos homens do banco criando um espaço. – Está ferido?

– Não, eu conduzi um ferido até aqui e vou voltar.

– Então está pior que um ferido. Venha se sentar.

– Eu sou prefeito na minha cidade – explica um dos sentados – mas quando voltar, ninguém vai me reconhecer, já estou sofrendo há muito tempo.

– Faz quatro horas que estou preso nesse banco – geme uma espécie de mendigo que tem a cabeça baixa, as costas redondas e cuja mão trêmula segura o capacete sobre os joelhos como uma tigela palpitante.

– Esperamos a evacuação, sabe – me ensina um grande ferido que ofega, transpira, parece ferver com todo seu corpo; seu bigode pende como se estivesse descolado ao meio pela umidade de seu rosto.

Ele tem dois grandes olhos opacos, e não vemos seu ferimento.

– É isso mesmo – diz um outro. – Todos os feridos da brigada vêm se amontoar aqui, um após o outro, sem contar os de outros lugares. Sim, olha isso: é aqui, nesse buraco, a lixeira de toda a brigada.

– Estou gangrenado, esmagado, em pedaços por dentro, salmodiava um ferido que, com a cabeça nas mãos, falava entre os dedos. No entanto, até a semana passada, era jovem e estava limpo. Me mudaram: agora, não tenho mais que um velho corpo sujo destruído pra arrastar.

– Eu – diz um outro – tinha vinte e seis anos ontem. E agora, quantos anos tenho?

Ele tenta levantar-se para que vejamos seu rosto abalado e murcho, gasto em uma noite, vazio de carne, com os buracos das bochechas e das órbitas, e uma centelha que se apaga nos olhos oleosos.

– Isso dói! – diz, humildemente, um ser invisível.

– De que adianta se lamentar?! – repete o outro, maquinalmente.

Houve um silêncio. O aviador gritou:

– Os capelães tentavam, dos dois lados, esconder suas vozes!

– O que isso quer dizer? – diz o zuavo surpreso.

– Está saindo, meu velho? – perguntou um caçador ferido na mão, um braço preso ao corpo, tirando os olhos de sua mão mumificada por um instante para olhar o aviador.

Este tinha o olhar perdido e tentava traduzir um misterioso quadro que carregava por todo lado na frente do rosto.

– Do alto, do céu, não vemos grande coisa, vocês sabem. Nos quadrados dos campos e nas pequenas pilhas das vilas, os caminhos são como fios brancos. Descobrimos assim alguns filamentos ocos que parecem traçados pela ponta de um alfinete que arranha a areia fina. Essas redes que recortam a planície com um traço regularmente estremecido são as trincheiras. Domingo de manhã, eu sobrevoava a linha de fogo. Entre as bordas extremas, entre as franjas dos dois exércitos imensos que estão lá, um contra o outro, se olhando e não se vendo, esperando – não tem muita distância: às vezes quarenta metros, às vezes sessenta. Para mim, não parecia mais que um passo, por causa da altura gigante em que eu planava. E então distingo, entre os boches e entre nós, nessas linhas paralelas que pareciam se tocar, duas agitações semelhantes: uma massa, um caroço animado e, ao redor, como se fossem grãos de areia escura espalhados sobre a areia cinza. Não se mexia muito; não parecia um alerta! Eu desci algumas voltas para entender.

"Eu entendi. Era domingo e havia duas missas que se celebravam sob meus olhos: o altar, o padre e diversos tipos de gente. Quanto mais eu descia, mais via que essas duas agitações eram semelhantes, tão exatamente iguais que parecia algo estúpido. Uma cerimônia – qualquer uma – era o reflexo da outra. Parecia que eu via em dobro. Desci ainda mais; não atiraram em mim. Por quê? Não sei de nada. Então, ouvi. Ouvi um murmúrio – um único. Só apanhava uma prece que se elevava em bloco, um único barulho de cântico que subia ao céu passando por mim. Eu ia e vinha pelo espaço para escutar essa vaga mistura de cantos que estavam um contra o outro, mas que se misturavam mesmo assim – e quanto mais tentavam se sobressair um ao outro, mais se uniam nas alturas do céu onde eu estava suspenso.

"Fui atacado pelos *shrapnells* no momento em que, bem baixo, distinguia os dois gritos terrestres que formavam esse grito: '*Gott mit uns!*' e 'Deus está conosco!' – e levantei voo".

O jovem balançou sua cabeça coberta de panos. Parecia transtornado por essa lembrança.

– Eu me disse, nesse momento: "Estou louco!".
– A verdade das coisas é que é louca – diz o zuavo.

Com os olhos brilhando de delírio, o narrador tentava transmitir a grande e emocionante impressão que o cercava e contra a qual ele se debatia.

– Não! Imaginem! – ele disse. – Imaginem essas duas massas idênticas que berram coisas idênticas e, no entanto, contrárias, esses gritos inimigos que têm a mesma forma. O que o bom Deus deve dizer, em suma? Sei bem que ele sabe tudo; mas, mesmo sabendo tudo, ele não deve saber o que fazer.

– Que história! – gritou o zuavo.

– Ele tira sarro da gente, não esquenta.

– Mas que graça tem tudo isso? Os tiros de fuzil falam a mesma língua e isso não impede os povos de se atacarem com eles, e como!

– Sim – diz o aviador – mas há um só Deus. Não é de onde saem as preces que não entendo, é aonde chegam.

A conversa morreu.

– Tem uma pilha de feridos estendidos lá dentro, mostrou-me o homem com os olhos foscos. Sim, eu me pergunto como fizeram para descê-los até aqui. Deve ter sido horrível a queda deles até aqui.

Dois homens da tropa colonial, duros e magros, que se sustentavam como dois bêbados, chegaram, tropeçaram em nós e recuaram, procurando um lugar para caírem pelo chão.

– Meu velho – acabava de contar um deles, com a voz rouca, nesse corredor – ficamos três dias sem abastecimento, três dias inteiros sem nada, nada. O que fazer, a gente bebia a própria urina, e isso nem era o pior.

O outro, em resposta, explicou que já havia tido cólera:

– Ah! É uma coisa horrível isso: a febre, os vômitos, as cólicas: meu velho, eu estava muito mal!

– Mas também – ralhou de repente o aviador que lutava para achar a chave do enigma gigantesco – o que está pensando, esse Deus, para deixar que acreditem nisso, que ele está com todos? Por que deixa que todos nós, todos, gritemos lado a lado como loucos e brutos: "Deus está conosco!" "Não, não é bem assim, estão errados, Deus está conosco!"?

Um gemido elevou-se de uma maca, e durante um instante flutuou sozinho no silêncio, como se fosse uma resposta.

*

– Eu – diz então uma voz dolorida – não acredito em Deus. Sei que ele não existe – por causa do sofrimento. Podem falar o que quiserem e acrescentar todas as palavras que encontrarem e inventarem: todo esse sofrimento inocente que viria de um Deus perfeito é uma lavagem cerebral.

– Eu – retoma um outro homem do banco – não acredito em Deus por causa do frio. Vi homens virarem cadáveres pouco a pouco, simplesmente por frio. Se existisse um Deus bom, não haveria frio. É nisso que fico pensando.

– Para acreditar em Deus, não deveria existir nada do que existe. Então, estamos longe de acreditar!

Diversos mutilados, ao mesmo tempo, sem se verem, concordam fazendo um sinal negativo com a cabeça.

– Você tem razão – diz um outro – você tem razão.

Esses homens destruídos, esses vencidos isolados e espalhados na vitória, têm o início de uma revelação. Há, na tragédia dos acontecimentos, minutos nos quais os homens não são apenas sinceros, mas verdadeiros, e nos quais vemos a verdade sobre eles, cara a cara.

– Eu – diz um novo interlocutor – se não acredito, é...

Um terrível acesso de tosse continuou assustadoramente a frase. Quando ele parou de tossir, com as bochechas roxas, molhado de lágrimas, sufocado, perguntaram:

– Onde foi ferido?

– Não estou ferido, estou doente.

– Oh! – dizem com um tom que significava: "você não é interessante".

Ele entendeu e fez valer sua doença.

– Estou fodido. Estou cuspindo sangue. Não tenho força; e você sabe, ela não volta depois de ter ido.

– Ah, ah – murmuraram os companheiros, indecisos, mas convencidos, mesmo assim, da inferioridade das doenças civis comparadas às feridas de guerra.

Resignado, ele abaixou a cabeça e repetiu bem baixo, para ele mesmo:

– Não posso mais andar, onde quer que eu vá?

*

No abismo horizontal que, de maca em maca, se alonga ao se encolher, a perder de vista, até o pálido orifício do dia, nesse vestíbulo desordenado onde aqui e ali piscam pobres chamas de velas que avermelham e parecem febris, e onde se lançam de tempos em tempos asas de sombras, uma confusão começa sem que se saiba o porquê. Vemos o conjunto de membros e cabeças se agitar, ouvimos apelos e reclamações alimentarem-se, e se propagarem, como espectros invisíveis. Os corpos estendidos ondulam, dobram-se, voltam-se.

Eu distingo, nessa espécie de bojo, no seio dessa onda de cativos, degradados e punidos pela dor, a massa espessa de um enfermeiro cujos ombros pesados balançam como uma bolsa carregada transversalmente e cuja voz de estertor repercute a galope na caverna.

– Você mexeu de novo na atadura, seu bezerrinho, verme! – ele troveja. – Vou refazer porque é você, amiguinho, mas se mexer de novo, vai ver o que vou fazer com você!

E eis o enfermeiro no escuro amarrando uma faixa de tecido ao redor do crânio de um homem muito pequeno, quase de pé, com cabelos eriçados e uma barba proeminente e que, com os braços soltos, se deixa tratar em silêncio.

Mas o enfermeiro abandona-o, olha para o chão e exclama sonoramente:

– O que é isso aqui? Ei, fulano, você é maluco? Que modos são esses, deitar em cima de um ferido?!

E sua mão volumosa sacode um corpo, e ele desprende, não sem esforço e xingamentos, um segundo corpo flácido sobre o qual o primeiro estava deitado como se fosse um colchão – enquanto o anão enfaixado, então deixado sozinho, sem dizer nada, põe as mãos na cabeça e tenta novamente tirar o curativo que envolve seu crânio.

... Uma confusão, gritos: sombras, perceptíveis sobre um fundo luminoso, parecem vagar na sombra da cripta. Eles são muitos, iluminados por uma vela ao redor de um ferido, e, balançando, mantêm-no com dificuldade sobre sua maca. É um homem que não tem mais pés. Ele tem curativos terríveis nas pernas, com torniquetes para estancar a hemorragia. Seus cotos sangraram nas bandagens e ele parece ter calções vermelhos. Tem um rosto de diabo, iluminado e sombrio, e delira. Pressionam seus ombros e joelhos: esse homem com os pés cortados quer pular para fora da maca para ir embora.

– Me deixem ir! – ele protesta com uma voz que a raiva e o sufocamento fazem tremer; baixa com as sonoridades bruscas como um trompete do qual se deseja fazer soar mais suavemente. – Meu Deus, me deixem ir, estou dizendo! Han!... Não, vocês não acham que vou ficar aqui! Vamos, saiam, ou pulo com as mãos!

Ele se contrai e se estica tão violentamente que faz ir e vir aqueles que tentam imobilizá-lo com a força de seu peso, e vemos ziguezaguear a vela sustentada por um homem de joelhos que, com o outro braço, segura o louco mutilado pela cintura; e este grita tão alto que acorda uns que dormem, agita o sono de outros. De todas as partes, viram para seu lado, levantam-se um pouco, prestam atenção nessas lamentações incoerentes que, no entanto, acabam se apagando no escuro. No mesmo instante, em um outro canto, dois feridos deitados, crucificados no chão, xingam-se, e somos obrigados a afastar um deles para interromper esse colóquio furioso.

Eu me afasto até o ponto no qual a luz de fora penetra pelas vigas emaranhadas como através de uma grade destruída. Pulo a interminável série de macas que ocupam toda a largura dessa alameda subterrânea, baixa e estrangulada, na qual me sufoco. As formas humanas que estão prostradas sobre as macas não se mexem muito no momento, sob o fogo-fátuo das velas, e se imobilizam em seus gemidos surdos e reclamações.

Na borda de uma maca, um homem está sentado, apoiado contra o muro; e, no meio da sombra de suas vestimentas entreabertas, arrancadas, surge um peito branco e magro de mártir. Sua cabeça, toda inclinada para trás, está escondida pela sombra; mas vemos o batimento de seu coração.

O dia que, gota a gota, escorre em um trecho, é fruto de um desmoronamento: vários obuses, caídos no mesmo lugar, acabaram explodindo o espesso teto de terra do posto de assistência.

Aqui, alguns reflexos brancos revestem o azul dos casacos nos ombros e ao longo das pregas. Vemos se apertar em direção a essa saída, para usufruir de um pouco de ar pálido, afastar-se da necrópole, como mortos semiacordados, um grupo de homens paralisados pelas trevas tanto como pela fraqueza. No fim da escuridão, esse canto é como um escape, um oásis onde podemos ficar de pé, e onde somos angelicalmente tocados pela luz do céu.

– Tinha aqui homens que foram retalhados quando os obuses explodiram – diz-me alguém que esperava, com a boca entreaberta para o pobre raio de luz ali enterrado. Um nojo. Olha lá o padre que pega tudo que foi pelos ares.

O grande sargento-enfermeiro, vestindo uma rede de caça marrom – o que lhe dá um torso de gorila –, retira as tripas e as vísceras que pendem, enganchadas ao redor das vigas de madeira arrebentadas. Para isso, ele usa um fuzil munido de uma baioneta, porque não conseguiram encontrar um bastão suficientemente longo, e esse grande gigante, careca, barbudo e ofegante, maneja a arma desajeitadamente. Ele tem uma fisionomia doce, afável e infeliz, e tentando pegar restos de intestinos pelos cantos, balbucia com um ar consternado um rosário de "Ohs!" semelhantes a suspiros. Seus olhos estão mascarados por óculos azuis; sua respiração é ruidosa; ele tem um crânio de pobres dimensões e a grossura enorme de seu pescoço tem uma forma cônica.

Ao vê-lo assim, na extremidade do grande beco sem saída uivante, espetando e retirando os pedaços de entranhas e os restos de carne, com os pés nos escombros eriçados, diríamos que era um açougueiro ocupado com alguma tarefa diabólica.

Mas eu me deixei ficar em um canto, com os olhos semicerrados, sem ver quase mais nada do espetáculo que acontece, palpita e cai ao meu redor.

Ouço confusamente fragmentos de frases. Sempre a assustadora monotonia das histórias dos ferimentos:

– Em nome de Deus! Nesse lugar, acho que as balas se tocavam todas...

– Ele tinha a cabeça atravessada de uma têmpora à outra. Dava pra passar um barbante.

– Foi preciso uma hora para que esses canalhas se afastassem e parassem de nos metralhar...

Mais perto de mim, gaguejam no fim de um discurso:

– Quando durmo, sonho, e parece que o mato de novo!

Há um burburinho de outras evocações entre os feridos enterrados ali, e é um barulho de incontáveis rodas de uma máquina que gira, gira...

E eu ouço aquele que de seu banco, ao longe, repete: "De que adianta se lamentar?!", em todos os tons, imperioso ou lastimoso, ora como um profeta, ora como um náufrago, e acentua com seu grito esse conjunto de vozes sufocadas e queixosas que tentam, assustadoramente, cantar sua dor.

Alguém avança tateando o muro com um bastão, cego, e chega até mim. É Farfadet! Chamo-o. Ele se vira um pouco em minha direção e me diz que está com um olho destruído. O outro também está com curativos. Dou a ele meu lugar e o ajudo a se sentar segurando-o pelos ombros. Ele deixa que eu o ajude e, sentado na base do muro, espera pacientemente com sua resignação de empregado, como em uma sala de espera.

Paro um pouco mais longe, em um vazio. Ali, dois homens deitados falam baixo; eles estão tão perto de mim que os ouço sem escutar. São dois soldados da Legião Estrangeira, com o capacete e o casaco amarelo escuro.

– Não vale a pena tagarelar – zomba um deles. – Vou ficar desta vez. Está concorrido: estou com o intestino atravessado. Se estivesse em um hospital, em uma cidade, me operariam a tempo e ele poderia colar de novo. Mas aqui! Fui atingido ontem. Estamos a duas ou três horas da estrada de Béthune, né, e da estrada, quantas horas até uma ambulância que possa operar? E depois, quando vão nos pegar? Não é culpa de ninguém, sabe, mas é assim. Oh! Daqui em diante, sei bem, não vai ficar pior do que já está. Mas não vou durar muito com um buraco no meio das tripas. Você, sua mão vai ficar boa ou vão colocar outra. Eu, eu vou morrer.

– Ah! – diz o outro, convencido pela lógica de seu interlocutor.

Este, então, retoma:

– Escute, Dominique, você teve uma vida ruim. Você enchia a cara e se comportava mal. Você tem uma ficha suja.

– Não posso dizer que não é verdade porque é – diz o outro. – Mas o que você tem a ver com isso?

– Você ainda vai ter uma vida ruim depois da guerra, certamente, e ainda vai ter dor de cabeça por causa da história com o tanoeiro.

O outro, selvagem, torna-se agressivo:

– Cala a boca! O que tem a ver com isso?

– Eu não tenho mais família que você. Ninguém além de Louise – que não é da minha família porque não somos casados. Eu não tenho condenações além de alguns problemas militares. Meu nome está limpo.

– E daí? Não estou nem aí.

– Vou te dizer: pega meu nome. Pega, eu te dou: já que nenhum dos dois tem família.

– Teu nome?

– Você vai se chamar Léonard Carlotti, é tudo. Não é complicado. O que pode te acontecer? De repente, não vai mais ter condenação. Não será perseguido e vai poder ser feliz como eu teria sido se essa bala não tivesse me atravessado.

– Ah! Merda – diz o outro – você faria isso? Isso, meu velho, é demais pra mim!

– Pega. Está aqui na minha caderneta, no meu casaco. Vamos, pega e me dá a sua – que levo tudo comigo! Vai poder viver onde quiser, menos de onde venho onde me conhecem um pouco, em Longueville, na Tunísia. Você vai lembrar, e também, está escrito. Vai ter que ler essa caderneta. Eu não vou falar pra ninguém: pra que esses golpes funcionem, é melhor ficar quieto.

Ele se recolhe, depois diz tremendo:

– Talvez eu diga a Louise, para que ela ache que eu agi bem e pense o melhor de mim – quando escrever a ela pra dizer adeus.

Mas ele reconsidera e balança a cabeça com um esforço sublime:

– Não, não vou falar nem pra ela. Sei que é ela, mas as mulheres falam muito!

O outro o observa e repete:

– Ah! Meu Deus!

Sem ser notado pelos dois homens, abandonei o drama que se desencadeia na estreiteza desse canto lamentável confuso pela passagem e pelo tumulto.

Aproximo-me da conversa calma, convalescente, de dois pobres coitados:

– Ah! Meu velho, esse gosto que ele tem por sua videira! Você não vai achar nada entre cada pé...

– Esse pequenino, esse pequenininho, quando eu saía com ele e pegava seu pequeno punho, parecia que eu segurava o pescocinho morno de uma andorinha, sabe?

– O 547º, se conheço! Muito. Escute: é um regimento engraçado. Lá dentro, tem um *poilu* que se chama Petitjean, e um outro Petitpierre, e um outro Petitlouis... Meu velho, é como estou dizendo. Esse regimento aí é assim.

Enquanto começo a trilhar uma passagem para sair dessa caverna, escuto ao longe um grande barulho de queda e um concerto de exclamações.

O sargento-enfermeiro caiu. Pela brecha que ele livrava de seus detritos moles e sangrentos, uma bala atingiu sua garganta. Ele está estendido no chão, com todo seu corpo. Revira os grandes olhos atordoados e expele espuma.

Sua boca e a parte inferior de seu rosto estão rodeados por bolhas rosa. Colocam sua cabeça sobre um saco de curativos. Esse saco fica imediatamente ensopado de sangue. Um enfermeiro grita que "Isso vai estragar os pacotes de curativos, dos quais precisamos". Procuram sobre o que colocar essa cabeça que produz, sem cessar, uma espuma leve e colorida. Encontram apenas um pão, que deslizam sob os cabelos esponjosos.

Enquanto pegam a mão do sargento, interrogam-no, ele só consegue babar novas bolhas que se amontoam e vemos sua cabeça grande, escura pela barba, através dessa névoa rosa. Deitado, parece um monstro marinho que ofega, e a espuma transparente acumula-se e cobre até seus grandes olhos perturbados, despidos de seus óculos.

Depois ele agoniza. Agoniza como uma criança, e morre mexendo a cabeça para a direita e para a esquerda, como se tentasse suavemente dizer não.

Observo essa enorme massa imobilizada e penso que esse homem era bom. Ele tinha um coração puro e sensível. E como me reprovo por ter sido ríspido com ele algumas vezes por causa da estreiteza ingênua de seu pensamento e de uma certa indiscrição eclesiástica com a qual ele encarava tudo! E como sou feliz no meio dessa desgraça – sim, feliz a ponto de pular de alegria – por ter me contido um dia em que ele lia de esguelha uma carta que eu escrevia, por não lhe ter dirigido palavras irritadas que o teriam ferido injustamente! Eu me lembro da vez em que ele me enfureceu tanto com sua explicação sobre a Nossa Senhora e a França. Parecia-me impossível que ele emitisse sinceramente essas ideias. Por que ele não teria sido sincero? *Será que não estava realmente morto hoje*? Também me lembro de certos traços de devoção, de paciência forçada desse grande homem exilado tanto na guerra como na vida – e o resto são apenas detalhes. Suas próprias ideias são apenas detalhes ao lado de seu coração que está ali, no chão, em ruínas, nesse canto torturante. Esse homem do qual tudo me separava, com que força lamentei por ele!

... Foi então que o trovão caiu. Fomos violentamente jogados uns sobre os outros pelo tremor assustador do solo e dos muros. Foi como se a terra que nos segurasse tivesse desabado e se jogado sobre nós. Um lado da armação das vigas ruiu, alargando o buraco que já havia no subterrâneo. Outro choque: um outro lado, pulverizado, é destruído ruidosamente. O cadáver do grande sargento enfermeiro rolou como um tronco de árvore contra o muro. Toda a estrutura ao longo do jazigo, suas espessas vértebras escuras, quebraram a ponto de nos ensurdecer, e todos os prisioneiros desse calabouço fizeram ao mesmo tempo uma exclamação de horror.

Outras explosões ressoam sucessivamente e nos empurram para todos os lados. O bombardeio retalha e devora o abrigo de assistência, trespassa-o e encolhe-o. Enquanto esse ataque barulhento de obuses martela e esmaga com seus raios a extremidade aberta do posto, a luz do dia rompe pelas brechas. Vemos de forma mais precisa – e mais sobrenatural – os rostos inflamados ou marcados por uma palidez mortal, os olhos que se apagam na agonia ou se acendem na febre, os corpos empacotados de branco, remendados, as monstruosas bandagens. Tudo aquilo, que se escondia, volta à luz. Desvairados, cambaleando, tortos, enfrentando essa inundação da metralha e do carvão que acompanham os furacões de claridade, os feridos levantam-se, espalham-se, tentam fugir. Toda essa população espantada rola em blocos compactos, pela galeria baixa, como no porão oscilante de um grande barco que afunda.

O aviador, que se levantou o máximo que pôde, com a nuca no teto, agita seus braços, chama por Deus e lhe pergunta como ele se chama, qual é seu verdadeiro nome. Vemos cair sobre os outros, jogado pelo vento, aquele que, desarranjado, com as roupas abertas como uma grande ferida, mostra o coração como Cristo. O casaco do homem monótono que repete: "De que adianta se lamentar?!" revela-se todo verde, de um verde vivo, por causa do ácido pícrico proveniente, sem dúvida, da explosão que atingiu seu cérebro. Os outros – o resto – impotentes, estropiados, agitam-se, correm, rastejam, enfiam-se nos cantos, assumindo formas de toupeiras, pobres animais vulneráveis que a matilha assustadora dos obuses caça.

O bombardeio diminui, cessa, em uma névoa de fumaça ainda retumbante de estrondos, em um gás palpitante e ardente. Saio pela brecha; chego, ainda todo envolto, todo atado pelos rumores desesperados, sob o céu aberto, à terra mole onde estão afogadas as madeiras entre as quais as pernas se emaranham. Agarro-me aos destroços; eis a encosta do corredor. No momento em que mergulho nos corredores, eu os vejo, ao longe, sempre em movimento e sombrios, sempre preenchidos pela multidão que, transbordando das trincheiras, escoa sem fim para os postos de assistência. Durante os dias, durante as noites, veremos rolar e confluir longos riachos de homens arrancados dos campos de batalha, da planície com entranhas, e que sangra e apodrece lá, até o infinito.

22. O passeio

Tendo seguido o bulevar da República e depois a avenida Gambetta, desembocamos na praça do Comércio. Os pregos de nossas botas enceradas soam no pavimento da cidade. O tempo está bom. O céu ensolarado resplandece e brilha como através do vidro de uma estufa e faz as fachadas do lugar cintilarem. Nossos casacos bem escovados têm as abas abaixadas e, como geralmente elas estão levantadas, vemos desenharem-se, nessas abas flutuantes, dois quadrados, nos quais o tecido é mais azul.

Nosso grupo de *flâneurs* para um instante e hesita na frente de um café da subprefeitura, também chamado de O Grande Café.

– Temos o direito de entrar! – diz Volpatte.

– Tem muitos oficiais lá dentro – replica Blaire que, levantando o rosto por cima da cortina de guipure que decora o estabelecimento, arriscou dar uma olhada pelo vidro, por entre as letras de ouro.

– Além disso – diz Paradis – ainda não vimos o suficiente.

Nós retomamos a caminhada e os simples soldados que somos observam as suntuosas lojas que cercam o lugar:

armarinho, papelarias, farmácias, e como um uniforme estrelado de general, a vitrine de uma joalheria. Seus sorrisos decoravam o rosto. Estamos isentos de todo trabalho até a noite, estamos livres, somos donos de nosso tempo. As pernas dão passos suaves e descansados; as mãos, vazias, balançam, passeiam, elas também, para cá e para lá.

– Não tem o que dizer, vamos aproveitar esse descanso – observa Paradis.

Essa cidade que se abre para nós é muito impressionante. Tomamos contato com a vida, a vida populosa, a vida da retaguarda, a vida normal. Acreditamos frequentemente que, lá de longe, nunca chegaríamos até aqui!

Vemos senhores, senhoras, casais cheios de filhos, oficiais ingleses, aviadores reconhecíveis de longe por sua elegância esbelta e suas condecorações, e soldados que passeiam com suas roupas surradas e a pele esfolada, a única bijuteria de sua placa de identidade gravada cintilante ao sol sobre seu casaco, e se expõem, com cuidado, no belo cenário livre de todo pesadelo.

Nós fazemos exclamações como fazem aqueles que vêm de bem longe.

– É uma multidão! – maravilha-se Tirette.

– Ah! É uma cidade rica! – diz Blaire.

Uma operária passa e nos olha.

Volpatte me dá uma cotovelada, come-a com os olhos, com o pescoço esticado, depois me mostra mais adiante duas outras mulheres que se aproximam; e, com os olhos brilhando, constata que a vila é abundante em feminilidade:

– Meu velho, tem muita bunda!

Agora mesmo, Paradis teve que vencer alguma timidez para se aproximar de um conjunto de doces luxuosamente dispostos, tocá-los e comê-los; e, a cada instante, somos obrigados a parar no meio da calçada para esperar Blaire, atraído e detido pelas exposições onde estão dólmãs e quepes luxuosos, gravatas macias de cotil azul, coturnos vermelhos e brilhantes como mogno. Blaire chegou ao ponto culminante de sua transformação. Ele, que batia o recorde da negligência e da sujeira, é certamente o mais bem cuidado de nós, sobretudo depois da complicação de sua dentadura quebrada no ataque e reconstruída. Exala um ar de liberdade.

– Ele tem o ar jovem e juvenil – diz Marthereau.

Nós nos encontramos de repente cara a cara com uma criatura desdentada que sorri até o fundo da garganta... Alguns cabelos negros eriçam-se ao redor do chapéu. Seu rosto de grandes traços ingratos, crivado pela varíola, parece um desses rostos mal pintados sobre o tecido grosso de uma barraca de feira.

– Ela é bonita – diz Volpatte.

Marthereau, para quem ela sorriu, está mudo pela comoção.

Assim se divertem os *poilus* subitamente expostos ao feitiço de uma cidade. Usufruem cada vez mais do belo cenário nítido e inacreditavelmente limpo. Eles retomam a posse da vida calma e pacífica, da ideia de conforto e mesmo da felicidade para a qual as casas, em suma, foram feitas.

– Iríamos nos acostumar com isso, sabe, meu velho, depois de tudo!

No entanto o público junta-se ao redor de uma vitrine em que um comerciante de confecções montou, com a ajuda de manequins de madeira e cera, um grupo ridículo.

Sobre um solo semeado com pequenos seixos como o de um aquário, um alemão de joelhos com um terno novo com as dobras marcadas, e até mesmo pontuado com uma cruz de ferro de cartolina, estende suas mãos de madeira rósea a um oficial francês, cuja peruca crespa serve de almofada para um quepe de criança; ele tem as bochechas infladas, pálidas e seu olho de bebê inquebrável olha ao longe. Ao lado dos dois personagens está um fuzil emprestado de alguma coleção de lojinha de brinquedos. Uma inscrição indica o título da composição animada: *Kamerad!*

– Ah! Caramba!...

Diante dessa construção pueril, a única coisa aqui que lembra a imensa guerra que tortura algum lugar sob o céu, levantamos os ombros, damos risos amarelos, ofuscados e realmente feridos diante de nossas lembranças recentes; Tirette recolhe-se e prepara-se para lançar algum insulto irônico; mas esse protesto tarda a eclodir em sua alma por conta de nossa transplantação total, e da surpresa de estar em outro lugar.

Em seguida, uma senhora muito elegante, que sussurra, irradiada por sua seda violeta e negra e exalando perfume, avista nosso grupo e, avançando sua mão coberta por uma luva, toca a manga de Volpatte, depois o ombro de Blaire. Eles se imobilizam imediatamente, fascinados pelo contato direto dessa fada.

– Me digam, senhores, vocês que são verdadeiros soldados do *front*, viram isso nas trincheiras, não?

– Eh... sim... sim... – respondem, muito intimidados e completamente lisonjeados, os dois pobres homens.

– Ah!... Vejam! Eles vêm de lá! – murmuram na multidão.

Quando ficamos novamente entre nós, sobre as pedras perfeitas da calçada, Volpatte e Blaire se olham. Eles balançam a cabeça.

– No fim das contas – diz Volpatte – é um pouco assim, mesmo.

– Ah, claro!

E essas foram, nesse dia, suas primeiras palavras de negação.

*

Entramos no Café da Indústria e das Flores.

Um caminho de espartaria adorna o meio do pavimento. Vemos, pintadas ao longo das paredes, ao longo dos pilares quadrados que sustentam o teto e acima do balcão, flores violetas, grandes papoulas avermelhadas e rosas como se fossem repolhos vermelhos.

– Não tem o que dizer, temos bom gosto na França – diz Tirette.

– Precisaram de muita paciência pra fazer isso – constata Blaire observando esses floreados multicores.

– Em estabelecimentos como esse – acrescenta Volpatte – não temos só o prazer de beber!

Paradis nos diz que tem o costume de ir a cafés. Frequentemente, em outros tempos, ele esteve, aos domingos, em cafés tão bonitos e até mais bonitos que aquele. Mas faz muito tempo, explica-nos, e ele havia esquecido o sabor que eles têm. Mostra uma pequena fonte de esmalte decorada com flores e inclinada na parede.

– Tem como lavar as mãos.

Nós nos dirigimos, educadamente, para a fonte. Volpatte faz sinal para Paradis abrir a torneira.

– Faça ela funcionar.

Depois, nós cinco, chegamos ao salão já decorado em toda sua extensão por consumidores, e nos instalamos em uma mesa.

– Vamos tomar cinco vermutes de cassis, né?

– Tenho certeza de que a gente iria se acostumar de novo, depois de tudo – eles repetem.

Alguns civis levantam-se e ficam em volta de nós. Dizem à meia-voz:

– Todos têm a cruz da guerra, Adolphe, olha...

– São verdadeiros *poilus*!

Os companheiros ouviram. Eles passam a conversar distraidamente entre si, com a atenção distante e, inconscientemente, aprumam-se.

Um momento depois, o homem e a mulher que fizeram esses comentários, inclinados sobre nós, com os cotovelos sobre o mármore branco, interrogam-nos:

– A vida nas trincheiras é dura, não?

– Eh... Sim... Ah! Não é brincadeira sempre, né, senhora...

– Que admirável resistência física e moral vocês têm! Vocês acabam se acostumando com essa vida, não?

– Sim, senhora, a gente se acostuma, a gente se acostuma bem.

– Mesmo assim é uma vida terrível e de sofrimentos – murmura a senhora folheando uma revista ilustrada com algumas imagens sinistras de terrenos destruídos. – Não deveriam publicar essas coisas, Adolphe! A sujeira, os piolhos, as corveias... Mesmo corajosos, vocês devem ser infelizes, não?

Volpatte, a quem ela se dirige, ruboriza-se. Ele tem vergonha da miséria de onde veio e para a qual voltará. Abaixa a cabeça e mente, sem se dar conta, talvez, de toda sua mentira:

– Não, no fim das contas, não somos infelizes... Não é tão terrível assim!

A senhora compartilha desta opinião.

– Eu sei bem – ela diz – que há compensações! Deve ser magnífico, um ataque, hein? Todas essas massas de homens que marcham como para uma festa! E o clarim que ressoa na campanha: "Tem o que comemorar!" e os soldadinhos que não podem parar e que gritam: "Viva a França!", ou até morrem sorrindo!... Ah! Nós não somos honrados como vocês: meu marido é empregado na Prefeitura e, nesse momento, está de licença para cuidar do reumatismo.

– Eu queria muito ser soldado – diz o senhor – mas não tenho sorte: meu chefe no escritório não pode ficar sem mim.

As pessoas vêm e vão, acotovelam-se, somem umas diante das outras. Os garçons esgueiram-se com seus frágeis e faiscantes fardos verdes, vermelhos ou amarelo-vivo bordado de branco. O chiado dos passos sobre o pavimento areado mistura-se às interjeições dos frequentadores que se reencontram, uns de pé, outros apoiados, aos ruídos arrastados dos copos e dos dominós sobre o mármore das mesas... Ao fundo, o choque das bolas de bilhar atrai e amontoa um círculo de espectadores do qual saem gracejos clássicos.

– Cada um com seu negócio, meu amigo – diz para Tirette, do outro canto da mesa, um homem cuja fisionomia está pintada com cores fortes. – Vocês são heróis. Nós trabalhamos na vida econômica do país. É uma luta como a sua. Eu sou útil, não mais que vocês, mas tanto quanto.

Eu vejo Tirette – o gaiato da esquadra! – que, surpreso, abre bem os olhos entre as nuvens de cigarro, e o ouço com dificuldade, no burburinho, responder com uma voz humilde e prostrada:

– Sim, é verdade... Cada um com seu negócio.

Nós partimos discretamente.

*

Quando saímos do Café das Flores, não falamos muito. Parece que não sabemos mais falar. Uma espécie de descontentamento franze e desfigura o rosto de meus companheiros. Eles parecem perceber que, em uma ocasião essencial, não fizeram seu dever.

– Tudo que esses covardes nos disseram naquela língua lá! – Tirette resmunga, enfim, com um rancor que sai e se fortalece na medida em que ficamos entre nós.

– A gente devia ter ficado bêbado hoje!..... – responde Paradis, brutalmente.

Andamos sem dizer nada. Depois de algum tempo:

– São uns cretinos, cretinos sujos – retoma Tirette. – Quiseram impressionar a gente, mas isso não funciona comigo! Se visse essa gente de novo – ele se irrita num crescente – diria isso na cara deles!

– Não vamos vê-los de novo – diz Blaire.

– Em oito dias, podemos estar mortos – diz Volpatte.

Nas redondezas, trombamos com uma multidão que saía da Prefeitura e de um outro monumento público com um frontão e colunas de um templo. É a saída dos escritórios: civis de todos os tipos e todas as idades, e militares velhos e jovens que, de longe, estão vestidos um pouco como nós... Mas, de perto, por entre seus disfarces de soldados e de seus galões, suas identidades de escondidos e desertores da guerra revelam-se.

Mulheres e crianças esperam-nos, em grupos belos e felizes. Os comerciantes fecham suas lojas com amor, sorrindo para o dia que termina e para o amanhã, exaltados pelo intenso e perpétuo *frisson* dos lucros que aumentam, pelo crescente tilintar do caixa. E permanecem bem no coração de seus lares; eles só precisam abaixar para beijar seus filhos. Vemos brilhar nas primeiras estrelas da rua toda essa gente rica que enriquece, toda essa gente tranquila que se tranquiliza a cada dia e que sentimos plenas, enfim, de uma prece inconfessável. Todos retornam suavemente, graças ao fim do dia, adentram nas casas reformadas e nos cafés onde serão servidos. Casais – mulheres jovens e homens jovens ou soldados, carregando alguma insígnia de preservação bordada no colarinho – formam-se e apressam-se, no escurecimento do resto do mundo, para a aurora de seus quartos, para a noite de repouso e de carícias.

Passando bem perto da janela entreaberta do térreo de um prédio, vimos a brisa encher a cortina de rendas e lhe dar a forma leve e doce de uma camisa...

O avançar da multidão repele-nos como os pobres estrangeiros que somos.

Nós vagamos pelas calçadas da rua, pelo crepúsculo, que começa a dourar com luzes – nas cidades, a noite enfeita-se com bijuterias. O espetáculo desse mundo deu-nos, enfim, sem que pudéssemos nos defender, a revelação da grande realidade: uma Diferença que se desenha entre os seres, uma Diferença muito mais profunda e com lacunas mais intransponíveis que aquela das raças: a divisão nítida, rachada – e realmente irremissível –, aquela que há entre a massa de um país, entre aqueles que aproveitam e aqueles que sofrem... aqueles que pedem sacrificar tudo, tudo, cujo nome, força e martírio são levados ao limite, e sobre os quais caminham, avançam, sorriem e progridem os outros.

Algumas roupas de luto fazem uma mancha na massa e comungam conosco, mas o resto está em festa, não de luto.

– Não tem um só país, não é verdade – diz Volpatte, subitamente, com uma precisão singular. – Tem dois. Estamos divididos em dois países estrangeiros: a dianteira, lá longe, onde há muitos infelizes; e a retaguarda, aqui, onde há muitos felizes.

– Quer o quê!? Funciona... é preciso... é a retaguarda... Depois...

– Sim, eu sei, mas mesmo assim, mesmo assim, tem muitos, e são muito felizes, e são sempre os mesmos, e não está certo...

– Quer o quê?! – pergunta Tirette.

– É uma pena! – acrescenta Blaire, mais simplesmente ainda.

– Em oito dias, podemos estar mortos! – Volpatte contenta-se em repetir, enquanto vamos embora, com a cabeça baixa.

23. A corveia

A noite cai sobre a trincheira. Aproximou-se durante todo dia, invisível como uma desgraça, e agora invadiu as encostas das longas valas como os lábios de uma praga infinita.

No fundo da rachadura, desde cedo, falamos, comemos, dormimos, escrevemos. Com a chegada da noite, uma agitação propagou-se no buraco sem fronteiras, sacudindo e unificando a desordem inerte e as solidões dos homens dispersos. É a hora em que nos vestimos para trabalhar.

Volpatte e Tirette aproximam-se juntos.

– Mais um dia se foi, um dia como os outros – diz Volpatte olhando a nuvem que escurece.

– Você não sabe nada, nosso dia não terminou – responde Tirette.

Uma longa experiência na infelicidade ensinou-o e ele não pode, aqui onde estamos, nem mesmo antecipar o humilde futuro de uma noite banal e já a caminho...

– Vamos, reunir!

Nós nos reunimos com a lentidão distraída de costume. Cada um leva seu fuzil, suas cartucheiras, seu cantil e sua bolsa munida de um pedaço de pão. Volpatte ainda come, com a bochecha pontuda e palpitante. Paradis resmunga e range os dentes, com o nariz roxo. Fouillade arrasta seu fuzil como uma vassoura. Marthereau observa e depois coloca em seu bolso um lenço triste, amarrotado, duro.

Faz frio, garoa. Todo mundo treme.

Ouvimos em um tom de reza, mais longe:

– Duas pás, uma picareta, duas pás, uma picareta...

A fila encaminha-se para esse depósito de material, para na entrada e parte novamente, cheia de ferramentas.

– Todo mundo está aqui? Vamos! – diz o cabo.

Descemos rapidamente, rolamos. Vamos para a dianteira, não sabemos para onde. Não sabemos nada, a não ser que o céu e a terra irão confundir-se em um mesmo abismo.

*

Saímos da trincheira já escurecida como um vulcão apagado e nos encontramos sobre a planície no crepúsculo nu.

Grandes nuvens cinza, cheias de água, pendem do céu. A planície está cinzenta, palidamente iluminada, com a grama lamacenta e marcada pela água. De um lugar a outro, as árvores destruídas mostram apenas espécies de membros e contorções.

Não vemos muito além de nós na névoa úmida. Na verdade, olhamos apenas para o chão, para o lodo em que deslizamos.

– Que lamaçal!

Atravessando os campos, amassamos e esmagamos uma pasta de consistência viscosa que se expõe e reflui sem cessar a cada passo.

– Creme de chocolate!... Creme de café!

Nas partes empedradas – as antigas estradas apagadas, tornadas estéreis como os campos – a tropa a caminho tritura, através da camada grudenta, o sílex que se descola e estala sob os sapatos com ferro.

– Parece que a gente anda em cima de um pão torrado com manteiga!

Às vezes, no declive de uma colina, há uma lama escura e espessa, profundamente rachada, como a que se acumula ao redor dos cochos nas vilas. Nesses sulcos, há poças, charcos, pântanos cujas bordas irregulares parecem desfiguradas.

Os gracejos dos gaiatos que, frescos e fortes no começo, gritavam "cuidado! cuidado!" quando havia água, diminuem, tornam-se pesados. Pouco a pouco, os gaiatos apagam-se. A chuva fica forte. Nós a ouvimos. O dia diminui, o espaço confuso encolhe-se. No chão, na água, um resto de claridade amarela e lívida esparrama-se.

A oeste desenha-se uma silhueta enevoada de monges sob a chuva. É uma companhia do 204º, enrolada com lonas de barracas. Vemos, de passagem, seus rostos apressados e desbotados, seus narizes escuros, esses grandes lobos molhados. Depois não os vemos mais.

Nós seguimos a pista que é, no meio dos campos confusamente gramados, um campo argiloso raiado com incontáveis trilhas paralelas, arado no mesmo sentido pelos pés e pelas rodas que vão para a dianteira e para a retaguarda.

Saltamos por cima dos corredores escancarados. Nem sempre é fácil: as bordas tornaram-se grudentas, escorregadias, e os escoamentos alargam-nas. Além disso, o cansaço começa a pesar sobre nossos ombros. Veículos cruzam conosco fazendo muito barulho e jogando lama em nós. Os trens da artilharia que vão na frente atolam e espirram em nós jatos de uma água pesada. Os caminhões carregam espécies de rodas líquidas que giram ao redor das rodas e esguicham no raio de cada tumultuoso vagão.

Na medida em que a noite se acentua, as atrelagens sacudidas e de onde se elevam pescoços de cavalos e os perfis dos cavaleiros com suas capas flutuantes e seus mosquetes na bandoleira desenham-se de uma forma mais fantástica nas ondas nebulosas do céu. Em certo momento, há um acúmulo de caixotes da artilharia. Os cavalos param, ficam no lugar, enquanto passamos. Escutamos uma confusão do ranger dos eixos, das vozes, das disputas, das ordens que se encontram, e o grande barulho de oceano da chuva. Vemos esfumaçarem-se, por cima de uma briga obscura, as garupas dos cavalos e as capas dos cavaleiros.

– Atenção!

No chão, à direita, alguma coisa estende-se. É uma fileira de mortos. Instintivamente, ao passarmos, o pé os evita e o olho os observa. Vemos solas levantadas, gargantas tensionadas, o buraco nos rostos vagos, mãos um pouco crispadas, por cima da confusão escura.

E continuamos, continuamos, sobre esses campos ainda pálidos e gastos pelos passos, sob o céu no qual as nuvens se desdobram, rasgadas como um tecido na imensidão escura que parece se sujar, há tantos dias, pelo longo contato com tão pobre multidão humana.

Depois descemos novamente para os corredores.

Eles estão em um nível inferior. Para alcançá-los fazemos um grande circuito, sendo que aqueles que estão atrás veem a uma centena de metros o conjunto da companhia se desdobrar no crepúsculo, pequenos homens obscuros agarrados aos declives, que se seguem e se separam, com suas ferramentas e seus fuzis em pé de cada lado de sua cabeça, uma magra linha insignificante de suplicantes que se enterram levantando os braços.

Esses corredores, que ainda estão na segunda linha, são populosos. Na soleira de seus abrigos, de onde pende e bate uma pele de animal ou uma lona cinza, homens agachados, hirsutos, olham-nos passar com um olhar parado, como se não vissem nada. Para fora de outras lonas, esticadas até embaixo, saem pés e roncos.

– Meu Deus! Que comprido! – começam as reclamações entre os que caminham.

Uma agitação, um retrocesso.

— Alto!

É preciso parar para deixar outros passarem. Nós nos amontoamos, insultando, pelos lados fugidios da trincheira. É uma companhia de artilheiros com seus estranhos fardos.

Isso não acaba mais. Essas pausas longas são extenuantes. Os músculos começam a puxar. A parada prolongada esmaga-nos.

Mal voltamos a caminhar e é preciso recuar para um corredor separado para deixar o revezamento dos telefonistas passar. Recuamos, como gado desajeitado.

Partimos ainda mais pesados.

— Cuidado com o fio!

O fio telefônico ondula por cima da trincheira, a qual atravessa entre dois piquetes. Quando não está bem esticado e sua curva mergulha nos buracos, engancha nos fuzis dos homens que passam, e os homens pegos debatem-se e reclamam dos telefonistas que nunca sabem pregar seus fios.

Depois, como o emaranhado dos preciosos fios aumenta, colocamos o fuzil nos ombros com a coronha para cima, carregamos as pás de cabeça para baixo e avançamos curvados.

*

Um súbito abrandamento impõe-se à caminhada. Avançamos apenas passo a passo, encaixados uns nos outros. No começo da fila devem ter encontrado dificuldades.

Chegamos ao local: um declive do solo conduz a uma fissura que se abre. É o Corredor Coberto. Os outros desapareceram por essa espécie de porta baixa.

— Então, é pra entrar nessa tripa?

Cada um hesita antes de ser engolido pela estreita treva subterrânea. É a soma dessas hesitações e morosidades que repercute na parte de trás da fila, em incertezas e, às vezes, em paradas com bruscas frenagens.

Desde os primeiros passos no Corredor Coberto, uma pesada obscuridade cai sobre nós e nos separa, um a um. Um cheiro de jazigo mofado e de pântano nos penetra. Distinguimos no teto desse corredor barrento que nos absorve alguns raios de sol e buracos de palidez: os interstícios e as fendas das pranchas de cima; filetes de água caem em alguns lugares, abundantemente, e, apesar das precauções para andar, vacilamos sobre os amontoados de madeira; batemos, de lado, na vaga presença vertical das madeiras de sustentação.

A atmosfera dessa interminável passagem fechada trepida surdamente: é a máquina do projetor que está instalada ali e pela qual vamos passar.

Depois de quinze minutos tateando, afogados lá dentro, alguém já cheio da água e da sombra e cansado de trombar com o desconhecido resmunga:

– Não estou nem aí, vou acender!

Uma lâmpada elétrica jorra seu raio ofuscante. Imediatamente ouvimos o sargento berrar:

– Meu Deus! Quem é o completo imbecil que acendeu a luz? Está louco? Não vê que dá pra ver, sarnento, pelo teto!

A lâmpada elétrica, após ter acordado, com seu cone luminoso, as sombrias paredes suarentas, volta a dormir.

– É muito difícil de ver – caçoa o homem – nem estamos na linha de frente!

– Ah! Não dá pra ver!...

E o sargento que, inserido na fila, continua a caminhar na frente e, como podemos prever, vira-se, caminhando, tenta dar uma explicação entrecortada.

– Que imbecil, meu Deus, que figura!

Mas, de repente, berra de novo:

– Ainda tem um que fuma! Que bela baderna!

Ele quer parar dessa vez, mas tenta em vão se empinar e se segurar, ofegando, é obrigado a seguir o fluxo apressadamente, e é levado com as novas vociferações que o devoram, enquanto o cigarro, causa de sua fúria, desaparece em silêncio.

*

As batidas bruscas da máquina acentuam-se, e um calor aumenta ao redor de nós. Na medida em que avançamos, o ar abafado do corredor vibra cada vez mais. Rapidamente, a trepidação do motor martela nossos ouvidos e nos sacode por inteiro. O calor aumenta: é como o sopro de uma besta chegando aos nossos rostos. Descemos para a agitação de alguma oficina infernal, pelo caminho dessa fossa enterrada, na qual uma luz vermelho-escura, em que se esboçam nossas sombras maciças, curvadas, começa a colorir as paredes.

Em uma confusão crescente e diabólica, com um vento quente e luzes, rolamos para a fornalha. Estamos surdos. Agora parecia que o motor avançava pela galeria, ao nosso encontro, como uma motocicleta desenfreada que se aproxima vertiginosamente com seu farol e sua violência.

Passamos, meio cegados, queimados, diante da fornalha vermelha e do motor escuro, cujo volante ronca como um furacão. Mal temos tempo de ver ali as agitações dos homens. Fechamos os olhos, estamos sufocados pelo contato com esse bafo incandescente e ruidoso.

Em seguida, o barulho e o calor aumentam atrás de nós e diminuem... E meu vizinho murmura com sua barba:

– E aquele idiota dizia que dava pra ver a lâmpada!

Eis o ar livre! O céu está azul bem escuro, com uma cor um pouco mais fraca que a da terra. A chuva piora. Andamos com dificuldade nessa massa lamacenta. A sola inteira afunda e sentimos uma dor aguda de cansaço para retirar o pé a cada vez. Não vemos muito na noite. Vemos, no entanto, na saída do buraco, uma confusão de vigas que se debatem na trincheira alargada: algum abrigo demolido.

Um projetor para nesse momento sobre nós seu grande braço articulado e feérico, que passeava pelo infinito – e descobrimos que o emaranhado de vigas desenraizadas e enterradas e de madeiras quebradas está cheio de soldados mortos. Bem perto de mim, uma cabeça foi recolocada em um corpo ajoelhado, com um laço fraco, e pende sobre as costas: na bochecha, uma placa escura recortada por gotas coaguladas. Um outro corpo abraça um piquete e está caído pela metade. Um outro, deitado em círculo, partido ao meio pelo obus, mostra sua barriga e suas costas pálidas. Um outro, estendido no começo da pilha, deixa sua mão se arrastar pela passagem. Nesse lugar em que passamos apenas de noite – porque a trincheira, atulhada ali pelo desmoronamento, é inacessível de dia – todo mundo pisa nessa mão. À luz do projetor, eu a vi bem, esquelética, gasta – vaga barbatana atrofiada.

A chuva está forte. Seu barulho de escoamento domina tudo. É uma desolação assustadora. Nós a sentimos na pele; ela nos despe. Entramos no corredor descoberto, enquanto a noite e a tempestade se voltam para eles, e agitam essa confusão de mortos encalhados e agarrados a esse quadrado de terra como se fosse uma jangada.

O vento congela as lágrimas do suor em nossos rostos. É quase meia-noite. Faz seis horas que andamos no enorme peso da lama.

É a hora em que, nos teatros de Paris, estrelados por lustres e floridos de lâmpadas, cheios da febre luxuosa, do roçar das roupas, do calor das festas, uma multidão bajuladora, radiante, fala, ri, sorri, aplaude, alegra-se, sente-se suavemente tocada pelas emoções engenhosamente trabalhadas que o teatro apresenta, ou se exibe, satisfeita com o esplendor e a riqueza das apoteoses militares que enchem a cena do *music hall*.

– Estamos chegando? Meu Deus, não vamos chegar nunca?

Uma lamentação exala-se da longa fila que se sacode nas fendas da terra, carregando o fuzil, carregando a pá ou a picareta na enxurrada sem fim. Caminhamos; caminhamos. O cansaço entorpece-nos e joga-nos para um lado, depois para outro: pesados e encharcados, batemos o ombro na terra molhada como nós.

– Alto!
– Chegamos?

– Ah, sim, chegamos!

Por um momento, um forte recuo desenha-se e nos arrasta, no meio do qual um rumor corre:

– Estamos perdidos.

A verdade aparece na confusão da horda errante: pegamos a estrada errada em algum cruzamento e agora fica difícil para reencontrar o caminho certo.

Além disso, chega a notícia, no boca a boca, de que atrás de nós está uma companhia de armas que sobe para as linhas. O caminho que tomamos está cheio de homens. Há um engarrafamento.

É preciso, custe o que custar, tentar voltar à trincheira que perdemos e que, parece, está à nossa esquerda, alcançando-a por uma sapa qualquer. A raiva dos homens no limite de suas forças explode em gestos e violentas recriminações. Eles se arrastam, depois jogam suas ferramentas e ficam por ali. Em alguns lugares, há grupos compactos – que se jogam no chão. A tropa espera, espalhada de norte a sul, sob a chuva impiedosa.

O tenente que conduz a caminhada – responsável por estarmos perdidos – esgueira-se entre os homens, procurando uma saída lateral. Um pequeno corredor abre-se, baixo e estreito.

– É por ali, não tem erro – o oficial apressa-se em dizer. – Vamos, adiante, meus amigos!

Cada um retoma seu fardo de má vontade... Mas um concerto de maldições e xingamentos começa no grupo que entrou na pequena sapa:

– É pelas latrinas!

Um odor nauseabundo vem do corredor, revelando o local indiscutivelmente. Os que haviam entrado ali param, trombam-se, recusam-se a continuar. Nós nos amontoamos, paralisados na soleira dessas latrinas.

– Prefiro ir pela planície! – grita um homem.

Mas os relâmpagos rasgam o céu sobre as encostas por todos os lados, e daqui desse buraco cheio de sombra efervescente o cenário é tão impressionante, com seus feixes de chamas retumbantes que o dominam no alto do céu, que ninguém responde a esse louco.

Querendo ou não, é preciso passar por ali já que não podemos retroceder.

– Adiante na merda! – grita o primeiro do grupo.

Nós avançamos, oprimidos pelo nojo. O fedor torna-se intolerável. Caminhamos nos dejetos nos quais sentimos, no meio do lodo terroso, pedaços moles.

Balas assobiam.

– Abaixem a cabeça!

Como o corredor é pouco profundo, somos obrigados a nos curvar muito para não sermos mortos e andar, curvados, em meio à confusão de excrementos manchados com papéis esparsos nos quais pisamos.

Enfim, caímos novamente no corredor que deixamos por engano. Recomeçamos a caminhar. Caminhamos sempre, sem nunca chegar.

O riacho que corre no momento no fundo da trincheira lava a fetidez e a gordura infame de nossos pés, enquanto vagamos, mudos, com a cabeça vazia, no embrutecimento e na vertigem do cansaço.

Os estrondos da artilharia sucedem-se com mais frequência e acabam formando um só estrondo da terra inteira. Por todos os lados, os primeiros tiros ou as explosões lançam seu raio ligeiro que mancha com faixas confusas o céu negro acima de nossas cabeças. Depois o bombardeio torna-se tão denso que os clarões não param mais. No meio da cadeia contínua de trovões vemos claramente uns aos outros, os capacetes escorrendo como o corpo de um peixe, os couros molhados, os ferros da pá negros e brilhantes, e até as gotas brancas da chuva eterna. Nunca assisti a um espetáculo como esse: é, na verdade, como um luar fabricado a tiros de canhão.

Ao mesmo tempo uma profusão de foguetes parte de nossas linhas e das linhas inimigas; eles se unem e se misturam em grupos estrelados; houve, em um momento, uma Grande Ursa de foguetes no vale do céu que observamos entre os parapeitos – para iluminar nossa assustadora viagem.

*

Estamos novamente perdidos. Desta vez, devemos estar bem perto da linha de frente; mas uma depressão do terreno desenha nessa parte da planície uma vaga bacia percorrida por sombras.

Nós ladeamos uma sapa em um sentido, depois em outro. Na vibração fosforescente do canhão, tremida como no cinematógrafo, vemos acima do parapeito dois padioleiros tentando transpor a trincheira com sua maca carregada.

O tenente, que pelo menos sabe para onde deve conduzir a equipe de trabalhadores, interpela-os:

– Onde é o Corredor Novo?
– Não sei.

Nós fazemos, da fila, uma outra pergunta: "Estamos a que distância dos boches?" Eles não respondem. Conversam.

– Eu vou parar – diz o da frente. – Estou muito cansado.
– Vamos! Adiante, meu Deus! – o outro diz com um tom grosseiro chafurdando pesadamente, os braços puxados pela maca. – Não vamos ficar mofando aqui.

Eles colocam a maca sobre o parapeito, com a extremidade avançando na trincheira. Vemos, passando por baixo, os pés do homem estendido; e a chuva que cai sobre a maca escorre escurecida.

– É um ferido? – perguntamos de baixo.
– Não, um cadáver – resmunga dessa vez o padioleiro – e pesa no mínimo oitenta quilos. Os feridos, não sei – faz dois dias e duas noites que não os transportamos –, mas é duro se acabar para arrastar os mortos.

E o padioleiro, de pé na beira da encosta, põe um pé na base da encosta que está na sua frente, por cima do buraco, e com as pernas separadas, quase desequilibrando, segura a maca e começa a arrastá-la do outro lado; e chama seu companheiro para ajudá-lo.

Um pouco mais longe, vemos a forma de um oficial encapuzado inclinar-se. Ele levou a mão ao rosto e duas linhas douradas apareceram em sua manga.
Vai nos indicar o caminho... Mas ele fala: pergunta se não vimos sua bateria, que ele está procurando.
Não chegaremos nunca.
No entanto, chegamos.
Chegamos a um campo da cor do carvão, eriçado com alguns piquetes magros; e no qual subimos e nos espalhamos em silêncio. É ali.
Há uma confusão para nos posicionarmos. Em quatro tentativas diferentes; é preciso avançar, depois retroceder para que a companhia se escalone regularmente ao longo do corredor que vamos cavar e para que o mesmo intervalo exista entre cada equipe de um homem com uma picareta e dois homens com a pá.
– Mais três passos... É muito. Um passo pra trás. Vamos, um passo pra trás, estão surdos?... Alto!... Aí!
Esse posicionamento é conduzido pelo tenente e um suboficial da Inteligência que surgiu da terra. Juntos ou separados, eles se irritam, correm pela fila, dão suas ordens em voz baixa na frente dos homens e, às vezes, pegam-nos pelo braço para guiá-los. A operação, iniciada com ordem, degenera, por causa do mau humor dos homens esgotados que, continuamente, são arrancados de onde estão prostrados, em uma agitada confusão.
– Estamos na frente das linhas de frente – dizem bem baixo ao meu redor.
– Não – murmuram outras vozes – estamos bem atrás.
Não sabemos. A chuva, no entanto, fica mais fraca do que em certos momentos da caminhada. Mas de que importa a chuva! Nós deitamos no chão. Estamos tão bem, com

as costas e os membros na lama mole, que ficamos indiferentes à água que pinga em nosso rosto, toca nossa pele e à cama esponjosa que nos sustenta.

Mas mal temos tempo de respirar. Não nos deixam descansar imprudentemente. É preciso fazer o trabalho árduo. São duas horas da manhã: em quatro horas, estará muito claro para que possamos ficar aqui. Não há um minuto a perder.

– Cada homem – dizem-nos – deve cavar 1,5 metro de distância com 0,7 metro de largura e 0,8 metro de profundidade. Cada equipe tem, então, seus 4,5 metros. E vamos logo com isso, é o que aconselho: quanto mais cedo acabar, mais cedo vão embora.

Conhecemos essa conversa. Não há nenhum exemplo nos anais do regimento dizendo que uma corveia de terraplenagem tenha partido antes da hora em que forçosamente tem que abandonar o local para não ser vista, marcada e destruída com sua obra.

Murmuram:

– Está bem, está bem... Nem precisa falar. Economiza.

Mas – a não ser por alguns dorminhocos invencíveis que logo serão obrigados a trabalhar de forma sobre-humana – todo mundo começa a trabalhar com garra.

Atacamos a primeira camada da nova linha: montes de terra fibrosos pela grama. A facilidade e a rapidez com as quais o trabalho começa – como todos os trabalhos de terraplenagem – dão a ilusão de que acabará rápido, de que poderemos dormir no seu buraco, e isso aviva um certo ardor.

Mas, seja por causa do barulho das pás, seja porque alguns, apesar das repreensões, falam um pouco alto, nossa agitação acorda um foguete, que chia verticalmente à nossa direita com sua linha inflamada.

– Abaixem!

Todo mundo se abaixa, e o foguete balança e passeia com sua imensa palidez sobre uma espécie de campo de mortos.

Quando ele se apaga, ouvimos aqui e ali, depois por toda parte, os homens livrando-se da imobilidade que os escondia, levantando-se e voltando ao trabalho com mais precaução.

Logo, um outro foguete lança sua longa haste dourada, ilumina ainda mais a obscura linha dos fazedores de trincheiras, que se deitam e se imobilizam. Depois um outro, depois um outro.

As balas rasgam o ar ao nosso redor. Ouvimos gritarem:
– Um ferido!

Ele passa, sustentado pelos companheiros; parece que há vários feridos. Vislumbramos esse grupo de homens que se arrastam uns aos outros e se vão.

O local torna-se perigoso. Abaixamos, agachamos. Alguns mexem na terra de joelhos. Outros trabalham deitados, esforçam-se e se viram de um lado para o outro, como quem está tendo um pesadelo. A terra, cuja primeira camada foi fácil de retirar, torna-se barrenta e grudenta, fica difícil de manejar e cola na ferramenta como uma resina. É preciso, a cada cavada, raspar seu ferro.

Um magro relevo de terra já serpenteia, e cada um dá a impressão de reforçar esse embrião de encosta com sua bolsa de comida e seu casaco enrolados, e se esconde atrás desse pequeno monte de sombra quando uma rajada chega...

Transpiramos enquanto trabalhamos; quando paramos, somos atravessados pelo frio. Também somos obrigados a vencer a dor do cansaço e retomar o trabalho.

Não, não vamos terminar... A terra torna-se cada vez mais pesada. Um feitiço parece cair sobre nós e paralisar nossos braços. Os foguetes perseguem-nos, caçam-nos, não permitem que nos mexamos por muito tempo; e, depois que cada um deles nos petrificou com sua luz, temos que lutar contra uma tarefa mais indócil. É com uma lentidão desesperadora, com sofrimento, que o buraco desce em direção às profundezas.

O solo amolece, cada cavada goteja e escorre, e se solta da pá com um ruído flácido. Alguém, enfim, grita:

– Tem água!

Esse grito repercute e corre por todas as fileiras de trabalhadores:

– Tem água. Não dá pra fazer nada.

– A equipe do Mélusson cavou mais fundo e tem água. Chegaram a um charco.

– Não dá pra fazer nada.

Paramos, no meio da confusão. Ouvimos, no meio da noite, o barulho das pás e das picaretas sendo jogadas como armas inúteis. Os suboficiais, tateando, procuram o oficial para pedir instruções. E, pelos lugares, sem querer mais que isso, os homens adormecem deliciosamente sob a carícia da chuva e sob os foguetes radiantes...

*

Foi perto desse momento – tanto quanto me lembro – que o bombardeio começou.

O primeiro obus chegou com uma terrível crepitação do céu, que pareceu se rasgar em dois, e outros assobios já convergiam sobre nós quando sua explosão levantou o solo na altura da cabeça do destacamento, dentro da grandeza da noite e da chuva, mostrando gesticulações em uma brusca tela vermelha.

Sem dúvida, com a ajuda dos foguetes, eles nos viram e regularam seus tiros em nossa direção...

Os homens apressaram-se, rolaram para a pequena fossa inundada que haviam cavado. Ali entraram, banharam-se, enterraram-se, colocando o ferro das pás acima das cabeças. Pela direita, pela esquerda, pela frente, por trás, os obuses explodiram, tão próximos, que cada um nos empurrava e nos sacudia em nossa camada de terra barrenta. Logo transformou-se em um único tremor contínuo que agitava a carne dessa vala triste cheia de homens e coberta de pás, sob as camadas de fumaça e os focos de luz. Os estilhaços e os destroços cruzavam-se em todos os sentidos com sua rede de clamores, no campo ofuscado. Nenhum segundo se passou sem que todos pensassem o que alguns balbuciavam com o rosto no chão:

– Estamos fodidos dessa vez.

Uma forma, um pouco adiante do local onde estou, levantou-se e gritou:

– Vamos cair fora!

Corpos que estavam parados erigiram-se pela metade, para fora da mortalha de lama que, de seus membros, escorria pela roupa, em trapos líquidos, e esses espectros macabros gritaram:

– Vamos cair fora!

Estávamos de joelhos, de quatro; nós nos empurrávamos para o lado da retirada.

– Avancem! Vamos, avancem!

Mas a longa fila ficou inerte. As queixas frenéticas dos que gritavam paralisavam-na. Os que estavam longe, no final, não se mexiam e sua imobilidade bloqueava a massa.

Os feridos passaram por cima dos outros, rastejando por cima deles e também por cima dos detritos, e regaram toda companhia com seu sangue.

Entendemos, enfim, a causa da enlouquecedora imobilidade da fila do destacamento:

– Tem uma barragem no fim.

Um estranho pânico aprisionado, com gritos inarticulados, gestos emparedados, apoderou-se dos homens que estavam ali. Eles se debatiam no lugar e gritavam. Mas por menor que fosse o abrigo da fossa esboçada, ninguém ousava sair desse buraco que nos impedia de ultrapassar o nível do solo, para fugir da morte em direção à trincheira transversal que devia estar longe... Os feridos, a quem era permitido rastejar por cima dos vivos, arriscavam-se singularmente fazendo isso e eram, a todo momento, atingidos e caíam novamente no fundo.

Era realmente uma chuva de fogo que se abatia por toda parte, misturada à chuva. Vibrávamos da cabeça aos pés, profundamente misturados à algazarra sobrenatural. A mais hedionda das mortes descia e saltava e mergulhava à nossa volta, nos fluxos de luz. Seu brilho levantava e chamava a atenção em todos os sentidos. A carne oferecia-se ao sacrifício monstruoso! A emoção que nos paralisava era tão forte que somente nesse momento nos lembramos de que, algumas vezes, já havíamos passado por isso, já estivemos sob o jorro da metralhadora com seu fogo gritante e seu fedor. É apenas durante um bombardeio que realmente nos lembramos daqueles que já suportamos.

E, sem cessar, novos feridos rastejavam para fugir, causando medo, e o contato com eles nos fazia sofrer porque repetíamos: "Não vamos sair daqui, ninguém vai sair daqui".

Subitamente, produziu-se um vácuo na aglomeração humana; a massa foi aspirada para trás; estávamos livres.

Começamos rastejando, depois corremos, curvados na lama e na água que brilhava com as explosões ou com reflexos purpúreos, tropeçando e caindo por causa dos desníveis do solo escondidos pela água, nós mesmos semelhantes a pesados projéteis enlameados que se lançavam, jogados ao chão por um raio.

Chegamos ao começo do corredor que tínhamos começado a cavar.

– Não tem trincheira. Não tem nada.

Na verdade, na planície em que nosso trabalho de terraplenagem havia começado, o olho não descobria o abrigo. Víamos apenas a planície, um enorme deserto furioso, mesmo na rapidez tempestuosa dos foguetes. A trincheira não devia estar longe porque tínhamos chegado seguindo-a. Mas para que lado se dirigir para encontrá-la?

A chuva engrossou. Ficamos ali por um momento, hesitando em um lúgubre desapontamento, amontoados no começo do desconhecido fulminado; depois houve uma debandada. Uns foram para a esquerda, outros para a direita, os outros para a frente, todos minúsculos e durando apenas um instante no seio da chuva estrondosa, separados por cortinas de fumaça inflamada e avalanches negras.

*

O bombardeio diminuiu sobre nossas cabeças. Era, sobretudo, no local em que estávamos que ele se multiplicava. Mas, de uma hora para outra, ele podia barrar tudo e fazer tudo desaparecer.

A chuva tornava-se cada vez mais torrencial. Era um dilúvio na noite. As trevas eram tão espessas que os foguetes só clareavam trincheiras nebulosas riscadas de água, no fundo das quais iam, vinham, corriam em círculos fantasmas desamparados.

É impossível para mim dizer durante quanto tempo vaguei com o grupo ao qual estava ligado. Fomos para o atoleiro. Nossos olhares esticados tentavam, à nossa frente, procurar salvadores na direção da encosta e da fossa, na direção da trincheira que estava em algum lugar, no abismo, como quem busca um porto.

Um grito de reconforto finalmente foi ouvido no meio do tumulto da guerra e dos elementos:

– Uma trincheira!

Mas a encosta dessa trincheira mexia-se. Eram homens confusamente misturados que pareciam afastar-se dela, abandoná-la.

– Não fiquem aqui rapazes – gritaram os que fugiam – não venham, não se aproximem! Está terrível! Tudo desmorona. As trincheiras estão ruindo e os abrigos entupidos. Tem lama em todo lugar. Amanhã de manhã nem vai ter mais trincheiras. Todas as trincheiras daqui já eram!

Eles partiram. Para onde? Tínhamos nos esquecido de pedir uma indicação mínima para esses homens que, assim que apareceram, encharcados, foram engolidos pela sombra.

Até mesmo nosso pequeno grupo esmigalhou-se no meio dessas devastações. Não sabíamos mais com quem estávamos. Todos se iam: ora era um, ora era outro que sumia na noite, desaparecendo com sua oportunidade de salvação.

Subimos, descemos os declives. Vislumbrei na minha frente homens flexionados e corcundas escalando uma colina escorregadia na qual a lama os empurrava para trás, onde o vento e a chuva os repeliam, sob um domo de explosões surdas.

Depois retrocedemos em um pântano onde nos enterrávamos até os joelhos. Andávamos levantando os pés bem alto com um barulho de nadadores. Para avançar, fazíamos um esforço enorme que, a cada pernada, diminuía de uma forma angustiante.

Ali sentimos a morte aproximar-se, mas encalhamos em um tipo de molhe de barro que cortava o pântano. Seguimos as costas escorregadias dessa ilha delgada e lembro que, em um momento, para não sermos jogados para baixo do pico flácido e sinuoso, tivemos que nos abaixar e nos guiar tocando um grupo de mortos que estavam ali enterrados pela metade. Minha mão encontrou ombros, costas duras, um rosto frio como um capacete, e um cachimbo que uma mandíbula continuava a apertar desesperadamente.

Saindo dali, levantando vagamente nossos rostos ao acaso, ouvimos um grupo de vozes ressoarem não muito longe de nós.

– Vozes! Ah! Vozes!

Elas nos pareceram doces, essas vozes, como se nos chamassem pelos nossos nomes. Nós nos reunimos para nos aproximar do murmúrio fraternal dos homens.

As palavras tornaram-se distintas; elas estavam muito próximas, nesse montículo ali vislumbrado como um oásis e, no entanto, não ouvíamos o que diziam. Os sons confundiam-se; não entendíamos.

– O que estão dizendo? – um de nós perguntou com um tom estranho.

Nós paramos, instintivamente, de procurar por onde entrar.

Uma dúvida, uma ideia pungente tomava-nos. Então percebemos as palavras nitidamente articuladas que ecoaram:

– *Achtung... Zweites Geschütz... Schuss...*[22]

---

22 Atenção... segundo canhão... disparar. (N.T.)

E, atrás, um tiro de canhão respondeu a essa ordem telefônica.

Inicialmente a estupefação e o horror pregaram-nos no lugar.

– Onde estamos? Pelo amor de Deus! Onde estamos?

Apesar de tudo, demos meia-volta, pesados pelo enorme esgotamento e arrependimento, e fugimos, cansados como se estivéssemos cheio de ferimentos, levados para a terra inimiga, guardando apenas a energia suficiente para repelir a doçura que teria sido deixar-se morrer.

Chegamos a uma espécie de grande planície. E ali, paramos, jogamos-nos no chão, no começo de uma colina; ali nos encostamos, incapazes de dar mais um passo.

Meus vazios companheiros e eu não nos mexemos mais. A chuva lavou nosso rosto; ela escorreu pelas nossas costas e pelo peito e, penetrando pelos panos nos joelhos, encheu nossos sapatos.

Talvez fôssemos mortos de dia, ou prisioneiros. Mas não pensávamos em mais nada. Não podíamos mais, não sabíamos mais.

24. A aurora

No lugar em que estávamos caídos, esperamos o nascer do dia. Ele vem aos poucos, congelado e sombrio, sinistro, e se difunde sobre a pálida vastidão.

A chuva parou de cair. Não há mais nada no céu. A planície selada, com seus espelhos de água desbotados, parece sair não apenas da noite, mas do mar.

Meio entorpecidos, adormecidos, abrindo os olhos para, algumas vezes, fechá-los de novo, paralisados, quebrados e com frio – assistimos ao inacreditável recomeço do dia.

Onde estão as trincheiras?

Vemos lagos, e entre esses lagos, linhas de água leitosa e parada.

Há ainda mais água do que pensávamos. A água tomou tudo; ela se espalhou por toda parte, e a previsão dos homens da noite realizou-se: não há mais trincheiras; esses canais são trincheiras enterradas. A inundação é universal. O campo de batalha não dorme, ele está morto. Ao longe, talvez a vida continue, mas não enxergamos até lá.

Levanto-me pela metade, com dificuldade, oscilando, como um doente, para observar. Meu casaco aperta-me com seu terrível peso. Há três formas monstruosamente deformadas ao meu lado. Uma é Paradis, com uma extraordinária carapaça de lama, um inchaço na cintura no lugar de suas cartucheiras – também se levanta. Os outros dormem e não fazem nenhum movimento.

E depois, o que é esse silêncio? Ele é prodigioso. Não há barulho e sim, de vez em quando, a queda de um monte de terra na água, no meio dessa paralisia fantástica do mundo. Não atiram... Nenhum obus, porque eles não explodiriam mais. Nenhuma bala, porque os homens...

Os homens, onde estão os homens?

Pouco a pouco, os vemos. Há, não muito longe de nós, os que dormem prostrados, cheios de lama dos pés à cabeça, quase transformados em *coisas*.

A alguma distância, distingo outros, enrolados e colados como caracóis ao longo da encosta arredondada e metade desfeita pela água. É uma fileira imóvel de massas grosseiras, pacotes colocados lado a lado, pingando água e lama, da cor do solo ao qual estão misturados.

Eu faço um esforço para romper o silêncio; eu falo, pergunto a Paradis, que também olha para esse lado:

– Eles estão mortos?

– Logo vamos ver – ele diz em voz baixa. – Vamos ficar aqui um pouco. Já, já vamos ter coragem para ir até lá.

Nós nos olhamos e olhamos para aqueles que vieram cair aqui. São rostos tão cansados que não são mais rostos; alguma coisa suja, apagada e ferida, com os olhos sangrando no alto. Nós nos vimos de todas as formas, desde o começo – e, no entanto, não nos reconhecemos mais.

Paradis vira a cabeça, olha para outro lado.

De repente, vejo que ele é tomado por um tremor. Ele estende um braço enorme, coberto de lama.

– Ali... ali... – ele diz.

Sobre a água que transborda de uma trincheira no meio de um terreno particularmente sulcado e escavado, massas flutuam, recifes redondos.

Nós nos arrastamos até lá. São afogados.

Suas cabeças e braços mergulham na água. Vemos suas costas com o equipamento transparecerem através da superfície do líquido duro e seus casacos de tecido azul estão inflados, com os pés atravessados nas pernas abaloadas, como pés negros redondos adaptados às pernas disformes de bonecos. Sobre um crânio imerso, os cabelos estão esticados na água como ervas aquáticas. Eis um rosto que aflora: a cabeça está encalhada na borda, e o corpo desaparece no túmulo turvo. O rosto está virado para o céu. Os olhos são dois buracos brancos; a boca é um buraco negro. A pele jovem, inchada dessa máscara aparece mole e enrugada, como uma massa congelada.

São os vigias que estavam ali. Não conseguiram livrar-se da lama. Todos seus esforços para saírem dessa fossa com a encosta grudenta que se enchia de água lentamente, fatalmente apenas os atiravam mais ao fundo. Eles morreram agarrados ao apoio fugaz da terra.

Ali são as nossas linhas de frente, e ali as linhas de frente alemãs, igualmente silenciosas e trancadas na água.

Fomos até essas ruínas moles. Passamos no meio do que era, ainda ontem, a zona do terror, no intervalo terrível em cujo limite teve que parar o impulso formidável do nosso último ataque – o qual, durante um ano e meio, balas e obuses não pararam de rasgar o espaço, e, ainda naqueles dias, suas enxurradas transversais se cruzaram furiosamente acima da terra, de um horizonte a outro.

Agora é um sobrenatural campo de repouso. O terreno está manchado por toda parte por seres que dormem, ou que, mexendo-se suavemente, levantando um braço, levantando a cabeça, tentam reviver, ou estão morrendo.

A trincheira inimiga termina de afundar a si mesma, para o fundo de grandes vales e afunilamentos pantanosos, cheios de lama, e forma uma linha de charcos e poços. Vemos, pelos arredores, mexerem-se, partirem-se e descerem as bordas que ainda se mantinham. Em um local, podemos nos inclinar sobre ela.

Nesse ciclo vertiginoso de lama, nenhum corpo. Mas ali, pior do que um corpo, um braço, sozinho, nu e pálido como uma pedra, sai de um buraco que se desenha confusamente na parede através da água. O homem ficou enterrado em seu abrigo e só teve tempo de levantar o braço.

Mais de perto, notamos que os montes de terra alinhados sobre os restos dos muros desse abismo estrangulado são seres. Estão mortos? Dormem? Não sabemos. Em todo caso, descansam.

São alemães ou franceses? Não sabemos.

Um deles abriu os olhos e nos observa balançando a cabeça. Dizemos a ele:

– Francês?

Depois:

– *Deutsch*?

Ele não responde, fecha os olhos de novo e volta para a destruição. Nunca soubemos quem era.

Não podemos determinar a identidade dessas criaturas: nem pela roupa coberta por uma camada espessa de lama; nem pelo capacete: estão com a cabeça nua ou embrulhados em lãs sob o casaco fluído e fétido; nem pelas armas: não estão com seus fuzis, ou suas mãos deslizam sobre uma coisa que arrastam, uma massa disforme e viscosa, parecida com uma espécie de peixe.

Todos esses homens com o rosto cadavérico, que estão na nossa frente e atrás de nós, no limite de suas forças, vazios de tanto de palavras como de vontade, todos esses homens cheios de terra, e que carregam, poderíamos dizer, sua própria mortalha, parecem nus. Dessa noite assustadora alguns retornam, de um lado ou de outro, vestidos exatamente com o mesmo uniforme de miséria e lixo.

É o fim de tudo. É, durante um momento, a imensa parada, o cessar épico da guerra.

Em certo momento, eu acreditava que o pior inferno da guerra eram as chamas dos obuses, depois pensei por muito tempo que era o sufocamento dos subterrâneos que se apertava eternamente sobre nós. Mas não, o inferno é a água.

O vento levanta-se. Ele está congelado e seu sopro frio penetra em nossa pele. Na planície molhada e naufragada, salpicada de corpos entre seus abismos de águas vermiculares, entre suas ilhas de homens imóveis aglutinados juntos como répteis, sobre esse caos que se estende e afunda, leves ondulações desenham-se. Vemos grupos deslocarem-se lentamente, pedaços de caravanas compostas por seres que se curvam sob o peso de seus casacos e seus aventais de lama, e arrastam-se, dispersam-se e agitam-se no fundo do reflexo escurecido do céu. A aurora está tão suja que parece que o dia já acabou.

Esses sobreviventes emigram por meio dessa estepe desolada, caçados por uma grande desgraça indizível que os extenua e os espanta – lamentáveis, e alguns dramaticamente grotescos quando se definem, semidespidos pelo atoleiro do qual ainda se salvam.

Ao passarem, olham ao seu redor, contemplam-nos, depois encontram homens em nós, e nos dizem no vento:

– Lá é pior que aqui. Os homens caem nos buracos e não dá pra retirar. Todos que, durante a noite, colocaram os pés na borda de um buraco de obus estão mortos... Lá de onde venho dá pra ver enterrada no chão uma cabeça que agita os braços; tem um caminho de barreiras que, em alguns lugares, cederam e se esburacaram, e é uma ratoeira de homens. Onde não tem barreiras, tem dois metros de água... Seus fuzis! Tem quem nunca conseguiu tirar. Olhe aqueles ali: cortaram toda parte de baixo do capote – uma pena para os bolsos – para se soltar, e também porque não tinham força para tirar um peso desses... O capote do Dumas, que conseguimos tirar, tinha quarenta quilos: só conseguimos tirar em dois puxando com as duas mãos... Olha, ele, com as pernas nuas, tudo foi arrancado, sua calça, seu calção, seus sapatos – tudo arrancado pelo chão. Nunca vimos isso, nunca.

E separados dos outros, esses retardatários fogem em uma epidemia de terror, seus pés arrancando maciças raízes de lama do solo. Vemos essas rajadas de homens apagarem-se, seus blocos diminuírem, emparedados em enormes vestimentas.

Nós nos levantamos. De pé, o vento glacial nos faz tremer como árvores.

Caminhamos com passos curtos. Nós nos desviamos, atraídos por uma massa formada por dois homens estranhamente misturados, ombro contra ombro, os braços de um ao redor do pescoço do outro. O corpo a corpo de dois combatentes que se engancharam na morte e se sustentam, incapazes de se largar? Não, são dois homens que estão apoiados um no outro para dormir. Como não podem se esticar no chão que se ocultava e queria se esticar sobre eles, eles se inclinaram um no outro, apoiaram-se pelos ombros, e dormiram, enterrados até o joelho no lodo.

Nós respeitamos sua imobilidade, e nos afastamos dessa estátua dupla de pobreza humana.

Depois, nós mesmos logo paramos. Superestimamos nossas forças. Não podemos mais caminhar. Ainda não acabou. Nós desabamos novamente em um canto amassado, com o barulho de um bloco de esterco que se joga.

Fechamos os olhos. De vez em quando os abrimos.

Pessoas titubeando dirigem-se a nós. Inclinam-se sobre nós e falam com uma voz baixa e cansada. Um deles diz:

– *Sie sind tot. Wir bleiben hier*[23].

O outro responde: "ah", como um suspiro.

Mas eles veem que nós nos mexemos. Então, imediatamente, param em nossa frente. O homem dirige-se a nós, sem sotaque.

– *Nós levantamos os braços* – ele diz.

E eles não se movem.

[23] Eles estão mortos. Vamos ficar aqui. (N. T.)

Depois ficam completamente prostrados – aliviados e, como se fosse o fim de seu tormento, um deles, que tem sobre o rosto desenhos de lama como um selvagem, esboça um sorriso.

– Fique aí – Paradis diz a ele sem mexer sua cabeça que está apoiada para trás em um montículo. – Agora você pode vir conosco, se quiser.

– Sim – diz o alemão. – Não aguento mais.

Não respondemos.

Ele diz:

– Os outros também?

– Sim – diz Paradis – que também fiquem se quiserem.

Eles são quatro, estendidos no chão.

Um deles começa a agonizar. É como um canto em soluços que sai de dentro dele. Então os outros se erguem pela metade, de joelhos, ao redor dele e abrem grandes olhos em seus rostos matizados de sujeira. Nós nos levantamos e observamos essa cena. Mas a agonia arrefece-se, e a garganta escura que se agitava sozinha nesse grande corpo, agora como o de uma pequena ave, imobiliza-se.

– *Er ist tot*[24] – diz um dos homens.

Ele começa a chorar. Os outros se reinstalam para dormir. O que chora adormece chorando.

Alguns soldados, dando passos falsos, súbitas paradas, como bêbados, ou deslizando como vermes, vieram até aqui se refugiar, entre os buracos onde já estamos incrustados, e adormecemos confusamente na fossa comum.

*

Acordamos. Paradis e eu nos olhamos e lembramos. Entramos na vida e na claridade do dia como se fosse em um pesadelo. Diante de nós renasce a planície desastrosa na qual vagos montículos desvanecem, imersos, na planície

---

24 Ele está morto. (N. T.)

de aço, enferrujada em alguns lugares, e onde reluzem as linhas e as placas de água – e na imensidão, semeados aqui e ali como sujeira, os corpos destruídos que ali respiram ou se decompõem.

Paradis me diz: "Aí está a guerra".

– Sim, é isso, a guerra – ele repete com uma voz longínqua. – Não é outra coisa.

Ele quer dizer, e o entendo: "Mais que os ataques que parecem desfiles militares, mais que as batalhas visíveis desdobradas como bandeiras, ainda mais que o corpo a corpo no qual nos debatemos gritando, essa guerra é o cansaço terrível, sobrenatural, água até o ventre, e lama e sujeira e a infame imundície. São os rostos mofados e a carne em pedaços e os cadáveres, que nem mesmo se parecem com cadáveres, flutuando na terra voraz. É isso, essa monotonia infinita de misérias, interrompida por dramas agudos, é isso, e não a baioneta que brilha como prata, nem o canto do galo ao raiar do dia!"

Paradis pensava tanto nisso que remoeu uma lembrança e ralhou:

– Você se lembra da mulher da cidade onde fomos passear, não faz tanto tempo, que falava dos ataques, que babava e dizia: "Deve ser bonito de ver!..."

Um caçador, que estava de bruços, achatado como um cobertor, levantou a cabeça da sombra ignóbil em que ela mergulhava, e gritou:

– Bonito! Ah! Que merda!

"É, na verdade, como se uma vaca dissesse: 'Deve ser bonito de ver, em La Villette, essa multidão de bois que mandamos pro abatedouro!'"

Ele cuspiu lama, a boca estava suja, o rosto desenterrado parecia o de um animal.

– Que digam: "É necessário" – gaguejou com uma estranha voz entrecortada, rasgada, irregular. – Tudo bem. Mas bonito! Ah! Que merda!

Ele se debatia com essa ideia. Acrescentou tumultuosamente:

– É dizendo esse tipo de coisa que acabam com a gente!

Cuspiu de novo, mas, esgotado pelo esforço que havia feito, caiu novamente em seu banho de lama e deitou a cabeça no meio de sua cusparada.

*

Paradis, assombrado, passeava com sua mão na amplidão da indizível paisagem, com o olhar fixo, e repetia sua frase:

– A guerra é isso... E é isso, por toda parte. O que nós somos e o que é isso aqui? Nada. Tudo que você vê é um ponto. Você diz a si mesmo que nesta manhã há no mundo três mil quilômetros de desgraças semelhantes, ou quase iguais, ou piores.

– E também – diz o companheiro que estava do nosso lado, não o reconhecíamos, tampouco a voz que saía dele – amanhã isso vai começar de novo. Tinha começado antes de ontem e nos outros dias anteriores!

O caçador, com esforço, como se rasgasse o solo, arrancou seu corpo da terra onde havia moldado uma depressão semelhante a um caixão suado, e sentou-se nesse buraco. Piscou os olhos, sacudiu seu rosto para limpá-lo das faixas de lama e disse:

– Ainda vamos sobreviver dessa vez. E, quem sabe, talvez amanhã também sobrevivamos! Quem sabe?

Paradis, com as costas curvadas sobre o tapete de terra e barro, perseguia a ideia de que a guerra é inimaginável e incomensurável no tempo e no espaço.

– Quando falam de toda a guerra – ele pensava alto – é como se não dissessem nada. As palavras ficam sufocadas. Estamos aqui, vendo isso, como se fôssemos cegos...

Uma voz grave chegou de mais longe:

– Não, não dá para imaginar.

Depois dessa frase, ouvimos uma grande gargalhada.

– Pra começar, como, sem ter estado aqui, poderíamos imaginar isso?

– Só sendo louco! – disse o caçador.

Paradis inclinou-se sobre uma massa estendida, espalhada a seu lado:

– Está dormindo?

– Não, mas não consigo me mexer – balbuciou imediatamente uma voz sufocada e aterrorizada que vinha da massa, coberta por uma camada enlameada espessa e tão amassada que parecia pisoteada. – Vou te falar: acho que estou com a barriga arrebentada. Mas não tenho certeza, e não ouso saber.

– Vamos ver...

– Não, ainda não – disse o homem. – Queria ficar mais um pouco assim.

Os outros esboçavam movimentos, marulhando, arrastando-se pelos cotovelos, rejeitando a infernal cobertura pastosa que os esmagava. A paralisia do frio dissipava-se pouco a pouco nesse grupo de supliciados, ainda que a claridade não progredisse mais sobre o grande pântano irregular dessa planície baixa. A desolação continuava, não o dia.

Um de nós, que falava tristemente, como um sino, disse:

– Você vai contar tudo isso em vão, ninguém vai acreditar. Não por maldade ou pra caçoar de você, mas porque não vão poder. Quando, mais tarde, disser, se ainda estiver vivo pra falar: "Trabalhamos de noite, fomos atacados, depois ficamos atolados", vão responder: "Ah!"; talvez digam: "Você não se divertiu muito com esse negócio". É tudo. Ninguém vai saber. Só você.

– Não, nem a gente, nem a gente! – alguém gritou.

– Eu também digo: vamos esquecer, vamos... Já esquecemos, meu velho!

– Vimos muita coisa!

– E cada coisa foi demais. Não somos feitos pra guardar isso... Sai por todos os lados; somos muito pequenos.

– Temos que esquecer um pouco! Não apenas a duração da grande miséria que é, como você diz, incalculável, desde o início: as caminhadas que lavram a terra várias vezes, acabam com os pés, gastam os ossos, sob o peso da carga que parece aumentar sob o céu, o esgotamento que nos faz esquecer até o próprio nome, as caminhadas e as paradas que nos esmagam, os trabalhos que ultrapassam as forças, as vigilâncias sem limites, espreitando o inimigo que está por toda parte, à noite, lutando contra o sono – e o travesseiro de estrume e de piolho. E ainda os terríveis momentos por causa das bombas e das metralhadoras, as minas, os gases asfixiantes, os contra-ataques. Estamos cheios da emoção da realidade neste momento, e temos razão. Mas tudo isso entra em você e sai, não sabemos como, não sabemos para onde, e só ficam os nomes, as palavras dessa coisa, como em um comunicado.

– É verdade o que ele diz – falou um homem sem mexer a cabeça em seu monte de lama. – Quando saí de licença, vi que tinha esquecido as coisas da minha vida de antes. Reli cartas minhas como se fossem um livro que abria. E no entanto, *apesar disso*, também esqueci meu sofrimento de guerra. Somos máquinas de esquecer. Os homens são coisas que pensam um pouco e que, sobretudo, esquecem. É isso que somos.

– Nem os outros, nem nós, então! Tanta desgraça está perdida.

Essa perspectiva veio juntar-se à decadência dessas criaturas como a notícia de um desastre maior, rebaixá-las ainda mais nas margens desse dilúvio.

– Ah! Se lembrássemos! – um deles exclamou.

– Se lembrássemos – disse o outro – não teria mais guerra!

Um terceiro acrescentou maravilhosamente:

– Sim, se lembrássemos, a guerra seria menos inútil do que é.

Mas de repente, um dos sobreviventes deitados ergueu-se de joelhos, sacudiu seus braços lodosos dos quais a lama caía e, negro como um grande morcego viscoso, gritou com uma voz surda:

– Não deve haver mais guerra depois desta aqui!

Nesse canto lamacento no qual, ainda fracos e impotentes, fomos assaltados pelos sopros de vento que batiam em nós tão bruscamente e com tanta força que a superfície do terreno parecia oscilar como destroços à deriva, o grito do homem que parecia querer voar acordou outros gritos semelhantes:

– Não deve haver mais guerra depois desta aqui!

As exclamações sombrias, furiosas desses homens acorrentados à terra, encarnados de terra, subiam e atravessavam o vento como batidas de asas:

– Chega de guerra, chega de guerra!
– Sim, chega!

– É muito estúpido, também... É muito estúpido – eles resmungavam. – O que isso significa, no fim, tudo isso – tudo isso que nem conseguimos explicar!

Eles gaguejavam, rosnavam como feras disputando sua banquisa, com suas máscaras sombrias em farrapos. O protesto que os exaltava era tão vasto que os sufocava.

– Somos feitos pra viver, não pra morrer assim!

– Os homens são feitos para serem maridos, pais – homens, enfim! – não animais que se batem, se degolam e se infectam.

– E por toda parte, todo lugar, são animais, animais ferozes ou animais esmagados. Olhem, olhem!

... Jamais esquecerei o aspecto dessas campanhas sem limites, do seu rosto cujas cores, traços, relevos a água suja havia roído, cujas formas atacadas pela podridão líquida se esmigalhavam e escorriam de todas as partes, através das ossaturas trituradas dos piquetes, dos arames, das armações – e, ali, entre essas sombrias imensidões do Estige, a visão dessa agitação da razão, da lógica e da simplicidade, que subitamente começou a sacudir esses homens como uma loucura.

Víamos que essa ideia os atormentava: que tentar viver sua vida sobre a terra e ser feliz não é apenas um direito,

mas um dever – e também um ideal e uma virtude; que a vida social é feita apenas para facilitar cada vida interior.
— Viver!...
— Nós!... Você... Eu...
— Chega de guerra. Ah! Não... É muito estúpido! Pior que isso, é muito...

Uma fala chegou como um eco aos seus vagos pensamentos, aos seus murmúrios fragmentados e abortados pela loucura... Eu vi uma cabeça coroada de lama levantar-se e sua boca proferiu, rente à terra:
— Dois exércitos que lutam são como um grande exército que se suicida!

*

— Mesmo assim, o que nós somos há dois anos? Pobres e inacreditáveis infelizes, e também selvagens, brutos, bandidos, desgraçados.
— Pior que isso! – resmungou aquele que só sabia empregar essa expressão.
— Sim, eu confesso!

Na treva desolada desta manhã, esses homens que haviam sido torturados pelo cansaço, chicoteados pela chuva, atormentados por toda uma noite de tempestade, esses sobreviventes dos vulcões e da inundação vislumbravam o quanto guerra, hedionda tanto para a moral como para o físico, viola o bom senso, avilta as grandes ideias, comanda todos os crimes – mas também se lembram do quanto ela havia desenvolvido neles e ao redor deles todos os maus instintos sem se esquecer de nenhum: a maldade até o sadismo, o egoísmo até a ferocidade, a necessidade de prazer até a loucura.

Eles imaginam tudo isso diante de seus olhos como agora há pouco imaginaram confusamente sua miséria. Estão plenos de uma maldição que tenta abrir passagem e eclode em falas. Lamentam, vagam. Parece que se esforçam para sair do engano e da ignorância que os sujam tanto quanto a lama, e querem finalmente saber por que estão sendo punidos.

– E então? – um deles clama.

– O quê? – repete o outro, ainda mais alto.

O vento faz a extensão inundada tremer diante dos olhos e, atacando essas massas humanas, deitadas ou de joelhos, fixas como lajes ou estelas, arranca tremores.

– Não terá mais guerra – ralha um soldado – quando não tiver mais Alemanha.

– Não é isso! – grita um outro. – Não basta! Não terá mais guerra quando o espírito da guerra for vencido.

Como o barulho do vento havia sufocado metade de suas palavras, ele levantou a cabeça e repetiu.

– A Alemanha e o militarismo – cortou precipitadamente a raiva de um outro – são a mesma coisa. Eles quiseram a guerra e a premeditaram. Eles são o militarismo.

– O militarismo... – continua um soldado.

– O que é isso? – perguntaram.

– É... é a força brutal preparada que, de repente, em um momento, começa. É ser bandido.

– Sim. Hoje o militarismo se chama Alemanha.

– Sim; mas como vai se chamar amanhã?

– Não sei – disse uma voz grave, como a de um profeta.

– Se o espírito da guerra não morrer, teremos conflitos em todas as épocas.

– É preciso... é preciso.

– É preciso lutar! – gargarejou a voz rouca de um corpo que, desde o nosso despertar, petrificava-se na lama devoradora. – É preciso – e o corpo se virou pesadamente. – É preciso dar tudo que temos, e nossas forças, e nossa pele, e nossos corações, toda nossa vida, e as alegrias que nos restam! Precisamos aceitar os prisioneiros que temos com as duas mãos! É preciso suportar tudo, mesmo a injustiça, com seu reinado, e o escândalo e a aversão que testemunhamos – para estar na guerra, para vencer! Se um sacrifício como esse é necessário – acrescentou desesperadamente o homem disforme ainda se virando – é porque lutamos por um progresso, não por um país; contra um erro, não contra um país.

– É preciso matar a guerra – disse o primeiro orador –, matar a guerra, no ventre da Alemanha!

– Mesmo assim – disse um daqueles ali sentados, enraizado como uma espécie de semente – mesmo assim, começamos a entender por que era preciso caminhar.

– Mesmo assim – balbuciou o caçador na sua vez, que estava agachado – tem os que lutam com uma outra ideia na cabeça. Eu vi jovens que não estavam nem aí com ideias humanitárias. O importante, pra eles, é a questão nacional, nada além disso, e a guerra é uma questão de pátrias: cada um faz a sua brilhar, é isso. Eles lutavam, esses aí, e lutavam bem.

– Esses caras são jovens. Eles são jovens. É preciso perdoar.

– Podemos fazer algo bem sem saber o que fazemos.

– É verdade que os homens são loucos! Nunca vamos dizer isso o suficiente!

– Os chauvinistas são vermes... – murmurou uma sombra.

Eles repetiram várias vezes, como se estivessem tateando para andar:

– É preciso matar a guerra. A guerra, ela!

Um de nós, aquele que não mexia a cabeça, na armação de seus ombros, insistiu em sua ideia:

– Tudo isso é conversa. O que importa pensar isso ou aquilo?! É preciso vencer, isso é tudo.

Mas os outros haviam começado a refletir. Queriam saber e ver mais longe que o tempo presente. Eles vibravam, tentando buscar dentro de si uma luz de sabedoria e de vontade. Convicções esparsas giravam em suas mentes e fragmentos confusos de opinião saíam de seus lábios.

– Certamente... Sim... Mas tem que ver as coisas... Meu velho, tem que ver o resultado sempre.

– O resultado! Sermos vencedores nessa guerra – o homem-pedra reiterou – não é um resultado?
Dois homens responderam ao mesmo tempo:
– Não!

*

Nesse momento, um barulho surdo produziu-se. Gritos jorraram ao redor e nós trememos.
Todo um pedaço de lama havia se soltado do montículo no qual estávamos vagamente apoiados, desenterrando completamente, no meio de nós, um cadáver sentado com as pernas esticadas.
O desmoronamento abriu um bolso de água acumulada no alto do montículo e a água espalhou-se em cascata sobre o cadáver e o lavou enquanto nós o observávamos.
Gritaram:
– Ele está com o rosto todo preto!
– Que rosto é esse? – sussurrou uma voz.
Os homens aproximaram-se em círculo como sapos. Não conseguíamos encarar essa cabeça que aparecia em baixo-relevo, na parede que a queda de terra havia exposto.
– Seu rosto! Não é seu rosto!
No lugar do rosto, havia uma cabeleira.
Então percebemos que esse cadáver que parecia sentado estava ao contrário, dobrado e quebrado.
Contemplamos, em um terrível silêncio, essas costas verticais que nos apresentava o cadáver deslocado, os braços caídos e curvados para trás, e essas duas pernas esticadas que se seguravam na terra afundada pela ponta dos pés.
Então o debate continua, despertado por esse assustador cadáver adormecido. Gritaram furiosamente como se ele escutasse:
– Não! Sermos vencedores não é o resultado. Não são eles que temos que combater, é a guerra!
– Você ainda não entendeu que é preciso acabar com a

guerra? Se tivermos que recomeçar isso um dia, tudo que foi feito não serviu pra nada. Olha; isso não serve pra nada. São dois ou três anos, ou mais, de catástrofes desperdiçadas.

*

– Ah! Meu velho, se tudo que passamos não for o fim dessa grande desgraça aqui – sou apegado à vida, tenho minha mulher, minha família, minha casa com eles, tenho ideias pra minha vida depois daqui... e, mesmo assim, preferiria morrer.

– Eu vou morrer – disse nesse momento preciso, como um eco, o vizinho de Paradis, que sem dúvida havia olhado o ferimento em sua barriga – lamento por causa dos meus filhos.

– Eu – murmuraram em outro lugar – é por causa dos meus filhos que não lamento. Eu vou morrer, então sei o que digo, e digo: "Eles terão paz!"

– Talvez eu não morra – disse um outro com um frêmito de esperança que não pôde conter, mesmo diante dos condenados – mas vou sofrer. E digo: para o bem ou para o mal; e saberia sofrer ainda mais se soubesse que é por alguma coisa!

– Então é preciso continuar a lutar depois da guerra?

– Sim, talvez...

– Você ainda quer mais?!

– Porque eu não quero mais! – resmungam.

– E não é contra os estrangeiros, talvez, que será preciso lutar?

– Talvez, sim...

Um golpe de vento mais violento que os outros fechou nossos olhos e nos sufocou. Quando ele passou e vimos a rajada evadir-se pela planície tomando-a em alguns lugares e sacudindo seus restos de lama, cavando a água das trincheiras que se escancaravam longas como o túmulo de um exército, continuamos:

— Depois de tudo, o que faz a grandeza e o horror da guerra?

— A grandeza dos povos.

— Mas os povos somos nós!

Aquele que havia dito isso olhava-me, interrogava-me.

— Sim — eu disse a ele — sim, meu velho, é verdade! As batalhas se fazem apenas com a gente. Nós somos a matéria da guerra. A guerra é composta apenas da carne e das almas dos simples soldados. Somos nós que formamos as planícies de mortos e os rios de sangue, nós todos — e cada um é invisível e silencioso por causa da imensidão que somos. As cidades vazias, as vilas destruídas são desertos nossos. Sim, nossos e nossos por inteiro.

— Sim, é verdade. Os povos são a guerra; sem eles, não existiria nada, nada além de algumas gritarias, de longe. Mas não são eles que decidem. São os mestres que os dirigem.

— Os povos lutam hoje para não terem mais mestres que os dirijam. Esta guerra é como a Revolução Francesa que continua.

— Então, assim, trabalhamos para os prussianos também?

— Mas — disse um dos infelizes da planície — é preciso ter esperança.

— Ah, caramba! — chiou o caçador.

Mas ele balançou a cabeça e não acrescentou nada.

— Vamos nos preocupar com a gente! Não precisamos misturar os negócios dos outros — resmungou o teimoso rabugento.

— Precisamos sim!... Porque esses que você chama de outros, não são os outros, são os mesmos!

— Porque sempre nós é que trabalhamos para todo mundo?!

— É assim — disse um homem, e ele repetiu as palavras que tinha usado antes — para o bem ou para o mal!

— Os povos não são nada e deveriam ser tudo — disse nesse momento o homem que tinha me interrogado, retomando sem saber uma frase histórica de mais de um século, mas dando a ela, enfim, seu grande sentido universal.

E livre da tormenta, de quatro no lodo do solo, levantou seu rosto de leproso e olhou diante de si, para o infinito, com avidez.

Ele olhava, olhava. Tentava abrir as portas do céu.

*

– Os povos deveriam chegar a um acordo por meio da pele e sobre o ventre daqueles que os exploram de uma forma ou de outra. Todas as multidões deveriam se entender.

– Todos os homens deveriam, enfim, ser iguais.

Essa palavra parecia chegar até nós como um socorro.

– Iguais... Sim... Sim... Há grandes ideias de justiça, de verdade. Há coisas nas quais acreditamos, para as quais sempre nos voltamos e nos agarramos como a uma espécie de luz. Há, sobretudo, a igualdade.

– Há também a liberdade e a fraternidade.

– Há, sobretudo, a igualdade!

Eu disse a eles que a fraternidade é um sonho, um sentimento nebuloso, inconsistente; que não é da natureza humana odiar um desconhecido, tampouco amá-lo. Não podemos basear nada na fraternidade. Na liberdade, também não: ela é muito relativa em uma sociedade na qual todas as presenças forçosamente se fragmentam umas contra as outras.

Com a igualdade acontece algo semelhante. A liberdade e a fraternidade são palavras, enquanto a igualdade é uma coisa. A igualdade (social, porque os indivíduos têm, cada um, mais ou menos valor, mas cada um deve participar da sociedade na mesma medida, e igualdade de justiça, porque a vida de um ser humano é tão grande quanto a vida de outro), a igualdade, é a grande fórmula dos homens. Sua importância é extraordinária. O princípio da igualdade dos direitos de cada criatura e da vontade santa da maioria é impecável, e deve ser invencível – e conduzirá todo o progresso, todo, com uma força realmente divina. Conduzirá, a princípio, o grande assentamento de todo o progresso; o regulamento dos conflitos pela justiça, que é a mesma coisa, exatamente, que o interesse geral.

Esses homens do povo que estão ali, vislumbrando não se sabe ainda que grande Revolução maior que a outra, da qual eles são a fonte, e que já nasce, nasce em suas gargantas, repetem:

– A igualdade!

Parece que eles dizem essa palavra, depois que a leem claramente em toda parte – e que não há sobre a Terra preconceito, privilégio e injustiça que não se desfaça com seu contato. É uma resposta a tudo, uma palavra sublime. Eles viram e reviram essa noção e encontram nela uma espécie de perfeição. E veem os abusos queimarem com uma luz resplandecente.

– Seria bom! – um deles diz.

– Bom demais pra ser verdade! – diz o outro.

Mas o terceiro diz:

– É porque é verdade que é bom. Não há bondade maior! E não é porque é bom que acontecerá. O que é bom não existe mais, assim como não existe mais o amor. É porque é verdade que é fatal.

– Então, já que os povos querem a justiça e que os povos são a força, que a façam.

– Vamos começar já! – disse uma boca obscura.

– No decorrer das coisas – anunciou um outro.

– Quando todos os homens forem iguais, seremos forçados a nos unir.

– E não haverá, diante do céu, coisas terríveis feitas por trinta milhões de homens que não as querem.

É verdade. Não há o que dizer contra isso. Que tipo de argumento, que fantasma de resposta poderíamos, ousaríamos opor a isso: "Não haverá, diante do céu, coisas terríveis feitas por trinta milhões de homens que não as querem". Eu escuto, sigo a lógica das falas que essa pobre gente jogada nesse campo da dor profere, as falas que jorram de suas feridas e de seus males, as falas que sangram deles.

E agora, o céu se cobre. Grandes nuvens o deixam azulado e o blindam por baixo. No alto, em uma fraca camada de estanho luminoso, ele é atravessado por varreduras desmedidas de poeira úmida. O tempo se fecha. Ainda vai haver chuva. A tempestade e a duração do sofrimento não terminaram.

– Vamos nos perguntar – um deles disse – "Depois de tudo, por que fazer guerra?". Do por que não sabemos nada; mas por quem, podemos dizer. Seremos obrigados a ver que, se cada nação leva para a guerra a carne fresca de quinhentos jovens para serem retalhados a cada dia, é para o prazer de alguns dirigentes que poderíamos contar; que povos inteiros vão para a carnificina, alinhados em tropas do exército, para que uma casta agaloada de ouro escreva seus nomes de príncipe na História; para que esse mesmo grupo dourado também faça mais negócios – mais pessoal e mais lojas. E veremos, assim que abrirmos os olhos, que as separações entre os homens não são as que acreditamos e que, aquelas nas quais acreditamos, não existem.

– Escutem! – interromperam subitamente.

Nós nos calamos, e ouvimos ao longe o barulho do canhão. Lá longe, o estrondo abala as camadas aéreas e essa força longínqua vem arrebentar levemente em nossos ouvidos enterrados, enquanto, ao redor, a inundação continua a impregnar o solo e a atingir lentamente as partes mais altas.

– Isso continua...

Então, um de nós disse:

– Ah! É tudo contra a gente...

Um mal-estar começa, uma hesitação, na tragédia do colóquio que se esboça, entre esses oradores perdidos, como uma espécie de grande obra-prima do destino. Não é apenas a dor e o perigo, a miséria dos tempos, que vemos recomeçar interminavelmente. É também a hostilidade das coisas e das pessoas contra a verdade, o acúmulo de privilégios, a ignorância, a surdez e a má vontade, os interesses, e as situações ferozes aceitas e as massas inabaláveis e as linhas inextrincáveis.

E o sonho tateante dos pensamentos continua em uma outra visão na qual os adversários eternos saem da sombra do passado e se apresentam na sombra tempestuosa do presente.

*

Aqui estão eles... Parece que vemos desenhar-se no céu, sobre as cristas da tempestade que enluta o mundo, a cavalgada de lutadores, rodopiando e ofuscando – cavalos de batalha com armaduras, galões, penas, coroas e espadas... Eles giram, distintos, suntuosos, lançando raios, cheios de armas. Essa cavalgada belicosa, de gestos antiquados, recorta as nuvens do céu como um selvagem cenário teatral.

E bem acima dos olhares exaltados que estão na terra, dos corpos nos quais se espalha a lama da várzea terrestre e dos campos gastos, tudo isso flui dos quatro cantos do horizonte, e repele o infinito do céu e esconde as profundezas azuis.

E eles são uma legião. Não há apenas a casta dos guerreiros que urram à guerra e a adoram, não há apenas aqueles que a escravidão universal reveste com um poder mágico; os poderosos herdeiros, de pé aqui e ali por cima da prostração do gênero humano, que fazem a balança da justiça pender porque vislumbram um bom negócio. Há toda uma multidão consciente e inconsciente que está a serviço de seu assustador privilégio.

– Existem – clama nesse momento um dos sombrios e dramáticos interlocutores, estendendo a mão como se visse – existem aqueles que dizem: "Como são belos!".

– E aqueles que dizem: "As raças se odeiam!".

– E aqueles que dizem: "Engordo com a guerra e minha barriga amadurece com ela!".

– E aqueles que dizem: "Sempre houve guerra e sempre haverá!".

– Existem aqueles que dizem: "Não vejo além de meu nariz e proíbo os outros de verem!".

– Existem aqueles que dizem: "As crianças vêm ao mundo com um calção vermelho ou azul!".

– Existem – rosnou uma voz rouca – aqueles que dizem: "Abaixem a cabeça e acreditem em Deus!".

*

Ah! Vocês têm razão, pobres e inumeráveis operários das batalhas, vocês que fizeram toda a grande guerra com suas mãos, onipotência que ainda não serve para fazer o bem, multidão terrestre da qual cada rosto é um mundo de dores – e que, sob o céu onde as longas nuvens negras se rasgam e se estendem desgrenhadas como anjos maus, sonham, curvados sob o jugo de um pensamento! –, sim, vocês têm razão. Há tudo isso contra vocês. Contra vocês e o seu grande interesse geral, que na verdade se confunde exatamente, como vocês vislumbraram, com a justiça; há apenas os que brandem os sabres, os aproveitadores e os trapaceiros.

Há apenas os monstruosos interesses financeiros, grandes e pequenos negociantes, blindados em seus bancos ou em suas casas, que vivem da guerra, e vivem em paz durante a guerra, com seus semblantes marcados por uma doutrina surda, seus rostos fechados como uma caixa-forte.

Há aqueles que admiram a troca resplandecente dos tiros, que sonham e gritam como mulheres diante das cores vivas dos uniformes. Aqueles que se entorpecem com a música militar ou com as canções despejadas no povo em pequenas doses, os deslumbrados, os fracos de espírito, os fetichistas, os selvagens.

Aqueles que se enterram no passado, e que têm na boca apenas a palavra de outrora, os tradicionalistas para os quais um abuso tem força de lei porque se eternizou e que aspiram ser guiados pelos mortos e que se esforçam para submeter o futuro e o progresso palpitante e passional ao reino dos espíritos e dos contos infantis.

Com todos eles há os padres, que tentam excitá-los e anestesiá-los para que nada mude, com a morfina de seu paraíso. Há os advogados – economistas, historiadores, é o que sei! – que os embrulham com frases teóricas, que proclamam o antagonismo entre as raças nacionais, sendo que cada nação moderna tem apenas uma unidade geográfica arbitrária nas linhas abstratas de suas fronteiras, e é povoada por um amálgama artificial de raças; e que, genealogistas corrompidos, fabricam com suas ambições de conquista e luta falsos certificados filosóficos e títulos imaginários de nobreza. A visão limitada é a doença do espírito humano. Os sábios, em muitos casos, são ignorantes que perdem de vista a simplicidade das coisas, apagam-na e obscurecem-na com fórmulas e detalhes. Aprendemos as pequenas coisas nos livros, não as grandes.

E ainda que digam que não querem a guerra, essas pessoas fazem de tudo para perpetuá-la. Alimentam a vaidade nacional e o amor da supremacia pela força. "Apenas nós", cada um deles diz atrás de suas barreiras, "somos detentores da coragem, da lealdade, do talento, do bom gosto!" Eles fazem da grandeza e da riqueza de um país uma doença devoradora. Do patriotismo – que é respeitável, com a condição de que fique no domínio sentimental e artístico, exatamente como os sentimentos da família e da província, também sagrados – eles fazem uma concepção utópica e inviável, em desequilíbrio no mundo, uma espécie de câncer que absorve todas as forças vivas, toma todo o espaço e esmaga a vida e que, contagioso, termina ou nas crises de guerra ou no esgotamento e na asfixia da paz desejada.

A adorável moral eles desnaturalizam: quantos crimes transformaram em virtudes, chamando-os de nacionais – com uma palavra! Mesmo a verdade eles deformam. Substituem a verdade eterna por sua verdade nacional. Tantos povos, tantas verdades, que falseiam e distorcem a verdade.

Toda essa gente, que mantém essas discussões infantis, odiosamente ridículas, que ouvimos soar: "Não fui eu que comecei, foi você! – Não, não sou eu, é você! – Comece, você! – Não, comece você!", puerilidades que eternizam a imensa ferida do mundo porque não são verdadeiros interesses que discutem, ao contrário, e a vontade de pôr um fim na guerra não está aí; toda essa gente, que não pode ou não quer fazer a paz sobre a terra; toda essa gente, que se agarra, em uma causa ou em outra, ao estado antigo das coisas, aí encontram ou dão razões, esses são seus inimigos!

São seus inimigos tanto quanto os soldados alemães que jazem aqui hoje entre vocês, e que são apenas pobres tolos odiosamente enganados e embrutecidos, animais domésticos... São seus inimigos, qualquer que seja a região em que nasceram e a maneira de pronunciar seu nome e a língua na qual mentem. Observem-nos no céu e na terra. Observem-nos por toda parte! Reconheçam-nos uma vez e lembrem-se sempre!

*

– Eles te dirão – resmungou um homem de joelhos, inclinado, com as duas mãos na terra, sacudindo os ombros como um mastim – "Meu amigo, você foi um herói admirável!" Não quero que me digam isso!

"Heróis, pessoas extraordinárias, ídolos! Vamos lá! Fomos carrascos. Fizemos honestamente o trabalho de carrascos. Ainda vamos fazer, com toda a força, porque é importante e nobre fazer esse trabalho para punir a guerra e sufocá-la. O gesto de matar é sempre ignóbil – algumas vezes necessário, mas sempre ignóbil. Sim, duros e infatigáveis carrascos, é isso que fomos. Mas que não venham me falar em virtude militar porque matei alemães."

– Nem pra mim – gritou tão alto uma outra voz que ninguém pôde lhe responder – mesmo que tivesse tentado, nem pra mim, porque salvei a vida de franceses! O que é isso, cultuar incêndios por causa da beleza do salvamento?!

– Seria um crime mostrar o lado bom da guerra – murmurou um dos sombrios soldados – ainda que existisse!

– Vão te dizer isso – continuou o primeiro – para te pagar com a glória, e para se pagarem também pelo que não fizeram. Mas a glória militar nem mesmo é verdadeira para nós, simples soldados. É para alguns, mas para além desses eleitos, a glória do soldado é uma mentira como tudo que parece ser bom na guerra. Na verdade, o sacrifício dos soldados é ocultado obscuramente. Aqueles que formam as ondas do ataque não têm recompensa. Eles correm para se jogar em um assustador vazio de glória. Nunca poderemos nem mesmo reunir seus nomes, seus pobres pequenos nomes de nada.

– Não estamos nem aí – respondeu um homem. – Temos outras coisas pra pensar.

– Mas tudo isso – soluçou um rosto sujo que a lama escondia como uma mão repugnante – você pode falar? Vai ser amaldiçoado e jogado na fogueira! Eles criaram ao redor dessa pompa uma religião tão má, tão estúpida e tão danosa quanto a outra!

O homem levantou-se, caiu, mas se levantou novamente. Estava ferido sob a couraça imunda, e manchava o solo, e, quando disse isso, seu olho escancarado contemplou no chão todo o sangue que ele havia dado para a cura do mundo.

*

Os outros, um a um, endireitam-se. A tempestade engrossa e desce sobre a extensão dos campos esfolados e martirizados. O dia está pleno de noite. E parece que, sem cessar, novas formas hostis de homens e grupos de homens se chamam, no cume da cadeia de montanhas das nuvens, ao redor das silhuetas bárbaras das cruzes e águias, igrejas, palácios soberanos e templos do exército que se multiplicam, encobrindo as estrelas menos numerosas que a humanidade – e até mesmo que esses fantasmas se movem em todas as partes das escavações do solo, aqui, ali, entre os seres reais jogados ao acaso, enterrados pela metade na terra como grãos de trigo.

Meus companheiros ainda vivos, enfim, levantaram-se; sustentando-se mal sobre o solo arruinado, encerrados em suas roupas enlameadas, presos em estranhos caixões de lodo, erguendo sua simplicidade monstruosa para fora da terra – profunda como a ignorância –, eles se mexem e gritam, os olhos, os braços e os punhos estendidos para o céu de onde caem o dia e a tempestade. Eles se debatem contra os fantasmas vitoriosos, como Cyranos e Dom Quixotes que ainda são.

Vemos suas sombras moverem-se sobre o grande espelhamento triste do solo e refletirem-se sobre a pálida superfície parada das antigas trincheiras que branqueia e habita sozinha o vazio infinito do espaço, no meio do deserto polar de horizontes fumegantes.

Mas seus olhos estão abertos. Eles começam a dar-se conta da simplicidade sem limite das coisas. E a verdade não apenas lhes dá um amanhecer de esperança, mas também constrói um recomeço de força e coragem.

– Chega de falar dos outros! – um deles comandou. – Pior para os outros!... Nós! Todos nós!...

O acordo entre as democracias, o acordo entre as imensidões, o levante do povo do mundo, a fé brutalmente simples... Todo o resto, todo o resto, no passado, no presente e no futuro, é absolutamente indiferente.

E um soldado ousa acrescentar essa frase que, no entanto, ele começa com uma voz quase baixa:

– Se a guerra atual fez o progresso avançar um passo, suas desgraças e matanças vão contar pouco.

E enquanto nos aprontávamos para nos juntar aos outros para recomeçar a guerra, o céu negro, obstruído pela tempestade, abre-se suavemente acima de nossas cabeças.

Um relâmpago tranquilo surge entre duas massas de nuvens tenebrosas, e essa linha de luz, tão estreita, tão enlutada, tão pobre que parece sábia, traz, mesmo assim, a prova de que o sol existe.

Dezembro de 1915.

tipografia Abril
papel Lux Cream 70 g
impresso por Edições Loyola para Mundaréu
São Paulo, primavera de 2015